火车上的东南亚

——背包游越南

林木　著

经济日报出版社

图书在版编目（CIP）数据

火车上的东南亚．背包游越南／龙生著．-- 北京：经济日报出版社，2017．11

ISBN 978－7－5196－0186－7

Ⅰ．①火… Ⅱ．①龙… Ⅲ．①游记－作品集－中国－当代 Ⅳ．①I267．4

中国版本图书馆 CIP 数据核字（2017）第 194170 号

火车上的东南亚——背包游越南

作　　者	龙　生
责任编辑	王曼珩　林　珏
责任校对	李艳春
出版发行	经济日报出版社
社　　址	北京市西城区白纸坊东街 2 号 A 座综合楼 710
邮政编码	100054
电　　话	010－63567691（编辑部）　010－63588446（发行部）
网　　址	www. edpbook. com. cn
E － mail	edpbook@ 126. com
印　　刷	中国电影出版社印刷厂
开　　本	710×1000 毫米　1/16
印　　张	25. 25
字　　数	370 千字
版　　次	2017 年11月第一版
印　　次	2017 年11月第一次印刷
书　　号	ISBN 978－7－5196－0186－7
定　　价	68. 00 元

芹苴华侨开的中药老店

西贡圣母大教堂

目 录

“足下生辉”的一部好看之书

——《火车上的东南亚——背包游越南》序

老同学林木先生酷爱“背包客式”旅游，足下体验的资历之深，超乎寻常；脚底板丈量的长度，一般人难以企及（国内著名景点几乎已经走遍！），正可谓“足下生辉”！

我听他片段地聊过有关旅游轶事。可当沉甸甸的数十万字的四卷本《火车上的东南亚——背包游越南》书稿摆在案头时，还是让我惊喜莫名——果然是真人不露相——前几年在谈到旅游话题并给他动笔建议时，他只是微笑、沉吟着，低调地说：“嗯，是该写一写……”孰料时间不长，竟然开花结果了！用当今俗语说：执行力了得！

世间万象，百行千作，皆有“内行”和“外行”之分。赏读《火车上的东南亚——背包游越南》，愈发觉得就“旅游”二字而言，我等“门外汉”以往的所谓旅游体验，相较本书作者的经历、眼界、体验、感受、心得、悟趣，真的是小巫见大巫！

最大的区别是：林木先生设计并实践的是“漫游”“慢游”和“只身游”；是反“填鸭式”团队游的自由行，是朱光潜美学风格“慢慢走，欣赏啊”的精神愉悦的饕餮大餐，而更广大的一般旅游爱好者局限所致，多为随团游、结伴游和“走马观花”游！不过是轻薄的快餐和碎片的印象。不禁想起一篇散文中林语堂的话“一个真正的旅行家，必是一个流浪者，经历着流浪者的快乐、诱惑和探险意志。旅行必须流浪式，否则便不成其为旅行。”

我认为，林语堂此话包含的真谛，恰在本书中得以诠释，并且我相信，待读者阅读过这部我称为“东南亚背包客指南”的奇书后，读者们定会发出会心的微笑！因为，我作为本书的第一位读者，已经从阅读中分享到作者的丰富多彩的自由行传奇经历和难以言传的背包客快感。

翻开《火车上的东南亚——背包游越南》，逐章逐篇读来，如行山阴道上，目不暇接！妙不胜收！

尽管该书所涵盖的国家是耳熟能详的，可是作者的游踪和路线却是通常的团队游所不能相比的！譬如缅甸的蒲甘、伊洛瓦底江；印尼的先达、多巴湖；越南的春城——大叻；泰国的合艾等。不难看出，作为背包客精神的实践者，林木先生为自己设计的是一种挑战客观世界、挑战自我的非凡路线图。在作者笔下，在字里行间，不乏抵达者的欢乐，“天上人间”美景的极乐享受，得到真挚友谊后的心灵温暖，验证智慧和勇敢后的欣慰；也有实实在在的艰辛不易和汗水，劳顿和曲折，困境和沮丧。这正应了宋代王安石的话“世之奇伟瑰怪非常之观，常在险远，而人所罕至焉，故非有志者不能至也。”

那么，是不是任何一个“有志者”就可以复制林木先生的成功“背包客”之旅呢？

细读《火车上的东南亚——背包游越南》，我的答案是，并不可以简单划等号——以林木先生在缅甸的猴桥过境受挫为例，若不是他精通通关法规和预先熟谙汇兑以及掌握缅甸铁路的时刻表，很难设想之后他的缅甸之行将如何继续！也就是说，出境自由行虽说潇洒如仙无拘无束，可要获得这种随心所欲的自在，真的需要具备不少功夫！也正是基于此，书中的每一卷，每一地，善解人意的作者都附上了实地使用过的铁路时刻表、客运概况介绍、价目表和当地人文资料的汇编，还有作者自己的旅途日记、特别提示、生活消费支出也就是当地物价的介绍，真可谓考虑周到、细心备至，想背包客之所想，很对背包客们的“胃口”！“达则兼济天下”——作者这位自由行达人，秉承的是对《孤独星球·东南亚篇》（简称LP）和怀斯曼的《生存手册》的博爱乐施、慷慨分享、助人利他精神的继承和发扬，透出一种很温暖的宗教情怀，也大大增强了这部书的实用性。作者自己说，《LP》和《东南亚》曾是他的“口袋书”和随身手册，而我则更相信这部社会百科式的人文游记

《火车上的东南亚——背包游越南》不久也将成为广大的东南亚背包客们旅途中的贴心伴侣和“及时雨”！

我以往对旅游概念的认知，不外徐霞客的地理科学游记、法布尔的生物科学游记、萧乾的《海外游踪》的战地时事游记，当然，还有大量的中外文人墨客的散文记游。步入中年以后，更喜爱看天然去雕饰的纯粹纪实风格的游记，觉得可以从反映原生态的事件、人物的原汁原味中，了解和感知最真实的生活。这次，林木先生给了我一个饱享原汁原味的东南亚社会人文风情的好机会！

林木先生在旅游和自由行方面算得上是“老江湖”，又有名校学历的“童子功”（毕业于北京四中）和知青经历溶于社会底层的人生体验，早年“登龙”新浪等大网站且有“大咖”的写作历练，故在我看来，这部内容翔实，“含金量”不低的专著出自他的笔下，实在是顺理成章之事。

出于自身职业的原因，我看书，总是先要“粗读”，能“过关”的才可能继续“精读”。这里面自然有内容合适不合适的缘故，也绝对少不了“可读性”这一要素。可喜的是，本书在内容趣味和可读性两个方面都满足了我这个挑剔的读者。

《火车上的东南亚——背包游越南》虽然夹杂着前述为方便背包客们的一些图表、附注、人文历史资料，但并不同于通常的板着面孔的工具书，绝大多数篇幅还是充满人情味的记叙和描写，在娓娓叙说中，让你感觉，作者就在你身边，就是你的旅途陪伴。我以为，这与作者“风行水上，自然成纹”的文风不无关系。请看我信手拈来的作者记写印尼旅途的一段文字：

“车行中，天色渐渐暗下来。防风林带已不见，没注意从哪里调转方向走过了。平野秧田，村庄房屋掩映在竹林中大树下，田园暮色，轻烟归鸟，不胜美雅。络腮胡子师傅指着田野里亮起灯的村庄屋舍说，这一带都是中国人的地方，你家亲戚是不是住那里，会到城里接你吧？听着他怀疑的口吻，我笑着说，真的没有，不骗你，我就是一个人到丹戎巴莱旅游。我问他，你岳父家也住这边吗？他说，进城从另一边出去才是。我问，那里的小山包是什么？他说是中国人的祖坟，有时候中国人的祭祀活动他们还会去看，舞龙舞狮很热闹。我说，那下个月又会有了，中国春节马上到了……”（《爪哇国里尽朝晖》）不紧不慢的家常话语，最易于读者接受的晓畅文笔；背包客最敏感的时间、地点、天气、风物、人物、事件无一遗漏，还杂糅进淡淡的文化和心绪。

这样的叙述和描写，这种与背包客的行旅节奏合拍的文体，构成了《火车上的东南亚——背包游越南》的文笔基调。很适合行色匆匆的背包客读者读取，很易于与人的心灵沟通。

而有的时候，性情中人的作者，触景生情，也会有不逊于“醉后不知天在水，满船清梦压星河”的墨客情怀和典雅文字：

“薄雾陆续散去，江面渐次明朗。泛黄的河水激流勇进。巨大的白沙滩高若小丘，把河水分流为主次河道，沙堆坡下几个赤裸孩童弄船戏水。悠闲的白水鸥在河面忽高忽低地飞翔；河边，孤舟蓑笠渔人垂钓，岸上小屋炊烟袅袅；水中淘沙船人影忙碌，由远而近的轰鸣声里白色快艇飞速掠过，远处河堤槟榔树挺拔成排，白牛流连绿草之间……啊啊，我想去做垂钓渔夫，想在小屋前呆呆望着远去的河水、鸥鸟、航船，把自己留在这与世无争的生活之中。”（《畅游伊洛瓦底江》）

本书的可读性，许多处，还体现在作者对事件的描写中——譬如那段写吉隆坡入境手续周折，以及新加坡签证遇阻的章节，读来真的是一波三折，且惊且喜，有困境也有破局；情节的曲折和惊险，不亚于读刺激性的小说！

至于本书的趣味性，那就更不是三言两语所能评价！林木先生大学的专业是医学，丰富的社会阅历加上博览群书，使得异域社会生活中的衣食住行，森罗万象皆能入眼，皆有看点。读过《越南深度游》，不啻于穿行万国博物馆，让人“脑洞大开”，增识益智！不能不提的还有本书的几百张珍贵的彩色照片。这些伴随作者游踪的真实影像记录，与生动有趣的文字相辅相成，极大地提升了本书的可看性。

科学家贝尔纳有句名言“那些没有受过未知物折磨的人，不知道什么是发现的快乐。”我想，林木先生完成此书创作的动因概基于此。果然，在林木先生为此书写的“自序”中，从他的心灵告白，我的判断得以验证！

在旅游学日益成为21世纪世界范围内的显学的今天，我相信有越来越多的背包客们会在未来选择林木先生的旅游方式——在探究—见证—修行的最完美的慢游链条中得到身心的超级享受！当然，诸如时间等前提是必不可少的，重要的还有事先的攻略和设计，从这个意义讲，《火车上的东南亚——背包游越南》简直就是福音一本，其精彩的指南作用是确信无疑的！

刘　毅

二〇一七年初夏

刘毅，笔名流逸、六幺。中国作家协会会员，中国女性文学委员会委员，《女子文学》月刊主编，出版诗歌集、评论集和长篇小说十多部。

自序

旅行是我一生的挚爱。内地各省市城乡和港澳台我已一一游过，适逢国门开放，给我提供了去国外旅行的机会。在中国生活了数十年，我想去看看国外的大众如何生活，和我熟悉的中国社会生活有什么不同。从小学习的地理知识，接触的自然历史文化民俗等方方面面的书籍、图片、电影、电视风光片潜移默化的经久积累积淀使我对中国以外的世界充满好奇，促使我走出中国边界，接触了若干国外的景物风光，民俗民情和社会生活。

我喜爱乘火车旅行，几年来陆续经历了几个不同东南亚国家的火车旅程。我想把我的感受分享给更多的国人，特别是我们这个年纪，经历过上山下乡的一代人，愿我们这一代人能在有生之年进一步走出国境开阔眼界，享受美好夕阳人生。

出国旅行不是年轻人的专利，不是高不可攀的贵族独享，更不是险象环生的畏途，不过是日常生活的一个组成部分。把旅行融入到自己的日常生活中，给自己带来新的感受，新的知识，新的朋友，新的旅伴，是一种莫大的人生享受。

我在书中叙述了各种经历和自己的感受，有美好风光，繁华都市，市井生活，也有旅途误机，遗失行李，遭敲诈讹钱，所有这些构成旅行生活。其实生活本身就是一种长途旅行，我们何不把它安排得更多姿多彩呢？书中用的最多的词语是“她（他）说”“我说”，是我在旅途中和旅伴、导游、学生、商贩、警察、退休老人、旅店经营者、摩的司机、的士司机等等各国百姓交谈的经过，请读者耐心读完，莫嫌人老罗嗦，其实对当地百姓生活的了解，很多时候是我带着好奇询问的结果，也和她（他）们对我这般年纪还一个人独自旅行充满好奇一样。语言经常不是很顺畅，但是就是在邂逅或不经意的聊天中，通过比比划划连猜带蒙的相互沟通，满足了我想知道外国百姓是怎样生活的出国初衷，也从中得到过善意的帮助，体会到人性的真挚。

我在书中引用了一些旅途日记，简单的流水账，也对几段旅程的费用做了列表，意在告知对出国旅行费用高昂有所顾虑的人们，在东南亚旅行往往比国内旅行费用还要低，亚洲各国各地区有廉价航空公司，中国的春秋航空，马来西亚的亚航，新加坡的虎航和捷星，菲律宾的宿雾，印度尼西亚的狮航，泰国的飞萤，台湾的华航，香港的快运和酷航，经常可以买到很便宜的机票，这些航空公司我都乘坐过，还碰巧买到过“零机票”（机场税和燃油费要买），各国的住宿饮食费用也比较低，完全无需顾虑费用过高玩儿不起。

书中我屡次提到LP（lonely planet），一本澳大利亚人写的旅行工具书，我使用了不同版本的该书十几年，近几年使用的是《东南亚》中文 2011 年第三版，国外旅行一直背在包里随时翻看。之前的 90 年代英文版依然有些参考价值。随着互联网的普及和智能手机广泛使用，这本书的使用率有所降低，但其内容丰富，信息量巨大，是一本旅行参考好书。GPS 的准确定位和导航、WIFI 的全球性普及为在国外的旅行者提供了极大便利，成为现代旅行必不可少的工具。对我来说也是对新领域新知识的学习。我现在最期盼的是手持北斗走遍世界，走出中国人的自豪骄傲，我相信这一天很快将得到实现。

本人才疏学浅，读书不多，对地理自然历史社会的了解有限，书中难免有这样那样的错误和误解，读者发现请写信告知，以便及时纠正和进一步学习提高。

感谢老同学老朋友诗人刘毅的大力举荐和帮助，使本书得以出版面世，并为本书写序。

感谢我的同学们、朋友们的赞许和鼓励，使我能把自己的经历写成此书奉献给广大读者。

感谢家人的理解支持使我集中精力在一年中完成本书的写作。

林　木

2017 年 6 月 25 日于深圳

2012年4月初，我从西哈努克市经白马进入越南河仙。在富国岛和湄公河三角洲几个省城盘恒一周后到西贡。由于签证原因，没能按原计划沿大叻、芽庄、会安、岘港、顺化、海防这条传统旅行线路逐次参观游览，三天以后乘坐火车长驱北上，直达河内停留三天，期间跟团两天游览下龙湾吉婆岛水上桂林，再乘火车到老街，去法国人当年的避暑胜地沙巴游玩一整天，边界闭关前半小时从老街入境进入河口，结束那次东南亚五国之旅。虽然略有几丝遗憾，但整个行程尤其是在越南14天旅行，非常完美成功。同时也为二次赴越南旅行预留了充分理由。

2015年9月下旬，我从河口出境，经老街乘坐火车到河内，依次游览了海防，西贡、大叻、芽庄、顺化、岘港、会安，从岘港飞香港回国，历时20天，弥补了三年前缺失的遗憾。

第一章　越南铁路概况

越南是一个东西逼仄、南北路漫漫的狭长国度。顺化荣市之间的最细蜂腰部，从海边到西部老挝边界仅 50 公里。如此特殊的地理特征赋予了这里非一般的战略意义，越战中成为美军轰炸的主要目标，由此产生了著名的胡志明小道。我们在学校读书时在广播、报纸中经常听到、看到岘港、顺化、海防等地名，不是美军基地，便是每天被轰炸次数最多的地方，耳熟能详，记忆犹新。西贡（胡志明市）至河内铁路南北长达 1700 余公里，相当于北京至衡阳的铁路路途距离，加上河内至老街 200 余公里，越南南北铁路的长度达到 2000 余公里，相当于北京到韶关了。

法国殖民者 1896 年至 1902 年修通了海防至河内，河内至老街铁路，1903 年开始修建云南河口至昆明段 466 公里铁路，1910 年（宣统二年）4 月 1 日通车。从此有了“云南十八怪，火车没有汽车快，不通国内通国外”的民谣。之后数十年国人到云南，很多是从上海、香港乘船到海防，换乘火车几天几夜到昆明。反之从云南到沿海地区也走此路，比走国内其他路途快捷便利。国歌作曲者聂耳当年就是走这条路到上海，开始他的革命活动和音乐生涯。

虽然现在属于市中心区域的塘子巷已然悄无声息到算不得闹市多年，但 20 世纪的数十年中却是日夜人流不息的昆明最繁华区域，堪比现在的南窑火车站。塘子巷旧日的繁华热闹只能留在老昆明人的陈旧记忆中，而随着岁月流逝，保留过往印记的人越来越少，后人只能在取代塘子巷火车站的昆明北站改建的铁路博物馆里通过历史照片和当年实物了解曾经盛极一时的滇越铁路和它的中国终点站了。

一份 21 世纪初的研究报告给出了截至 20 世纪末越南铁路的大概状况：网干线长 2500 公里，支线 840 公里，基本上都是法国殖民地时代建设的，老化严重。同时，由于战争期间铁路桥等设施常常成为轰炸的目标，现在仍未修复的区段也非常多。没有电气化铁路，作为主干线的胡志明市—河内间的1700公里，最快需要列车运行 30几个小时。轨道的规格，河内—海防为准轨，其他地区均为窄轨（1米）。铁路的运营、建设、维护都由越南国有铁路（VNR）负责。

越南铁路的一个特点，是作为主干线的米轨与部分路段（和中国广西接轨）的准轨分别各自运行，同时一部分区间存在一种“套轨”，也叫作“混合轨”，即在这一区间米轨和准轨并行，不同标准的火车均可通行，这在东南亚国家绝无仅有，是20世纪50年代至70年代期间，中国援助越南抗击美国的实物例证。一个国家有三种轨距标准，这在世界铁路史上并不多见。中国有六条通往外国的国际铁路通道，其中两条接轨越南，一条是法国人修建的海防—昆明间的米轨制滇越铁路，一条是广西南宁—凭祥—河内间的准轨中越铁路，混轨铁路便是在越南北方这一区域。

20世纪80年代中期，我从昆明沿米轨铁路到蒙自旅行，刚下火车便被浓郁的异域风光深深吸引，黄色小站房，法国风格站台遮阳篷，数十年前罗马字盘欧式壁钟，站台边古朴法式悬钟叮当作响……使人很难相信这个地图上看似偏远闭塞的小县城竟然有七八十年代洋化的物品与历史，较之国内很多沿海地区开放早很多年。90年代再去，欧式风格荡然无存，代之以火柴盒类的灰色平房小楼，此后至河口一线大多数车站均改观为灰色水泥火

越南铁路概览

2012年4月近距离拍摄的河内火车站

经营概况	
国营铁路	越南铁路（VNR）
其他运营商	沙巴州铁路（SSR）
客运量	1,220万人（2012年）
客运周转量	4,600.6百万人公里（2012年）
货运量	700.35万吨（2012年）
货运周转量	4,024.5百万吨公里（2012年）
铁路里程	
总里程	3,147公里
铁路轨距	
1,067毫米	2,632公里
1,435毫米	222公里
混合轨	292公里

资料来源：网络。由于研究报告和统计资料年份不同，相关数据仅供参考。

柴盒，随着2003年客运列车终止开行，风雨剥蚀中也在逐年破败。碧色寨火车站及周边还保有二三十年代极盛时期的火车站房全套设施房屋与大公司货栈老屋，从草坝到蒙自县城骑行经过此地，可以驻留观赏殖民地时期滇南小站风光，了解寸轨如何与米轨争夺生存空间，民族资本与殖民者顽强抗争的历史细节，看到除老水塔和值班站房及货仓外，几乎所有车站房屋被改作民房，曾经考究精致的国际贸易公司总部与货栈被外来散户占据，成为养猪养羊的畜圈，年久失修，零乱不堪……实在令人心痛。近年来国内外呼吁滇越铁路作为人类历史遗产的呼声很高，希望再去参观游览时能够看到自然剥蚀终止，人为破坏有所收敛。

截至到目前，南宁至经凭祥过睦南关到越南首都河内的准轨线客车依旧运行，可以坐火车从北京直达河内。云南河口至老街跨境米轨铁路线仅保留少量货运，云南全境的米轨铁路基本停止运行。规划中的东南亚三大通道的东线，中国境内从昆明经玉溪、蒙自到河口准轨铁路已经正式运行通车，从米轨铁路全程运行20小时缩短为6小时。何时能实现昆明至胡志明市全线铁路旅行，人们翘首以待。

第二章　从西哈努克城到越南

我最初的安排是从西哈努克市返回金边，换巴士去越南，这是LP介绍的一条很成熟的背包客线路，每天无数游客在柬埔寨一号公路来去进出柬埔寨、越南。住在海滨客栈第二天我试着问总台的人，能不能从这里直接到越南不必回你们首都？值班经理很爽快地说，有啊，每天早上9点钟从客栈门口发一班车过境进越南，去的地方自己选择，客栈中巴最远送到朱笃。于是我决定了自己下一步的线路，何必返程走回头路，那是旅行大忌。

查看地图确认，路线是经过白马到越南河仙，之后如果去朱笃再到西贡，山区行车，不是我喜欢的路。上网查阅了越南湄公河三角洲资料，了解到富国岛风光优美，之后走冲积平原的平路到西贡，没有山路曲折颠簸，途中会舒服很多，河网密集地区视野开阔，自然风光要比山区好，从而最终明晰了沿途走河仙到富国岛，参访迪石、芹苴、美荻几个三角洲省城的整条旅行线路。出境线路中巴票价客栈对面旅行社要便宜近10美元，自然是我的选择。这样在海滨悠闲三天后，早上9点钟乘旅行社中巴离开西哈努克市前往越南河仙。

我是最后一个上车，反倒坐到了门边前排。一车的西方面孔，加上女导游16个人，中巴满员。开车后女导游自我介绍完毕请各位乘客报国名、职业，相互认识。后排4个挤着坐的俄罗斯人中，3位中年的同城生意人冬天度假，一个大学生学校放假陪同；一对法

柬入越行进图示（手机截图编辑）

国中年夫妇度假旅行；6个捷克大学生放假旅行；我邻座一对奥地利母女，母亲是大学历史教师，女儿读大一（小美女哦），母女俩度假旅行，母亲到西贡有一个考察项目，公私兼顾了。单人行仅我一个，加上女导游两个亚洲人。群体中的东欧人居多。女导游能说，带领车上气氛活跃起来。各种口音的英语有些好听懂，有的很困难。一车欢笑声。两小时左右抵达白马市。中巴在旅行社白马站停留半小时办理交接，我借此机会到附近街区转悠一圈。白马这条街靠河边，河面宽、水流缓，两岸景色旖旎，热带风光说不尽的美丽，法国小楼几条街，街巷虽老旧却不失风雅。

白马市区河边吊脚楼

对经过的白马市我一无所知，只有根据网上源自百度百科资料了解的情

车窗里抢拍的白马海滨风光

柬埔寨国境白马出关

况：Krong kep，直译为格隆盖普。“格隆”，城市，“盖普”，马鞍。当地华人把“格隆盖普”称作“白马市”，位于柬埔寨最东南，和越南最西南河仙省接壤，是柬埔寨最小的直辖市，距西哈努克市约百公里，面积336平方公里，人口357553（2008年），是柬埔寨著名海滨旅游避暑胜地。

开车后换了一位男导游。我问他市区这条河什么名字？他也说不上来。回来查资料，看到一个Tuk chhou River，中文为图超河的名字，没能确定。河岸见到的简陋吊脚楼居所使我想起前两年在曼谷市中心区河边走过的一条吊脚楼街，是穷苦人家聚居的地方。破旧材料搭建的简陋房屋和现代化洗衣机、电冰箱、摩托车、液化罐、液晶电视组合在一起，形成城市奇观。

男导游分发入境卡时，告诉游客填写方法和出境注意事项。经过的海滨景色吸引我全部注意力，他说什么我都全然不顾了。蓝天白云下一个个各具特色的海边小区从车窗里退去，不同肤色的外国人在沙滩边茅寮下吊床上悠闲自在地读书、喝啤酒、闲聊，几个中国

越南河仙国门

年轻人身影一闪而过。白马滨海风光果真名不虚传，给人要驻足观赏的冲动。

海滨街走尽，路边开阔，中巴前行十分钟后导游招呼大家下车。一个普通得像街边货栈的彩钢瓦大棚下的板房是柬方出入境管理处，出境管理官员在护照上盖个戳，从波贝入境到白马出境，陆进陆出，我的两周柬埔寨旅行结束。暹粒八天，金边、西哈努克城各三天。深感没看够，留下不少遗憾，我相信会有第二次，不论是再看吴哥还是去马德望、诗梳风、贡吓各地旅行，还有把洞里萨湖的空白填上，金边的街巷还有很多没走，想去看看万谷湖边夕阳晚霞……人只有在离别时候才会有依依不舍的感觉。

同车旅伴排队受检通关

两国接壤，平原地带，像荒僻乡野，一座大楼孤零零地矗立平地，格外抢眼，楼顶大招牌和几只霓虹灯广告牌昭示着一座宾馆娱乐综合楼，门庭冷落，也许夜里才会人声鼎沸，作为过客我是看不到了。越南河仙国门高大规整，中巴停在外面，旅客下车步入大厅排队依次受检。我挨车门坐，先下车走得快，签证早办好，官员盖章放行顺利通关。等候其他同车旅伴受检时，好奇心强烈，便到国门内外走走看看，拍几张照片，毕竟是国门不比其他。国门里一座院中大楼应该是越南边检和海关办公楼，另一座花园式院里平房居室有模有样，大概是海关边检官员职工生活区。司机和导游已把车开进越南境内在路边等候，他们每天往来，有多次往返证件自然无需花时间排队。从国门外向来路张望，两国门间接壤的开阔地带除了那座孤零零地越南文、英文招牌的宾馆娱乐综合楼别无他物。几个推自行车运送废旧纸板的百姓在路上费力地走过来，使我想起二十年前河口桥上老街小贩早晨推满满一后架空啤酒瓶过关到中国境内，下午再推几箱啤酒回老街往返过境的情景，清贫百姓生活实在不易。不时有摩托车载人或装满货物进入国门停车，进入大厅。

两国门相距不远，都不见持枪军人站岗，和平环境一目了然。我记忆里还有几路越南大军坦克车、军车隆隆驶入柬埔寨，几天之内占领柬埔寨全境的历史报道印象，这一带是当年的南路越军突击出发地。三十年过去，弹指一挥间。国门遥遥相对，国力强弱立现，和我前些年去麻栗坡天保口岸游览时感觉一模一样。且不说中国海关楼高大庄严、楼上国旗飘扬，境内商城座座富丽堂皇，展厅商铺为街，温州深圳昆明商人云集，各类商品琳琅满目；国门外山连山，一段公路转入山后，夕阳中给人“千嶂里，长烟落日孤城闭”的苍凉之感。

两国门的警察室是有的。柬埔寨在彩钢瓦大棚下有一间板房，越南则在通关大厅对面，不时有面色严肃的男女警官进出。集齐一车人之后，中巴继续前行。新修的水泥路宽阔平整，隔离带和路两边小树、稚嫩鲜花稀疏。导游开始统计在河仙下车去富国岛和去朱笃的人数，并代为购船票等诸项事宜。初到越南，都是懵懂客，随他安排，小伙子热情洋溢，口齿伶俐，做事精明。车子把我和四个去富国岛的俄罗斯人送到码头，导游下车购票分发给我们，交代码头工作人员带我们去候船，便载着去朱笃的其他旅游者飞快离去。我看看船票，如果熟悉一点，不由他代办，自己在码头下车买票，要少花一点儿钱，小伙子赚了每个人两美元。小聪明，我摇摇头默默叹道。我爱和憨厚老实人打交道，不喜欢耍小聪明的人，有时候甚至厌恶，不在小钱在人品。新修的河仙码头坐满候船的人，老外和当地人各半。

海港另一边是条河。隔岸相望，午后阳光火力十足，把世界照射得通亮闪光，河水清清，水面或小船静泊，或小艇飞舟劈开水面，船尾卷起长长白浪，对岸绿树婆娑， 鲜花盛开，小楼屋顶彩瓦鲜艳，车辆奔驰，漂亮得叫人心醉，我后悔没在小城住一晚，明天早上再渡海去往富国岛，当然不是因为船票被讹了两美元。真想立刻扑进小城看个够。码头上停靠的快艇准备停当，招呼乘客上船。抬眼看去，弧面流线型船头，便知是俄罗斯造，和早些年长江三峡重庆宜昌间飞驰的快艇外形大体相似。船员和服务员忙着把乘客们安顿好。

河仙河边　美景如画

一位长圆脸蛮秀气的女服务员见到我点头笑着说“ぉはょぅごぞぃます”（早上好），我一听乐了，怎么把我当日本人说起日本话了，指指手腕儿示意看表故意说“こんばんは”（晚上好），心说都几点了你还奥哈哟呢，小姐也笑了跟着一句“はぃ”，嘿，真演起日本鬼子二人转了是不是，换成英语对她说，开船后请过来一下，我有事向你咨询。秀气小姐“OK”一声后，去招呼刚上船乘客找座位。

快艇 轰鸣声太嘈杂，传进客舱里都不消停，驶出港湾才习惯点儿。越南语的电视节目听不懂，于是拿着卡片机去舱尾拍海景。蓝天碧海，确实漂亮。和坐船尾打开舱门看风景的父女俩打招呼，互报国名。见我要拍照片，父亲叫女儿起身，他侧身靠舱壁为我腾出空间。抓时间拍几张照片道谢回到座位。秀气女服务员身后跟着一个端托盘男服务员走过来，拿起一块冰冻西瓜递过来，我连连摆手说不能吃，她说你是客人，送你的。我解释说，身体原因不能吃冰冻包括冰棒冰激凌在内的所有食品，谢谢你的好意。唯恐有弗好心引她不悦。说完我取出包里随身带的热水瓶倒了几口热茶喝。

她说明白了，没关系。叫男服务员自己去送卖，坐到过道旁空座位问我，刚才你说什么事咨询？我问她，这次到富国岛准备住三天，回程去迪石有没

俄式快艇　码头上客

有船，一天几班，在哪里买票，票价多少？她问准备住哪里？我说，LP介绍的一家宾馆。小姐说，码头离景区很远，自己买票不方便，一般宾馆旅店都会为游客提供订票服务，船务公司会派车去宾馆接，不必自己找车跑路。如果一定要自己订票，可以去景区街上，很多家旅行社都能买票，并且记下宾馆地址有车送到码头。去迪石的船比较紧张，需要预订，不然会耽误行程。这几年她多次遇到人到了码头却买不到票，返回景区重新买票订票的情况。一定记住要预订。谢谢她详细解答。

秀气小姐问我，你真是日本人吧？日语说的那么好。我笑着说，好什么好，就记住几句。我是中国人。我心说不是你把我当成日本人说了日本话，我才跟你逢场作戏开玩笑吗。小姐睁大眼睛说，真的吗？她遇到日本人都会日语问好，只会一两句问候语，日本人听了都很高兴。小姐有点儿“话痨”（开句玩笑，爱说话，很健谈，我喜欢这样无拘无束地聊天，旅途不寂寞，很开心），可能是开始我的日语玩笑打开了她的话匣子，下边就听她说了，我插几句嘴。

小姐说，每天都有日本人到富国岛，台湾人、香港人也很多，你们中国内地的年轻人也不少，今天上午她还送走几个去了柬埔寨。像我这样年纪一个人旅行的中国人她是第一个遇到，所以把我看成日本人接待。我说，台湾人、香港人都是中国人哦。她说，你们使用的护照可不一样。我没说话，可不是吗。她接茬儿说，台湾人、香港人和日本人团队多，一来十几个几十个老头老太太，有时候一条船坐满还不够得拼船。公司有会华语和日语的，派那些人接待，她主要接英语、德语和法语团，今天下午有个同事请假回家，她临时半天顶班。

我心想这丫头好厉害，问她，你在公司几年了？她说，三年，大学毕业就到这家公司。我问，大学学旅游？她说，英语专业。那你怎么会那么多外语？她说，小学就有法语课，中学学了六年，老师是法国人和法国留学回来的人。大学考到西贡选择主攻英语，同时又学了几年德语。我说，那你真了不起，欧洲几种主要语言都叫你学会了。她说，在越南会几种语言的人多得很，她们小学中学教法语的老师请假，随便找个老师就能教几天不误课。我心想此话不假，越南是法国百年殖民地，美国人在越南打了二十几年仗，法语英语满天飞一点儿不奇怪，跟金边暹粒似的，满大街法棍儿，似乎柬埔寨人不会吃大米饭了，就像菲律宾，一般老百姓的英语水平都说得过去，从来没有沟通难处，只有人家听不懂我的Chinglish的份儿，哈哈。

我问她，你老家哪里？她说，河仙，本地。毕业那年她原想留在西贡找工作，母亲生病需要她回家照顾，临时找了份工作，就是这家公司，每天能回家。母亲病好以后她准备去西贡，联系好的几家旅行社争着要她去上班，可是公司老板就是

法国父女舱尾观海景

不放她走。我很有兴趣地问她为什么？她说，在公司上班头半年，她开始接团，除了越南国内的，英语团、法语团、德语团她都接过，哪位同事病了请假了她也可以顶班上，收到一些团的表扬信，网上好评不少，老板高兴给她加了工资。等她联系好西贡那边旅行社，老板问工钱给多少，第二天就加工资比人家多，到现在几次以后，她到公司时间不长，工资是员工里最高的，不少十几年的员工都不如她。她妹妹今年大学毕业，老板说毕了业就来上班。像这种殊遇，她也不好意思贸然走，这么一干就是三年。我说，那还是你能干，老板舍不得你。

她说，她喜欢旅游行业，想做管理方面的工作，现在还在学习，再有半年就毕业，到时候跟老板谈谈调换工作搞管理。我想可能是MBA课程，没问。我问她，有男朋友了吗？她说，大学里有一个，家是西贡的，男朋友父母都见过了，这三年几次没走成，都是男朋友在那边帮忙联系的，对方等不及，去年分了手，现在已经结婚，她还去西贡参加了婚礼。看见她眼里掠过一丝忧伤，我忙安慰她说，你这么优秀，一定会有好男人等着你。她叹了口气起身说，先去工作，等会儿下船过来。看得出她是船上领班，服务生听她安排。二十几岁的女孩儿，不简单，不容易。工作顺利挣钱不少，却在个人感情生活中受挫，世事难两全哪。

快艇减速进港。秀气女孩儿走过来说，下船时她要忙着招呼客人，就不来专门道别了，祝我旅行愉快。我再次感谢她的帮助，祝她好运，工作生活愉快。

富国岛的码头路太长了！一条细水泥路伸出海岸线足足一公里，泊船位的小水泥方台容量很小，除了几辆摩托车连三轮摩的都放不下，何况蜂拥而下拖箱、背包、提行李的旅客，绝大多数下船旅客必须步行自己走出去。一般旅客倒也罢了，带行李的老人和带孩子的妇女可怎么办？我背起大小两个背包随稀稀拉拉的步行队伍慢慢往外走，海上栈桥漫漫一公里哦！风景倒是好看，可是有几个还能有闲情逸致赏景？我算其中一个吧，不时停下来回头拍几张照片。

码头门口照例是些拉客仔和小贩，大堆的外国游客被围着拉来拉去讨价还价，有些坐在车上观望外面的热闹。我掏出 LP 给一位司机看，他看过二话不说接过我大背包塞进一辆加长北京 212 吉普，摆摆手叫我上车，又转身去拉其他客人。伸头钻进吉普车厢，上午同车的四个俄罗斯人已经坐到后排，我和他们点头打招呼。旁边的一个空座很快有人坐上。司机上车发动快速离开码头，转弯上公路直行没多远连续转两个弯，不到十分钟钻进红土路密林中，车后扬起滚滚红黄迷蒙烟尘一长溜。

富国岛，向我揭开它的神秘面纱。

漫长码头路

第三章　富国岛，暹罗湾的明珠

【手机互动百科等网上资料汇编】富国岛，越南面积最大的岛屿，属建江省富国岛县管辖。位于越南西南边陲，与柬埔寨西南白马市接壤。泰国湾东部海面上，东面与越南海岸相距40公里，北面与柬埔寨南岸波哥（Bok Kou）相距12公里，西面与克拉地峡隔海相望，南面与马来半岛隔海相离，在泰国湾内有重要战略地位。柬埔寨和越南存在富国岛归属争议。

富国岛南北长有50公里，东西宽15公里，最长处约25公里，面积589.23平方公里，与新加坡相近。其轮廓看上去有点儿像南美洲。2010年，岛上居民9.3万人。阳东（Duong Dong）镇是富国岛行政中心。岛上有国际机场。

富国岛卫星图（手机截图编辑）

富国岛渔业资源丰富，盛产螺、玳瑁、海鳖、墨鱼等，是越南重要渔场。农作物有胡椒、咖啡、椰子等。鱼露是其特产，制作期长达一年，口味胜过越南本土所产鱼露。出产煤玉、无烟煤灰、木材。

富国岛旅游资源更是丰富，有山有海，有金沙滩，有原始森林，游客有多种选择。近年越来越多游客到岛上旅游参观，马来西亚人为甚。

第一节　富国岛一日·阳东镇庙宇夜市

“北京 212”在密林红土路穿行，时有路边布满尘土的木房闪过，密林深处小空地显出几栋木屋的群居房角，说不上是村庄。问跟车收钱的小伙子路怎么这么烂，不是旅游区吗？他说正在修路，现在走土路，路修好就好走了。这些成天在码头混，跟外国人打交道的当地农（渔）民英语说得倍儿溜，能听得出是美国音，和缅甸人说的英语不是一个味儿。

我很好奇，在国内已经多年看不到的“北京 212”吉普在这里竟然大行其道，问小伙子：“你们的吉普车在哪里买的？”他说是军队退役车，以前岛上驻军撤走时买的，开了快十年了，小毛病多随便修修就能开，他都会修，开车的是他大哥。小伙子说得眉飞色舞。我心想这是当年北京二里沟汽车厂的产品，没有中国无偿军援越南北方，你们当南越阮文绍的臣民开美国福特吉普还差不多，岂有你们开“212”的福气，那么皮实的小车。当年中国国防部长粟裕大将才坐得上“212”跑遍中苏边境视察部队，且轮不到你们呢。

半小时左右转出密林进入大道，起伏山坡间透过树林可以看到海浪击岸卷起千堆雪。司机扭头叫小伙子拿过我手里捧着的 LP 看宾馆地址，几句越南话之后司机把车开进一条林密土路，五分钟左右停在林间小路上，司机下车拉开车门告诉我，就是这里，提出我的大背包放到地上。正要起身下车，背后有人拍肩膀，回头看是四个俄罗斯人中间的小伙子，他问我，你的书是 LP ？我说是呀，中文版 LP。他接过去看了一眼，说他们也下，招呼另外三位下车。车上其他几位老外没动窝。

“212”吉普倒车开走，我和四位俄罗斯人走进宾馆院子，一位蓄小胡子的年轻人走出来打招呼，带我们走进总台小屋，落坐，叫服务员倒水。客套之后谈价钱，每个房间每天 12 美元。我翻开 LP 当页指给他看，价钱是空调房 10 美元，电扇房 8 美元，你应该打折不要涨价好不好？他笑笑说那是去年、前年的价，这两年电费水费都在涨，房价大家都涨了，不信你去别家问问看。我知道越南这几年经济不大景气，通货膨胀厉害，也没跟他矫情，请他带去看房。几位俄罗斯人没吭声，他们是跟着 LP 来的，预先并没有具

海边绿色环抱的宾馆

体安排，我对年轻人说价钱这样，看看房再说吧。四个俄罗斯人只有他会说英语，上午过越南境时，边检问话中年俄罗斯人懵懂不知，是年轻人上前接话连续帮三个中年人办妥了手续。我先一步办好站旁边看得清清楚楚。

蓄胡年轻人叫出一位女士带四位俄罗斯人，他带我，分头出门看房。

Thai Tan Tien Guesthouse 坐落在一个缓坡上，十几栋草顶砖混结构小房分几排建在坡上。坡底是一大片长满茅草的荷花塘湿地。一条百米长笔直水泥路通向海边，把湿地分作两半。满眼绿色非常养眼。每栋小房是单间标准房，设施一应俱全。淡粉色蚊帐告诉我在湿地旁意味着什么。门廊小圆桌椅和越南式吊床给住户闲坐喝茶、观景，躺吊床上晃晃悠悠看书闭目养神，安排周全。随小胡子年轻人回总台办好入住，把行李往屋里一丢，迫不及待跑过水泥通道去看海滨。高大椰树耸立一排，湛蓝海水波涛起伏，斜阳照耀沙滩金光闪耀、炫目刺眼，草顶蘑菇棚下几对情侣躺在木床上，沙滩上三两个女孩儿男孩儿玩儿沙，散躺着几个泳装日光浴者，海里几个人游泳，在起伏的海浪中出没……漂亮海景完美得无可挑剔！

现在不是惊喜发呆的时候，溜达几分钟回客房洗去一身灰土汗水后，换衣服背上包去外面看市区街景。先到门口总台拿了两张宾馆名片放进口袋，走出吉普开进来时的五分钟林中道。后面一阵摩托车轰鸣，四个俄罗斯人一人一辆摩托车开过来，最后面的年轻人放慢速度对我说，他们也住下了，摩托车一天 10 美元，他们给 4 美元包了下午剩下时间，问我要不要一起走，我说要自己走看周围风景，他加油门去赶前面三个已经没了踪影的中年人。

路口是一座大宾馆后院墙，里面高大楼房数座，从一楼阳台望进去可见室内客房设置。和摩托车反方向走土路沿院墙走去看前面，想找一条小路上公路，一边竹丛茂密，一边宾馆院墙里亭榭花园。二百米后院墙转弯无路可走，返身回去原路走出小道从另一边院墙外土道到公路，经过宾馆正门前行二三百米有几家民居商店，路对面一所小学校门口几个放学的小学生大概在等家长接，玩着游戏。我问路人到前边城里还有多远？说至少五公里。我过马路到小学校门前拦了一辆过路摩的搭车进城。

黑脸司机很热情，不停和我搭话，“查过户口”以后他介绍说，这条沙滩长十几公里，沿途很多观光宾馆旅店，这个方向进城，市区街道约一公里长。他问我在哪里下车？我说在中心区吧。他说把我送到夜市门口，穿过夜市就是公园和市中心区。我问他刚才上车的小学校离中心区多远？他说六公里。我想，加上步行出来的约一公里，宾馆离市区七公里，不近呐，到市区非搭车不可。有没有公共小巴？司机说没有固定线路的公共汽车，摩的和的士很多。嗯，有他的解说，我的位置和交通状况基本清楚了。

一路走过，路边树林茂密，街边散落零星民居，有几家汽车修理厂和库房样建筑，几个路口看进去是土路，司机说路口里面有几个村子。柏油路的

草顶客房 南国风光

富国岛夜市一条街

路口有大宾馆招牌竖立，标牌上是越南文、英文，一看即知。有的路段可以看见海边，估计宽度不会超过五百米，走路进去十几分钟足矣。前行到房屋商铺延绵不断的地方司机说进城了，告诉我路右边是居民区和一些家庭旅馆饭馆，左边靠近海边全部是旅馆旅行社和饭店。我感受到城里浓厚的商业氛围。

司机在一个大转盘掉头，在路边停下，下车指着街边大牌坊说，进去就是夜市，快开始了，天黑以后很热闹的，有时候还有歌舞表演。他接过车费告诉我，回去如果找不到车，到这个路口来，夜里 12 点都有摩托等人，平时如果家里没事，他也会守到 12 点才回家。谢谢热心司机不住嘴介绍告知后，我说参观完我会到这里找你。

下午阳光拼出最后力量维持着街道的灿烂，人们已经把夜市的各项准备基本就绪，冰鲜的海鱼、大虾、螃蟹、鱿鱼摆在街边最显要位置吸引人多看几眼，各种的热带水果装在篮子里、盘子里摆上桌面在路边和海鲜拼比争夺顾客眼球，供过路各国游客挑选。放学的女学生们推着自行车三五成群围着服装摊脚指手画脚评头品足，这个时候是学生们最悠闲的时间。夜市街长二三百米，街里白天营业的商铺在门前搭起布篷、

夜市海鲜令人垂涎欲滴

摆上条桌，把屋里的商品搬出来放到街面继续晚市经营。入口一块空地搭着舞台，按司机介绍，赶巧的话可以看到歌舞表演，现在倒是没什么动静。春节已过月余，中国传统的大红灯笼、中国结和各种节日物品依然摆在街头诸家商铺显要位置，喜气洋洋的节日气氛不减。徜徉在富国岛夜市和在国内春节前逛街没有多少区别，除了越南文招牌和广告。夜市街另一端同样有一个大牌坊，出牌坊门左边不远，建在一片石山群上的朱红色庙宇楼肯定会把人吸引过去。那便是司机告诉我的街心公园了。购票入园，登梯转弯上到庙宇平台，面积实在是小到站立不了百十人，却是临风而立、眼观六路耳听八方的绝佳之处。平台近四方，围有石质雕栏。凭栏所望，各方景物截然不同。北面，入园阶梯首上处，借石山有洞，上层加盖楼宇为庙。洞作佛堂楼宇为阁，设计巧夺天工。从平台进庙需下楼梯入洞内，庙堂供主玉娘娘牌位，香火鼎盛。初一见到以为妈祖庙，为海上人家祈求平安，后在楼上见诸神牌位设置与以前所见者大有不同，才醒悟此地乃越南而非闽粤台。越南道教盛行，南北方不同，且有母道派别，一时辨识不清佛道两家属谁，只知非儒家已算明智。“既来之则尊之”，随信众身后绕台示敬。以后所见诸庙宇皆以此为例从之。庙内门楹立柱匾额对联皆为描金描红汉字正楷书写，更知汉文化历史传播源远流长，倍感亲切。

海边主玉娘娘庙

平台南面海，水天一色，遥望无际。台下礁石嵯峨，高矮错落，左屏右蔽，雕栏留有开口连石阶下行入石隙间。年轻情侣坐姿隐现，心想他们靠石礁面蓝海，觅得一处谈情说爱的天然宝地。

平台东夕阳下纵目十数公里黄沙滩绿椰树，是富国岛海景风光主要所在。我居住的宾馆距此甚远，没有望远镜，肉眼难及。夕阳，沙滩，海滨，椰树，还有一群游泳人，和台湾校园歌曲“澎湖湾”里唱到的诗意画面一样，未失浪漫。

海滨黄金沙滩以此为始，绵延十数公里

平台西海湾水色深蓝，游船骈列，渔舟漂荡，椰林掩映下渔村宁静祥和。环顾四周毕，请人在尼安山殿（音译，如果我没拼错的话）门前留影。适逢十几位农村干部模样的人参观之后在方台合影，我凑热闹也拍了一张，大家相视一笑。越南和我们国内制度多有相同，看到他们类比国内见过的情形，猜他个八九不离十也大体不会错到哪儿去，比如说各乡干部城里开会，顺便在周围名胜古迹游览一番，集体合影后找家酒店或者会议后安排聚餐撮一顿，散会。希望他们别打白条吃垮饭店。哈哈。出山殿见旁边一座正在修建的水龙圣母婆庙，进去转了一圈。庙内楹联匾额依然汉字当家，诸如“恩波广被过者化存者神　恺泽长流恩其源饮其水”，读之顺口，看之意明，必是请当地汉学造诣深厚的先生和宗教人士所写所书。彩绘婆神色泽华丽，殿堂阁廊均比山殿大气，我猜测是香火太旺，倚山借洞的庙堂难以承重，所以建新庙惠泽信众。出婆庙天色渐暗，我没有走夜市回头路，继续往前多绕一条街，观看市容市貌。

所过街道一直一曲，所经两大楼院，一座地方人民委员会办公楼，一座政府办公楼，眼熟。门前大招牌有越南文、英文，旅游地方特色。非旅游区一般不会标注英文。其他有商铺、邮局、报亭、旅馆等火柴盒建筑，街区宽阔，干净整洁，街树茂盛，车稀人少。

又有一座庭院开阔依坡而建的“崇兴古寺”，门前魏碑字体对联“修万间广厦不若修身 种十里名花何如种德”，教化人行善积德。推门入内参观。僧院宽敞，首见观音菩萨立像于院中，慈眉善目，着衣戴巾，造型和国内几乎一模一样。拾阶而上，大雄宝殿为主殿，如来像清秀端庄，身材体量和熟悉的中国佛寺中四位菩萨相仿。后堂诸多瓷罐牌位想是信众身后寄放于此，以求在天之灵安好，胡志明像首居其中。遇几位灰色长袍蓄发女尼皆未剃度，两个小比丘尼乃八九岁女娃。初看疑是道姑，却原来是个尼姑庵。大雄宝殿旁有求子观音殿和禅堂。殿内香客老妪坐地念佛求神。院中安放潘姓具名居士所献巨大香炉。整座庙宇有如新建，殿堂楼阁皆有之。

出崇兴古寺前行不远是来时大道。街边华灯初放，夜色来临。小吃摊贩摆开桌椅锅灶，陆续有驾驶摩托的过路人停车携子女入座吃晚餐。路口数家旅行社屋内开灯继续营业，我进去询问返程去迪石船票事项，所得和船上小姐解答完全相同。我不急于找车回宾馆，先找一家饭馆吃一份越南烧豆腐晚餐，随后路两边旅店客栈选几家分别进去咨询看房。

以我步行方向，路左不近海，旅店房间价格低于我住的宾馆，若长住可

夕阳暮色渔村

打折优惠。楼道里和昨天“212”吉普同车正要外出逛夜市的荷兰小两口相遇，寒暄问好，他们选择城中旅店较为明智，逛街观海游泳都很方便。我思忖是否明天搬过来住。

路右街边诸多旅店客栈建在缓坡，家家可以从后门通过树林间石板狭径沙路直通海边，林间不少石桌沙滩椅，白天日晒时闲坐喝茶，野趣十足。片区内背包客栈为多，价格也低于现在客房。相比而言，我的宾馆级度假休闲式选择倒显得奢侈华丽了一把。哈哈，顿有被 LP 误导入歧途的感觉哦。不过若短住一两日，老板并不欢迎，到处空房却叫小厮告知无房，态度粗鲁傲慢，趁早离开这种见钱眼开、缺少人味儿的家伙。

打探清楚，依我所想，还是近城观光游览生活便利。长滩十余公里，在城内一公里范围居住比我现在七公里以外好得多，尽管那里环境幽静，独栋别墅，但性价比城里为高。此次初探，没打算长住，倘以后避寒来此，已经心中有数。

尼姑庵慈眉善目秀美观音像

一公里走完，天色黑尽，七点半将近。出城路边叫摩的送我回去，递给司机宾馆名片，一看便知，直开进宾馆院子。夜里偶有蛙鸣虫鸣，静得出奇。蚊帐中安睡一晚。

第二节　富国岛二日，半日漂游，沙滩巧遇萨沙

宾馆早餐简单，三明

治、咖啡、两支香蕉，在总台屋外蘑菇棚，午餐晚餐则要去海边大棚。WIFI也只在总台周边才有。边吃早餐边上网，把下几站的参观游览项目摸清楚。一则富国岛和国民党军队的消息吸引了我，没想到华侨以外，富国岛居然还和中国有特殊关系。统统存为文本回头慢慢看。餐后回客房拿好一应物品去海边。清早 7 点多钟，沙滩只有一位昨天过白马关时听不懂英语的中年俄罗斯人游完泳拿着单反拍照片，不大会儿便回客房去了。草顶蘑菇棚下把睡袋铺在躺床上，搬个小桌摆放好暖水瓶、小食品、书和笔记本，跳进海里游一圈，上岸擦干躺床上，晨风和煦，说不尽的舒畅。我急切想知道富国岛和中国那段往事，打开笔记本浏览。

1949 年 12 月，兵败如山倒的国民党军队 17000 千余残兵败将从昆仑关退至广西边境宁明，在时任湖南省政府主席兼第一兵团司令官湖南绥靖总司令黄杰将军带领下奉命退守越南，希望由越南撤退到台湾。12 月 12 日，黄兵团参谋长何竹本少将与法国谅山边防军参谋长康士登上校在峙马屯签订“假道协定”：法方同意国民党军队以 500 人为一队入越；武器暂由法方封存；法方负责沿途安全警戒及提供食品；国军方保证纪律严明，不扰法越民商。

中越边界小村爱店与法军筑有碉堡工事的峙马屯相望，中间隘谷为天然分界。1949 年 12 月 13 日黄杰所部自宁明抵达边境爱店，从上午 9 时起，按先眷属、平民，次伤病（法方派有卡车载运病弱），后官兵，陆续过界。经禄平、谅山于 12 月 18 日抵达法方指定的蒙阳，过境后法方收缴武器，为法军监管软禁。人员中除黄兵团官兵，还有随行湘桂地方团队游杂、警察，河南南阳、湖北襄樊随军撤退的在校学生和平民。

蒙阳三面环山，因阳光稀少而名。住地为废弃煤矿，无房舍无水电，荒烟蔓草，荆棘丛生，蚊蝇蛇鼠逞虐。抵达之后官兵人等上山砍木斩草，搭建草棚，半个月后始得安顿。法军常来搜抄，夺取银元手表等财物。法方供每人每天 4 两大米，官兵平民水土不服，多病少药，死亡不断。

除黄杰兵团，李宗仁、白崇禧桂系残军张淦三兵团、126 军张泽湘和徐启明十兵团 46 军谭何易各一部，由龙州逃入越南，两广地方团队跟进，共万余人。由法军遣去莱姆法郎居住。越北该地自然环境好于蒙阳，生活遭遇与黄杰不同。国民党中央军嫡系26军一部3879人，由第八兵团副司令官兼26军军长彭佐熙统率，由云南奔窜越北莱州。被法军送金兰湾羁居。

另外，由越南国民党首领武鸿卿收编的广西鲁道源十一兵团一部，组编为越南建国军保大警卫旅，由水口关进越。法殖民当局不同意保大皇家编制，也送到蒙阳。

至1950年1月底，退逃越南的国民党军共33400余人。此后，又有蒋介石嫡系部队余程万留滇东南游击的272师残部2000余人，遭解放军追剿，逃到中越边境。1951年7月12日偷渡红河时，为胡志明武元甲越盟武装伏击，师长余启佑坠河死。过河入越后，仅余1023人，由师参谋长张亚龙率队，于1951年7月底抵富国岛。

国民党军入越，中国政务院总理兼外交部长的周恩来在北京发表声明，强烈谴责法越当局，指出导致一切严重后果应由法方承担。

时任驻越南法军总司令的塔西尼（Tassigny）对滞越国军去留有私下考虑：他希望从中法军队中选拔精锐部队，建立一支强大的战略机动力量，以遏制“越盟”（Viet-minh，即“越南独立联盟战线”），因此殖民当局对留越国军由暂时拘留转成了软禁，宁愿每年花300万美元养着他们，也要扣住不放，并于1950年3月将位于越北蒙阳和莱姆法郎两处集中营的中国军民

宾馆海水浴场

转移到越南南方富国岛阳东、介多建立营区关押滞留。至此，留越国军就集中于南越富国岛和中越金兰湾两处集中营。集中营营房内设立留越国军管训总处，由中国军人自行管理，法军仅控制岛和港湾的内外交通，不允许中国军人自由离岛、离港。

至1953年4月下旬，法国才同意全部遣返滞留越南的国民党残军。6月28日，3万余名国民党残军由台湾派出的军舰接回抵达高雄，结束了在越南三年半的软禁生活。其间有814人埋骨越南。1500人选择留在富国岛及越南各地，由法国殖民政府给予了越南国籍。

据近年报道，这些人先后已经去世或移民，目前富国岛上仅余一位活着的国民党老兵。

国民党政府为富国岛国军及眷属在高雄设立眷村安置。为回忆三年半苦难岁月，老兵们在高雄澄清湖修建一座富国岛作为纪念，教育后人永志不忘。当年随军撤退的南阳师专学生为班底的河南人成立了“飞马豫剧队”，几十年间先后更名“国立国光豫剧队”等，演出数十年不辍，蜚声国际舞台。

……

一段历史读完，不胜慨叹唏嘘。起身扑进海水，咸水洗去满脑子疲倦。仰卧海面一动不动，随波逐浪，任其飘摇，海天不分，头脑空白，似醒似睡，忘却时间，随我逍遥。仿佛灵魂出窍，人我离分，天人一体是什么感觉？我从来没有过如此美妙的感受。不知天之将午。唯有肚皮露出水面晒得发烫感觉不舒服，浇些海水不抵事，翻身凫水一段再行仰卧。如是有三才回游上岸。

一个当地青年在我躺床旁边椰树下坐着看书。走近看见他念英语，我问读几年级？他说大三。这孩子很腼腆。家住旁边吗？我问他。他说是的，今天家里装修太吵，所以到海边看书，过几天回去要考试。

我看他读的是“新概念英语”，问他越南也学这个？前些年在中国很流行，现在没什么人再看了，改别的书了。他说是参考书，教科书看了很多天，读几天这个增加些内容。我请他帮助拍张纪念照。没什么能谢他的，于是请他吃几块饼干和飞机发的小袋花生米。捧起LP查看河仙迪石资料，眼皮发沉，不觉睡去。睁眼四下张望时，大学生已离去，晚睡晚起的几家西方人在旁边几个蘑菇棚落座看书、闲聊、喝啤酒，下海游泳。又到海水中泡了一会儿，感觉肚子饿了，去后边大棚餐厅吃一份炒面。回来继续看书、睡觉、游泳、躺海面晃悠逍遥。本打算海边泡一天到晚上天黑。3 点钟时，沙滩热浪滚滚，虽说蘑菇棚下晒不到，热乎乎海风也还受用，可沙子辐射的热度灼人。我有过两次在小梅沙、大梅沙并非直晒，被热沙灼伤肩背大块脱皮的痛苦经历，头一两天热辣辣地疼，随后一个多月脱皮不断，脱完一层再脱一层，等于人被活扒了两层皮，待新皮长好已经快要入冬。想到这个结局，我只能终止沙滩生活，收拾好回到客房，洗去一身盐分，钻进蚊帐再睡一觉。

从早上 7 点多进海滨浴场沙滩到回客房，在躺床和海面漂浮已是几睡几醒，哪还有睡意。想来想去十几公里黄金海岸还没走，宾馆的荷花池，相邻宾馆的小桥流水应该去溜达一趟看一看，于是起身背包出门。

发呆图・游泳，看书，睡觉，闲静度日赛神仙

太阳开始西斜，热度有所减弱。从宾馆逆光看拥在茅草丛中的荷花池，只见阔叶伴倒影而无花陪称，不知热带地方花期何时，断不像我们国内一岁一枯荣。走进沙滩，隔着厚厚凉鞋胶皮底都能感觉烫得难下脚，赤足走沙滩肯定能把人脚烤成烧猪蹄焦味扑鼻，哈哈。转身再看荷花池，一池荷叶一池水，茅草丛里展微风。待到他时花开日，凌波仙子显真容。

茅草湿地旁边另家宾馆一道长桥出沙滩，茅寮距海边三五十米。宾馆院里树森森，娃娃身影活跃其间，也是一个举家度假的幽静去处。沙滩虽烫脚，并不影响我走路，只是要不时停下倒出灌进鞋里的热沙。前边沙滩上立了几只胖乎乎笨拙彩雕，憨态十足。再过去海边走，海水里礁石群延绵数百米，持竿垂钓者散居中间，有立岸边者，坐礁石上者，站齐腰深水中者，更有跳礁深入远离岸边者，一个个严肃认真，一招一式颇有章法，十几岁的西方娃娃钓竿精美，抛拉之间熟练得像老渔夫。

黑褐礁石群一段走过，一片树林茂密远去，树荫近岸未足十米。我想倘若我在此地，就没有躲避沙滩灼热辐射必要了。正想着，身后有人大声叫喊，而我没在意继续走。肩膀被重重拍了一下，回头看，不是四个俄罗斯人中的年轻人吗？我奇怪地问，你怎么会在这儿？他高兴地高声说，老远就看见你走过来了，赶紧游上来。伸出手和我握手，自我介绍：名字叫萨沙。我说萨沙你好，再见到你很高兴。问题是早上我在沙滩上还看见你们中间那个胖胖的在海边拍照片，现在怎么到这里来了？萨沙说，那是他爸爸。他们昨天晚上回来的晚，起床也晚，他爸爸回去又睡了一会儿，几个人吃过早餐就搬过来了。我们俩边说边走，来到树荫下的两张小桌前。萨沙说，坐在这儿别走，等他一会儿。

旁边小桌前坐着一位不到30岁的年轻女子，我们互相点头打招呼，自我介绍，女子叫娜塔莎，小说里常见的女孩儿名字。不大会儿海边走过来一个戴墨镜，胡子蛮重，个子不高也不到30岁的男子，娜塔莎说是她丈夫。轻声对男子说了几句，他走上前和我握手，说自己叫谢廖沙，又是熟悉的俄罗斯名字。我怀疑自己是不是以前看苏联小说电影太多了，怎么那么熟知这些人名。甚至我还在想这些人名的爱称是什么，不过一个也没想起来。随便

海滨浴场风光

和萨沙、娜塔莎合影

聊几句家常话，娜塔莎的英语说得很清楚，谢廖沙插不上嘴，娜塔莎翻译给他听。我介绍了一路从马来西亚到缅甸、泰国，在柬埔寨参观吴哥石窟，从西哈努克城到富国岛的过程。我想我的Chinglish她听得懂，不时插话问些具体的线路和住宿等情况。娜塔莎说她们直接从莫斯科到河内，玩儿了三天，再飞富国岛，在这里住了一个多星期了，来了几家人。昨天下午遇到萨沙他们，今天他们也搬过来了。

过了十几分钟，萨沙抱着一个大黑塑料袋跑下台阶放到桌上，十几个冰冻罐装嘉士伯啤酒。萨沙拿出来一人分一听，砰地一下打开，说，来干一个，欢迎中国朋友！这种场合我不能说不能喝冰啤，得给人面子。反正我包里有热茶，过后灌一肚子热的中和一下吧。眼下悠着点儿、慢慢喝问题不大。大家同时举起喝一口。

萨沙告诉我，昨天下午他们四个骑摩托出去城里和周围都转过了，还骑出十公里路，一个古迹都没找到。回宾馆的时候天快黑了，看到路口牌子去博物馆问了开放时间，然后往里面骑了一段到这个宾馆门口准备掉头回去，听到有俄罗斯人说话就上前搭话，下车和他们一起吃饭喝酒，晚上回去十点多了。所以搬过来和老乡一起住，而且这边比那边便宜两美元。我说，这里环境确实挺好，海边树林太好了。如果多住几天我也愿意搬过来。我问萨沙，你那几个伴呢？萨沙说，去潜水了，游得比较远，一下子回不来。他爸爸和他都不太喜欢潜水，两个人租了一套器材，现在背着在海边试呢，游得不远。刚才他游出去很远了，扭头时候看见我从沙滩上走过来就赶快往回游，差不多和我同时到。我笑着说，如果是我肯定不会从那么多人里面认出你，恐怕要错过去。萨沙站起身跑出去，不一会儿提着氧气瓶和他爸爸走过了。萨沙爸爸老远就大笑着伸出双臂，我起身相迎，好厚实的一双大手！

群情欢畅，一起举杯饮酒。我对萨沙老爸说早上看见你在海边拍照片，没想到下午你们搬到这里。萨沙翻译给他爸爸听，他说早上看见出太阳就起来拍了几张，回去又睡了。萨沙爸爸不善言辞，边笑边喝啤酒。我问萨沙准备在富国岛住多久？他说不一定，他们“五一”左右回去，现在还早，如果喜欢，说不定就住下来了，河内那边去不去都无所谓。我知道他们的旅行方式，喜欢哪儿就住下来，没有固定线路和模式。不觉中一听啤酒下肚，太阳西斜下坠很快。我问萨沙这里离昨天宾馆多远？他说骑摩托车看过表，大约三公里。我心里吃惊，在沙滩中随意漫步竟然走出那么远，于是和萨沙爸爸、萨沙、娜塔莎、谢廖沙告辞。萨沙说不着急，一起吃了晚饭再走。我说要穿过沙滩走公路步行回去，天黑了不好认路。萨沙拉着大伙儿拍照留念。萨沙爸爸回屋里取出他的大单反拍了数张，我的小卡片也拍了几张。留下他们的 E-mail 地址，几位俄罗斯朋友起身送我离开。

很意外的沙滩相逢，留下满心欢喜。我想如果哪一天我在俄罗斯哪个城市溜达碰到萨沙拍肩膀、被娜塔莎两口子叫住，那时的浪漫惊喜该有多大……我居然忘了问他们是俄罗斯哪个城市的，会说的几句俄语问候话一句也没想起来，没能给他们一个意外。咳，高兴坏了。

从萨沙住的宾馆前门出去，沿沙石路往回走。路边一侧树林成片连绵，一边紧贴海岸。有几个小村落，看样子家家有民宿，也有小商店、小饭馆开成街市，有中老年西方人出入，大约是长住户。几处挖掘机停放在施工建房的开阔地和海岸相接，海边礁石群近在眼前，夕阳落日把西边天映得通

萨沙父亲和他们的俄罗斯老乡

夕阳无限好　只是近黄昏　暹罗湾落日

红，海水泛出红光，美得人挪不动步。我的卡片机没停按过快门，我想不管怎么样总可以挑出一半张看得过去的吧。

经过一片修建漂亮的墓地，走进去看，整片墓园全部由瓷砖铺就，陵墓彩色镶嵌，整齐对称。虽然不识墓碑文字，能看出是个家族墓地。墓园外停下一辆皮卡，下车三个人抬车里物品进墓园，笤帚清扫后在瓷砖地铺上地毯，摆上些盆碗。我问其中年轻些的一个人，这里在准备什么活动？他的英语也是蹦单词式的和我有一拼，哈哈，连猜带问我明白他说的是家族祭奠亡者，今天正日子，晚上仪式后族人在园里聚餐，为亡者守夜。老人孩子回家，年轻人过夜留守。整个活动持续三天。

正说着，一辆小面包停住，下来男女老少十余人，老人需搀扶，娃娃两三个，中学生两个，几位妇女和年长男子。众人走进院内，地毯边席地落座，各有厚薄不等的坐垫。车上又搬些锅碗瓢盆、烧烤炉、液化气罐和炉灶，几大塑料箱摆开地毯边，打开里面有米线、炸鸡、青菜、番茄、黄瓜，瓶瓶罐罐等等各种吃食和调料。拍过几张照片，谢过答复我问题的人，告辞出去。几位妇女向我喊话，那人笑着说她们挽留你请你吃过饭再走。我合掌向她们致意，谢谢她们的好心，挥手告别，继续走回宾馆的路。

接近大路路口，一座淡褐色建筑矗立路旁，门牌标识“Museum Resort”，可惜关了门，不然纵使天黑也该进去参观。沿大道走到天黑进宾馆院儿。一路尽思量，计划外的富国岛湄公河三角洲之旅意想不到地完美开局，暹罗湾明珠美景，黄金沙滩我已享受，首府阳东镇昨晚已游览大概，对岛之地貌历史约略有所感觉和了解，现在不是悠闲度假和深入探访旧迹时候，西贡大叻芽庄会安岘港顺化河内老街才是更吸引我去完成的旅行的原有安排。决定富国岛结束留给以后的避寒长度假，其实按娜塔莎她们的走法，河内直飞富国岛是另外一种旅行体验，对我而言比莫斯科前往方便太多了，属于想走就走的简单事。

到总台请帮我订明早去迪石的船票。小胡子老板打了个电话，告诉我已订好，明早 9 点门口等即可。付船费回客房。翻看下午照片，和萨沙们合影晚霞夕阳照片还看得过去，马上输入笔记本拿到总台门口蘑菇棚下，上网发给萨沙和娜塔莎。以后没收到他们回信，我很想得到萨沙老爸大单反拍的几张合影，遗憾。

第四章　湄公河三角洲

我们这一代人对越南南方耳熟能详。20世纪60年代，即我们上学的年代，每天广播里听到的，电影新闻简报里看到的都是越南人民抗击美国侵略的消息，可以用铺天盖地来形容。几十年过去了，现在还可以记忆起当年的英雄阮文追，波来古大捷，胡志明小道，僧人自焚抗议等很多具体细节。如今踏上这块既熟知又不曾谋面的土地，心中那种未名的冲动非我莫知。

相关的背景资料大段抄录于下，为旅行准备。摘引自网络，有删节。

【百科名片】

湄公河发源于中国青海，在中国境内名为澜沧江。经云南西双版纳思茅地区关累出境后流经缅甸、老挝、泰国和柬埔寨后在越南南部流入南中国海（关于泰国、老挝、缅甸湄公河交界可见第二章相关旅行内容）。

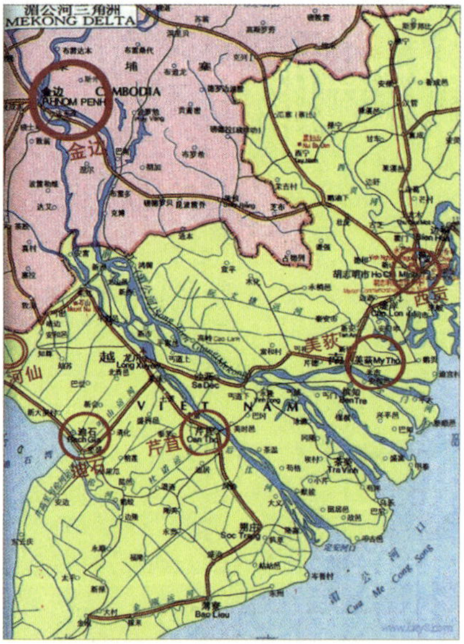

我的湄公河三角洲旅程示意图
（据网络图片编辑）

湄公河三角洲又称下高棉，别名九龙江平原，外文名称 Mekong Delta。位于越南的最南端、柬埔寨东南端。原是位于东南亚中南半岛的一个地形区，在湄公河附近和注入海洋的地区的9条支流形成河网。湄公河三角洲地区包括越南南部的一大部分和柬埔寨东南部，面积44,000平方公里（39,000平方公里属于越南，余1/5属于柬埔寨）。

湄公河三角洲地区平均海拔不到2米，多河流、沼泽。是东南亚地区最大的平原和鱼米之乡，也是越南最富庶的地方。越南南方60%-70%的农业人口集中于此，是越南稻米的主要产地，也是东南亚著名产米区之一。湄公河在金边下游分成两支，在越南境内叫前江和后江，这两江把三角洲分成三部分。

后江以南部分为金瓯半岛，由于湄公河泥沙的淤积，半岛每年向西南海边延伸60米-80米。半岛西侧海滩长满热带特有的红树林，内地多稻田和热带丛林。前江和后江之间是平坦肥沃的平原，河渠密如蛛网。前江以北部分和西部为同塔梅平原，实际是沼泽区，雨季一片汪洋，水深3米以上，旱季也水深及膝，盛产莲藕和浮稻，东部为同奈平原。湄公河三角洲流域位于亚洲热带季风区的中心，5至9月底受来自海上的西南季风影响，潮湿多雨，5至10月为雨季；11月至次年3月中旬受来自大陆的东北季风影响，干燥少雨，10月和11月为旱季，9月至次年3月有潮汐。强度很大、历时较短、影响范围较小的雷雨在整个雨季都很频繁；历时较长，范围很大的降雨在9月份最频繁，能引起严重的洪水泛滥，但其影响大多只局限于三角洲地区和流域西部，偶尔穿越大陆使更大范围遭受长时间大雨袭击。由于降雨的季节分布不均匀，流域各地每年都要经历一次强度和历时不同的干旱。

湄公河三角洲多年平均入海水量为4750亿立方米。湄公河流域水能理论蕴藏量为5800万千瓦，可开发水能估计为3700万千瓦，年发电量为1800亿千瓦时，其中的33%在柬埔寨、51%在老挝。已开发的水能不到1%。湄公河三角洲流域的径流来自降雨，由于每年不变的季风影响，上一水文年至下一水文年的主要水位过程线几乎不变，丰水与枯水间的差距不大。假若规定丰水年流量为多年平均流量的110%以上，枯水年流量为多年平均流量的90%以下，那么丰水年、平水年、枯水年在万象站的出现机率约为25%、50%、25%，在桔井站约为20%、60%、20%。

湄公河三角洲约有近5000公顷的水面养殖绿螯（green-pincered）虾，过去五年产值增加了10倍。该地区大部分池塘位于前江沿岸的省份。安江、同塔、永隆、槟椥、芹苴等省份均在努力调整其生产结构，以应付每年湄公河流域的洪水。BenTre省拥有2400公顷绿螯虾场，同塔省为1500公顷，安江省为600公顷，芹宜省为400公顷。当地养殖户通过结合水稻种植或与黑虎虾轮流养殖的方式来提高产能。绿螯虾养殖的扩大归功于繁殖种群的稳定供应。由于效益高以及拥有良好的畜牧养殖技术，再加上日益增长的消费需求，带动了产品扩张。

螯（音 áo）。绿螯是一种虾类。蓝纹螯虾原产自古巴，又可称为粉绿螯虾、古巴螯虾，常见有深蓝色、蓝紫色、褐色、墨绿色，刚出生的虾仔一般呈蓝色，在成长过程中颜色发生变化，是其一大特点，绿螯体型较小，体长5厘米—7厘米，触须较短，双螯细长。蓝纹螯虾多栖息在溪流和池塘处，有一定的地域性，蓝纹螯虾原生地古巴经常食物短缺，故其它生命力极为顽强，对环境适应能力极强，杂食性，只要能入口的东西决不放过，若空间过小食物匮乏会捕食个体比自身小的同类。饲养者可投喂食虾粮、绿色植物或小鱼、软体动物之类。蓝纹螯虾被发现得较早但没有应用到市场中，后因为人工繁殖成功而受到重视。在中国该虾种被饲养者当作宠物鱼。

湄公河三角洲地区的居民以越南人（京族）为主，高棉人、少数民族主要聚居在茶荣省、蓄臻省和安江省。在建江省和茶荣省还有相当规模的华族。

历史沿革：高棉人是湄公河三角洲地区的原住民，故又称“下高棉”或“下柬埔寨”。1 世纪—7 世纪为扶南国地，7 世纪—15 世纪为真腊国地，以后这里为柬埔寨副王所居之处，称为普利安哥（Prey Nokor），意为“王国的森林”。在古代，此地逐渐发展成真腊的港口贸易重镇。因水网密布，这一带被称为“水真腊”。当时中国人和一些来自阿拉伯的穆斯林都前往这里进行贸易。

公元 6 世纪，越南人征服了占婆国（今越南中部）。1623 年柬埔寨吉哲塔二世国王迎娶了越南阮朝的六公主，这位六公主向柬埔寨的夫王讨得了这片沿海土地，准许越族难民进入普利安哥，躲避越南南北朝时期北郑朝、南阮朝的内战，同时增建房屋供难民居住，所以法国殖民者将这片土地叫 Cosaoxine，意思是“六公主讨来的土地”，此系越南人在此大批定居之始。柬埔寨王国无法抵挡难民潮，普利安哥变成越南人的土地，此地亦开始被称为西贡。

17 世纪—18 世纪柬埔寨宫廷内乱不断，给长期觊觎湄公河三角洲地区的越南人以可乘之机。公元 1689 年，阮朝显宗阮福凋废黜了水真腊国王匿翁嫩，以大臣阮有镜为经略使，直接统治东浦（今越南南部东区）一带。阮朝在那里设置了嘉定府（胡志明市），又设立了镇边营（边和）和藩镇营（ 易定），驻兵镇守。这次扩张使越南斥地千里，得户逾四万，至 18 世纪中叶为止，富饶的湄公河三角洲正式成为了越南的版图。

与此同时，随着中国发生清军入关事件，大批不愿剃发易服、不愿臣服于满清的汉人大批来到湄公河三角洲地区。据越南史籍《嘉定城通志》记载，南明抗清军事集团陈上川、杨彦迪以及广东雷州商人莫玖因“明亡，不服大清初政，留发南投于高蛮国南荣府”，并成为了日后河仙地区的实际统治者，陈上川、杨彦迪和莫玖等人及其所携的华人在这一地区又被称为“明乡人”，这也是华人华侨大规模定居此地之始。1802 年—1805 年，阮朝政府先后下达了 25 项命令以开垦湄公河三角洲，这一富饶的地区逐渐得到大规模开发。1834 年，阮朝明命帝下令将湄公河三角洲称为“南圻”。

1859 年法军入侵湄公河三角洲，1862 年越法签订第一次《西贡条约》（壬戌条约），越南割让嘉定（今胡志明市）、美荻、边和三省和昆仑岛于法国，之后法国又占领永隆、安江、河仙三省，完全控制湄公河三角洲地区。法国人将这一地区称为“交趾支那”，西贡（今胡志明市）为法国人在印度支那殖民统治的中心。

1954 年北越军队在中国的援助下取得奠边府战役大捷，宣告独立。法国政府将政权移交给阮朝的末代皇帝保大帝，西贡定为南越首都，越南共和国成立后仍作为首都。

1975 年越南战争结束、两越统一。西贡纳入北越的军队保护之下，在美国此事件被称为“西贡陷落”，在越南被称为西贡解放。

1976 年越南社会主义共和国成立，战胜的北越为纪念其政权建立者胡志明，将西贡更名为胡志明市。西贡这个名字私底下仍广为流传，政府则将胡志明市的一区命名为西贡。

第一节　恬静河仙和鄚家忠义祠

【互动百科】河仙，位于越南最南边，是越南最美丽的边陲城市之一。最初是由来自中国明朝遗臣鄚玖率众开拓发展。河仙的意思是说神仙下凡到这里的河流。河仙之称起源于古时传说：在冬湖与金予河段之间的沙滩上常有仙女来此聚会，歌声嘹亮，琴笛抑扬，众仙女在清澈美丽河水上和明媚月光下翩翩起舞，所以起名为河仙。

早上 8 点钟我提着行李箱到总台办好退房，边吃早餐边上网，等候九点的车子接我去码头。,8 点半左右一位骑摩托车的人进院儿，问我是不是去迪石等车，我说没错儿。他浓重越南口音的英语听不明白，重复了几次我才晓得是船务公司的人，告诉我预订的迪石船因为接待一个瑞典团客满，改为要我到河仙，晚半小时出发。说好的事临时改变打乱了我的安排，我不接受，叫出老板要问个究竟，小胡子嗫嗫嚅嚅说不明白，三个人很尴尬。稍后我一转念想，前天过河仙时有一遗憾没能进城看看，何不趁机杀个回马枪？于是打破尴尬对老板说，退掉的房间保留给我半天使用，去河仙票半价。两个人一阵越南话讨论以后同意我的要求，船务公司的人退了一部分钱，开好船票给我后，骑车走人。

不到 9 点钟，一辆中巴开到门口接我。一车黄发蓝眼、高大身躯的欧洲人。二十几分钟到了一个码头，乘客全体下车，我以为可以上船，站在码头上拍照片等候，哪知司机叫住我上车，调头开走，车上只有我和另外一个半秃顶五十几岁的胡子拉碴的小老头儿。互相打个招呼，原来是个日本人，这回真的来了句奥哈哟。他是从西贡到的富国岛，五天住够了，改去柬埔寨。

车到另一处码头。下车处一家旅店门口玻璃鱼缸里竖直身体游动的一种动物小老头儿不知是啥，我告诉他叫 seahorse，夸张表情和惊叫使我看到童真的一面，我问你们日本是岛国，四处是海水，没见过？小老头连说没有没有，就此别过。他从河仙国境到白马。我再次踏上一公里长漫漫栈桥路。快艇门前站着前天碰到的秀气女孩儿，老远“你好”打招呼上船，她还会几句中文的问候，不过觉得笑容里带着收敛和严肃。走到跟前验票，她轻声说，老板在船上，今天检查工作，她要带班，不能聊天了，有什么事可以招呼她。我说 OK，你忙你的。

旅店门口的河仙农贸市场

行船途中见到一个头发稀疏、啤酒肚的中年男子在船上巡视，指指点点，带班女孩儿不时和他说着话。女孩儿经过我座位旁，向她询问河仙的交通和住宿，她告诉我，河仙没有市内公共交通，出租车、摩托、摩的到处都有，长途车站有到各地的车。码头进城一公里多，要过桥。城里住宿有很多选择。下船时女孩和老板站在一处，招呼客人，说一声再见告别，祝她好运。

第一段　上午南半城，河海风光千古关帝庙

搭一辆摩的进城。司机是个农民，很热情，租房住城里，闲时开摩托挣钱，孩子在城里上学。他带我驶过长长大桥，在一个靠河边的大农贸市场旁边连续看了几家旅店住下来。司机说城市不大，这个地方是最热闹的地方，白天晚上人不断，安全性也好。从来没有出过事。约好明天早上送我去长途客运站，把他的河仙地图送给我。一公里多一美元，不贵。司机告诉我，不找好地方不收钱，这是越南的规矩，所有人都遵守。别看是个农民，英语说得蛮溜。

办入住后放好行李，洗清爽才 11 点钟，我便背包出行参观美丽河仙。

旅店在一片拐角大楼临街中间位置，所有大楼一层全部是商店和饭店，旅店有两三家。马路对面纵向新建水泥大房里，几排水泥板搭建为条形柜台。正值购买交易全盛时间，交易大厅里人头攒动。我从顶头大门进入，中间门穿出到河边。隔岸可以清晰看到对面我下船的海港和刚刚坐摩的经过的长桥。河边一排停车位，近市场的车位处站立着十几位消瘦矮小戴越南斗笠的农村妇女，扶着满载芒果的自行车，市场里看到她们在大堆的芒果小山里面挑拣，

是批发价购买之后骑车到市里各处叫卖的小贩，为了生活不惜顶烈日冒酷热四处奔波，真是辛苦啊！

我沿河往前走。河岸很宽，彩砖铺地，小树成行成排，间或建有瓷砖贴壁的花坛，花开摇曳，可知当地政府为把河仙建为花园旅游城市，整治河岸花钱下过功夫。岸边马路宽阔，几乎没有车经过。路边一座弧形拐角楼外观像公寓楼，色彩和农贸市场及对面我住的宾馆楼群相当和谐漂亮。登记入住时候年轻老板告诉我，旅店所在楼群加上农贸市场落成使用才两年，以前农贸市场只是个大草棚，这片楼区是桥边一块荒滩。老板家住农村，贷款买房开了旅店，经过两年这一片区和城里完全连成一片，成为河仙最热闹的地方。

隔着一块在建楼房工地是一座全绿色玻璃幕墙的宏伟高层大厦，名为“Green Island Hotel”（绿岛酒店）。用长焦镜头扫过去看几眼，像是新开张不久。以其规模看至少四星级以上酒店无疑。站在楼上俯瞰河景海景位置角度再好不过。这一带河海边开发建设证明作为越南最西南隅的河仙省近几年经济发展颇有进展，势头迅猛，和国内司空见惯的情景大体相似。河仙的地理位置和我们国家广东广西类似，具有靠边界，多海路，四通八达的经济发展优势。政府借助富国岛和当地自然风光，积极发展旅游以带动经济发展的意图一目了然。

继续朝前走。河边栏杆有几处开口，修建有台阶和小水泥平台，几只细长小船泊在平台边。小船尾部安放小型柴油机。一对年轻夫妇带着一个十岁大小女孩从街边走下码头上船，母女俩在船中间坐好，男子在船

卖芒果的农村妇女

尾压下船尾柴油机边的一个手柄，一条铁棍从水中抬起，另一端挂了一个螺旋桨，原来是个垂在水里的柴油推进器。男子拉线发动柴油机，清脆轰鸣声中螺旋桨旋转动，小船转向，驶离码头，飞快向河中急驰而去，船尾泛起白色浪花一线，转眼间缩小为黑白点飘荡在宽阔河面。

瞧这一家子·返回海岛住家

河水从前面桥下流到此处，形成一个开阔河口。河口左面有一片冒顶的树林，树干半截没在水下，像一片扁平浮岛，两侧水流经过。我想在洪水期这个浮岛必将被没顶而消失。隔着很宽的河口，水面隆起一座小山样，绿色全覆盖的小岛。左侧山腰处一所寺院屋顶在阳光下闪闪发光，红墙黄瓦熠熠生辉。岛岸一线各色房屋成排。方才小舟一家三口便消失在小岛左侧。岛右侧窄河口与海港相隔相望。我就是从这条窄河口两次乘快艇驶过，进出富国岛。

湄公河进入三角州分九路形成一个宽扇面流入大海。我想象是不是河仙为首条入海口？仙、先音相同。心里不免一阵惊喜。回来查看地图完全不是一码事，主观想象而已。湄公河出海口在东，河仙在南。这条河具体什么名

河仙大桥

字没搞清楚，和白马市看到的那条河一样。不论怎样看到了河口地带美丽风光，足够了。

继续往前走，路边的房子大多是传统的二三层小楼，街巷口看过去是那种传统街道，巷里面像是旅店牌子的楼前还有旅游大巴停放。我估摸进入了河仙老市区。再往前，路牌显示是出城公路，河水流向的前方是一个大河湾。于是我决定左转进城区街道。街口一家旅店老板娘在看电视。走累了我就向老板娘借她门口客厅椅子休息几分钟，她欣然应允。坐下边喝水边和她聊天。我问老板娘平时客人多不多，她说，天黑前客人才会陆续入住，现在只有几个长住的没走。她问我要不要住这里，她可以优惠，报的价钱也略低于我住的客房，免费WIFI和早餐。我说可惜住下了，不然条件真的不错，离市区中心更近些。我问老板娘到河仙旅游的外国人多不多，她说不很多，一般是路过吃了午餐就走。街后面有两家专门搞旅游的，有时候会带游客到家里旅馆住一天，不过是西贡的国内客，昨天晚上还有两车客人。我说刚才在巷口可见过门口有旅游大巴，她说就是那两家人的，下午就回西贡。我问她家马路对面和旁边街上的法国小楼、小院现在属私人还是哪里在用？她说都是政府各个部门在用。我心想院子里飘国旗，有轿车、越野车，排房后面是车库，也只有这些部门用得起。

查看摩的司机给的地图，现在河边位置左转是市中心区，告别老板娘走去。过两个街区，前边街对面是座中国古庙，进去看正对面庙宇门两边分别是“忠肝”和“义气”，殿里中央关羽像正中端坐，关平周仓分立两旁。长髯红脸绿战袍关羽塑像和国内几近一模一样，祭台上红烛闪耀，燃香飘烟。两侧立柱上的对联“孤舟代吴魏千秋浩气贯乾坤　清夜读春一点烛光灿千古”对仗工整。怎么读怎么觉得少点什么，仔细查看原来右联少了一个“秋”字，这粗心工匠该扣工钱，哈哈。旁边屋是玉帝与天后圣母宫，玉帝和天后圣母佛台中间墙上孙中山、胡志明像并排分挂两边。这种诸“神”共奉的路数我是第一次见。殿旁侧门出去是门房，两侧墙壁各有一幅民间风格的关平战马图和周仓战马青龙偃月刀图，二人造型却很像以前小人书上的毡帽短须的西域胡人。门房出去是个临街的三角形小院落，院里越南国旗迎风飘扬，院门

关帝神像

与刚才庙门成一个钝角V形。院里有十数张长石椅，几个小学生在门房过道里玩耍打牌。这是一个关帝庙为中心的街心小公园。牌坊式公园大门上“千古一人”四个大字高悬。中国的关羽大帝在越南竟有如此影响，实为震撼。

出关帝庙往回走，我在路边店吃了碗通心粉算作午餐，量少了些，汤里却有鲜虾鲜肉，做得比较精细。鱼露是越南人的调味品，餐桌上必不可少，现在国内超市里卖的鲜酱油其实就是这个味道，不过真的没有越南的鲜。

河仙少高楼，河边那座新建的星级酒店算是最高的了。市内街道平房为多，有的街区三四层楼，很像国内六七十年代的模样，沿街的商店和以前国内的百货店差不多。中午时间街上行人稀少，卖芒果的自行车出现在各条街道各个路口，那些身材瘦小，骑着沉重自行车的农村妇女实在是令人同情。前边三岔路街口，雕塑和农贸市场相对而立。斜穿过市场前广场，我回到旅店客房午休。沿河边绕行走回来，从地图上看，约有半个河仙市区。顶着正午太阳，两小时多的步行令人感到疲乏。

环拍河口海岛图

第二段　下午北半城，屏山东湖鄚公忠义祠

醒来再出街已是下午近5点。从旅店门左边往上午相反的北边街走过去。刚一进街口便看到路两边各站着看热闹的一群人，两个人当街对骂，好像已经是尾声，二人旁边都有劝架的，拉着二人分开往回走去了。老百姓的生活，邻里邻居有时有点小摩擦、口角什么的属于平常事。我没停步一直走过去，如果是在北京可以听得见骂些什么话，连脏字儿都落不下，加上旁边看热闹的议论，大概齐就能知道为了什么开骂，这儿可是一个字儿也甭想听得懂。老百姓嘛，鸡毛蒜皮，孩子掐架，谁哪天背后嘀咕句什么被对方知道了等都能爆发街头巷战，不足为奇。

转过街角，马路对面是座不小的庙。路口寺庙角门上有"解脱寺"三个汉字。我朝正门走去，一边想，作诗作得人消瘦的贾岛费半天劲琢磨僧"敲"还是"推"的月下门，就是指的这种角门了。我想象一醉醺醺的和尚半夜回寺敲门求进，比鲁智深拆五台山寺大门文明多了。哈哈。

解脱寺依坡筑台而建。大门旁边一块墓地占据了一方地块，墓碑汉字书写，为大清李陈姓氏子民的三个孝男为父母双亲而立，立碑日期是癸亥年孟冬，推算应该是在清同治三年（公元1863年11月）。旁边又有李张姓氏孙辈戊寅年清明节为祖姑立碑（公元1883年）。中国华侨进入越南，进入东南亚已有百年甚至数百年历史，在此之前只是从书上看到一二，现在亲眼所见，得以证实。

进寺庙大门拾阶而上，庙堂前慈眉善目的观音半坡台上伫立，稍拜上坡进入大雄宝殿，佛祖坐像金光闪耀，合掌颔首立拜。侧门出大雄宝殿，屋外坡上一块庚寅仲夏（我推算为1833年7月）的墓碑引人注目，汉字书写字体为"皇越医院知府宋先生"，未知当年越朝官制，想是华侨以医技入朝为官，官医服务于朝。我深知中医在亚洲各国影响力，为祖国医学的深入人心

和观音一起俯瞰河仙

颇感自豪不已。

旁边大殿按中国寺庙规制当为藏经阁。阁内条案上摆放着过世住持的头像和著作。大殿内四壁工笔精细绘制的佛教故事壁画高悬。殿前平台略高于观音石像，可以和观音一起平视俯瞰河仙大半城区，夕阳下绿岛街市房屋清晰可数，美丽小城历历在目，唯有高度不够，看不到河流海面。

自知时间有限不敢停步，出藏经阁下台阶往外走。经过小夹道听到屋里孩子们的嬉戏叫喊声，我好奇地上楼梯探头看里面，七八个不到十岁小沙弥嘻嘻哈哈在地上滚作一团。一个小沙弥抬头看见我，立刻收起笑容起身站好轻咳一声，其他小沙弥闻声翻身爬起，两三个夺门而出，余下几个整理下衣服靠床站好。大屋里靠两边墙是两个木板大通铺，中间过道很宽，是孩子们的宿舍。看到镜头，小沙弥们背过脸不愿意面对，我没能拍到退身下楼，站楼梯口整理下相机。小沙弥们有的拿着书下楼跑掉，有的坐在楼梯上发呆，我趁机赶紧按动快门拍到几张小沙弥像。孩子们的发型很有意思，像成人分头剃掉一半，留下半边在头顶。在国内西双版纳和缅甸泰国柬埔寨我见过很

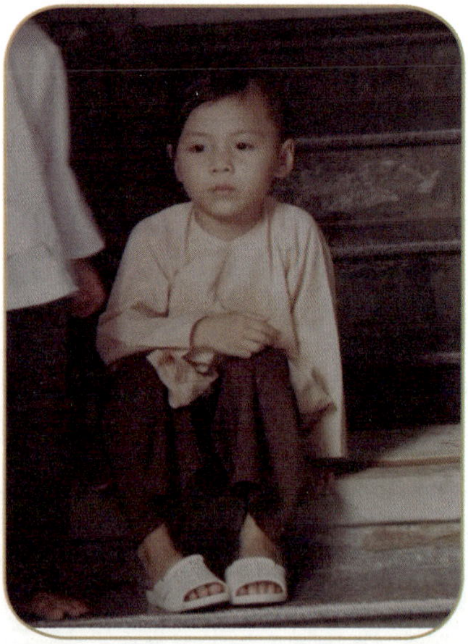

眉清目秀一脸稚气萌态可掬的小沙弥

多小沙弥，这样的发型是第一次见到。我想佛门严谨，管束严格，但孩子毕竟是孩子，天性使然，没有什么能约束他们的好动活泼，下了课一样打闹无度，两三个头都不敢抬夺门而出的小沙弥是怕老师出现责罚其淘气才慌忙逃窜吧，我不禁哑然失笑。遁入佛门的孩子和正常上学的孩子哪有不同？都是孩子。

出解脱寺门继续前行。百十步后小山左边凹进，路口一沟清水从山里淌出，进山小路两边竹林丛丛，大树遮天，信步走进去观赏山林风光。不远处路边有竹林人家，前边大树下村居院落三两户，百多米后路转左行，前方是个山湾，路的右边一条小河，流水淙淙，茅草葱绿掩映河边。一对小兄妹在河边捞鱼，哥哥下到水流在宽阔处积成的水塘旁，妹妹把鱼网递过去，眼巴巴地盯着哥哥手里渔网在水里搅动……

缓坡小路的石块路面不平整。坡下菜地精耕细作，果红菜绿，豆角黄瓜有支架。路另一侧坡边搭起棚架，紫花藤蔓绕其间爬满棚顶与周边，下面摆

屏山民居 清净幽雅

桌椅，老奶奶戴老花镜辅导孙儿做功课。路对面竹丛围墙成院，民房座落，使人想起郑板桥“不可居无竹”的佳句。另有十数户人家或近或远或独家小院或三几家合住，无一不是在大树下竹林中。

多好的一个世外桃源啊！要是给我一个选择，我一定会毫不犹豫地选择在这里定居，生活、养老。走进一个个竹林小院，树荫小院，居民们热情地和我打招呼，拿出水果请我品尝。和他们随便聊几句，虽然听不懂，对不上一句话，但流露出的善意、友情和好客却是发自内心的真挚淳朴。镜头扫过去，少妇很合拍地把几个月小娃娃的视线引到相机方向，留住母子快乐幸福的那一刻。

心有依恋地走出河仙屏山凹里的世外桃源，路口道边是个大荷花池，直行的路仅有密集树丛遮挡的一条小道，看样子很不便通过，只能绕池到对面与一个荷花池中间能行车的路。荷花不再，浮萍半池，岸树婆娑，夕阳水影，很有些郊野风光味道。荷花池的另一端可以看到市里道路车来车往，这是紧贴市区的一条外围道路。对面荷花池靠山一边有一座大院，围墙修到山坡上树林丛中，那是个什么地方？我加紧脚步走去。两片荷花池水面荷稀萍密面貌大致相同，步行中不时换角度拍几张照片。走到围墙路边大门前，门楹上写有“鄚公庙”三个大黑汉字，啊，原来是郑和郑老先生的家庙！我的心一下子兴奋起来。郑和七下西洋，曾经来到过河仙，当地人民几百年不忘中国友好使者，为他建家庙供奉，香火不断，实在是威震世界的历史伟人，让中国人自豪。

鄚公庙门匾题字

一位老人在院里推上门准备关门，我紧走几步赶上去对老人说，我是，从中国来，请您允许我进去看看。老人看了我一眼不说话，重新把门打开，放我进去，随手关半扇虚掩半扇，手指指里面示意我自己进去，拿起门后笤帚扫地，一言不发。谢谢这位厚道老人，我加快脚伐往里走。穿过正对大门的中间过厅，是另一座两只石狮把门的大院的院门，推开门进入内院，绕过正中的香炉到正殿小门厅进入殿堂。正殿两侧是配殿。殿堂正中祭台上除摆放“鄚公”及祖先牌外，并无画像塑像。殿内是传统一堂两厢格局，但没有

名垂青史鄚家公·鄚公庙正门

板壁隔开。一侧厢房内有卧榻和日常家居用品，另一侧厢房边有刀枪剑戟、斧钺钩叉一应兵器，屋内铺地毯，此外别无它物。绕过祭台出后门，内院门外是山林。内院中还有俩跨院，门楹题字左为“降必恭”右为“升思敬”。配殿无门窗墙壁，屋当中台上也各有牌位。前院正厅外两侧两配厅，摆放长桌和许多木椅、长椅。 展厅棚顶斜挂河仙官民共同祭奠“鄚公”的隆重仪式上民众载歌载舞的巨幅照片。里外参观后走出“鄚公庙”，向为我一个人开专场瞻仰中国名人庙的老人合掌致谢。此时老人已经没有一脸的古板严肃，露出热情和笑容，他说的越南话我一句不懂，我想应该都是些客套话，可能是我看每一件展品和四处拍照认真的打动了他吧。老人送我到门口，手比划着，指着正门墙那边一个门说着什么，又摆摆手指指天，我猜老人意思是说从旁边门上山去还有很多花草植物，很好看，可惜天晚了没时间参观。

到现在我还后悔没给老人拍一张照片留作纪念。出门看到他指的另一道门，我注意到这是中国四合院王府人家的规格，一座大院分为东中西三路，每一路自成体系又是个整体。像北京醇亲王府——西院为王府花园，现为宋庆龄故居纪念馆；东院是东中西三路的王府主建筑，现住有国家宗教事务管

河仙人民载歌载舞纪念伟大的开拓者鄚玖（鄚公庙展出照片）

理局和一个聋哑学校。在越南南方能有中国王府规格待遇，可见“鄚公”国际待遇之高。我进入的是大院中路正门，两边各有一道门没有时间进入参观了。拍好三座门整体的照片转回身时，老人已经关门不见，给我留下一段遗憾。

直到第二天离开河仙在汽车上看到入城路口的石雕像，我还在赞叹“鄚公”的大将风度，威风凛凛。很长一段时间里，郑和下西洋在越南河仙驻留，当地人民至今纪念的印象在我头脑中挥之不去。直到有一天翻看资料中被河仙开发中早期华侨鄚玖的事迹所吸引，才使我顿悟，原来错在我，看错了一个字，河仙鄚公庙上的旧体“鄚”字被我当时一眼认错，和繁体的“鄭”字混淆为“郑公庙”，我一直把鄚公庙当成郑和庙，哈哈，好在是自己认错，没有误导他人。上了一课，知错就改。

【互动百科】旧河仙城后倚屏山，南面是大海，前面有河，三面围土城，从阳滩到后门长152.5丈，从左门到右门长53丈，城高4尺，城濠深10尺，中间是工事，四面八方围绕着军营。集市热闹，街道繁华，有铸币厂，大型造船厂。巍峨的招英阁，是当时各地13位诗人聚会吟诗的地方，吟咏河仙美景的10首诗传流至今。

东湖是“河仙十咏”中的一个美景，这里有1819年挖掘的永济渠，长约100公里，宽20米，深2米。从朱笃起，这条渠延伸至迪江三岔口，弯弯曲曲流进入东湖。河仙盛产海味、土特产，如胡椒、红蚶、乌龟、玳瑁。

鄚玖，广东最早旅居海外的华侨之一，17—18世纪越南著名的华侨领袖。港口国，是1670年代由鄚玖在今越南南部建立的一个华人政权。历四世五主，于1809年最终灭亡，是南洋华人政权中存在时间较长的一个。17 世纪末、18 世纪初越南河仙镇的华侨领袖及实际统治者。

鄚玖（越南语 :Mạc Cửu）于 1655 年 6 月 11 日（中国南明永历九年农历五月初八日）出生，原籍广东省雷州府海康县黎郭社。原名莫玖，又名绍原，俗称“玖公”。鄚玖本姓“莫”，及至侨居越南后，因避免与篡黎自立的莫登庸的家姓相混淆，便在自己的姓上加上“邑”字旁，成为“鄚”氏），妻：裴氏廪 ；子：鄚天赐；女：鄚适陈。

鄚玖是越南河仙镇的开拓者。他出身贫寒，胸怀大志。1671 年（康熙十年），鄚玖 17 岁时，鄚玖“不服大清初政”“不堪胡虏侵扰之乱”，出国到真腊（柬埔寨）南荣府。当地国王见他勤劳勇敢，有创业精神，便把经商贸易的事情委托给他办理，并任他为“屋牙”（相当府尹）。

是时，真腊与邻国经常发生战争，鄚玖经营之地常遭侵扰，便离开南荣府，到滨临暹逻湾的忙坎（今河仙地区）招集流民落户垦荒。相传他在危难时夜梦故土河仙指引其于此创业，故名其地为“河仙”。

1708 年，越南阮氏强盛，不断向外扩张，而柬埔寨国势已衰，鄚玖深知真腊非久依之势，便上书阮氏集团“求为河仙长”，阮主福凋“嘉其忠诚”，封鄚玖为河仙镇总兵。经他和民众 20 多年勠力经营，河仙地区渐渐变成人烟稠密、外贸发达、经济繁荣的港口，欧洲人称为“港口国”。

鄚玖于 1735 年 7 月 17 日（清雍正十三年农历 5 月 27 日）去世，享年 81 岁。（《嘉定城通志•疆域志•河仙镇》则说鄚玖是 5 月 21 日去世，享年 78 岁）旧阮氏集团追封鄚玖为开镇上柱国大将军，而“河仙镇总兵”一职，则由儿子鄚天赐继承，进一步建设河仙，使河仙外贸更加发展经济更为繁荣。鄚玖子孙三代，为越南阮氏开疆拓土，立下殊勋，鄚玖被安南王招为女婿，且封为河仙侯。阮氏王朝嘉隆十七年(1818)，建鄚玖庙（忠义祠）于河仙屏山 (Binh-son) 东湖 (Ho Dong) 旁，俗称陵山 (Nui lang)，祀武毅公（鄚玖）、国公（鄚天赐）、理正侯（鄚子泩），守墓士卒仍 53 人，春秋两祭。并赐蜂岸一所，许鄚氏子孙世收其税，以为香火之资。当地华侨尊称为莫太公。

鄚玖的事迹载入周一良主编的《世界通史》及越南史书《大南实录》。胡志明市有一条街道名曰鄚玖街，即为越南人民为缅怀 17、18 世纪开发越南南部和下柬埔寨的著名华侨鄚玖而建。

古人有《河仙十吟），赞颂河仙十景：

东湖印月 南浦澄波 屏山叠翠 石洞吞云 金屿拦涛

珠岩落鹭 萧寺晚钟 江城夜鼓 芦溪渔舶 鹿峙村居

如此说来，从解脱寺出门到山凹里桃花源之后路过的两个荷花池，是河仙著名的东湖，从树密集难以通过的池边即为永济渠入湖口。以其两湖相并而言，如同芜湖市内二湖为邻的称呼，该叫做眼镜湖的。我所见山凹世外桃源便是屏山叠翠之地。经历诸事，其时不知，后有所悟，也是一种学习境界。鄭玖与郑和，虽同为明臣，年代不一，相去远矣。郑和生活在明朝万历鼎盛时期，航海威名彪炳青史，是鄭玖老前辈；鄭玖生活在崇祯吊死、清兵大举入关明亡年代，流亡海外的明朝遗臣所表现出的中华民族自强不息的精神，有史可鉴。

怪形三轮车载众女拜佛

步出忠义祠，继续往前走，天色微暗。七八辆人力三轮车载着一群中老年妇女从我身边超过，座上的人欢笑着并向我打招呼，我答礼拍照，回给我的是更大的笑声、尖叫声。不知是哪个工厂下班女职工抑或是何处妇女组织带领这些妇女们到佛寺参拜进香。老远看见她们在一棵大树下的白色佛像前集体合掌鞠躬，没有跪拜，随后不成队形地成群入寺。待走到近前，树下仅我一人。塔上白玉坐佛一尊，菩提树碧绿雄伟，枝叶为伞盖，树根露于外者错节盘根成团坐平齐于地面，菩萨盘腿团座，前有方形香炉微烟缭绕，天地佛浑然一体，和谐自然。旁边一块巨石刻有汉字“佛陀寺”。

佛陀寺中唯一有吴哥旧迹的佛塔

入室参观，殿堂厅皆新盖建，大雄宝殿中禅堂、钟鼓楼、配殿、藏经阁无一不齐备，殿前厅堂间均有僧人值守，小沙弥年纪大于解脱寺，一样坐无人处嬉笑玩耍。一老尼躬背驼腰，慢慢行至挂钟佩殿前合掌而拜数度，强挺起腰身，撞钟鸣响，口中念念有词，诚哉。

庙宇内殿堂厅阁皆新，独门口一座红砖佛塔有吴哥古风。河仙和湄公河三角洲大片地区于2世纪前是真腊国属地，像二百年前的黑龙江以北以东广袤土地属中国一样，被强抢归他国所有，当地应该众多吴哥古寺古塔，然而一个下午走遍南北城仅眼前这一座，显得突兀稀罕。多拍几张照片以记之。新加立佛面向西方率众菩萨站塔顶，风格不伦不类，非古非今，未知有何用意？想必不为凑风景。

出佛陀寺门，那些进香妇女连同乘坐的三轮车早已不见踪影。河仙的人力三轮车和其它地方三轮车相比，座位扁平，乘客须伸直双腿而坐，一辆车四个角各坐一人，居然可同时拉四客，新奇。庙门朝南，正对一条路直走下去，街两边多为民居，小片土地种菜，种庄稼，暮色中椰树椰果尽显热带田园风光。间或有地里小荷塘，路边神龛。约一公里远右转进城，百余步又有一座庙宇。寺院中睡佛安逸，落日余晖中金身闪耀，几处树荫下祥云盖顶，各有金身菩萨与身边僧像安坐，传经道场，瓷体弥勒佛独处一方，垂耳笑脸如故，更有法华会十三级宝塔座落其中。入里大殿门额题字“敕赐三宝寺”，和解脱寺、佛陀寺相比，皇上御赐使其身价倍增。大殿内灯火辉煌，佛祖高高在上，佛台烛光摇曳，旁侧千手观音相伴。殿内香客居士在僧人带领下面向佛祖，虔心诵经，双掌合十礼拜。

从下午出门所经各处，入庙有四，依次是解脱寺，鄚公庙，佛陀寺，敕赐三宝寺，加上中午参观的关羽庙，一日竟走五庙之多，我想在千佛之国的缅甸、柬埔寨、泰国也不过如此吧。河仙佛寺之多，信众之广，可见其一斑。越南佛国声名不及其它东南亚国家，然实际去过，才知其佛事鼎盛，不输他国。

出寺入城，街灯早已闪亮，街边摊各条街已摆开，白天关门闭户的店铺纷纷开门营业，行人熙熙攘攘，情侣携手，三五年轻

敕赐三宝宫中香客居士晚诵经

人为伍，拉家带口，比中午逛街时不知热闹几多。此刻月明星稀，河海之滨微风送爽，河仙人真会挑选逛街好时间。我随众人慢慢走街，不热不躁。行至农贸市场，更是水果鲜花小吃遍及广场。

夜市一瞥

在摩肩接踵的人群中走进一家糕点店，给明天路上买点儿储备粮，不然中途饿了抓瞎。玻璃柜中各种蛋糕、面包、点心玲琅满目，绕圈走两遍挑花了眼。老板是位年轻小姐，指着一种蛋卷推荐，打开玻璃门切了一块放盘子里给我品尝，是肉松蛋卷，从小我就喜欢肉松拌稀饭吃，这回对上点儿了，打包带走，谢谢小姐推荐。这种蛋卷北京超市也有，回国后成了常备之食，小县城河仙竟有如此美味，实为难忘。在前面市场前选了家干净街铺，吃罢晚餐，回旅店休息。

第二节　迪石，遇到不实的越南人和实在的中国人

旅店老板娘昨天下午打电话帮我预定好今早 8 点开往迪石的汽车票，同时就预定好接我去汽车站的摩的。当然，照规矩订票后接送免费。一大清早，昨天送我来的农民摩的司机已在大堂等侯，下楼退房见面他笑盈盈和我打招呼。我对他说明了情况，他满脸不高兴地去问柜台里的老板，随后黑了脸，气哼哼走出旅店，到大门口又转回身把他送我的地图要回去。咳，师傅你别急呀，听我说，失约这事儿真不怪我，订票接人是你们越南的规矩，跟我没关系。

把背包放在柜台里出去吃早餐。农贸市场早市已经人流不断，很多小贩把瓜果蔬菜摆在街边，还有一些是盆里盛水卖的海螺、蛤蜊、螃蟹、小鱼虾等海鲜，可能是连夜在海边捞了，清早叫卖。街上买菜的、送孩子上学的、赶着上班的、骑着摩托车、自行车的人潮川流不息。卖早餐的摊点和旅馆旁边在饭馆吃饭、打包带走的更是人头涌涌，店家忙个不停。等候送餐的时候，

我坐在饭馆门廊下，拿出卡片机拍照片，拍下一个个生活中的人。我想等我走不动的时候，拿出的这些照片会是我最美好的回忆。街面上来往匆忙的人们和国内城市里的清晨并无两样，是普通百姓的日常生活。

回到旅店在大堂稍候，摩的司机接我到客运站，约一公里许，与我昨天城里转悠的各条街背道而驰，是出城路。车场守门师傅还在吃早餐，打开栏杆放我和摩托进去。停车场很大，周围排房去往各地有不同售票窗口，我只需核实好订票信息直接取票即可，而后被工作人员带到一辆和南京依维可车外型一模一样的绿色奔驰车前，上车按号找到座位，一切 OK。

独自在车场里四处看看。8 点钟准时地发车。车上乘客仅三人。奔驰中巴驶上昨天我走过的大桥，桥上可以居高临下地俯瞰我两度乘船的海港。下桥到出城的三岔路口，街心有一座高大的站立的石雕人像，我认出是昨天“鄭公庙”里人群载歌载舞的照片的原发地，为自己无意中到“郑和”故地而自豪。车前行驶过海滨，大树成林，丢弃塑料袋为主的垃圾丢遍海滩。一路绿色田野禾苗壮。三小时左右抵达迪石汽车站。

车旁边十几个摩的司机，四五人围一个拉客。我没急着走，把背包放到墙边大树下，抽着烟观察周围。不少于十个人包抄过来和我搭讪，有几个英语流利的人，有人跟我要烟抽，便分了几支给会抽烟的，和他们搭话问迪石有什么好参观的，他们七嘴八舌地抱怨小地方除了房子和人没别

早市街边卖干鲜海产品的妇女

市中心街头环拍图

的。烟抽完我拿出 LP 给他们看选好的宾馆地址，问他们有多远？一个年轻的摩的师傅嘴快说不远就在……没说完被几个老油条式的人瞪眼打断，不再吭声儿，然后几个人油嘴滑舌地说这个说路不好走，那个说要过几道桥，还有一个说有的路禁摩托要绕行遇着警察会罚款收钱。我完全明白碰到了几个地痞混世魔王，北京的小地痞比他们还痞又不是没见过，我不理睬他们，向刚才说话被打断、站后边的年轻司机说你送我吧，就坐你的车。小师傅看看旁边几个人的脸色，推说家里有事骑车离开车场，肯定是觉得惹不起心里害怕得罪他们以后遭报复赶紧走人。见此情景我也懒得搭理这帮痞子，背起包往外走到路边找车。几个人围着我讨价还价。我对他们说一万越南盾，你们愿意送就走不愿意拉倒，外面有的是车。一个三十几岁瘦脸儿汉子掏出皮夹子拿出一张纸币晃了晃，给我看，我说："就是 ten thousand，ok？"他转身到树下推摩托车到我跟前，接过我的大背包放在前踏板上，载我离开车场。

出车场的另一边大门是条机电街，绕出去走大街过两道桥，十几分钟到宾馆门前。我先下车进大堂和总台里一年轻女士确认是不是 LP 介绍的这家宾馆，能否入住，她说没问题就是这家，有房间，我再问有没有打折价、钱合适的客房，她低头查看住房记录，一会儿抬起头告诉我三楼有一间空调坏了，可以打折给我住，街角的房子窗户多，房间有电扇不会太热，我感觉可以接受，于是敲定。

回身看见司机已经把我的大背包拿进大堂，和他说明天早上 6 点半接我绕城一圈，包一小时车，可以给十万越南盾，可否。他连连点头说好。我掏出一万越南盾递过去，他不接。什么意思？我看着他。这家伙又拿出皮夹子

取一张淡绿色票子晃晃说是这个，我一看是张十万票子，立刻火了，大声问他，你听不懂 ten thousand？连问了他两三遍。这时候进门旅客几个人，下楼外出的住客都停下来，围了一圈儿人加上柜台里的女经理一起看我和他嚷嚷。在他自己同胞面前讹诈外国人，这小子自知无理，脸涨得通红，满面尴尬，可就是死扛着不接我的一万，我更是火上浇油，把我的 Chinglish 发挥到极致，从头到尾说了一遍在车站讲价过程，质问他为什么到了这里要加十倍的价？穷疯了吧？这家伙张口结舌，偷偷斜眼观看周围人。看客人里有小声议论的，我反正听不懂，管他们说什么，得理不饶人，追着这家伙反复问他为什么欺负外国人。这瘦干家伙捏着衣角局促不安，嘴里嗫嚅着说不出话，看着又有点儿可怜他，便拿出一张红色五万票子说，就是这些钱了，你要就拿去，不要咱俩去外边找警察说。他斜眼看看，接过钱钻出人缝儿出门，发动车一溜烟儿跑了，我追着他喊，给我滚，明天早上你不要来了，我不用你。

周围人散尽，我办理入住。女经理接过我的护照摇摇头说："我们越南有这种人，真是的。汽车站不到一公里，当地人一万都不要，八千足够了。"我说没关系我见过这种人，我们北京也有这样的。刚才的一腔怒火不大会儿烟消云散。要是跟这种人置气，还旅什么行啊？想着方才愤怒之时京骂都差点儿冒出口，又不觉得一阵好笑，那一瞬间嘴皮子怎么那么溜，连"滚蛋"都生生地给转化为英语脱口而出，平时从没说过啊，什么时候从字幕电影里学会的？哈哈。

客房真好。三楼弧形街角一间屋，宽敞不说，除了里边两面墙壁，对街整个儿一面全是窗户。两扇窗子已打开，小风吹动窗帘，灌进屋里的是午间热风，此时可不能多开窗。放下背包喝水休息，换下汗水浸透的衣服洗好晾晒。背起小背包出去参观迪石。

宾馆位于市中心一小街里，位置极佳。出门直走过去，街里有几家小吃店，其中一家华侨开店的猪手饭，色香味诱人，我在他家吃了午餐。经老板指点，往市中心去。这条街有越南航空公司代办处，书店和百货店，闹中取静的地方。

出小街左转不远有几个路口、几条街，我自然首选那个大面积街心花园。一座古代武士手握腰间宝剑造型的塑像站立花园正中，未知哪一年代哪位英雄。两边棕榈树整齐罗列，花盆对称摆放，莲花形路灯造型别致，看着让人赏心悦目，一个城市能有如此花园街景是市民的福气。四周几个街口楼房虽然不高，却各具特色，并非完全法国风格，似曾相识，和我熟悉的国内城市景观倒有几分相像，感觉在海口、佛山、南宁、柳州随处可见的街貌。里面绿化带有被踩踏的痕迹。一位流浪汉模样的男子在过道上架起几块砖，点燃木柴过起了野炊日子，一锅皮皮虾刚煮开，香气飘散出来。看见我的镜头，戴啤酒瓶底儿般厚实眼镜的汉子咧开嘴笑着，做了个“请”的手势，意欲留我尝他的海鲜午餐吧？我摆手谢绝，他牙齿残缺不全的嘴咧得更大，笑得更开心。快乐的流浪汉！这是蛋白质丰富，很有营养的一顿午餐哦。我想如果在我们国内，这个流浪汉不会有这么大的自由度，哪能允许你在市中心公共场地明火野炊？那岂不乱了套了？旁边石椅上下摆着他的全部家当，看样子已经住了一段时间，像是个我们国内称之为拾荒者的乡下人，厚厚啤酒瓶底儿眼镜，文化人的象征，或许是个不修边幅的落魄文人？亦或是哪个乡村宁可流浪不愿安稳过平淡日子的离职小学教师……我这么揣测着离开，向街心花园另一端

迪石街心花园

大河边走去。

我估摸着宾馆方位，沿河边相向而行。河水浑黄没有漂浮物，流水不急不缓，偶尔见小船漂过。逆水行小货船发出沉闷柴油机鸣响，船尾泛起白色细浪一串。走过几个街口我准备回宾馆躲避午晒阳光休息，远远看见桥边菜市场热闹非凡，大堆的水果摊车堵住路口，还有各种蔬菜堆在路边，于是先过去看完菜市场再说休息的事儿。

据我在网上看到的资料，迪石是个去富国岛的过路城市，外国人到码头以后或很快坐船前往或下船之后直接大巴接走，很少停留过夜。所以当我进入菜市场街，引来的好奇目光和纷纷议论一点儿不奇怪，和菜贩、果贩、鱼贩、肉贩们点头打招呼，除了堵街口的车摊打开大伞，进入街区有商铺、小棚、大棚，正午时分顾客不少，估计是午休下班，路过的人们。路口的车摊纷纷向我推销车上的水果，芒果、莲雾、芭蕉、香蕉、橘子等堆满车。我挑了一个小西瓜叫摊主切开，坐她的伞下吃瓜解渴。一个小西瓜合人民币一块五不到，很划算。不由想起前些年夏天在喀什逛大巴扎，渴了就花五毛钱买块西瓜，那叫一个甜，一天下来背的一壶水基本没动，河边的哈密瓜更是便宜到一块钱可以搬回家一个。有便宜水果吃的地方生活好幸福。

一个大棚下卖水果木屋前女孩儿身影闪过，冒出一句“こんにちは”（你好）钻进了屋里，我一乐，又把我当日本人了。走到门口我回了她一句，女儿探出半个头吐了下舌头再缩回去，叫她出来聊几句拍张照片，可她再不露面。继续走路，逛市场拍照片。这个菜市场是自发形成的传统路边集市，这里少有规划性的建筑，物品丰富，有若干老铺子，拐角处一栋楼

流浪汉的野炊午餐 一锅皮皮虾

下有一家中文招牌和中文产品介绍的大药店，可知华侨在此地已经有年头了。市场靠河边，农副产品舶来极便利，一些赶早市来的妇女卖掉所有带来的货物，坐荫蔽地方等船回去。鲜花，水果，菜蔬，大米，海鲜，活禽，鲜猪、牛肉等鲜货类是市场主流，干货腌制类，调料副食品类以及加工类食品面包饼干烤制点心等也都各有其店其摊，其中自然少不了饭馆、小吃店、街边摊乃至理发店等服务配套小商家。和国内市场相比，交易商品类别品种数量不少，但市场自由度过大，缺乏规范管理，环境较乱，卫生环保条件相对差。

回宾馆路上走的另一条小街，骑楼窄，门店多，各种品类杂而繁，小城有小城特色。一番汗湿衣衫的游走后，洗洗午睡。

一觉睡到太阳西斜，约莫 4 点钟。纵然电扇开足，仍睡出一身汗。收拾好再出去，走相反方向到市区。上午绕了那么个大圈我总在疑问为什么法国小楼没有像金边那样到处可见，走过两条街之后打消了疑虑，一个桥头几座小楼虽然改变为淡粉色，一眼便能看出其法国风格，就像昆明东风广场旁边被供电局占据，改做变压器房的工具楼。还有巡津街那几条小街里面一样，看过去就知不是中国人盖的楼。迪石的楼房都不高，街很宽，但是人行道窄，走起来不大习惯。街边都是商铺，没什么值得细看。走完特意绕的几条小街后回到主路直街，奔着远处的宏伟高大的电信铁塔楼走去，到路口向路人打听，右转进去约二百米就到了汽车站。昨天我坐车进站，摩托车侧门出站，竟然没有看到迪石汽车站是个多边形的庞然大物。环绕车站大厦形成一个商圈，货栈商铺把车站围得严严实实。

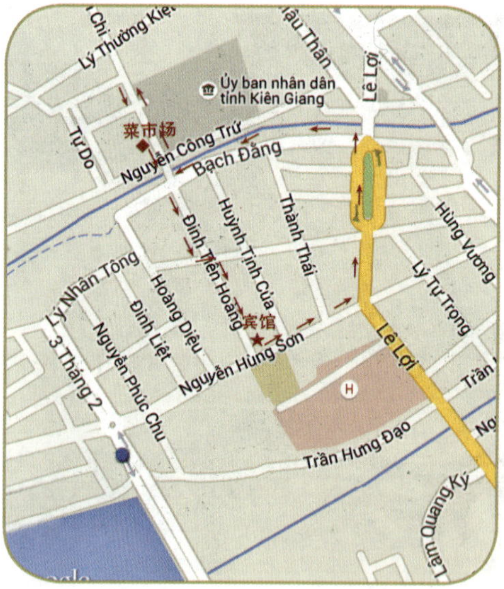

迪石上半天步行游览图（手机截图编辑）

走进车站大厦，里面商铺多得只能用拥挤不堪形容。看商铺经营容易，找售票窗口难上难。不是大厅集中售票，而是不同汽车公司分散在不同位置夹在商铺中间。七打听八打听我总算找到了开往芹苴方向汽车公司售票间，问好明天的开车时刻的同时，发现几家蛮雅致的餐厅咖啡馆，问老板知早上六点即供应早餐。于是一切有数儿，记好进门绕弯的路径，走出拥挤得几乎透不过气的大厦商圈。再次惊叹，这空间利用得也太充分了吧。上个月在马六甲汽车站，售票窗口那叫一个多，不知道多少家汽车公司在经营，家家在叫卖，在揽客，进大厅买好回吉隆坡的车票，转圈儿找候车位置，待看清楚车票标注的车位号，想回去看看走过的路，就再也找不到售票窗口，甚至连哪道门进出都懵懂不知了。鉴于这个教训，我特别在进出门的地方反复多看了几次，确定好识别坐标，又出门找好标志物，看清进出大门线路，才稍感放心地出车站，走上返回路。

货物售罄 等船回家

国外旅行，由于语言差异和管理方式及习惯不同，往往造成识别、寻找的麻烦和困难，需要耐心和适应。我常和朋友说，旅行就是熟悉新地方，而

迪石汽车站

汽车站前迪石美女

小街里的幼儿园

刚刚熟悉就意味着离别，而后又要经历下一次由陌生到熟悉便离开的过程，循环往复。也许旅行的乐趣便来自这里。

我没有原路返回，选择了旁边一条并行小街走进去，希望看看越南的普通百姓生活，就像在北京串胡同，上海观弄堂，昆明逛小巷，直接目睹市民日常生活方方面面的自然画卷。街口不远的路灯下有小贩摆摊卖鲜鱼，几位顾客围看挑选；一位大娘煮了大锅骨头汤，调料碗筷整齐码好地放在街边的桌上，身后墙边盛放米线、青菜、豆芽的叵罗一字排开，另外一只小煤炉上汤锅预备了烫米线，晚餐时间马上到。这样住户门前的街边店不止一家，前边玻璃柜中的馒头包子和蒸锅笼屉也已安放就绪，塑料桌椅摆开，等待晚餐时刻顾客的光临。卖海鲜的那家人，几个人在一起忙活，红色塑料凳沿街排开，上面盛着粘满海泥的海蛤、海螺、螃蟹和浅水中各色鲜鱼的大圆盘放了十几个，趸货来的塑料筐摞起一人多高，几辆过路摩托停下挑拣购买，鱼贩忙着称重装袋，收钱找零，一派生机。一街走过，隔三差五，家门口摆摊开店者比比皆是。生意做在家门口打理自有便利处，百姓居民赖以生存的日常收入得以保障，乐业安居，民之大幸。我们国内高楼猛增，胡同弄堂大面积迅速消失，如此和谐的胡同，闲散的市井生活，难得一见了。一间幼儿园临街，大门敞开，小书包在门口堆了一地，两个阿姨带着年纪不同的娃娃们看电视，等候家长们下班接回家。孩子们随心所欲，恣意萌态煞是令人怜爱。

横巷里百姓居室堂屋

小街略有曲折，大树遮半街的路段时有一二。房屋均为砖混水泥建盖，未见铁皮彩钢瓦的简陋居所，即便是两小楼间夹于狭窄缝隙中的单间小屋，也要彩饰外壁，装修得像模像样。临街人家大多门户敞开，邻居街坊屋里席地同看电视，或坐在门前空地摆摊闲聊，亲密无间，其乐融融。小街尽头处与一临河横向相接呈丁字路口，右转便是回宾馆方向。

从河边小巷房屋间隙可望见对岸排列的吊脚屋沿河绵延而下。仔细一看，和我前几天路过白马那天没弄清名字的大河边拍的一模一样。两个国家，不同民族，能有如此巧合？事后我查明白了，迪石原来就是柬埔寨领地，不过是 18 世纪被越南并入其版图而已，就像当时的沙皇俄国抢走黑龙江以北以东大片土地那样，海参威不是中国城市？哈巴罗夫斯克不是中国城市？现在迪石地面的高棉族属于越南统治下的本土居民。

横巷河边一家蜂窝煤厂生意兴隆，制煤工人和管理人员都在忙工作。在我们国内大部分城镇绝迹的燃料这里依然主要地使用，或许越南的空气污染

河边吊脚屋

程度还不那么严重。横巷内路面没有那么平整，房屋也很简陋，敞开门的堂屋除供桌别无它物，有一家人吃晚饭的，地面铺块塑料布，饭菜置其上，家庭成员席地围坐而餐，饭后餐后撤去塑料布再席地而坐看电视，屋间铺块席子即卧室，日常生活简单到不能再简单。热带地方没有御寒之需，席地而坐、而卧随处可见，和我在缅甸看到的家居生活大体相当，当然越南的住房条件要好于缅甸。从这个意义上看，热带生活成本远低于寒温带居民。这大约也是形成区域和民族性格一个重要因素。另外在建房屋也多，巷里居民们正在努力改善自家居住条件。

从我依次经过的横巷居所和早上菜市场河边屋都能明显观察到，此地吊脚屋和别处不同的是主建筑在陆地，临水房只是附属部分，其次大多为平房，少二层以上楼层，只能叫吊脚屋而非吊脚楼，住在这样居室绝没有我在乐山岷江边吊脚楼客房悬空凭窗眺望水流能感觉的那般奇异新奇或在凤凰城悬空走楼梯上下的小心翼翼。自古以来临水而居是人类的自然选择，但随着人口暴涨，大量化学品的普及使用，河流受到污染，水质急剧下降，带给人类的危害日益凸显。

蜂窝煤厂生意兴隆

【百度百科】迪石市（Rạch Giá）为越南建江省首府，越南二级城市。位于接近北纬 10° 1′ 0″，东经

105° 4′ 60″ 地区，西邻泰国湾。曾经是柬埔寨的领土，1715 年越南阮朝的南进政策下扩张并入。柬埔寨名为 Kramuon-Sa。建江种族有越族、高棉族、华族。迪石距离西贡 690 公里，距离富国岛机场 234 公里，有机场飞两地航线。

前四五年的夏天我在江南一带旅行，走到洪泽湖边，在盱眙县城外的湖湾港汊进入一个船民村，中午时间在船上一位大娘家和她聊了好一阵子，洪泽湖船村有河长，村民日常生活全部在船上。当时注意到水面污染，询问过他们的饮水，生活污水排放情况。而今在迪石河面，我又看到了类似的船民，用长焦镜头拍到了一家船民坐在船舱顶上的平台用晚餐的场面。不远还有两家船民，不像洪泽湖边的聚村而居。船身似水泥壳体，已显旧蚀，船舱为屋，屋顶平台带半船身长等宽遮阳篷。和陆地居民相比，船民的生活空间更为狭小，且有一定的流动性。依我看迪石市区河边不像是他们的久留之地，随时可能解缆漂向其它河段甚至在海上短暂停留。这种河道生活船的结构经不起海浪拍击。没有水上生活经历的人或许会有某种浪漫想象，但我宁可相信每条船都载满了生活的艰辛。

在横巷尽头上桥，回归大路，几分钟后走回宾馆。夕阳时分，下班光景，宾馆街那头小学校门口围满接孩子放学的摩托车、自行车。街边校门间一棵巨树下一片空地形成小操场上，上了一天课的小学生们奔跑嬉戏，释放过剩能量。小学校和旁边红墙汉字书写的“广华会馆”相连，远看过

水上人家的晚餐

去院内单檐庑殿顶，彩画屋脊，龙凤呈祥雕饰，十足中国风。我没走到近前凑孩子大人成堆的热闹，在中国院落前看到殷切的家长，活泼的孩子，近乎完整版国内校园和平景象，我心足矣。

回宾馆歇息。待日头落下、余辉散尽、街灯亮起，出街观夜景吃晚餐。选中下午不同方向慢慢散步。市中心区毕竟不比其他，家家店铺灯火通明，街边小贩更是活跃，鲜花水果摊最多，法式汉堡摊不是一两个，每个摊前顾客排着队等候。好奇上前察看，也被吸引着排队，想买一个尝尝。师傅操作熟练，鸡蛋摊饼切成条，腌肉片、火腿肠片油煎过切条，旁边烤热的法棍侧面切开口塞进鸡蛋条、腌肉条、火腿肠条抹上芝士酱夹进生菜、黄瓜片、番茄片，一卷，一裹，装袋，看着都要流口水。排队食客不是买一个两个，少的也要五六个，多的十几个，看样子是一家子晚餐，又或是放冰箱里连明天早餐都有了。轮到我时只要了一个，要不是怕天热变味，我也要买好明日早点，客房里没有冰箱不是吗。

前边饭店里要一碗加蛋越南汤粉，就着法棍汉堡，晚餐吃得很滋润很饱。路边水果摊在挑灯夜卖，可以现榨汁，加冰装杯，购买者络绎不绝，尤其是年轻情侣和带孩子的妈妈们，到了水果摊前都走不动路。经过一个五十几岁妇女摊前，我有意用中国话问菠萝多少钱一个？她果然用中国话回答，我没看错，是位华侨。她从后边拿出一个凳子给我坐，挑了个个儿大黄熟的菠萝从旁边桶里舀水冲干净，动手切外皮。我说您这个岁数了，可以晚上在家看看电视早休息，不必这么操劳了，国内这个年纪的退休妇女都是跳广场舞的。她边切边说，干了一辈子，闲不住，晚上摆个小摊，多少也能挣几个钱。我问她退休以前做什么？她说是中学老师，教数学。我心想国内哪个中学老师退了休会出夜摊卖水果？

数学老师切好菠萝用水冲冲，切块，装袋递给我。我拿出一块边吃边问她，您退休几年了？她冲洗着手说，两年，退休以后晚上在家闲得很，想来想去卖水果最简单，所以就干起来，一年多了。不过也只能再干两三个月。我问为什么？她说，过几个月媳妇生孩子就没有时间了，媳妇是越南人，担心她不会带孩子，要边帮边教会媳妇带孩子做家务。我说天伦之乐难得啊。儿子做什么工作？她说儿子比她工作时候忙，小两口都是中学教师，儿子当了副校长，除了讲课还要到处开会观摩，工作很出色，为这个她也不会再卖水果，把孙子带好。孩子他爸现在还在上班教学生。过两年退休就松快了。我称赞道，你们一家子人民教师，光荣之家啊。

有顾客买水果，不便再打搅，我告辞离开，临走祝她全家幸福、好运，抱个大胖孙子。

前路街店少，光线显得暗淡，不远有一条不宽的小河，河边树成排，小道边有街灯，是个河滨公园。我过桥左行往回绕，没有下河边路去，那里是情侣们的专区。马路对面是河滨公园，另一部分是咖啡厅和歌舞厅，门前霓虹灯闪烁，现在也是年轻人进进出出、迸发热情的时间。到前边上桥再左转过河直走，路边商厦均已打烊歇店，遂直接回宾馆结束一天游览。问总台值班员，他告知下午家里已经打电话为我订好到芹苴车票，明早在大堂等候车接即可。回到客房打开临街所有窗户，小风习习，一晚好眠。

早上离开河仙到迪石，中午、下午、晚上走了三趟街，换了三个方向，看了些街头巷尾市容市貌和市民生活，对迪石多少有些感知印象。从市面建筑、马路和整体规模看，与河仙相比，历史上迪石要发展得好，河仙小镇味道浓。如果给我一个机会选择落户定居长住，我一定毫不犹豫选河仙，那里的自然风光对我更具吸引力。

第三节　芹苴，东南亚最大的水上市场

一早退房去车站顺利无误，摩的仅一万盾车资。售票间取票后在一家昨天看好的华侨饭店吃炒面鲜汤，上车正点出发。开行一小时后中途司机停车和乘客吃早餐，车上僧人、军人、商人等若干人均随司机入内各选自好，我在周围转悠，新奇感多多，随手拍几张照片。饭店售餐卷女孩儿婀娜娇姿，闲下来玩着智能手机，拍张照片，果然楚楚动人。关于芹苴，我一无所知，只是在 LP 看到简要介绍，地图显示城市公路便利，决定作为停留地。在迪石利用大堂 WIFI 补课查看了芹苴相关资料，印证 LP 介绍，具体看什么玩儿什么暂且不详。

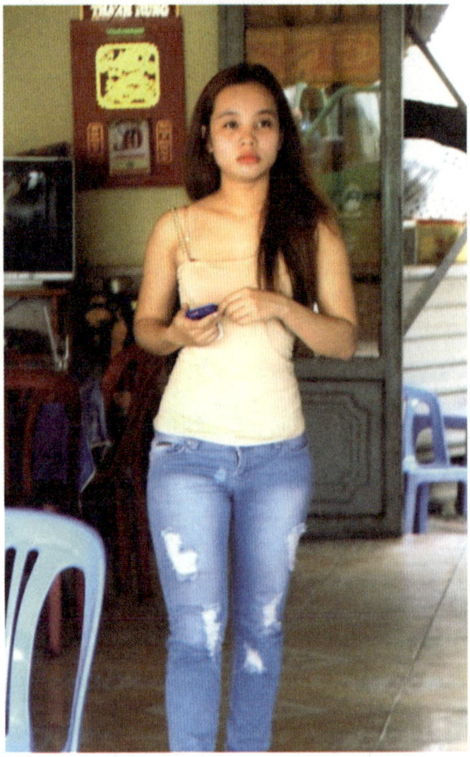

亭亭玉立美少女

【互动百科】芹苴（CầnThơ）：曾为芹苴省省会，现为中央五直辖市（河内、胡志明市、海防、岘港、芹苴）之一，距离胡志明市 170 公里，位于湄公河三角洲中部，后江的右岸，由于河面宽广，为海陆交通中继站，渔产、水果品种多，产量大。是九龙江平原重要的政治、经济、文化中心，也是越南人口稠密、经济发达的地区。芹苴市总人口 1,121,141，其中城市人口 559,040，农村人口 562,101，分别占总人口的 49.86% 和 50.14%。农业劳动力和非农业劳动力分别占总劳动力的 53.67% 和 46.53%。人口密度为 807 人 / 平方公里。为湄公河三角洲里最大的城市。芹苴大学是越南著名大学之一。

芹苴市分为宁桥、丐冷、平水和乌门四个郡，以及丰田、红旗、永盛和秃碌四个县。宁桥是芹苴市的中心区 。

芹苴市拥有较为发达的基础设施，如道路、水路、机场 、海港、出口加工区、电讯、银行、供水和供电系统以及新的市区，故能满足国内外的投资与合作。此地的经商传统别具一格；凤协（Phong Dien），丐冷（Cai Rang）水上集市就是令人耳目一新的田园旅游区。这里的水上水果食品市场和岸上的水果批发市场，品种又多又便宜。宽阔的河道中，有许多戴着越南特色斗笠的姑娘在艇上叫卖水果，特具越南风情。（网络摘抄）

第一段　认识繁荣芹苴

迪石到芹苴公路良好，沿途田园风光，小镇小村一一闪过，两小时余到达芹苴汽车站。在售票厅候车室转悠了解到美荻发车情况时，一位挎小皮包中年妇女到我身旁介绍市内住宿和游览项目，一口美式英语流利得我跟不上趟。我看了她两眼，应酬了几句，继续去售票窗口询问，然后坐候车椅上喝水准备出门找车。

中年妇女坐到我身边，很认真地告诉我，她是旅行社工作人员，不是私人拉客的小店主，拿出工作证给我看，说她们旅行社每天接待大量团队，对于外国散客也有很好的接待方案，旅行社提供完备服务，有正式合同发票含保险。她今天到车站就是专门为到达的散客服务的。我拿出 LP 预先看好的 Hien Guesthouse 客栈地址向她请教，她指指外面停车场的公共汽车说，出门坐三路公交车五站，下车右转二百米，在一个小巷子里。说完从挎包里取出一小张白纸，写上地名说，你给司机看，他会叫你下车。然后说，芹苴水上市场东南亚最大，是所有旅行的人必去之地，不去会很遗憾……我说，刚到此地，待住下来再联系。她说，整个芹苴只有她们旅行社提供全方位服务，私人小船乱收钱你是知道的。我请她在小纸条上写下电话号码，过一会儿住好了联系她。

按照指引坐公交车五站下车，步行打听小巷，从一条窄得恨不得能卡住我大背包的窄道进去二十多米到巷底敲门，女主人开门迎我过小过道进客厅，是个家庭客栈。放下大背包卸下小背包摘掉帽子擦把汗，蓦然回首，那位车站中年妇女却在客厅另一处。我惊愕问她你怎么会在这里？她对我似笑非笑和女主人相视一笑，嘴里说了句（我把它翻译成北京话）“这是我姐们儿。”既然来了，我也得坐下抽根儿烟喘口气儿，那就说说呗。

背包客栈位置优越

她说，她们旅行社有各种接待方式可以让游客选择，跟团有导游英语、法语、德语讲解，管早餐，散客拼团只管大船接送但不能中途离船，再有就是个人包船，分别收 20 美元、15 美元。不同方式游览都是一次往返两个半小时到三小时。早上6点出发。我问她个人包船怎么个走法。她说船小，不能超过四人，一位15美元，如果满四人可以优惠到每人10美元。另外小船回程可以绕城走小河道参观市容，比较划算，大船只能原路返回。我说我一个人包船，你给什么优惠？她稍顿了下说，如果就是你一个人，看在是中国来的朋友，她做主只收10美元。当下签约付款。

中年妇女站起身拿起摩托车帽，边往外走边说，明早五点半在巷口等，会有人接去码头。她从另一边出另外一道房门，过道中和房主人越南语说笑了几句，回头告诉我，她姐们儿说了，看在她优惠的份儿上，客房也给我优惠，别人收一天七八美元，姐们儿只收我6美元。哈哈谢谢二位女士。她关门离去。我心想这个女人像眼观六路耳听八方的精明阿庆嫂，除了给船工工钱和所谓的旅行社管理费，全是她自己赚，国内挂旅行社牌子自己赚钱的多了去了。这位芹苴女子一年下来能赚个盆满钵满。

新鲜蔬菜一盘

窄巷里的客栈是个大屋。主人自家住客厅一侧的两间，其余团转房间做客房。我住客厅另一侧一排三间中的中间屋子，里面一张大床枕头毛巾被和小桌椅，摇头电扇挂壁，简单得没有再简单。盥洗间在客厅过道另一边，要先经过主人家大开间厨房。客厅有长短沙发，可以看电视，靠墙有两台电脑上网，屋里WIFI信号还算可以。墙角放老板柜台，一个书柜上摆满各种语言的旅行书籍，越南语的为多，没有中文版。还有一些涂鸦在墙上和一些过了时的游客贴条，这是背包客栈的通例和特色。

放好背包冲凉清爽之后困意袭来，两小时好睡。起床后到天黑我有五小时参观时间。向房东打听值得去看的地方，她说这里就是市中心区，离老码头近，各种市场和老商业区分布在这一片，外国人参观购物都到这一带。晚上亮灯以后夜生活集中在码头一片。从河边码头相反方向往市里走不到一公里是文化宗教区，有一些庙宇教堂可以参观。经她指点加上坐公交车来的一

旧港新貌 滨河花园

路印象，无需地图便可以在这边转个够，芹苴街道不能说横平竖直，但大道宽敞，辨别方向以河边码头为坐标原点绝对转不了向。

从客栈正门走另一道小巷，比我进来的窄巷子宽。巷里还另有一家叫做HIEN的背包客栈，牌子挂得醒目。出门左转来时路，各种小店，一家石膏店的老师傅正在制作胡志明半身座像，比真人大。第一件事是吃午饭，店家婴儿横放在越式吊床上，可爱之至。三分钟不到，老板娘饭菜上齐，鸡汤鸡丝米粉一碗，洗干净的新鲜蔬菜一盘，红糟辣子一小小碟，青柠檬一剖两半一只。记得在暹粒和一位杭州同胞拼车的一天，他说很奇怪在老挝吃饭只给上不经加工的新鲜菜，开始的时候都不知道该怎么吃。这回叫我在芹苴赶上了。我吃过很多次云南过桥米线，无非是热汤把菜烫熟，北京涮羊肉把生蔬菜放进火锅也是烫熟了吃，现在这种吃法汤不烫水不开，放进去烫不熟和米粉一起吃，蘸辣椒直接吃，就是一个生吃嘛，我在东北和内蒙古老乡家、朋友家都是这个吃法，大葱、黄瓜、油麦菜等一桌子水淋淋生的菜，抓一两片叶子撅半根黄瓜蘸大酱嘎吱嘎吱倍儿香，江浙人烧菜细致讲究，粗枝大叶的生吃法他们没见过，所以吃不惯。东南亚各国一律没有醋，酸味取自天然柠檬的酸汁，自己挤出来加到汤里菜里。用这原汁原味的吃法，维生素百分之百没损失，值得提倡。

吃罢饭，逗逗吊床上可爱的胖婴孩儿，朝码头相反方向的文化宗教街区走去。码头留待晚上看。

公交车车窗里看过的那些楼房风光在步行中再次一一浏览，火柴盒混合着法国风组成不同于国内的异域风光。街口一个中国庙，完全的中国风，供奉释迦牟尼佛祖和弥勒、唐僧诸佛，香火旺盛。越南人对唐僧的礼拜崇敬甚至胜于国人，我在河仙解脱寺中见到的唐僧佛堂和国内流行的形象几近完全相同：红色金线僧袍，黄色僧帽，手持禅杖平视远方。佛堂面积和大雄宝殿相差不大。佛寺对面一所学校门庭开阔，校园巨大，能在市中心占据如此重要位置，可见是个很有影响力的学校。院墙上蓝底白字上书写“芹苴华文夜校”大字，足知当地华语文化流行、传播的影响力。

小娃娃的船舱生活

一走一看，时间过得很快。而我出门只带了个卡片机，没拍几张没电了，参观过的一应楼舍、寺院等街景都没能拍到照片，返回码头参观路上顺便到客栈取长焦机。再到码头已经夕阳时分。

教堂里信徒们正在做弥撒

码头是曾经殖民地时期，交通不发达而以船运为主时代下法国人留下的历史遗迹，现在不再是交通枢纽，翻盖扩修成为滨河公园，原来的船楼现在是芹苴地标建筑之一，成为旅游宣传画主题，到处可见。室内是各种旅游商品店和考究的饭店、咖啡屋，招待团队绰绰有余。记得早前去参观大寨，偌大的国际旅行社宾馆我一个人住，饭点儿开宴会的大餐厅里一个人点菜吃饭，搞得以后见了大场面我绝不进去自己找冷清。今天又有点儿那种感觉，转身往码头人多的地方去。

旧码头旁边现在还是码头，停满各种小船、货船的民用码头，河岸布满吊脚屋，船民、市民的居住地。敞开的船舱里船民的生活空间一览无余，不知忧虑的娃娃们在堆满货运器具的货舱里爬来爬去玩儿得不亦乐乎。道边有卖鲜鱼的小贩，前边不远的菜市场里正在收摊，卖水果的小贩不肯罢手依然在招呼过路人。早收摊的汉子们坐在柜台上打起了扑克牌，有的钻进船舱里打。市场里卖鱼摊位多，

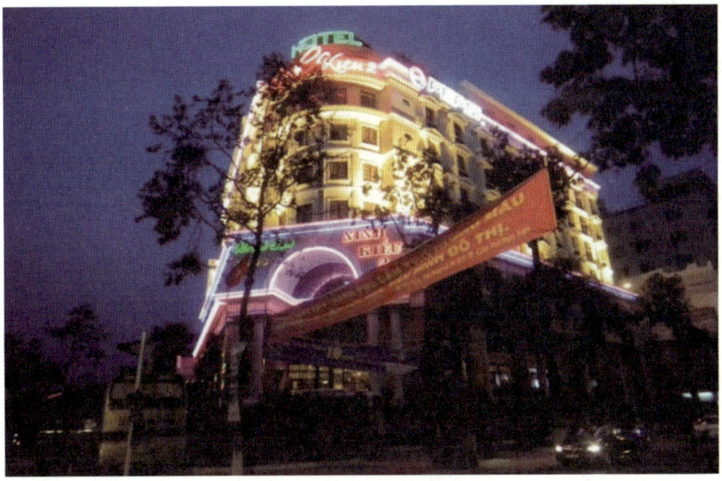

芹苴街头黑幕降临

满地污水流，在里面转了一圈儿出门继续沿河边往前走。过市场后的街面开阔些，河边不再有货船、货仓，而是砌起的矮墙，一边路法式小楼一座连一座，有学校、政府机构办公楼，饭店和一座教堂。学生们放学，满街娃娃，饭店门前有婚礼待客，喜气盈盈。教堂建筑已很有年头，经过翻新，依旧富丽堂皇，法国殖民百余年，遗留的教民几代传世做晚弥撒，虔心祈祷。再朝前走跨河桥，形成十字路口，向右走是去客栈的回头路。街口大院知是政府楼院，但读不懂具体属哪一级职能。再过去是大超市，取名 Plaza 的那种。天色暗了，不想进去凑下班人多的热闹。不多远，一座大宾馆的霓虹灯照得周围五彩缤纷。芹苴美丽夜色，拉开夜生活的帷幕。继续往前，回客栈的路口，各一座中国式佛寺两相对，我走进右转处的庙里，观音、弥勒佛二神院里门口矗立迎客，没再往大殿里面去。待来日礼拜。门前闲坐的老人们喝茶闲话，带娃娃的悉心抚爱关爱有加，柔和灯光下日子过得不紧不慢，清淡悠闲。第二天天蒙蒙亮就要去水上市场，街边店吃过晚餐后溜达着回客房早早休息、养精蓄锐。

第二段　丐冷（Cai Rang）水上市场·广肇会馆和芹苴博物馆

早晨 5 点半我站在巷口等接我的人。过了十分钟没动静，正思忖着不会

被骗吧，身边一个女人说话吓我一跳，扭头看一个矮个、30岁上下妇女一脸笑容看着我说话，越南语我听不懂，她比划着意思是去屋里找不见人，来回转了几次才发现巷口站的人像是等人的。她拿出一张纸递给我看，是昨天我和那位“阿庆嫂”签的合同，有我的签名。双方核实好之后她带我穿过斜对面小巷到昨天下午我逛过的菜市场停满小船、货船的河边，那里十几二十条船尾带柴油机的小划艇在等候客人。她和河边的人，船上的人打着招呼，说笑中踩跨过几条小船，到后边小船上划桨挤进船堆里，划到岸边叫我上去。待我坐好，船娘慢慢摇浆，划出船堆到外边江上，停下船桨，拉绳，发动柴油机，在响亮清脆的轰鸣声中船尾喷出白烟泛起白浪加速驶入江心，顺流而下。

船娘坐在船尾柴油机旁扶着后舵调整方向，进入正常航道固定好舵位把双手空闲下来，从自己座位下取出一只小竹筐，拿起大小各两个像竹篾编的圆圈递给我，示意戴在手腕和手指上。哦，是两个草编手镯和戒指，按她意思戴上。这是船娘送我的礼

半江瑟瑟半江红

水上加油站

物，礼轻人意重。我试着问她家里几个孩子？她笑着伸出两根手指。多大了？她比划着一个高点个子在上学，一个小一点在家。英语她完全能听懂，只是说不成句，说了一个数字9和5，是说9岁的上学，5岁的在家，两个男孩儿。我问她，你这么早出门，孩子上学谁送，家里娃娃谁带？她蹦出个丈夫单词，推摩托姿势，意思说孩子爸爸骑摩托送孩子上学，又说出妈妈一词，比划着抱孩子端锅刷碗，说婆婆或是娘家母亲在家带孩子做饭。我问她孩子爸爸做什么工作？她比划着说盖房子，带一帮人工地上干活儿，我明白是个建筑工地的工头儿。我说，你送我去水上市场只要三个小时，回来以后就回家吗？她摇摇头比划着告诉我，如果有游客要游江，她会开船带客人去指定的地方或是走水道环城，一小时五美元；有时候当地人运货她也会接活儿送货，路远的要跑大半天。虽然不成句，像建筑、房屋、工人、游客、货物等她都能准确清晰地说出单词，加上手势，我完全能明白她的意思。

像是东欧客 早早立船上 拍的拍吃的吃

买老倭瓜，抛接显身手

江天交际的远方露出一抹金色，未及举起相机，太阳已经探出半张脸，很快腾跃着跳出天际，水波潋滟的江面顿时金光灿烂、夺目耀眼。我停止和船娘说话聊天，沉浸在江上日出的迷人梦境中。半小时航程，岸边民居、村落、

把吃相拍下来

吊脚屋慢慢退出视野，一座两座给我新鲜感的水上加油站被甩到船后，载客游水上市场的大船小艇或超过或被超过，江风习习，爽身宜人，水路旅行无限风光。

我们的小船进入大小载满瓜果蔬菜的密集船群当中，湄公河上最大的水上市场到了。船娘站起身手握舵杆中速行驶，穿梭在货船中间，我被眼前罕见的热闹集市吸引得无旁骛之心，只能是睁大双眼左顾右盼看看看，镜头对准目标，指下快门按按按。这样的阵仗若不是身临其境，仅凭想象难以体会它的魅力。前几年在曼谷团游湄南河，当年水淹曼谷，湄南河水与堤岸齐平，往返数公里左右岸各行一次，被导游说得天花乱坠的水上小卖场也只有一艘小船载满各种吃食、日用杂货靠近，游船团客出于好奇买过几只冰棒、冰激凌。现如今看看这阵势，整个儿

交易商谈中 不误买小吃

一正规军对小股流窜游击队，没得比啊！

湄公河河道宽有二三百米，南岸大小码头自不必说，停满载货的、不载货的各种船只，中间一排大小货船未到河心，顺流一字排开长龙，越过河心，又有一排大小货船顺流一字排开长龙，距北岸约百米。三排货船长约百米，和中间两条河道组成交易区，买家船、观光游船和不同品类流动售货船穿梭两河道之间，买的买看的看卖的卖，交易区外约百米宽河道能同时给其它过路船只通行，各行其事，场面杂而不乱。

三排货船大致分为水果区、叶菜区和瓜菜区以及粮食区，船头树有竹竿，几尺竿头挂有西瓜、菠萝、老倭瓜、凉薯、圆白菜等，挂什么卖什么，就像街头小贩吆喝什么卖什么一个道理，买家卖家一望便知。买家中小船只游弋其间，看上哪家便靠近与卖家讨价还价，交易成功后开始搬货，扔西瓜抛倭瓜的接力场面比比皆是，凉薯是袋装的，卖家称好一袋袋递给买家，圆白菜娇嫩些要一个个手递手，菠萝也是靠抛接，我真担心他们的手被菠萝粗糙带刺的表皮刺伤……

包小船游市场的西方客

流动售货船可不像湄南河仅一只两只，往返穿梭斜过河道的小船各司其业，有卖米线面条的，要吃早餐的一招呼便靠上去，买家卖家一边谈生意，小吃船的船娘边把烫好的米线面条连汤带碗递过去，收了钱去另一家。卖冰激凌和各种饮料的小船也不停地在各个船之间转悠，观光船上也有买可乐和罐装啤酒的老外。卖咖啡的流动小船最忙，不住地被吆喝去给顾客送热咖啡。

批发购买圆白菜

过秤，一袋凉薯多少斤？

船上几只暖水瓶，袋装咖啡加伴侣，几个开罐的小盒鲜乳，冲几杯递送上船，立马调转船头赶去另一艘船。还有卖水果的流动小船生意也不错，但凡看见外国人站在船舱顶上啃菠萝的，坐小船上捧着西瓜吃的大多数是西方来客，参观、解渴、解馋三不误。

给我驾船的船娘很有经验。初入市场，我们走最外边一排，这里卖凉薯、倭瓜、冬瓜为多。一百多米走完，转大弯掉头走，靠码头靠岸也有一排，这里卖菠萝、西瓜和叶菜为多。到尽头她转舵绕到中间一排的外侧一边再兜到里侧转一圈，中间一排两边都有交易，而且船间有小水道，是流动售货船和买家船穿行的地方。随后她再绕到外面一排重走第一圈。这样我们在市场里兜了三圈，里里外外看个遍，从市场开始交易到逐渐船只离场减少，整个市场活跃交易高峰期我们始终在中间穿行观看拍照，一点儿没落，看了全过程。话没说几句，看得实实在在。

两艘大客船已先行离去，比我们晚到而早退，能认得出其中一艘是散客船，另外一艘我们转完第三圈才到，估计是赶完20公里外的风协（Phong Dien）市场，才到我所在的丐冷（Cai Rang）的豪华游轮。快艇虽然有速度可以赶时间，但他们到此只是缓缓直线通过，旅客坐船上扫一眼即通过原路返回出发地，这种游法着实不爽。散客船也仅绕一圈便离去返回。近两个小时绕三圈，我意犹未尽，那些绕一圈甚至直线经过的能看到些什么可想而知，瞧热闹都是末尾了，走马观花而已。我庆幸自己选择了包船，舍远求近选对了市场，相对来说要比其他游客游览观看得充分。

船娘把船开出交易区逆流而上，过大桥之后把船驶向左侧河口，进入另一水道，我知道是开始返程的绕城游，是大船所不及的另一个水上景观。新河道应该是湄公河的一条支流，入口处河面尚宽，河水略浑于湄公河主河道，少量树枝叶和菜叶顺流而下漂往下游河口，一两只小船相向划过。几百米后河道收窄，岸两边临河有几间工棚，晚起的人们睡眼惺忪地蹲河边刷牙洗脸，一个秃顶胖男人泡在河里洗澡。有挖掘机立于河边，挖斗伸进河水，还没有开始上工，而农村水乡的集市已然结束。城市农村的生活节奏相差就是那么大。前面河边小路旁一座小寺庙“觉禅寺”几个楷书汉字清清楚楚。附近大约是个集镇，饭馆咖啡屋建在水边，各种洗菜洗碗水直接排入河中，甚至方便

几个白人小妞边吃边听导游讲解

岸边树茂盛河底水草丛生，须摇浆通过的窄河道

之处也悬空搭建到了河里，排泄物直接入河……很难想象河水的清洁度究竟如何。岸边水葫芦生长旺盛，一段一段顺水漂流，富营养化已经悄然出现。污染状况实堪忧。

过一段河面，两岸树枝密集相接搭起枝叶棚帐，有的地方甚至需俯身低头躲避。船娘早已关闭柴油机，操起船后双桨划船通过，她指指水下说 grass，我明白是怕水草缠住螺旋桨推进器烧坏机器，那麻烦就大了。

看着船娘轻松熟练摇浆我想到电影里看过的渔家姑娘身影，读书时候小学中学看过不少讲述大海故事的电影，记得的有《海岛风云》《碧海丹心》《红珊瑚》《海岛女民兵》，50 年代老电影里还有《无名岛》《赤峰号》和王心刚、王晓棠主演的《海鹰》，影片里差不多都有渔民摇浆划船支援人民海军形象。船娘摇浆把我的思绪带回到了遥远的儿童少年时代。《赤峰号》那首旋律优美的电影插曲 MP3，我录在手机里不时听一听；歌剧电影《红珊瑚》的曲子也很优美动听；陆清霜演唱的《渔家姑娘在海边》也是我至今爱听的歌曲，MP3 时时都在手机里……

船娘发动柴油机的响声打断我的回忆遐想。她重新坐在船尾，拿起手里的红线在编织着什么，我问过她，好像是给小儿子织背心，她表示有时候连续下雨天气很冷的。我想应该是在北方冬季的年底和年初，寒流会抵达北纬十度的越南南方。热带地方生活惯了的人，低于二十几度对他们而言就是严寒了。

小船所过之处，岸边房屋渐渐多起来，从一个宽河湾转过去，楼房高大，临河而立。前行过一道不高的桥，穿出光线暗淡的桥底，眼前豁然开朗，船娘在柴油机的轻快呜响声中转舵驶入很宽的河道，我问她是不是湄公河主河道，她点点头，随后指前方河边淡粉色楼群和钟楼说，那里是芹苴大学。下船以后我有点后悔应该接着她的话茬请她开到对岸近距离看一看这个越南著名学府，假如在那里下船就可以很方便地参观，反悔当时为什么没反应过来。如果说心满意足的芹苴之行有什么遗憾的话，这是唯一挑得出的一点瑕疵，失去了一次垂手可得的参观彼岸风光和芹苴大学的机会。

和湄公河船娘合影

船行到此我清楚地知道这里是我住宿和上船以及昨天下午游览的河滨公园的上游区域，我今天要参观的地方。下了船码头清清静静，远看一些归来的老外正在和船工结算。我们靠岸后请路人帮助拍了一张合影，我拿出五万盾给她表示感谢，请她给孩子买点糖果和饮料，道别分手。6 点钟不

河滨花园胡志明主席雕像

到上的船，参观完水上市场绕城河道游，回来下船到码头已经10点多，船娘为让我多看、多拍照片，放慢行船速度，给了我充裕时间，比大客船多出一个半小时观赏，让我感动、感激。船娘的平和善良令我难忘。

小船过桥转弯到湄公河河道便可看见胡志明的招手的雕像，河边即公园，是昨天我参观过的河楼旧址的延伸部分。出码头门进公园门，在林荫道慢慢散步舒缓坐船四小时的疲倦。从胡志明雕像后面进入小广场我注意到公园对面一个红门，挂着红灯笼夹在楼群里的中国风庙宇，信步走进门匾上大字写的广肇会馆。绕过入门处的影壁，正殿依次是香炉、条案、关羽关公圣像台，香火旺盛，台前有女香客跪拜。左侧两个窄厅，一间供奉观音，一间是中医诊室，八仙桌前一位中医大夫正在为病人把脉开方。另一侧供有土地、财神和王母娘娘神位。

我转完用中国话问一位看书的老先生："请问这个关帝庙开了多少年？"听到我问话，老先生抬起头眼里几许惊喜，招呼另外三位老先生，一口浓重粤语腔："是我哋个中国银呐。"刚刚我进门看见几位老先生看书看报，打扫收拾，各做各的，谁都不作声，连眉毛都不抬一下。我还觉得奇怪呢，是

广肇会馆 关帝庙

不是生人进来与他们无关，就都这样。听到老先生这句话，其他三位老先生放下手里的报纸和活计，转过身抬起头和我打招呼问好。那位打扫卫生的老先生说，“请别见怪，早上活动刚结束忙着收拾，你进来我们都看到了，一身打扮像个日本人，所以都不理会你。”哈哈，什么时候我成日本人了？

几位老人搬来椅子一起坐下喝茶说话。我问以前这里来过日本人？老人们说，有时候会看到日本人进来参观，但他们一般都不理睬，侵略中国杀了那么多人，他们不欢迎。一位老人说，他看见日本人在庙里拍照片就叫他出去，庙里不许照相，日本人只能出门去隔着马路远远地拍。看报纸的老先生说，上个月一位台湾老先生来参观，也是被当作日本人没人理睬，那位台湾老先生很生气，出门的时候自言自语，怎么中国人不认中国人，被他听到了，叫住台湾老先生大家说中国话才消解了误会。我夸赞他们作为海外中国人为自己的民族争气，有骨气。老人们说那些蓝眼睛大鼻子的外国人只是经过门口不进来，最多在外面看看，问问遇到的老人。大惊小怪地进来参观的不是日本人就是韩国人，还有台湾人，中国内地年轻人一般进门看看，拍拍照片就走了，少有人和他们说话。

我继续问这座关帝庙盖了多少年了？广肇会馆是肇庆老乡会吗？看书的老人说，他父亲的上一代有人在这边种地、做生意赚了钱，回肇庆老家带家乡人来这里，越聚越多，就捐钱修了这座庙。肇庆老乡在一起组织会馆，办学堂，开中医诊所。以前这一带都是农村，靠种地、打渔、做小生意过日子，到现在一百多年了。他是跟父辈到这里的，从老家来时候还是小娃娃，在这里读书、长大，现在已经70多岁。周围的楼房公园都是近些年才建起来的。我说现在这里是寸土寸金了，能保住这块地方也不容易。

老人们说，他们肇庆老乡很齐心，谁也别想动这块地方，以前有人想出钱买地要赶他们走，都被他们顶回去了。老祖宗的地方谁敢动？中国人多少代在这个地方，谁也别想把它买走抢走。前些年越南排华赶中国人，可是这块地方谁也没敢来，他们接收了不少从西贡，从北方跑过来避难的中国人，有的给钱买票回中国了，有的一住好几年，家家腾房挤着住，后来局势平稳了才慢慢陆续回西贡，回北方，现在逢中秋、春节还会回来和他们聚。大家都是中国人，谁有难都要帮一帮。我竖起大拇指由衷称赞他们的民族大义，乐善好施。

我问老先生们，隔壁有中医大夫看病，还有药柜，庙里开有诊所吗？老人们说，这是百年的习惯啦。早年华侨来芹苴创业初期缺医少药，很多人生病没有地方看，肇庆来的一位教书先生懂中医，就在教学生之余坐在会馆给人把脉看病，解决了华侨就医的大问题，一来二去有了名声，大家凑钱买药办起了诊所。后代人专门从老家请了先生坐堂，是华人离不开的，在芹苴当地很有名望，不光是华侨，当地老百姓也愿意到这里看病，特别是老年人，就相信这里的中医大夫，生了病一定叫子女送到这里看大夫。听到此我真为中医的深厚、悠久的传统在海外发扬光大感到自豪骄傲。河仙为官的中医不也是中医的骄傲吗？我告诉了他们。

一位老先生说，今天庙里有个会，中午大家要在庙里聚餐，妇女们已经去买菜准备，请我等到中午参加他们的活动。我说自己只是个旅行者，到处走走看看，时间有限，各位老人家的好意我心领了，很遗憾不能参加活动。婉言谢绝后告辞出门，继续我的观光游览。

公园顺河而建，窄而长，修整得精致干净，河边大树参天，林荫道旁石座椅沿路摆设，老人坐树下喝茶读报，有人跑步晨练，还没结束，河对面芹苴大学淡粉色楼群遥遥相望，一派和平宁静景象。如此滨河仙境，白天晚上都是宁心养神的绝佳去处，芹苴人民好幸福啊。公园另一边马路对面建的高等级宾馆的选址有眼光，招徕外国人无需多说，谁到了这方天地都会情不自禁驻足留步，享受大自然恩赐。宾馆院子里进进出出的外国人和豪华大巴已说明一切。

离开公园朝相反方向穿过一道横巷走进一条宽街，很远可以望到转去城区的街口。路边一座院门前的石碑和标牌引人注目，越南文读不懂，但我猜测是个有纪念意义的地方，便走进门里。门房无人值守，径直穿过停车场走进去。经过几排房之后我看清楚是前两天在网上攻略看到的法属旧监狱所在地，无意中走进了这个原以为需要东打听西打听，实在找不到只好忽略的地方。感谢上天眷顾，真是得来全不费工夫。

据介绍，法国殖民者对越南人民的奴役和对资源的掠夺引发了当地民众的强烈不满和持续反抗，从最初的民间自发反抗发展为有组织的争取民族独立的斗争。法国人为了维护殖民统治，在越南各地修建监狱抓捕关押越南民主革命志士，这个当年处于荒郊野外的地方就是现在我参观的芹苴监狱。

监狱旧址和芹苴博物馆

院门口停车场旁边一座二层法式小楼和一长排平房，是监狱管理当局办事及审讯犯人的地方。楼后面几排监房保留着原样，粗钢条铁窗和窄小铁门，大牢房门敞开，但门口有警示牌：禁止入内。站门口向里看，除了水泥地面，一无所有，所谓卧榻是稍高一点点，靠里墙一边的水泥地面，我想关押的革命志士即便活着出监狱，也必落下一身关节风湿痛疾患，幸哉越南南方天气终年炎热，没有受冰冻之苦。中间几处监房内外有监狱实况还原模拟人塑像，表现了当年实际的监狱生活，有病弱倒地、奄奄一息的革命者，有依墙而靠、为数众多、欲把牢底坐穿的中青年人，有不畏强暴与狱卒隔铁窗对峙的激烈场面，

铁窗生涯·革命志士对抗狱卒（塑像）

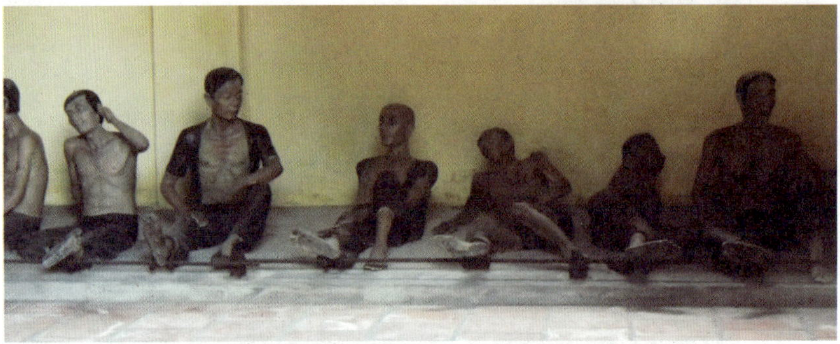

欲把牢底坐穿的革命志士（塑像）

还有反映走狗狱卒趾高气扬呵斥监犯的丑态。几排监房后面院墙角落里的几间狱室开间小，单门独室，一屋一土床，别无它物。床上不同卧姿坐式各有一人，显然是单独囚室，关押所谓“重犯”之地。入此牢者，别想活着出狱。

整个监区现在已看不出阴森恐怖，想当年却是越南革命者的阎罗殿、鬼门关，十有八九命丧黄泉。二层小楼现在是展览区。进到里面，各种展柜展品，记录了百余年越南人民抗法斗争历史的方方面面。门口展厅的说明，上半部分越南文，下半部分英文，题目是“Grand Prison”，内容大体看过，介绍了自 1876 年芹苴建省以来的历史沿革，包括 1954 年之后南越傀儡政权在此杀害大批革命青年，越美战争期间关押众多共产党人革命战士，直到 1975 年 4 月 30 日解放。1996 年 2 月 28 日正式确立为国家英雄纪念地。落款是芹苴博物馆。

监狱博物馆的革命烈士遗像

由此我知道是法国人起头建监狱，南越共和国吴廷艳、阮文绍曾经使用过，美国人利用它作为关押反抗者的牢房，同时也知道了网络上各种名称（有的称胡志明博物馆，我看过以后觉得是监狱博物馆及其他，还是以人家的落款为准）。

展品中包括各种历史生活用具、衣物、图画、照片。所列烈士照片不同年龄、性别均有，职业包括教师、医生、律师以及工人、商人等覆盖社会各阶层。还有包括学生、军人、青年职工等众多参观者的大幅照片，我想这和我们国内“爱国主义教育基地”一样，是对学生和青少年以及广大社会民众进行革命传统教育的地方。

离开监狱博物馆（哦，应该是芹苴博物馆），紧挨着的大院里是座政府办公大楼，国旗飘扬，几多庄严。继续往前走到街口，能认出直对的大道是昨天下午走过一截的市内通衢，另外三个不同方向的路便不知向何处去了。街口的开阔视野和蓝天白云、花草碧树看过去非常享受，很像前几年从拉萨坐青藏线铁路出来，在格尔木街头享受到的那份远离嘈杂、宁静淡泊的感觉。

我避在树荫下沿主街向城里方向走去。不远的一个小路口向南望去可以看到河边公园，中间一个纵向路口则是昨晚在另一端路口看见的老商业街区。在芹苴真是不容易迷路，以河道为坐标线，横竖几条街走多远都容易走回来，不会迷向。这是公园出来转向大街的第二个街口（前面博物馆街为第一个），有一些摩托仔候客拉人，几家生意不错的商店，往来行人不断。

又往前走，街面行人、摩托车、商店渐渐多起来，楼都不高，很多三四层楼房是大公司驻扎之地，例如该国移动电话公司，各家银行以及三星索尼等跨国公司。太阳当顶，走到饥渴难耐，极度需要休息凉快时候，一个栅栏围墙里停满摩托车的大超市救了我。卖场里空调冷气很快令人清爽下来，找地方冲水擦洗一把，把疲劳丢去大半。随便在超市里转转，找到一楼一个很大的快餐厅，坐下点一份套餐饭慢慢吃完。环顾周边，午餐饭点儿，吃饭的

环拍芹苴街头

大多是白领、学生和带孩子的老人、家长，和国内麦当劳、肯德基、披萨店里差不多情景。如此档次的快餐店和超市即使放在北京、上海、深圳这样的中心大城市也不掉价儿。但我感觉并未进入百姓日常生活，这属于城市高端消费方式，普通百姓逛商场看个新鲜偶尔买来品尝。越南和中国体制相似之处很多，作为政府发展导向和样板，搞若干形象工程是一样的。饭后在超市

“洋快餐”在芹苴始行其道

食材丰富 价格不菲

猪肉价格大致等同国内甚至略贵

快餐是年轻人所好

各处走走看看，比对各品类价格，和我的感觉大致相同。猪肉、蔬菜价格和我们国内大体持平，越南一般工薪阶层的收入尚不足以支付这种消费。我相信百分之八九十以上普通百姓日常生活依靠的是菜市场和街边店以及流动摊贩，像船娘那样的家庭以这种价格计算，只能过逢年过节吃几顿肉的日子。当然，社会在发展过程中，十年、二十年以后，现在的样本工程消费方式飞入寻常百姓家指日可待，中国已经走完这个过程，越南加油！

午餐盒饭量太少我只吃了个半饱，卖场里转了一圈再回到原点买一份汉

堡包和热茶吃完，才算是填饱肚子。出超市继续前行二三百米，马路对面一座“兴定寺”佛光闪耀，正准备过马路时，一位奥黛装女性袅袅婷婷地走过来，赶紧止步拍下照片。

奥黛淑女装尽显纤细婀娜

进入越南已经是第六天，富国岛阳东镇、河仙城和迪石市里都不曾见过被称作越南国服的奥黛，今天第一遭，自然好奇，睁大眼睛多看两眼。这奥黛装衣料轻盈，长袍加身，和自小见惯的中国旗袍大有相似之处。年轻女性着之，前凸后翘，三围分明，款款而行，的确仪态万方。只是为何为越南穿国服者，不似东京银座街上穿和服妇女比比皆是？或许过几天到西贡河内会多见到一些？

兴定寺院内地面铺满晾晒的中草药，空气中苦香辛香味道飘散。进得底楼一间房，靠三面墙立着深褐色药柜，一个同颜色长条形柜台在前，和国内传统中药店格局没有两样。我甚是好奇，一日内途经两个中国庙，都是以慈悲为怀开设的药店诊所，佛心佛意彰显，问一位过路年轻僧人，大夫何在？僧人笑而不语，指指楼上，闪身离去。我顶着太阳，场院里转悠想是否能认出几种药物，一位俗家装束的中年人过来翻晒药，我问他寺里是否有诊所。他笑笑说，建寺以来就有。英语流利。我再问他，是自己采摘还是购买？他说与药农有约，定期会送到寺里，指着院里另一边门外中型货车说，上午 10 点多才到，在院里晾晒收入库。说罢回旁边小屋休息。

我在寺内四处看，小楼门楣上有“1954”字样，应该是建寺年代，彼时奠边府战役，胡志明领导的越盟在中国援助下获全胜，签订《日内瓦协议》，胡志明再次宣布独立，成立越南民主共和国，法国把统治权交给越南皇帝，以北纬十七度线 BenHai 河为界，由此开始长达30年的南北分治。兴定寺晚于广肇会馆关羽庙半个世纪，始于南越统治时期，至今也有58年历史了。可惜没见到大夫，很想问问这里的中医开诊状况。

中文夜校建在一所中学内

大致看完未作停留，我进入隔壁另一座寺庙，据资料介绍说是芹苴唯一一座柬埔寨风格的佛教寺院。走热了，在门口殿前凉棚下喝水小憩。一位穿黑色紧身短衣裤的年轻人走到停在棚下的摩托车前，戴上头盔推车外准备出发，经过我身边友善地笑笑，问我从哪里来。听说是中国，他停止动作把车支好看看表说，还有十分钟，可以聊一聊。坐到我身边问了一连串关于北京的问题，诸如天气如何，有哪些可以参观的，吃得怎样，有没有米饭等。我一一解答。小伙子是芹苴大学历史系学生，最近学习南越历史讲到宗教建筑，他中午抽空骑车来看看，加深印象。对中国特别是北京非常向往，希望有朝一日去看看。我告诉他现在亚航有直飞天津的航班，票价不贵，最好秋季到北京，气候好。他担心语言不通，我说没关系，我一句越语不懂不也到你们越南了吗？像他这么流利的英语到北京一点儿问题没有，现在北京的大学生的英语水平很高，街上随便找个他这般年纪的年轻大学生就可以自由沟通。听完他很高兴，表示一定去旅行。抬手看了下手表说约了同学见面，发动车急匆匆离开。望其背影我感叹道，年轻真好，充满活力。我们这个年纪还在当地球修理工，汗滴禾下土呢。

刚刚从柬埔寨过来几天，这个寺庙没多做盘恒，顺序走完一圈便出门往前继续参观。前边街口两座相对的中国寺庙，我认出其中一个是我昨晚回客栈时进去参观过的，门前有三个分别骑大象、老虎和抱娃娃的罗汉，另一个院门高大，名为“庆光寺”，移步进去参观一番。一小会儿功夫，一二百米小范围之内，连续四座佛寺，会不会叫人视觉疲劳？哈哈说不准。除了一座佛寺是柬埔寨风格，其他都是中国风，一律是佛祖、观音、弥勒佛和唐僧殿堂，院落规模都不大，香火却很盛。难怪房东说这里是宗教文化区，即便是普陀山也没有这样高密度的毗邻而建的寺院。我的确有点儿疲劳了，站在“庆光寺”二楼拍对面的中学照片，眼皮子打架，手一松相机差点跌落，幸好挂在脖子上。

脚步沉重，顺路回到客栈睡觉休息。自早5点起床，参观游览持续到下午两点钟，疲倦没得说。

醒来坐床上写流水账，笔没水儿了，起身外出继续游览，顺便到街口买笔芯。文具店老板娘好像听不懂我说什么，只是一个劲儿笑。我去货架拿了一个笔芯问她多少钱，她接过来还是笑，到柜台拿记账的递给我，旁边另一个带男孩儿买文具跟她一起笑的女人用英语说，送你的，不要钱。我拿了一支笔一再感谢后出去逛街。一条老字号纯商业街，像是大栅栏儿那样的街不宽，除了街就是商铺，中国人开的中文字药店就有两三家，其余各种土特产店、杂货店、布店，一股很熟悉的中国风。傍晚临近，霓虹灯亮起，中老年为多的西方人三三两两、络绎不绝地逛街，进店里挑拣，小包大包提出门。我一家家

老商业街 新商住楼

走过去看，走到街口，只来回逛街这会儿功夫，见到外边整条街里支起数不清多少的带顶围帐，全都亮起灯成为一个颇具规模的夜间市场。一直延伸到滨河花园。朦胧暮色中老河楼边废弃码头摆起桌椅，亮起灯，变成露天餐厅，浪漫晚餐开宴。

转围帐夜市一小时，晚餐后回客栈想想觉得好笑，不为别的，为佳人赠笔笑，莫名其妙之笑。

第四节　美丽美狄

我没自己去买汽车票，房东晚上打了个电话搞定，收了4美元。9点钟的车，起床后我有两小时吃早点并在附近走街，四处看看。客栈周边的清晨宁静悄然，上学的几个孩子在家长陪伴下悠闲吃过早餐说说笑笑朝学校走，街上看不见几个人，给人城市生活慵懒消散、节奏缓慢之感。

客栈客厅七八个大背包堆在一起，房东说昨天夜里一群北欧的学生住进来，天刚亮就去水上市场了，回来后中午就去其它城市。等到过了8点半，摩的接我去汽车站，往昨天超市监狱博物馆方向开去，和来时方向相反。不

河边夜宴

为拉客吵架的人群

到两公里，进入另外一个完全陌生的地方，原来芹苴在城市不同方向有两个长途汽车站。与前天那个非常正规的崭新车站相比，此处乡野味浓厚，场地积水，杂物遍地，车辆大小新旧混杂，各种叫卖小车、小贩穿梭，拉客仔四处游走，忽然一阵嘈杂，人群涌到一处，一排车旁的几个人吵吵嚷嚷，朝着另一排叫喊怒吼，指手划脚的人群走过去，看热闹起哄的人跟在后边挪动，看样子是为拉客起了纠纷，工作人员和保安忙不迭赶去维持秩序。摩的师傅把我带到一辆中巴前交代给司机后自行离去。中巴司机递给我去美狄的车票，叫我上车等候。我查看车票，价格合 2.5 美元，除去摩的的车费，女房东把优惠给我的客房钱又给赚了回去，哈哈，一毛不拔。

9 点半发车，一路向北，正午时分抵达美狄市区。我没有预订宾馆，司机把我放到一处河边宾馆集中的地方，比划着说汽车站离市区有一段距离，这里找宾馆方便，谢过司机，他开车带其他乘客离去，我背包走进宾馆大院。还没走到总台，一个年轻男子尾随我开始喋喋不休地介绍一日游、几日游包吃包住等等“优惠项目”，报价数十到上百美元，我婉拒了他。宾馆总台同样报价不菲，我放下背包到院子里河边走一圈看看，此地是美狄市旅游中心区，靠河边，园林风光无限好，河中心停有娱乐、饮食观光大船，属于招待团队旅行的场所，自然价格高企，不合我意，于是回到院门口，请一位摩的司机带我沿河走，有合适地方我会喊停。

穿过旅游中心的楼群和商业区进入河滨大道，一边是岸旁的林荫花园，一边是一座又一座大楼和别墅小楼组成的院落，从外貌看像机构和疗养院，不时有旅店招牌，大道宽且平，长约一公里多。行到尽头转弯处是一个河口，市区流出的河在此处交汇。转弯处河边是一个碧树绿草、鲜花盛开的公园，河湾处一座高高人物塑像矗立。我叫司机停下，下车询问路边一家宾馆，我感觉像是国内某机关招待所的模样，值班服务员告诉我5美元一晚，客房比芹苴的家庭式居室正规得太多了，当即开房入住。立足凭窗眺望，街景河景尽可全收眼底，不亦快哉。

放下背包，腹中饥饿，困倦袭来。随便吃几口包里的饼干，温水冲洗掉一身汗水，遁入午休梦乡。一觉醒来，感觉肚皮发痒，低头查看，前几天在富国岛长时间仰卧海面任意漂浮时晒红的肚脐周边大片皮肤开始脱皮，只得敷上一些防晒霜润之，心中不免哂笑自己：世上谁人可曾有过肚皮被晒脱皮的经历，独一无二，光荣啊，哈哈。

我留给美狄的游览时间是一天，得抓紧时间赶紧出去。出门即滨河公园，那个高耸矗立的英雄名为Nguyen huu huan，生卒年1830—1875，是19世纪中期的人物。事迹不详。公园里只有几位休闲老人。纵横两条河

美狄河湾的街头公园

水交汇，横流河对岸一条大船正在驶入纵流河口，我想在这样河流纵横交错的城市，轮渡是不同市区居民们往来的重要交通工具，如同武汉的汉水，重庆的嘉陵江那样，未曾乘坐过轮渡的市民没有几个。转弯到纵向河流边大街，路旁法式小黄楼和火柴盒楼群交相错落，河岸人行道与马路等宽并行，宛如公园，彼岸则是清一色吊脚楼。河岸人家有的门前竖有木柱，一望便知是为系小船而设，好像我国一些古老庭院门前的拴马桩，比如爨底下骡马客栈前形如石锁般的拴马石。各家临水建平台，或长或短，有窄有宽，台上盆栽花木，檐下晾晒衣物，有人提桶打水，有人为儿童洗浴冲凉，有妇女坐小凳洗涤，也有商家大船进货，搬运入仓……百姓日常生活隔岸一览无遗，不似国内江南窄河曲流、枕水人家那般细腻温婉，多了些大河民居的粗犷平淡。细看吊脚楼，水中支撑屋宇的大多数是粗细不等的水泥钢筋方柱，不多的几座整体浇筑而成，立柱平台和岸边小楼浑然一体，很有些现代建筑风味，和白马市河边木柱吊脚楼相比，显然结实许多。观其整体，旧屋居多，建材混杂，大多简陋，铁皮瓦顶锈迹斑斑，遗有乡野市井气息。

此岸长数百米，远处有一座长桥。路旁三角梅盛开，水边路宽人少，长溜石椅一字排列，三两学生和年轻妇人坐谈闲聊，行人悠然走过，夜晚河风习习之时必是市民纳凉休闲的不二去处。轮渡码头在路中段。带雨棚的候船

内河边一条街和渡船码头

亭，亭里长石椅数条。石阶下到河边，和马尼拉街边渡船亭大体相似。小船数十米渡到对岸，楼阁式大木船需穿过河口渡到横向河流的河岸，其船龄应该很有年头，在中国的江河上不会看到这样20世纪中期以前的古董木船了。倘若有时间，我一定会坐一次这样爷爷级老木船到对岸去，过一把当地百姓的日常生活，登岸走进对岸街市游览一番，这样的参观比坐在观光船上的体验会深入得多。

正待穿马路观赏对面法国小楼，一位50岁开外的三轮车夫停在我身边，用纯熟英语问我是不是日本人；介绍周边景物古迹，告诉我过桥两公里外有个古老天主教堂值得一看。知道我是中国人之后他马上大喜过望，夸张地说他也是中国人，祖籍上海，小时候和他父亲在台湾生活过几年，因为不习惯岛上生活回到南越。我问他会说中国话吗，他说在越南生活多年，中国话早不会说了。我又问他父亲是不是富国岛回台湾的国民党老兵，他一脸茫然。我想这是个套磁的越南油子，和在金边洞里萨河边遇到的菲律宾老油条属一类，问过他6美元价钱后婉拒了他，独自看过法国小洋楼后步行过桥继续参观市容市貌。

长桥卧波。在河口即可望见的秀丽长桥桥面上，汽车摩托车川流不息。

古董级的渡河木船

桥头近处一位老婆婆在卖焦黄酥脆的油炸糯米粑粑，花4千越南盾买了两只，吃在嘴里很有嚼头，起锅时蘸了白糖，酥脆之外不失糯软香甜，走出老远还想回去再买几只把晚饭都省了，最终还是忍住，美味小吃还在后边等着呢。桥头一侧有一家中国人的“胡惟宝”老字号大药房，曲尺柜台和深色中药橱柜的老式格局目前国内已鲜见。

我没再深入远处市区，返回桥另一边的农贸市场转圈儿观看，好像到了上海，市场建筑和经营规模与方式像极了前年世博会时居住的杨浦老自来水厂那个街区。接近下班时间，市场外较宽的广场被一些挑担、推车小贩占据，开始显得拥挤，大屋里的摊铺反倒秩序井然。近水城市，鱼虾市场自然占大头，鱼贩们忙而不乱，把顾客买的鱼剔除清洗干净装袋，叫人吃鱼欲望大增。蔬菜水果铺天盖地，打听几样价格，略高于芹苴、迪石，大多低于芹苴超市价，菠萝价明显高过迪石，没买来吃。越南盛产鱼露，和我们国内的酱油生抽一样是须臾不可离的调味品，各种鱼露产品摆满货架。路边小吃摊小商铺栉次鳞比，一群放学的白色奥黛少女在各街铺间流连，或在摩托车边等候同伴，我赶紧抓拍几张倩影身形，少女们原本就是街上一道靓丽风景线，何况还是尽显身条的白色奥黛翩翩长裙呢。我想这应该是一群附近职业专科学校或技校的女学生。以后旅途中不断看到奥黛作为女生校服和职业女性工装，民族风味浓厚，女性特质展现得尽善尽美，媲美中国旗袍。转过菜市场，穿出街区小巷回到大街时已到下班高峰期，红灯下街口被轰鸣的摩托车塞满，绿灯放行时摩托车齐发，场面蔚为壮观。不过和后来的西贡河内相比，则成了小巫见大巫，美狄毕竟只是个省城。每一个十字街口站一位交警，其中两位女交警，看似娇弱，与男警员一样装备齐全，指挥疏导交通，尽职尽守。

一袭白色奥黛长裙，尽显少女婀娜身姿

沿街步行，进入主城区，街宽楼高，大门大院，一所大型医院穿住院服的病人进进出出，和西直门北京人民医院和上海长征医院门前境况约略相似，只是周边没那么人多。医院对面有军人站岗的警备区大院和人民委员会大院，高楼高台阶，和我们国内相仿，似曾相识。

继续往前几道街口，看见从芹苴开过来入城不久经过的滨湖街心花园，是我想探究的石桥美景，无意中走到，不免暗自庆幸。湖边大树茂密，花草繁盛，整修有术，可以想见是美狄市民休闲娱乐的中心公园。黄昏时分，摄影爱好者架起长枪短炮拍晚霞落日，娃娃们在灌木丛中嬉戏追跑，绕湖走圈的中年夫妇健步如飞，三五为伙的年轻人嘻哈打闹，体重如山的胖子呼哧带喘大汗淋漓，老年人漫步悠闲，推车带孩子的祖孙三代怡然自得……和我们国内公园大院、居民小区傍晚时分情景毫无两样，像幻觉中貌似我就在自家旁边的公园里陪老人散步那般毫无陌生的异乡异客之感。幻觉和现实交错会使人产生某种莫名兴奋感而忘却疲倦，步履轻快，兴致盎然。

狭长湖的一端正中央有一座歇山顶四面台阶的宽大方亭，当中放置石碑，走近才看得见是书页样的几块碑竖立，刻有无数人名。虽然读不懂越南文，但可知碑文刻写的是越南革命史上流芳千古的烈士名字，我想百年芹苴监狱中的抗法志士，支援越盟领导的抗法战争的南方革命者，20 世纪 50 年代中期以后到 20 世纪 70 年代抗美战争中深入到南方广泛开展游击战的人民军将士和最终于 1975 年进行的统一越南战争中英勇捐躯的革命者和军队士兵，都会在这个纪念碑名录中有一席身位，使后代永志不忘为他们争得独立统一、安宁和平生活的先人们。

下班高峰期的值岗女交警

狭长的湖实际是一条断头河，另一

端水面被碧绿茂盛的水葫芦铺满，由此可见断头河的水质污染到了非彻底治理不可的危机状态。被拦阻限制于局部的水葫芦表明人们开始正视污染危害并着手整治，但根治绝非一朝一夕之功。湖岸有大型儿童游乐场，各种声响各种嘈杂乐曲伴随着孩子们的尖叫欢笑。我想在游乐的孩子中间会出现治理脚下污染湖水的专家，人总要为生存奋争，现在欢快的娃娃们将来必要为先人遗留的重度污染水质付出加倍努力以争取自己的优质生存。

和湖边漫步人群擦肩而过走入湖端大街。街心一个斜向椭圆环岛灯光闪烁，分出不同方向几条路。我依绕回宾馆方向直行，进入市区商业街，路两边大小商店掌灯营业，正是一天中最为顾客盈门的黄金时段。没有熙熙攘攘，店里灯光下总有年轻情侣和一家几口身影进出，白天炎热褪尽，习习凉风中是家人亲友小年轻们最佳逛街光景。倒是街那头白天经营的大型商品市场正在全面收摊，商户们或用小货车或用板车乃至自制滚珠轴承小拖车搬走自家货物用品下班回家。忙碌一天的商贩像白天的热度那样渐行消散。沿街生意最好的是各家餐馆和小吃车摊。

回到宾馆侧边有些灯光暗淡的小路，在一家人满为患的餐馆找个空座，

烈士纪念亭

和平市民的宁静傍晚

点一瓶常温越南啤酒，一条由菜市场勾起食欲的煎鱼，慢慢品尝吃过晚餐。越南产啤酒味道平淡，不如嘉士伯、虎牌、燕京啤酒喝得过瘾爽快。饭后过宾馆门不入，径直沿河边走下去，几百米远处一个超大餐饮夜市灯火辉煌，走进去看傻了眼，不提百家，少说有数十家各具特色的挑灯食摊供食客任意挑选，见过没见过的各种越南小吃海鲜牛羊肉食乃至中国饺子、馄饨、面条、烧乳猪、鱼香肉丝、东坡肘子琳琅满目，勾人馋虫，粤语、普通话招呼不绝于耳。此时真是后悔一瓶啤酒一条煎鱼加米饭、青菜把肚子塞得太饱，当初何不到这里东挑一点西拣一样，海鲜烧肉小吃多尝几种大快朵颐？过了眼瘾亏了肚皮，颇有点一失足留遗撼之感。

下回到美狄，一是坐船过河走乡串寨，二是早早坐到河边餐饮灯光市场细细品尝各种风味美食过足瘾。

何时才是下回？往后有的是理由说走就走再逛南越！回宾馆休息，余兴未尽。

第五章　铁路一线穿，胡志明市（西贡）到河内·老街

依照这几天早上 9 点前坐车，午前抵达下一旅游城市的惯例，11 点半左右，我已在胡志明市绵泰长途汽车站（Mien Tay Bus Station）搭摩的到了背包客聚居的范五老（Pham Ngu Lao）。摩的师傅开得飞快，几个街口之后拐到江边狂奔一段时间才又转进街里，把我送到指定给他的 LP 标明的客栈门口。一进街口就感到这里与其它街道的明显区别，除了商铺商贩，一街筒子外国人走来走去，满街咖啡馆酒馆门口坐的都是闲散的外国人，难怪有资料说不到范五老就没到过西贡。今日见识了。

三层楼房的背包客栈门面不大，夹在街口一个旅行社和小巷里另一家宾馆之间。我的客房在一楼三楼间的夹层，大房间里六张单人床，站起身立直，头刚好顶住天花板，矮是矮了点儿，丝毫不影响活动。有窗房间里空调冷气

美狄长途汽车站和这个城市一样洁净漂亮

5 USD 一天！性价比极高的住宿

充足，WIFI 上网，5 美元一天，在寸土寸金的范五老，哪里再去找这样高性价比的住宿？简直求之不得。六张床除了我，只有一张床前放了个大背包，主人出去了。待我午休一觉醒来，那位刚毕业的德国大学生背起行囊坐下午 3 点钟的车走了，我一个人在这间偌大房子里自由自在独住两天，算是第一次西贡游的一个小亮点吧。

楼下办入住时候，总台小姐说我的签证仅剩一个礼拜，仔细看才注意到马来西亚、缅甸、泰国、柬埔寨一路走来，河仙入境时，越南签证只余下 7 天停留时间，越方边检加给我七天离境，总共只有两个礼拜 14 天，而我在富国岛、河仙、迪石、芹苴和美狄旅行 7 天，到了西贡只剩下最后 7 天。如此一来，如果再按照大叻、芽庄、会安、岘港、顺化、河内的顺序走下来，必会延时出境一周左右。总台小姐很热心，拿着护照带我到一门之隔的旅行社请工作人员打电话帮我延期，一通儿电话之后，结果被告知旅游签证不得延期。

我走出客栈大门在外面考虑了十分钟，回身请旅行社帮我预订两天后到河内的火车卧铺票。按照一个礼拜的剩余时间，我只好缩短西贡停留时间而舍去大叻到顺化和之间的几个城市，直接到河内，最后四天安排下龙湾两天团游，河内一天自由行，最后一天到老街，出境闭关之前回到河口，结束全部旅行。我的想法是如期出境，宁可缩减旅行项目，逾期出境遭罚事小，留下不良出入境记录以后麻烦多。来日方长，以后再来越南旅行就是，不在一时。

第一节　胡志明市（西贡），大都市范儿

第一段　西贡半日闲，范五老之夜

放下背包我先出去转了一圈，满足对这个前南越首都满心的好奇。从客栈小巷斜对面街口穿过去是个空地和花园各占一半的广场，街两边不是宾馆就是咖啡馆、酒馆和纪念品店，再有就是旅行社。太阳当顶，大汗淋漓。绕广场走大半圈，中间有一个不大，铺满睡莲的水池，池边花园里依然是咖啡馆酒馆，多了两家花店。广场周围楼厦不高，屋顶东芝索尼广告牌非常醒目。四围和路边树木高大，多为椰树棕榈类。一端是个有看台的半地下运动场，里面变成了停车场，停满摩托车，不断车进车出。原路往回走，路边找个小饭馆把午餐解决掉，到客栈午休。

睡醒后外出时，旅行社小姐告诉我火车卧铺已预订好，票稍晚送到，晚

街边家庭经济　机械作坊和米店各占半边天

小巷人家生活一瞥 福娃出国祈福

上回来取票结算。旅行社一个电话解决问题，效率很高。

下午半天时间，我沿摩的进范五老的路逆行走到江边，一路左转，绕整个街区一大圈，间或走进几条小巷，沿途观赏大街商铺、工厂、作坊、中小学校，小巷人家、私人旅店、咖啡馆、按摩院、幼儿园，把客栈周边街巷里里外外走了个遍，市井生活看了个七七八八。边看边拍照片，大开眼界。江岸是树木花草点缀的人行道，一街之隔是楼房居民区，底楼临街一律用作商铺经营，蔬菜店米店居多，店主们纷纷把瓜菜放在大塑料盆里摆卖，守摊的多是中老年妇女，下午慵懒时间顾客稀少，妇女们或闲坐聊天，或闭目养神，等待下班以后的售卖高峰。门店里一样少人光顾，商家清闲。两三家工厂和机械加工作坊却是大白天开灯忙碌，门口可以看见车床铣床前工人凝神操作。黄金地段临街铺面开设工厂作坊，现在在国内各大中小城市我无一可见，甚感惊异。我想 1949 年以前的上海街上或许会看到此番景象吧。

街边楼样式大体相当，应该是政府统一建盖后卖给或租给住户，像香港李嘉诚能有成片市区私家楼群和私人街道的大富豪，西贡不一定有得起，当然这只是一种猜测。楼与楼间间隔很小，形成窄巷，穿过楼间窄巷楼后的楼房底层开设有做专业 SPA 的美容院和私家旅店及小店铺。即便在窄巷里，小吃摊车也坐地经营，商业空间被见缝插针利用得无比充分。这使人想到我们国内大中城市的城中村，农民们风起云涌加盖楼层出租赚钱造成的“握手楼”现象，和国家的建筑规范全然相背，是被拆迁改造的重要工程。但在西贡则堂而皇之地合法存在。

转弯过去的长街直通广场。街口不远是一座中文招牌的“明德学校”，赶上学校放学，家长们的摩托车排成数排、数列围堵在学校门口，说笑着蜂涌而出的学生们分手，各自找家长或自行分头走开，大人们接到孩子发动摩托车转弯驶离……一时间校门前马路上沸沸扬扬挤乱成一锅粥。眼前情景和我们国内大体近似，只是摩托车和各种汽车的区别。哪国的孩子都是孩子，受到社会和家长们的倾情教育、悉心呵护。越南是社会主义国家，其教育制度和教育方式和中国及前苏联等社会主义国家包括现在的朝鲜大同小异，孩子们脖子上系的红领巾是统一标志。

西贡明德学校的红领巾学生

华灯初起时的街边酒吧

这一街区的房屋则呈现了新旧高矮和建筑风格的多样性，小巷还是一样狭窄，里面有学前班、幼儿园和各种小商店、菜市场等，市井生活气息浓郁。三轮车在路边候客，身材高大、黄发高鼻的外国背包客络绎不绝，往来行走，年轻人居多，中老年的西方人也不少。路边有一座外表根本看不出是庙宇的“福厚寺”，大约也是因地制宜入乡随俗，失去了红墙黄瓦、挑檐坐兽的风格，建成了水泥钢筋阳台楼房样式挤在群楼之间，只能依门前牌匾予以辨识。

我没往广场方向走下去，左转进范五老街，过客栈门不入，直走到街尽头逛菜市场，买点水果吃，一圈走下来，天色渐暗，路灯亮起，还不想早回去，边钻进一条不很窄的小巷一路。巷口是一家很有排场的中国饭店，老板带领男女服务员站成两排门口夹道迎接客人。我问旁边院门口坐的一位老人，每天都这样吗？老人中国话回答我，刚刚开始，等一会儿坐不下。是一位华侨老人。他说，每天都有团队来这里吃晚餐，人很多的，很多年了。再往里，路分岔，路细巷深，小巷人家大门敞开，有人家吃饭，有人家看电视，有人家逗孩子，安静祥和。很长的路走出小巷，大路返回再穿出菜市场往相反方向走去，准备几次右转回到广场。

范五老文化广场周末之夜的主演出舞台

外国小朋友被吸引到餐饮摊挑拣饮品

走出不远是个学校，家长们的摩托车在校门口沿路边排出百米长，有些三五成堆抽烟聊天，女人们坐自己车上静静等候晚自习下课的孩子。拍照片的时候成群中学生走出校门，一时间人声嘈杂，发动机轰鸣，车灯闪亮，校门口乱作一团。此情此景让人难免慨叹可怜天下父母心哪。我们自己都有从受父母之恩到为人之父母的亲身经历，对孩子的疼爱、抚育唯恐有一丝一毫的闪失的感受，生活在呵护安逸中的孩子们可会有所知晓？或许只有到了“养儿方知父母恩”的时候吧。

走过几条营业中的商业街，发觉自己迷了向，再怎么右转，也回不到希望去到的广场边，街灯下陌生的街道使我不知所向。问过骑摩托车的路人，方知走远了，要折回头过两道巷再直走右转才是正道。边看边走边拍照片，行出一段路，远处传来快节奏的现代音乐声，那种立体声的沉闷声响和那个方向上空发白的夜色令人好奇，我问路边喝咖啡写作的老人，告诉我说是周末文化广场之夜。老人纯熟的英语叫我肃然起敬，想起富国岛船上那位小姐告诉我的在南越会一两门外语的老人多得很的话，更是信服不已。确实，从到西贡汽车站进入城市，到入住客栈和旅行社交涉，再到下午游览，不论是问路、办事还是闲聊几句，除了华侨说中国话，会说英语的人很多，基本没有老半天问不清楚的路和事儿，毕竟越南这个老殖民地，受法国、美国影响很深。如果说交流障碍的话首先是我的英语表达很有限。

加快脚步循声走回到广场，不过 15 分钟左右，我迷失的地方离广场并不远，在中午进入广场的另一侧。广场里到处是人群，人声鼎沸。水池边的主演正在舞台上进行商业宣传，我想是赞助商的广告时间，随后歌手和舞蹈者上台，音乐响起，载歌载舞，演员很投入地尽显歌喉舞姿。台下黑压压地坐满观众，掌声、喝彩声、叫好声不时响起。其它地方也有各种规模演出，旅行社不小的舞台显得有些冷清，明亮的灯光吸引游客们弄姿拍照。但舞台表演却不是文化广场的主角，在更多更宽大的地方，树下，路边，草地上，空地上，数不清的饮食摊点拉开阵势，数不清的食品饮料吸引着数不清的人们流连其间，驻足品尝，可以十人八人一桌开正餐酒席，可以三两好友随意小酌，也可以坐草地上吃了快

忙碌的厨师们

餐马上去看歌舞表演，还可以挨个摊位挑选自己喜爱的品尝各种风味小吃，当然更可以自由自在地端一杯鲜榨果汁在人群里四处闲逛……快乐的人群在不同饮食摊点前挑挑拣拣，乐此不疲，充满欢笑喜悦，成了整个广场的主流。我有幸成为捧着鲜榨甘蔗汁自由游动的人中之一，边看边和多次去过的地坛春节庙会，深圳花会，昆明几个大节庆前的商品交易会做着比较。到处是琳琅满目的食品，到处是欢声笑语，到处是挑挑拣拣的顾客吃客游客，到处是兴致盎然的外国人，除了不能直接说中国话，我没感到这是在异国他乡。

不觉中近两个小时过去，广场上不断有人进进出出，热度不减。我感到几分疲倦，离开人气沸腾的广场人群回近在眼前的客栈休息了。在客栈楼下旅行社取了后天一早的火车票。

第二段　假日文化广场，错过统一宫

由于缩短了在西贡游览时间，之前的安排被全盘打乱。我在地图上标好要去的几个景点：文化广场→大市场→统一宫→圣母大教堂→老邮局→市政

“樱花”盛开，落英缤纷

厅→战争博物馆→胡志明市博物馆，串为一条单行线，背包出游。相信以我的脚力一天走下来虽然有点累，到傍晚完成不会有问题。

昨天我两次到过的广场，只是整个西贡文化广场的一部分。再走过的时候，除了运动场变停车场，一端摩托车进进出出热热闹闹，其它部分和昨天中午一样平平静静。过马路去往大市场，经过广场另一半，路边进入广场的充气彩门已经竖起。晨练的人们或往外走，或大多坐树下石凳休息。广场绿地两侧搭起的小木屋排成两列延伸开去，屋外跑来走去的都是年轻大学生的身影。有的小木屋已经装饰好，橱窗外的日文彩色字体格外醒目。我问从身边过的一位男生今天搞什么活动？他说是一个什么什么日本日，搞一整天。见活动尚未开始，没多少游人，我只顾走路，不时扫两眼忙碌的大学生们。有的小木屋里架起灶具，有的挂出像是和服的花衣和纸伞，有的贴出了卡通画，前边场地绿草坪上圈起一个五六米直径的圆圈，当中栽起一株淡粉色繁花满树的樱花树，落英缤纷，早早入园的游人们纷纷走近前去拍照摄影。虽然知道是假树假花，但樱花树的逼真造型的确吸睛惹眼，营造的气氛也热烈奔放。可见西贡组织大型群体活动的专业公司确有才华横溢的艺术设计人才。

继续朝前走到离开活动区的广场边缘时，五个大学生三男两女围到我身边拿出一篇纸很客气地说，“先生，我们搞一

久负盛名的滨河市场

个活动，请配合一下好吗？”我问什么活动？他们说，照着纸上的歌词学一首歌唱，有摄影师拍下来，晚上会在西贡电视台播出。我看看上的越南文，一个字不认识，摇头说我对越语一窍不通，不会唱。他们说有录音，跟着学两遍就会了。说完打开录音机。我留心听了一下，感觉实在是赶鸭子上架，就婉拒说，年纪大了，没有年轻人反应快，你们还是请别人吧。几个年轻人很礼貌地道别又去拦其他游客。看着他们离去的身影和跟在后边的电视台摄像师我叹息道，嗨，可惜，年纪大了，拙嘴笨腮，错过多好一次在西贡电视台露脸的机会哦，说不定火了呢……哈哈。

穿过广场便可看到不远处矗立的武士骑马放飞鸽塑像的环岛，旁边就是那个游客必至的西贡著名市场——滨河市场（Cho Ben Thanh）。从这一侧南大门进入服装区，各种衣物布料眼花缭乱。我没有购买需求，转到左边西门出去，街边各种摊贩占满街道，底楼多是饭馆餐厅，吃早餐的人们排起长队，顺便在一家早餐饭店吃了一碗很多肉片肉丸蔬菜配料的米粉，物有所值，不枉排了十多分钟的队，和在昆明品尝端仕卤饵丝小锅米线那种满意感差不多。吃罢早餐返回滨河市场，在肉类蔬菜区、海鲜区、水果区、花卉区、鞋帽区、日用小商品区、旅游纪念品区和餐饮区之间串来串去，走走看看过眼瘾。中老年西方人比年轻人多得多，仔细挑拣、小声议论和摊主讨价还价，真心是购物不是闲逛。

相比仰光昂山市场，这里没有楼层和间隔的小屋，平面的大市场空间以货柜货架间隔形成交错纵横的狭窄通道，分成多个商品区，南北东西四道大门进出顾客，其间还有些小辅门通向外面满是摊点商贩的街道，里外整个儿一商品世界，往来出入很方便。我没计时间，在里面逛够了，没什么可看的之后，坐到餐饮区摊位椅子上歇息喝水之后，才出东大门往下一个景点走去。

东行转北，是去统一宫方向不会有错。沿街各色法国小楼，别墅院落比比皆是，西洋建筑是这一街区风景线。街树荫荫，在人行道避开阳光，正好边走边看街景。到一个路口遇到一位拿着地图书查看的年轻人，互打招呼知是日本人，和我的市区复印图对比后，一起走到一个红色法式大楼前准备进去看看，门房里一位中年军官出来询问什么事，我们说参观老楼，中年军官

近在咫尺的统一宫不得入

摇头说消防队军事重地不得入内，照片都不能拍。

回到路口日本年轻人去滨河市场，我朝统一宫走，他已经参观完，和我方向相反。过马路在一院墙边核对、查看地图时，后边过来的一对年轻人向我问路，他们要去统一宫，我看他们手里的另版市区图是繁体汉字，问他们是台湾人还是香港人，两人粤语腔普通话一出口便知是香港学生，简单交谈几句两人急匆匆往前走了，我依然按自己节奏不急不慢地边走边望路两边风光边拍照片。十几分钟后看到前面成林的参天大树，对面大院便是统一宫了。走进路边小屋买票。

售票屋里只有三四个人，我排在队尾。头一个人买好票出去，第二个人买票时里面售票员对外面喊了一声便关掉售票窗口。没买到票的那个人转回身和门口便衣保安越南话一通交涉，摇摇头走出去，我走过去试图告诉便衣保安从中国来，明天要离开西贡，是不是可以买票进去？他指指门口的时间表意思叫我自己看，不再理人。我没看时间表，即便下午开放我也没时间等候。一位全副武装的警察走进屋，我再次想和他沟通请他多关照，阿 sir 面无表情、一语不发只做出个“请外出”的手势，明摆着是往外撵人了。和剩下两个大概也心怀侥幸期望开恩放行的人一起走出售票屋。

站门口隔栅栏墙朝里面望，刚才向我问路的两个香港年轻人正走在统一宫台阶上进入楼门，我心里万分痛悔，仅隔最多五分钟时间，一个里面忙参观，一个外边空惆怅，咳，我哪怕是紧走两步和那对港仔一起到，在滨河市场早出门几分钟，不和日本男孩儿拐到变为消防队的法国旧楼，也不至于吃闭门羹不是吗？后悔药是没地儿吃了。

【百度】资料介绍，统一会场

踏上胡志明市，您还有机会参观那些具有法式风格和美式风格或具有历史纪念意义的建筑物。近年来，许多美国人纷纷到越南旅游，一个重要的缘由是当年他们在越战时留下了难解的情结。位于第三郡阮侦路上的统一会场，建于1869年，是法属时期的印度总督府，越战时成为南越政权的总统府，又称为"独立宫”，南越伪总统吴庭艳、阮文绍、阮高其等都先后在这里办公，现辟为展览馆。

统一宫大门马路对面的一大片茂密树林中绿草遍地，小道纵横。在市中心区能有这样大片林地委实不易，北京市中心城区东交民巷旁边的正义路和上海南京西路的人民公园都不如这块林地来得密实漂亮。我带着满腔沮丧走进去在林间长椅坐下喝水休息，数十个中学生在老师带领下参观完统一宫走进树林，集体席地而坐听带队老师讲评，不大会儿解散自由活动，大概是等候接他们回学校的车，林子里一片欢声笑语。镜头对准学生群，女生们的尖叫调皮笑着摆出的 pose 冲淡了我的沮丧心情，慢慢趋于平和。

依据地图指引，我朝树林东南角方向的圣母大教堂走去。林子里午休的白领们吃盒饭闲聊天，走累的西方游客喝水歇息，看不见孩子们的活跃身影，中午不是学生的娱乐时间，下午还有课等着他们。小径间有人铺开报纸摊平，坐地上对弈中国象棋，旁边围观者似乎比他们还关注棋局。南越流行中国象棋，公园、街头、家

下中国象棋的西贡市民

西贡圣母大教堂

门口、河岸边，经常看到对枰深思的捉对厮杀者，观众则数倍于对局人，有时候围观群众支招、叫唤、议论得热火朝天，比下棋本身热闹得多，和在国内看到的毫无二致。与庙宇的门匾汉字对联一样，中国象棋是看到最多的中国文化影响例证之一，但几乎看不到下国际象棋的本土越南人，可见佛教庙宇和中国象棋比天主教堂和国际象棋要深入民间，影响越南社会更为广泛久远。

走出树林拐一个街角就看见圣母大教堂长约百米有拱形窗和侧门楼的红色砖墙，是教堂的建筑主体。绕到前面，主门楼两座十字架立于其上的尖塔高高耸立。不是弥撒时间，中间主门旁边两侧门三道棕色门紧闭。教堂前的花园，白色圣母雕像站立中央，鲜花盛开，绿草如茵。游客往来，络绎不绝，纷纷驻足拍照。我前后左右拍了几张照片，请旁边照相的年轻学生帮我在教堂前拍照留影。经历几个世纪的大教堂古色古香，朴实深沉，颇为耐看，倘能入得其中，必会更有看头，可惜等不到下午日落时分。西贡圣母教堂是游客必到之处，如何具有如此吸引力？【百科名片】相关资料介绍耐人寻味：

“西贡圣母正廷圣堂王宫”，俗称圣母教堂，坐落在西贡——胡志明市中心。125年来，圣母教堂既是天主教徒的礼拜堂，又是西贡人心中的亲切物象，也是来到这座四季阳光充足的南方城市的每个游客喜爱的景点。

西贡圣母教堂位于第一郡，为法国人所建，是富有文化、历史价值的建筑杰作。其造型独特，风格类似于法国的巴黎圣母院，是胡志明市最大天主教堂，有唱诗班，可容纳数百人做礼拜。

西贡圣母教堂始建于1869年。

早在统治越南之初，法国政府在进行西贡市规划时就拟建一座教堂。1876年8月，西贡主教举办教堂设计比赛。J·Bourad建筑师的设计方案越过另17个方案胜出，于1877年动工，1880年竣工。在施工投标中他也夺标并亲自监工。一切建材从水泥、钢材到螺钉都从法国运来。教堂外墙面用法国马赛产砖，不加涂料灰浆，至今依然鲜红如初，不长苔藓，不沾污渍，凸现在绿树成荫的背景上格外惹眼。

教堂长93米，宽35.5米，高57米（从地面到钟楼顶），规模不大，但凭借其罗马风格同戈特风格相互交融的经典美及室内装饰和珍稀文物而让人叹为观止。

首先值得一提的是巨大的和声编钟，共六口，其音级为sol、la、si、do、re、mi，由法国制造，1879年运至西贡，全重为28850公斤。钟楼右侧排sol、do、re、mi四口，左侧排la、si两口。钟上花纹图案精美别致。其中的“sol”钟是世界最大钟之一：重8785公斤，口径2.25米，高3.5米（从口缘至悬钮）。钟声底沉，音强极大，有如合唱队中的低音部，每年只在圣诞节之夜敲响一次。敲击时三至四人脚踏起动杆，让钟摇升至接近钟架的高度再按三相电钮驱动敲击。每逢节庆周日，常敲3钟，平日只在5时和17时30分敲响mi钟或re钟。虽然缺少fa钟，但五钟齐鸣即可形成音级齐全的合奏，与其他教堂钟声迥然不同。钟声直线传播可达10公里。

两钟楼间拱顶前的时钟也是珍贵文物，由瑞士1887年制造，R.A牌，重1000多公斤。这古老、简陋的时钟已经运行125年，报时准确，只有打铃发条已经损坏，不能响铃。

教堂内部设为一大厅两小厅连接两排祈祷室。全部线条、花纹图案均采罗马和戈特风格，庄严而雅致。圣位祭台用整块大理石制成，雕有6位天使，托着台面。底座分为3格，雕刻着圣经故事。每间祈祷室、每个窗口、每个拱顶都是一件艺术作品，室内充满了柔和的光线，给人以安详、圣洁的感觉。

教堂前是一座公园，修有4条路相互交叉呈十字架形。公园中央立着大理石圣母像，高4.2米，重 3.5吨，双手抱着缀有十字架的地球，脚踩毒蛇，表现人类的和平愿望。圣母像因而又名和平圣母。这是雕塑家G·Ciocchetti1959年的作品。圣母像问世后，教堂被称为圣母教堂（早期原称“国家教堂”， 缘于法兰西国家出资修建和管理）。1960年，梵蒂冈教廷在越南设置大教区，下设河内、顺化、西贡3个 总教区，该教堂改称西贡正廷教堂。1962年，梵蒂岗教廷把她升格为圣堂王宫，从此全称为西贡圣母正廷圣堂王宫。

我只看到了大教堂外观，惜未得进入其内细细欣赏，也没有注意聆听到清晨和傍晚钟声，多少留些遗憾。我知道“姑苏城外寒山寺，夜半钟声到客船”的诗句，引得日本民众组团每年元旦前到苏州，年终最后一晚夜半时分敲响大钟，以此体会怀念古诗中的诗情画意，西贡的百年教堂、悦耳钟声对老殖民者的后代和法国民众有没有如此的吸引力呢？

西贡百年历史老邮电局

老邮电局营业大厅

另一个久负盛名的历史悠久的老邮局就在不远处路旁，外面拍过照片后，我径直走进去观赏。大厦拱门上方正面时钟下刻有建筑施工时间（1886 — 1891）。上几级台阶，进遮阳门廊，入长条状大堂，室内拱形穹顶高高在上，光线直穿黄绿相间的曲形玻璃幕板射入厅内，偌大空间，采光充足，大厅明亮，装饰典雅，给人富丽堂皇之感。

大堂正中墙上悬挂胡志明画像，两侧壁窗前柜台营业当中，正中桌柜售卖信封、邮票和明信片，游人可当时书写信件信封。顾客大多是外国游客，一是参观古迹，二是给家人报平安。老邮局的抛光大理石地板用北京话说，擦得那叫一个“油光锃亮”，能映出人的倒影。几个外国小孩儿在里面追跑打闹，跑着跑着就地一趴滑出一截子，像在冰面上打出溜，把邮局地板变成了欧洲冬天冰场，旁边他们爹妈该干嘛干嘛跟没看见一样。

入门左右两边是售卖工艺品，纪念品的两三家小商店，是否像国内那样租赁给个人经营不得而知。以社会主义越南的国有体制而言，邮电局必是国家所有和经营，其开放程度初到越南的我所知甚少，人地两生，语言不通，暂时无从了解。试着问了几句穿奥黛的小姐和中年经营者，这个店是你们个人所有抑或你们还是邮局职工的话，也许我的Chinglishi她们听不懂？抑或是这样的问题刁钻敏感？她们或只是笑笑，或两手一摊不置可否，反正我没得到希望的明确告知答复。我没有到处买纪念品发明信片的爱好习惯，走走看看，拍几张旧照片，给日后回忆留下影像。

酷爱艺术的法国人自然不会叫墙壁空置，各面墙都有画框装饰的画作，入门墙上绘有两幅地图直接画在墙壁上，一幅是湄公河三角洲地图，一幅是旧西贡市区地图，初以为也是一种室内装饰吧，后来看资料得知，是当年法国人的手绘地图。如此说来，到现在也算是文物级别了，就像敦煌壁画，不

旧市政厅

过年头差得太多。

离开圣母大教堂老邮电局进入一片法国楼群区，百盛有店牌高挂，五星级酒店、大百货公司和漂亮的街心花园显示了这个街区的繁华和在城市的商业地位。约行一公里许，一道垂直于前行路的街心花园从两端把路岔开，路两侧分别向前通往各自街区。街心花园右侧一端是一座不高的长列楼房，门楼则高出两层，越南国旗高高飘扬，那便是过去的市政厅，现在的人民委员会西贡理事会大楼，和街心花园呈丁字形。人民委员会办公大楼不得入内参观，只能是看看外观白色楼体，百年建筑，依然很耐看，往来游客络绎不绝，都会停在楼前照相留念。这座楼的风格很容易使人想到北京张自忠路段祺瑞执政府旧楼，外形很多相似之处，除了颜色之外。

军事博物馆法国小楼拍婚纱照的美丽中国新娘

和白色楼房相对的是街心花园里的一座雕塑，白胡子老爷爷抱着个女孩儿，经过的游客都会和他合影。我帮一对中年西方客拍照之后，也请他们为我留了一张合照。雕像没有文字说明，越南文的都没有，更别说英文的了，无从知道其含义和故事。开始以为是歌颂胡志明爱护少年儿童，近距离左看右看转圈儿看以后感觉不是胡志明形象。其含义、故事要以后看是否有机会听人讲讲了，带着这些疑问从被街心花园岔开的左端路离开，进入一片商店区。午间炽热的天气迫使我躲进以服装和日用品为主的商店空调

博物馆窗口环拍市区图

房里暂避一时，尽情享受过凉爽之后才走到大街继续前行。很快到一片棚户商品街区，腹中辘辘，进路边饭馆吃午餐。翻开地图询问老板，得知位置处于两个博物馆之间，往南去胡志明市博物馆，往北到军事博物馆，和我在地图上划定的单行线走出了偏差。考虑到有重复路，走往返，饭后我往北向军事博物馆走去。炎热天气使人体力消耗过大，疲劳感倍增。如果军事博物馆参观过后觉得累了，取消最后的一个博物馆行程就近回客栈休息是最佳安排。

走过两条街后迷了向，经一个穿黑T恤衫，英语纯熟的白领年轻人指引，为我在地图上画出行进线路，很快抵达一片法式小楼中间的目的地，不过十几分钟步程。跨主路接近目标时远远看到街那头的滨河市场，我心想毕竟是人生地不熟啊，早上出市场去统一宫这里是我途径之处，拐个小弯就是我划定的参观点。现在费如此之力才得以找到。

军事博物馆坐落在法国小楼群中间，一栋二层楼房，一所不小的院子，购票入门。楼里是展室展厅，院里有战斗机、直升飞机、各种大炮和坦克。上台阶进入楼里，门厅楼梯前一对年轻人正在拍婚纱照，正想着怎么会到这样沉重甚至残酷的氛围里拍甜蜜的合照时，新人一组片拍完转场，中国话打招呼间，我明白是借法国小楼的景物，与战争题材无关，和前些日子看见的在吴哥古寺荒废砖塔间辗转拍婚纱照的中国新娘一样，她们只追求背景的唯美，战争血腥也好，历史沧桑也罢，和建筑造型线条的艺术美没有关系。

值得注意的是，近年大量婚纱照形成一种经营模式涌入越南，2015年9月中旬我再次入越旅行时得知，越南政府已经禁止经营性婚纱照者以旅游签证入境，并禁止其国内相关营业者予以接待合作，违者将处以罚则。不知柬埔寨和其它东南亚国家是否也有相关规定。

博物馆展厅、展室、楼梯、过道很宽敞，没有空调，电扇吹风降温，四面门窗大开，并不感觉闷热，出汗难免。过道设有椅凳和饮用水供参观者休息。与其说看展览，莫不如说看风景的环境条件更为优越。各方向窗口望出去，地处繁华市区的博物馆四周绿树环抱，风格不同的各式高矮建筑林林总总，风景之美令人赏心悦目，目不暇接。

实话说，两个国家最有资格和资本建盖军事博物馆，一个是以色列，另一个是越南。二战后世界无数大小战争，绝大多数三两年以内结束，最大战事是中美朝鲜战争，三年。两伊打过十年，以色列从建国到现在就没消停过，越南直到 1975 年美国人撤出，前前后后打了 30 年，而且都是和世界超级军事强国——法国、美国打，这一点连以色列都比不了。这两个国家的军事和战争展品数不胜数。

两层楼的展室、展厅内展出各个不同战争时期的实物和照片，以 1954 年至 1975 年间抗击美国二十年战争题材为主。除了样式繁多的武器和战争物资展示，也有大量越南文和英文文字的说明和图片。有的图片即使不看文字说明，我们那个年代过来的人也能一眼认出当年宣传报道中的具体时间、人物。其中西贡街头僧人自焚和越南民族英雄阮文追特别令人记忆深刻，尤其是青年英雄阮文追，当年全中国人民熟知，是我们学生时代和卓娅、保尔•柯察金、马特洛索夫一样耳熟能详的外国英雄人物。几十年后在西贡的博物馆看到他，学生生活往事涌上心头，难免感慨万千。

越南英雄阮文追英勇就义前的照片（博物馆展品拍摄）

阮文追（Nguy NVn Tri），生于 1940 年 2 月 1 日，1964 年 10 月 15 日英勇就义，又名 T Tri，越南战争英雄，广南省奠盘县奠胜乡青桔村一个贫苦农民家中的孩子；50 年代随家庭迁入西贡，在一家发电厂工作，同时参加了敢死队。

1964 年 5 月 2 日，阮文追受命在公理桥上（现名阮文追桥）埋设地雷，暗杀由美国国防部长麦克纳马拉率领的政府高级代表团，事泄，于 5 月 9 日被捕。在狱中与美伪进行了不屈不挠的英勇斗争。

这名越南游击队战士的命运牵动着世界亿万人民的心，委内瑞拉游击队为挽救阮文追而绑架了一名美军中校，在美伪集团宣布无限期推延杀害阮文追后，释放了美军中校；但美伪集团背信弃义，南越的越南共和国政府 10 月 15 日宣布处死阮文追，英雄被杀害于狱中。阮文追临刑英勇不屈，从容就义。牺牲前作有绝命诗一首：“谨记我言，打倒美帝。主席万岁，越南万岁！”

一个阮文追倒下去了，千万个“阮文追”的战士站起来，“为阮文追报仇”运动使美军付出了 59 架飞机和 293 名官兵生命的代价。阮文追成为反帝反殖民的神圣象征，英勇的越南人民给美伪集团以沉重打击。（以上资料引自互联网）

20 世纪 60 年代的中国成年人很多看过马泰、新凤霞主演的评剧《阮文追》，国内很多地方剧种也都演出了这部戏。另外连环画（小人书）《阮文追》是当时孩子们的读物。展品中的晶体管、收音机等旧物给人睹物怀旧的感受。如果阮文追活到今天，也是七十几岁的老者了。

在过道里喝水休息，和几位国内游客相遇小聊几句，都是不到三十岁的年轻人，假期或出差旅游到此，相互交换些各自行程和景点信息，我建议他们往南走，湄公河三角洲和富国岛的旅游还没有开发过度，景色好游人少。他们说知道越往南越美，但一般到西贡就止步，再没有往南去的安排。我说你们指的是从河内开始，越南越美，和我说的西贡以南的湄公河三角洲不是一条线，需要在传统线路以外寻找更美的风光。我是不期而至，愿意推介给旅行者们。几个人忙着赶其他地方先走了，我还没挪身，一群越南青年坐对面和我打招呼，用磕磕巴巴的英语聊些简单话。经同意拍了两张照片道别离开。

拍婚纱照的中国组名堂很多，楼上楼下、楼梯、过道、窗边哪儿都能看见他们忙活。从进门在院里的古董汽车旁拉展红长裙开始，到躺楼梯上一袭白裙铺开俩人腻味，不知穿了多少套衣裙，移步换景了多少处地方。直到我参观完去院子里他们还没结束。现在的年轻人会折腾。

院子里露天地摆放着缴获美国的坦克车，直升飞机和战斗机，大部分掩映在院子里的树枝叶下，我相信如果院子再大点儿，他们会把巨无霸轰炸机B52 摆放进来显示战果。这些战机、坦克，维修、保养得相当好，漆色完整，美制战斗机阳光下银光闪闪，只有百年前的古董大炮和高射机枪显现些许锈迹。

出博物馆大门时约下午 3 点半光景，游客们纷至沓来购买门票进入参观，京片子城南味儿普通话不时在门口飘进耳朵，在西贡游览的国人很多，随处能碰得到。门外拐弯上大街西行便是滨河市场，我进去穿通道而过没再细看商家买卖耽误工夫，出南侧一小门转到南边大街，斜穿过街心环岛朝假樱花树盛开的文化广场走进去。

樱花树周边拍照的人比早上多了很多，人们在假树假花周边草地上的树下的阴凉处闲坐。和早上相比，这会儿的广场日本日活动高潮迭起，一二十个年轻大学生组成的一个小团队约有十个八个，每个团队穿着不同颜色不同

参加广场日本日活动的大学生帅哥靓女们

样式的日本服装，有在舞台上集体跳日本舞的，有拿着宣传小册子四处散发的，有站成两排队唱日本歌的，有在围帐木屋里现做现卖日本料理的，有摆开成箱货物推销叫卖的……广场各处是大学生们活跃的身影和围观市民，喝彩声、欢笑声、叫卖声不绝于耳，全场气氛热烈。我依次走过，观看拍照，被场内火热气氛感染得忘记行走一天的疲倦。前边儿童游乐场里娃娃们玩得兴高采烈，几个西方人带着自己的孩子在滑梯上、转椅上、攀登架上和越南孩子们玩作一团，和谐氛围叫人着迷感动，挪不动步，连续拍下照片。

不知道不长的一段文化广场东段我走了多长时间，接近东广场边的一段路时，夕阳西斜。一些女孩儿换上和服拍照片，其实我觉得奥黛比和服简洁明了，穿在越南女人身上比她们穿和服好看得多。充气门边石头门墩儿上两个西方 MM 被一群人围住，这些年轻大学生们不会放过练习英语的机会。西斜的阳光把站在大门口查看地图的两个 MM 的身影拉得长长的，投射到地面，一看就知道是刚刚到西贡的中国女孩儿，放下背包就上街逛风景了。

照理说是周日休息天，没有上下班高峰，可是此时不知为什么，街上摩托车骤增，被一个红灯堵在街口的摩托车便能排出很长一段路，塞满街口。在路边等候过马路时，不论在路哪一边，我的相机就没停过，我想多留一些影像在我的旅游论坛、同学论坛上给大家分享，看看这个摩托车当道的国家街道是何等拥塞而又秩序不大乱。

日落前回到客栈，请总台小姐帮我预约明早五点钟的 TAXI。刚刚上班的保安听到交涉，自告奋勇地说可以帮我 morning call 并用自己的摩托车送我到火车站，我知道他想挣点儿外快，讲好 3 美元，做个顺水人情。安排好回客房休息。

回想一天步行行程，我走过了西贡市其中的很小一部分街区，划定的景点统一宫没有入内，胡志明博物馆放弃，似有不完美。转念一想，好比在上海走过外滩、南京路、淮海路、四川路大部分热闹纵横街区，逛过城隍庙，虽然徐汇、静安那些闹市没到，上海总算是没白去，不是吗？一个道理，我的西贡两天之旅虽留有遗憾，但不虚此行，应该算满意。以后得空再来补缺。

第三段　胡志明市至河内火车时刻表

西贡 → 河内火车时刻表

车次 车程	SE2 33 小时	SE4 30 小时	SE6 37 小时	SE8 33 小时	SE20 18 小时 21 分	TN2 41 小时	NA2 8 小时 10 分
西贡 Saigon（始发站）	19:00	23:00	15:45	06:25		10:05	
边河 Bien Hoa	19:39 19:42		16:24 16:27	07:04 07:07		10:48 10:51	
平顺　Binh Thuan			19:04 19:07	09:42 09:45		14:14 14:17	
藩朗－塔占市 Thap Cham			21:20 21:26	11:55 11:57		16:42 16:45	
芽庄　Nha Trang	02:31 02:36	05:33 05:38	23:49 23:54	13:23 13:28		18:24 18:36	
绥和　Tuy Hoa				15:24 15:27		21:37 21:40	
Dieu Tri	06:17 06:29	09:14 09:26	04:08 04:20	17:13 17:25		23:32 23:47	
广义　Quang Ngai	09:13 09:19		07:19 07:22	20:31 20:34		03:21 03:24	
三岐市　Tam Ky	10:21 10:24		08:34 08:37			04:46 04:49	
岘港市　Da Nang	11:51 12:06	14:30 14:42	10:18 10:34	23:12 23:27	16:50	06:38 06:58	
陵姑湾　Lang Co			11:58 12:04		18:15 18:18	08:44 09:18	
顺化　Hue	14:43 14:48	17:06 17:11	13:21 13:26	02:07 02:12	19:42 19:49	10:38 10:48	
东河　Dong Ha	15:59 16:02		14:40 14:43		21:06 21:09	12:06 12:09	
洞海市 Dong Hoi	17:44 17:56	19:56 20:08	17:02 17:14	05:21 05:23	23:16 23:31	14:06 14:21	
Dong Le			18:43 18:46			16:15 16:18	

Huong Pho			20:48 20:50			17:27 17:30	
Yen Trung			21:42 21:44			18:43 18:46	
荣市　Vinh	21:37 21:42	23:41 23:46	22:08 22:13	09:26 09:31	03:58 04:15	19:12 19:24	20:40
Cho Sy			22:55 22:58			20:10 20:13	21:35 21:38
清化　Thanh Hoa	00:16 00:19		00:58 01:01	11:56 11:59	06:42 06:47	22:49 22:52	23:47 23:50
碧山市　Bim son					07:25 07:28	23:30 23:33	
宁平　Ninh Binh			02:25 02:28	13:07 13:10	08:05 08:08	00:11 00:14	
南定　Nam Dinh	02:15 02:18		03:00 03:03	13:41 13:44	08:52 08:57	01:03 01:06	01:49 01:52
府里　Phu Ly			03:37 03:40	14:18 14:21		01:44 01:47	
河内　Hanoi （终点站）	04:02	05:00	04:45	15:28	11:10	03:05	04:22

第二节　感受越南火车

一大早儿5点钟，客栈保安载我出巷口，范五老大街边商店台阶上坐着不少男男女女的西方年轻人东张西望，面前一溜啤酒饮料瓶，我纳闷这些年轻人不躺屋里睡觉休息，一夜坐到清晨，大街喝酒看景是哪门子事儿？我赶车起大早倒是看了这一景。哈哈，出门见景，快哉。

感觉摩托车左拐右转走了好长时间才到。西贡火车站场院开阔，大间平房里售票处和候车厅连为一体。大院里早餐摊已有人吃早点，旅客散坐院中。候车厅里也散坐了零星旅客，售票处还没上班。放下包靠在候车厅排椅上，里外四处走走。遇到六点钟上班的奥黛工装女售票员开售票室门，拿出车票问她什么时候检票上车，她指指旁边敞开的大门和站台停的列车说，那趟车，自己去上。哦，我说怎么刚才看见有人进站，心想这倒简单，省了这道在国内必须的听广播排队检票进站手续了。背包自由进站按票号找到自己车厢铺位摆放好行李，一切 OK 等待开车。

西贡火车站清晨头班车

天开始放亮，6 点 25 分的头班车，进站上车的人陆续见多，有几个中年西方背包客上车，但始终是稀稀拉拉，没有国内司空见惯的众人急急忙忙、大包小包、蜂拥而上的场面。站台冷冷清清，铁路员工比乘客多。随便进站台小超市看看，旅客常用物品应有尽有。一位中年白人女背包客冰柜里取可乐，掉在地上，包不离身弯腰捡，可乐罐滚开，半蹲下再捡，反复五六次没捡起来，自己都窘得笑。女售货员要上前帮忙，她挥挥手不让，直到自己捡起来进站上车。西贡各国背包客多，是背包客乐园一点儿不假。

西贡至河内，铁路全长 1700 余公里，快车运行 30 余小时，最慢的 37 个多小时，是越南境内贯穿南北的最长交通干线。我乘坐的 SE8 次列车早上 6 点 25 分次于西贡发车，次日下午 15 点 05 到达河内。实际运行中晚点一小时左右，第二天下午 4 点多到站，用时 34 小时多。这段时间里，国内列车运行距离三千多公里，北京到昆明或到乌鲁木齐了。而高铁仅用 6 个多小时。可知越南的铁路运输效率，不到国内一半，相当于我们国家 20 世纪六七十年代水平。

和上个月仰光到曼德勒乘坐火车时大幅度晃动加跳动的感受相比，越南铁路路况要平稳得多，与泰国坐火车感觉区别不大，但车况似乎越南要更好一些。南北分治时期，南北铁路中断，两个共和国各自经营其境内铁路，连年战争不断，铁路运输萎缩严重。直到 1975 年美国人撤出，5 月北方武力平定南方，南北战事结束，1976 年 7 月宣布越南统一以后，才逐步恢复通行南、北越南的全国铁路运输，西贡至河内的铁路成为贯通南北干线。从这个意义看，越南铁路的修复时间在 20 世纪 70 年代中期之后，故而比缅甸的百年铁路更新维修年代要早若干年，而老旧的缅甸铁路年久失修，已经老化到病入膏肓的程度。20 世纪 30 年代就通行的柬埔寨铁路系统遭到战争破坏后，全面瘫痪停运已经有若干年，目前在柬埔寨没有火车旅行的条件。我从泰国东部亚兰入境柬埔寨波贝乘坐中巴到暹粒，其实金边到西部马德望，原本有铁路通达边界小镇波贝，和泰国铁路相接，那是一条极好的铁路旅行线路。

越南 1700 余公里的铁路干线从西贡发车，沿途经同奈、平顺、宁顺、庆和、富安、平定、广义、广南、岘港、承天、广治、广平、河静、义安、清化、宁平、南定、河南、河西等 21 个省抵达首都河内，占全国 59 省的 35%。连通越南五直辖市中的三个市：西贡、岘港和河内（另外两个直辖市海防距离河内 2 个半小时铁路车程，芹苴和西贡 4 个多小时公路车程）。

铁路沿途所过，有山区、丘陵、小平原，有乡村、集市、城镇，原野秧田闪光，水稻禾苗茁壮，山岗漫坡翠绿，农夫驾驶手扶拖拉机耕作，鹭鸟翩翩漫步田间，田园风光美不胜收。芽庄过后列车在曲折绵长的海岸边驰骋，白浪拍击冲刷礁石，沿海秀丽风光似画卷闪过车窗。三十多小时的旅

田野农耕鹭鸟图

途饱览风光，和同车越南旅客闲聊，晚间卧铺睡觉休息，毫无辛苦、枯燥、疲劳之感。餐车供应一日三餐，服务员到车厢登记，有几样简单餐食可选择，开饭时间盒饭送到乘客手里，量偏少只能吃个半饱，余下以自己包里备份食品补充。大城镇车站有各种小吃正餐水果供应，我买过一个盒饭，质次价高，味道实在难恭维。以后再不敢买站台食品。列车上始终有开水供饮用，电热水器是无锡桑普电讯器材厂和铁道部科学院运经所联合制造，2002 年 2 月的产品，已经使用十年。

芽庄附近的美丽海湾（车窗镜头）

中午 1 点钟许，车过芽庄，早上在西贡车站看到的西方背包客们纷纷下车出站，结束一上午西贡至芽庄火车之旅。我暗自赞叹这些背包客的明智选择。半天行程，公路大巴、飞机和火车，从西贡如果不去大叻，到芽庄的这段火车行程为最佳选择，比公路大巴要舒适，比飞机少折腾。

一夜卧铺的睡眠，旅游胜地岘港顺化已经在夜半中远离，列车离开海岸线行驶在平原。田野依然秀美，风光如旧，大片农田中修饰华丽、色彩鲜艳的坟茔不绝于目，成为沿线景观。以此看来，逝者与活人争地占用空间，在越南也是老大难问题。

火车抵达河内，是时次日下午 4 点多钟。

第三节　水上桂林下龙湾

两天火车之旅结束，签证还有 4 天到期。我的安排是两天随团游下龙湾，一天河内自由行，最后一天逛老街，7 点钟闭关之前过关到河口。

下车以后的第一件事是预订三天后去老街的火车票。外国人在单独窗口售票。一中年老外和里面售票员笔谈交涉，我排后面。一摞 A4 复印纸翻着给里边看。趁机我问他票好买吗，他耸耸肩摇头，翻翻手里复印件，比划着说 4 张票，我瞄了一眼，他和妻子带俩孩子一家大小 4 口人。问他哪里人？他说新西兰。我心想母语英语的人买票都这么费劲，我这一口不能完整表达往外蹦单词儿的 Chinglish 还不知道什么样儿呢。于是掏出笔，把要去的地方、车次、时间、卧铺写好，到时候不用多说话，售票员一看就明白。里面外边两个人还在反复对话，旁边窗口里走过一个年轻女售票员招呼我过去。把写好的纸片递进去，她很快明白，查我的护照开始敲电脑办理，付款时候我把手里所有越南盾拿出来还差一点儿，只好付美元，拿出 50 元一张的美钞递进去，汇率和找回数量售票员在里面按半天计数器没搞清楚，叫住她身后过路的中年女警察帮忙，女警察很快算好抓一大把越南盾连票递出来，我没接，跟她说我马上回国，请找给我美元，女警察脸一沉嘴一撇，缩回手跟售票员嘀咕了几句，又打出另外一张票说那你付越南盾吧，卧铺没有了。我拿到的是一张软座票，就因为找钱要美元，把卧铺票给丢掉，只能坐一夜熬到老街。中年女警察的霸蛮无理叫人印象深刻。

我转身离开窗口时，旁边那位新西兰老外还没矫情完呢。他带全家去顺化岘港，和我不一个方向。

第一段　还剑湖之夜

背起包出车站，门口拍两张照片。一群摩的司机、三轮车夫围过来七嘴八舌地争夺生意，我不慌不忙取下大包墩到地上，从小包里拿出 LP，指着上面地址说，你们谁认得这个地方谁送我去。人散了一半儿，都是那些年纪大不认得外国字儿的，几个剩下的中青年车夫司机拿过书细看讨论了一阵子，好像在确认具体位置，一个中年人自告奋勇说知道了，拿起我的大包往他摩托车上一放，载着我离开火车站。

出火车站转到大街便就被卷进摩托车洪流中，数十辆上百辆摩托车一个方向裹着我奔腾向前，那情那景使在火车车厢里闲了两天的我亢奋激动，兴致极高，掏出上衣口袋里的小卡片机也不管什么对焦不对焦构图不构图了，噼里啪啦地拍着街景拍车流，不亦乐乎。回头看这些匆忙中拍的十几张照片不是歪的斜的就是失焦模糊，只有几张勉强能看清楚，但留下的却是永远的记忆。

下班高峰期的河内街头热闹非凡。十几分钟后过街口，一个宽阔水面闪过，“啊，还剑湖……”我啊字还没喊出口，一晃而过，被街边楼挡住。进入一道街，司机扭头问我是哪一间？我心说我一外国人到你们地盘儿了你问我哪一间，要你干嘛吃的？司机停下车说，就是这里了，下车吧，给钱。我下车问他，你不是知道哪里吗，哪个是旅馆？他嘟囔着说大概意思是反正就是这里了。

初到河内，裹在摩托车堆里抢拍的镜头

街区是真热闹，商店行人多多，街边闲坐喝咖啡的老人中青年人一摊又一摊，缝纫机搬到街边做生意的有几处，路人川流不息。我问他旅馆在哪儿？他说不出来，提起我的大背包走几步往路边一放，意思叫我自己去找，伸手要钱。我一看火儿了，走上前揪住他脖领子指着包说，你给我拿回来，今天不找到旅馆，没钱。这家伙有点儿草鸡了，乖乖把包提回来放到车上。旁边喝咖啡的人路人见此情景围过来看热闹。我问一位近前的老人，这一带有旅馆吗？老人摇摇头。摩托车一路过来我注意路边确实没看见旅馆牌子，便指着斜对面路口纵向街对摩的司机说，你带我从那条路进去，有旅馆我下去问，住下为止。这家伙在围观国人面前面子有点儿挂不住，满脸尴尬涨红了脸，梗着脖子说那得加钱。我说找到再说，找不到，没钱。

在河仙第一次搭摩的时那位善良的农民摩的师傅就告诉我，他们摩的行业的行规是不把顾客送到地方不收钱，送到为止。今天这家伙想半路甩客，我有的是理跟他掰扯，大不了打起来找警察他也照样输理。众目睽睽之下他调头载我进纵向路，嘴里嘟嘟囔囔，我管他说什么呢，今天找不着旅馆蹦子儿没有。街两边旅店不少，挨个儿问不是条件价钱不合适，就是客满，连找了四五家，直到转过前面横街一个戏院旁边民居的家庭旅店，上二楼看到闹中取静，房间宽大洁净，设施齐备，每天 10 美元价钱还算合理，决定住下来，才取包多给了他一万盾放他走。看到他一脸怨愤中显出一丝隐笑，我心说我们不是不讲理的人，你小子想跟我耍赖那没门儿。

客房里收拾停当出门上街转转。这一带街区是背包客聚居地方，满大街外国人闲逛，时不时中国话传进耳中。大大小小旅行社一个挨一个，可见平时客流之密集给这里的越南人带来的生意多不胜数。我的打算是从下龙湾到海防，从海防返回河内，问了几家旅行社，都只有河内下龙湾的单线一天或两天及三天往返行程，价钱在 30 美元至 35 美元，砍价空间不大。天色擦黑

还剑湖夜色

挑起担子当货郎

走进一家旅行社，准备下班的一位蛮漂亮的三十几岁女老板对我说，她们旅行社有这个行程，海防没问题，价钱45美元，坐下来签合同，付款，她告诉我明早有车到我住的旅店接，六点钟在门口等候就可以。

哪知后两天行程完全是欺骗，只是单线行程而已，压根儿没有海防那回事儿。可见骗子与性别和长得漂亮与否没关系，有的女人长得楚楚动人，行为结果还是骗子。这是后话。

签过合同出旅行社门前行十分钟左右，转右绕过街口高楼，就看见水边大树参天、街灯明亮的还剑湖。过马路到湖边，清风徐来，酷热消尽，沿湖边小路漫步，怎一个爽字了得。我所过的长圆形的还剑湖这一侧弧形顶端湖岸是略宽些的人行道。往左边转弯处扩展出一个小广场，几株巨树，树下转圈长排座椅，本地人、外国人坐树下纳凉闲谈，三三两两游客凭栏赏景，相互拍照，步行绕湖锻炼的人谈笑经过，足下生风。我穿小广场到湖边小路依岸而行，垂柳清扬摇曳，对岸五彩缤纷的灯光映入水中，微风涟漪，碎成万点彩珠，轻轻上下左右波动。回首看顶端湖岸我绕过的大楼，啤酒馆咖啡屋的霓虹灯色彩变幻，倒映湖中，彩条罗列，波光粼粼，不是一个美字说得清楚。依稀的灯光里大厦二楼以上三面敞开，人们在湖边吃晚餐、喝啤酒、喝咖啡，座无虚席，夜观湖景，绝佳去处。

一阵咖啡香，一阵牛排香，不时随微风飘进鼻孔。湖岸远些的街边饭店、咖啡厅比比皆是。寻着香味走上斜坡阶梯小道近前观看，各家饭店咖啡厅、啤酒屋大小不一，装饰自有风格，舞厅、卡拉OK厅的霓虹灯远处闪光发亮。另有几家高大楼房、宾馆、银行。我想这些除了银行均属档次居高的夜生活区，还剑湖边建此消费区，顺理成章。

我估计了一下，绕湖走一圈两公里的路应该是有的，但以今天的体力还是算了吧，回去早点儿休息，明天的水上桂林旅程早上6点钟就出发。又有点儿不甘心，没从原路返回，绕到大厦另一边走回旅店，相当于绕街区一圈，周边街巷看个遍。才掌灯个把小时，正是人们吃过晚饭街边门口乘凉，游客们逛街，一天里最闲散自在的时候，商家也不会放过这样的黄金时段，不论哪条街，哪个巷口，哪家门前都有人进出商店有人闲坐抽烟、喝茶、喝咖啡聊天。开咖啡馆的老板这时候最忙，每家咖啡馆门口摆开的小桌前，小凳子上满是客。就连挑担走街串巷卖菜卖瓜果的农村妇女都不下班回家，依然挑着担子大街小巷地转悠。这不，我买了几只香蕉，挑担的大姐看到我的相机比划着说要拍照片。拍就拍，多简单的事儿，我拿起相机对准，她连连摆手意思是给我拍，哈哈，那就拍吧，于是我俩角色转换，我挑起担子，卖水果大姐变摄影师，给我留下乡村农民照。到旅馆已是接近十点，街上市井生活还在继续，渐趋清净。和老板娘商量好寄放背包的事回屋休息。

第二段　水墨画中游·夜宿吉婆岛艳遇

6点钟天蒙蒙亮，我坐在一位出早摊的老婆婆小桌前小凳上吃早餐，加白糖的浓米汤，红色大米、豇豆稀饭和糍粑，油条，吃出家的味道，叫我想起前些天接连专程去吃了三天的西哈努克城那位信佛老妈妈的浓香鱼粥。五星级酒店豪华饭店吃不到的美食，往往在民间小食摊，把肠胃安抚得熨贴无比，长久齿颊留香，念念不忘。美餐后坐在旅店斜对面的旅行社门口等车。眼前一辆又一辆中巴疾驶而过，不时停在各家旅行社和旅店门口接背包客上车，背大包的外国客匆匆走过，和上班、上学的摩托车流、人流混合，旅行

清晨喝咖啡的闲散河内市民，国内见不到的街景

者聚居街区的早晨真是繁忙。将近20分钟没人理我，正在略感焦急时候，一辆中巴车停在旅行社门口，手拿表单的一位年轻人下车问我是L先生吗？核对收据之后接我上车。

车上已有几位年轻西方客，大家互致早上好，结为旅伴。中巴在大街小巷里拐弯抹角地前行，正好给我游车逛街景的机会。每个旅行社旅店门前都有游客等候，从不同方向开来的中巴车把客人接走。河内市民的早晨要多悠闲有多悠闲，街边小板凳上一坐，跟前摆一杯咖啡，有伴的聊天，一个人的就那么静静坐着，望着街上车来车去。一早出门的摩的司机们不急于出去找活儿，集中到一块儿喝咖啡、抽烟闲聊，摩托车排出长溜占满一边街。卖菜、卖水果的农村妇女可没有闲情逸致，挑着担子推着自行车走街串巷做买卖。河内一天市井生活才刚刚开始。车子一驶而过，匆匆中只欣赏到了这篇乐章的序曲。

中巴车绕来绕去接人，十多分钟工夫满座。16个人除我和年轻导游之外，都是西方人面孔，说着英语、法语、俄语，还有大概是西班牙语的多国散客，整个儿一联合国。中巴上大街往城外开，导游一口流利英语致欢迎词介绍行程。我坐在前面边看风景边留意听，一半以上反应不过来说什么，听得明白的是到港口以后上船，旅行社为欢迎大家准备了丰富午餐，给大家品尝当地渔民刚捕到的鱼，海上参观一天，晚上才上岸，请大家积极参加各种活动，有划船，海上购物，小船绕岛参观等等。最后几句大概是我们车上有一天游、两天游、三天游的客人，希望大家听从安排，不要擅自行动。

背包客 MM 的负重令人敬佩

开行一个半小时进入一个大院，参观石雕工艺品展，小到烟嘴大到石塔门墩儿花台，偌大展厅和门外屋檐下摆着琳琅满目的展品。转一圈儿在门外等候上车，几辆中巴车开进院子，数十个人民军军官下车，看军阶三四十岁校级军官为多，其中有四五位校级中年女军官，最高军阶为少校，服装显示属不同军种兵种。一大群男女军官三三两两说笑着分散进入展厅参观。后边跟着电视台摄像师紧随现场拍摄。一个大校军衔老军人走在最后和一个外貌像是展览馆负责人的交谈。这景比石雕引人注目。从年龄看除了大校之外的这些人 1979 年前后还是小学生，猜想他们是到首都河内参加某个会议期间被安排休息，集体参观游览，说不定晚上电视台会有新闻报道呢。

接下来的两小时车程沿途一派农村风光，秧田碧绿、禾苗茁壮。越南北方农村村舍多砖混结构小楼和平房，老旧木屋几乎没有，草棚更是难得一见，比缅甸柬埔寨农村明显富裕。同向并行的一条铁路锈迹斑驳，看样子停运已久。我相信 20 世纪 50 年代中期往后到 70 年代中期，北部湾作为中国“援

水墨画般的下龙湾海港

越抗美”的主要援越物资通道时，这条直通河内的铁路当时是交通要道也未可知。中国人民为支援越南抗击美国侵略付出过鲜血代价。历史在我们这一代人印象记忆中刻骨铭心。

游客观景平台

中巴停在街道近乎广场宽的港口前。导游告诉大家自由活动一小时，不要走出海港范围，我们要等候后面车的游客一起登船。这刚好给了我一个港口转悠的机会。我们一车人前脚下车，街边等候的背包客们便上车坐满，中巴车掉头开回河内。不得不说，下龙湾的旅游生意太好太红火了。导游先把大家带进港口院子，指定了大树下一个集合点随后解散，各人自由活动。说好一小时集合不要走散。小伙子开玩笑说赶不上丰富午宴美餐可不能怪别人。

先于我们到的游客在院子内外照相闲走。分散的车上众人有些去方便，有些逛商场，有些去外面溜达。我就近先到泊船的海边观景拍照片。港湾里大小船只停泊在百米以外随海面微波起伏，与不大明朗的天空和远处淡淡山影构成一幅水墨画般的清雅图面。有渡船开进港，下船的当地时尚 MM 笑靥如花，很开朗地对着镜头摆出 POSE 让我拍照。结伴而行三三两两的背包客们是此时院子里游动的主力，散客需自行购票，他们在海港大厅进进出出。看着她们年轻身影背负大包小包，我庆幸自己把背包寄放给房东，轻装上阵，不受其累。但是他们毫无负重辛苦的轻松步履使人由不得慨叹：年轻真好！

出海港大门返身看，一座尖塔门楼，延伸出两边几十米长的平房和伸向海里的栈桥就是港口全景，是个完全供旅游使用的客运港，附近也没有渔港和货运港的影子。我想由于旅游的开发和实际利益，当地人已经百分百地转

溶洞风光 光怪陆离

入旅游行业，而早年祖辈的行业只余留下极小部分，不成规模的捕捞供游客食用之需，货运更无需此港，越南沿海有的是海港，铁路都废了嘛。其实依我看，河内至下龙的火车开成旅游观光专线，效益不见得差，就像国内昆明河口线，很多段线路都有历史和观光价值，适当加以利用，比荒废丢弃好。

导游招呼大家集合上船。先后几辆中巴车的游客会合在一起，游船容量比中巴车大得多。游客们检票登船，坐到各自寻找到的合适的位置。游船上下三层，底层舱成排软椅，有空调，是下雨时最好去处。中层后半部是餐厅，前半部是平台，三层整体是个露天平台，两个平台上摆放桌椅，给游人观赏海景风光。游客们纷纷在平台上找座位放好行李背囊。我动作快，上船早，在三层平台左边偏后近楼梯位置占位放下背包坐好，取出暖瓶喝几口茶，随后起身各处走走。晚到的几个年轻背包客不与人争，不落俗套地在平台中间空地上铺张塑料布大包一搁，背倚背包席地半卧半坐，比坐椅子的看来还要舒适几分。还没开船几个人打起牌，还有戴上眼镜看书的，放松悠闲得不得了。

游船驶出港口，导游招呼大家去餐厅就坐，船家早已在铺了桌布的餐桌上摆好刀叉，游客们陆续进入坐好，服务员分别在桌上为每位客人端上饭菜，一位客人一条鱼，一份青菜和一盘米饭，大桶汤随意自己盛。大约是等候时间长了，我对面的俄罗斯 MM 急不可耐，狼吞虎咽。也是由于时间长，端上桌温温的饭菜吃着吃着凉了，很不对我的胃口，鱼做得味道一般般，肉有点柴，远不及自己在家做得鲜嫩可口。小口小口勉强吃完结束“丰盛午餐”。外出旅行嘛，吃饱最重要。

天空云遮日，能见度不高，远望水面航船、小岛，迷蒙中轮廓不清，若隐若现，色彩含混。海面风平浪静，时有微夹腥气小风拂面掠过。静坐船台凝望溟蒙海空，人似在水墨画中游，身心舒展到海即是我，我好似空，浑然难分。如梦如醒。人似乎在富国岛海面漂浮，仰望天空，灵魂出窍，不知今日之所终。

身边有人喊“先生，请下船”，才从恍惚中惊醒，是导游在招呼第一个参观点到了，众团友纷纷走下舷梯。我暗想人生好梦难得，好瞌睡也不易呀，

小小天然良港

人工港加紧施工当中

才打了个盹儿就给叫醒了。随之走下船跟在团友后面登陆前方石岛。饭后导游到观景平台上讲解的话我没听明白几句便迷糊过去，说的什么全然不知，待随大流登石梯拐山角进入大石洞口，方才反应过来参观海上石山的喀斯特溶洞。这方面的英语单词我一无所知，自然听不懂导游说什么，像上课听不懂讲课那样，自顾自磕睡过去。到了跟前才明白。

洞里石阶有高有低，狭径曲折婉转，石窟或宽或窄，大小不一，导游带领走一段，叽里咕噜讲解一番，我一个字也没去细听，跟在后面东张西望看

下龙湾游客水上活动中心

彩色灯光和光怪陆离的钟乳石造型，拍几张照片凑热闹。

从 1967 年夏天参观过桂林七星岩之后，我便对溶洞失去兴趣，几十年间几乎没去观看过任何洞穴奇观，肇庆的七星岩，云南的阿卢古洞，九乡西游洞，守在跟前路过多次的我从未动过进去看看的念头。个别一两次，进建水燕子洞是陪新婚妻子，看云浮钟乳石洞有长辈在前，属不得已而为之进去走走。各色灯光照射的钟乳石造型，当年七星岩里有农业学大寨修梯田的故

事，有老两口学毛选配乐场景，如今可曾还有？上帝圣母玛利亚也好，阎王小鬼也罢，不同洞窟灯光打出的景致讲出的故事都是编造出来哄人开心的，实在引不起我兴趣。

这个海上石山溶洞从码头曲径石阶登坡攀爬约十分钟，洞里行走参观约半小时，从另一洞口出下行回到码头又约十分钟，前后需一小时。去时直接进洞，返程则要经过一小段商品区，各种纪念品水果待客挑选品尝。看是石质之山，山间各处依然有茂密阔叶灌木丛与藤条植物覆盖，幸得小道经人工修整，虽崎岖不平但并不难走，道边设木桩护栏，游人只需自己小心莫跌倒摔伤，滚落坡下的可能性微乎其微。站山腰居高俯瞰，溶洞山呈弧状伫立海上，自成体系，弧形缺口处为门。右侧有一处扇形缓坡沙泥海滩，一湾怀抱，舟舸进出有门，停靠得岸，实为一小小天然良港。

游客乘船入港上岸观看洞穴，左进攀爬曲折上山，穿洞而过，右出洞口迤逦下坡返回登船。进出有序，一气呵成，难得的自然风光参观线路。岸边石山基脚毕竟礁石峥嵘尖利，有碍游客登岸，以前人工港岸在游客蜂拥而至的今天已经明显容量有限，捉襟见肘，新建港岸正在灌浆施工当中。机械嘈杂声之外，水泥浆水撒入海湾，水面色彩各异。

港口石堤等候游船时，又有两船游客相继登岸，江南味普通话不绝于耳，是国内同胞组团前来。中国越南相邻，近年下龙湾成为国内出国旅游热点。

船离岸继续海上水墨画之行。

午间倦怠褪尽，这次导游介绍我听进几分：下一处景点是下龙湾重点旅

诸峰罗立似儿孙

游区，活动很多。可以租小艇自己划船游逛，可以请人划船绕岛参观，有划船卖各种热带水果的，价钱不贵欢迎游客选购品尝，服务平台上有各种海鲜鱼类是当天捕捞的，可以给各位旅客现场制作，平台上还有娱乐设施，愿意的话可以试试运气。游船在这里停留时间是两个半小时，足够大家玩儿够，玩儿好。

徐徐海风中，游船行驶半小时进入一片环形群岛。石岛开阔水面中央有一座上面建木屋的大型木制平台，四周又有大小不等的十几座平台木屋。游船靠中央平台停稳，游客们纷纷下船到平台寻找自己喜欢的游乐项目，大部分人自己组合，两人一组租橙色双人划艇出海离开木平台到山根环游群岛内圈。我在长方形几百平米的平台上四处观看。木屋是个大餐厅，一端有厨房，旁边大棚下大小木水池中有多种活体鱼虾、海螺、海蚌等海鲜，奇形怪状，见所未见，叫得上名字的只有墨斗鱼。旁边渔民笑着指指池中鱼，指指厨房意思叫我挑几样去厨房做来吃，我笑笑婉拒。可能是刚刚吃过有鱼的丰盛午餐没多久，我们船上竟然没有一个前来挑选海鲜品尝，不是去划游艇就是四处逛游，或者干脆坐船上吹海风静观风景，哪儿都不去。有两条渔民生活船，船尾居然存了蜂窝煤，叹为观止。

我回到船上站在三层甲板居高俯瞰，我们船上租划艇出游的五六对划手各自朝自己方向奋力划桨，一对是西班牙父女，配合不大默契，父亲在指导女儿两边划动要动作一致，母亲在船上大声喊，也不知父女俩听得见与否；一对是俄罗斯女游客，俩人原地转圈儿划不出去，过了好一会才慢慢找到感觉，离开游船前进了几十米；还有一对法国中年夫妇绝对是划艇老手，别人还在游艇跟前适应、学习的工夫，夫妇俩像划艇运动员般划桨左右翻飞已经快到山根象鼻山前穿洞去了；还有一对七十几岁老夫妻，没问到底是哪国人，两个人举浆缓慢，动作划一，不紧不慢，看那样只准备在周围木房子附近转悠一圈看一看过过瘾……两个小时够他们所有人划到筋疲力尽。我喜欢北海、颐和园划的船，那种固定划桨中轴前后上下幅度有限的划动尚且累得胳膊酸痛几天，何况这种双臂悬空左右两边大幅度扭动的划桨方式。有国外老年游客包船进入按摩服务船，私密哟。

游船靠水中木台，背后一座峰高脊短、高低连绵的石山耸立，并无通道，对面大小高矮的石岛无序错落排开，岛间或宽或窄形成水门可进出不同方向，又一个天然良港，面积则比溶洞湾大许多，外围如笋石峰也多不胜数，秀丽景致更胜一筹，此处作为水上活动中心实至名归。我们这样的大型游船这时只有一艘停靠，游客几十人，分散活动，场面宽绰，游客随心所欲行动自如。试想若几艘、十几艘一样游船同时抵达，活动中心木台上人满为患、拥挤不堪，水面划艇百舸争流，游人将会是面对一种什么样的心态？我庆幸自己选择了合适的时间，以最愉悦最放松的心情在美丽的水上桂林享受优雅美好时光。

二层船舷边坐的一对中年人像是华侨，上船始得一见，彼此并未搭话。女士走上舷梯问我是不是中国人？我说是的，从北京来。请她坐下。她改用满含东南亚华侨语调的普通话自我介绍说姓陈，新加坡华人，和她一起的是她先生，姓周。我向下面周先生打招呼点头致意。我也做了自我介绍。乡音在耳，倍感亲切，陌生感顿时消失，变得熟络如故人。我们坐在三层船舷桌旁聊起来，我心中暗喜，哎呀妈呀，憋了这么多天的 Chinglish。终于可以畅快说中国话了。

陈太问我一个人旅行吗？去过哪些地方？我说喜欢一个人旅行，自由自在。简要介绍了这次一个半月东南亚五国行。她说，这些国家她都去过，不过是很多年分很多次陆续去的。听说我过几天从老街回国，陈太向我推荐沙巴，我说注意过，有这个打算，只是怕时间不够，因为签证原因必须赶在闭关前过关。她说老街到沙巴只有几十公里，时间紧凑点应该没有问题。这也正是我所想。陈太说沙巴有一个瀑布应该去看看，很多人到沙巴只是逛逛街，看看少数民族，其实

卖水果的小船随时在各船台间转悠寻找顾客

没去过瀑布等于没到沙巴。

聊着天说着话，时间不经意间流逝，划船的人陆续回到游船。好半天没露面的导游也不知从哪儿钻出来清点着人数，张罗着四处找人叫人。待人点齐之后，约四点多钟开船离港。这一带风光和桂林大有相似之处，游船穿行在石柱石笋组合的群岛之间，模糊、清晰缓慢转换。阴沉的天气光线不好，更给人山色空蒙、水天迷茫的奇幻仙境感受。一船游客静静观景拍照，几个年轻人玩儿牌，那两位70多岁夫妇大概划船很累，在二楼餐厅点了咖啡慢慢地喝。我的位置适合原位拍照，坐着不动按快门即可。陈太下二层和先生坐了一会儿端着茶杯上来和我继续聊。

我问她这次越南行准备多少天？她说先生刚做完一单生意，有点儿累，她陪着先生出来旅行，休息几天，然后到马来西亚几天就回去。我问陈太，你先生做什么生意？她说，先生和她老家都是福建，近些年和家乡人合作，往新加坡进口冰冻海鲜，福建、浙江、江苏、上海和山东一带跑得多，生意也做得蛮好。近几年遇到大陆每年封海禁捕期，他们生意中很多环节都要重新调整，春节过后去大陆好几个地方商谈安排，最远到了烟台，前几天才回新加坡。她把家里事丢给孩子，自己和老公出来旅行。和很多女人一样，陈太非常健谈，话匣子打开就听她的了，我也乐得做个听众听她讲新加坡的生意经，华侨的各种往事以及家庭生活琐琐碎碎。说到马来西亚陈太眉飞色舞，知道我去过吉隆坡、马六甲之后，极力推荐我去槟城，说那里的小吃又多又好，她们家经常会去槟城住几天，看亲戚是一方面，更主要是去吃。我们互留了电子邮件地址和电话，陈太说到了新加坡一定联系她，会带我去有最好吃东西的地方。

不觉间船行了近一小时，看见了海岸，不知什么地方。导游把大家召集到二层餐厅坐下，拿出名单逐个念名字，凡念到名字的跟他下船，两天游三天游的另外安排住宿，留下的一天游随船去另一个码头上车返回河内。我问他明天海防的如何安排？他两眼无辜地看着我说，公司没有指派他安排海防游，我的两天游明天随团下午回河内。我没跟他急，更没和他吵，只是心里明白昨晚被那个漂亮旅行社职员给蒙了，骗了，白叫她赚去我15美元。上

如诗如画 水上桂林

帝没说过不许美女当骗子。

细算起来，45 美元合约人民币 270 元，两天游包括河内下龙二百余公里往返中巴票，一早一晚和两个午餐四餐饭，一夜住宿，两个半天游船票和下龙湾加溶洞景点票，并不算贵，和国内类似两天团比可以说很便宜，即使再贵上几百元我也会参团游。问题是那个脸蛋儿漂亮的旅行社女职员骗人，想起来叫人很不舒服，那种被涮的感觉使我有点儿愤懑。原本 180 元的行程凭什么收我 270，我又不是二百五。钱是小事一桩，关键是错过我最想去的海防，实在是心有不甘。

我们上学的时候正是美国轰炸越南北方最厉害的时候，每天电台广播里充满美机轰炸消息，报道击落几架美国飞机，哪里又击落了 B52，哪里活捉了美国飞行员。河内美国人炸得不多，海防是北越主要港口和工业基地，中国和国外军事经济援助的物资大部分从海防卸货，几乎每天遭到 B52 的光顾。我最想看的就是这个饱经战火摧残的城市停战以后的现在是什么样子。

另外，海防到河内是法国人最早修建的越南铁路，早在 1902 年便建好通车，其后建成河内至老街铁路，随即修建河口到昆明的滇越铁路，因此海防成为最早连通中国和世界的重要港口城市。滇越铁路于 1910 年建成通车，当时的中国人去云南大多从上海、香港乘船到海防，从海防转乘火车，约一个礼拜行程到达昆明。海防这座滨海城市对我这个喜欢火车旅行的人来说，有特别的魅力和吸引力，是这次旅行的一个主要目标城市，现在泡汤了，我能不万分遗憾和愤懑吗？

咳，该着我倒霉，碰见个白骨精狐狸精投胎转世的越南女人。

游船停靠的港口像是荒郊野外，除了一个水泥地面小广场，一条笔直水泥大道，一间砖房和一辆公共汽车似的大巴，便是长满荒草的海岸线和野草坡地。已经有些先到的背包客在岸上等候。我们船上人下完之后，和先到的人一起上大巴，有的背包客则上船，可能和一天游的人一起返回河内。陪伴一天的导游和大家挥手再见。我们的车开出很远，看见游船离港向另一方向开走，港口随即空空荡荡，无船无人。大巴开出一公里许，在一个小房栏杆前点验开出，算是彻底离开港口。这是我迄今见过的最清闲最荒寂的海港。

这时我还不知道，我们已经登上吉婆岛。

大巴行进在崎岖山间公路，窗外芭蕉树和山坡、荒草、树林掠过。直走两边是山，转弯依然是山，偶有几栋村舍闪过。车上的人大半是新面孔，除了几个当地农民打扮的人像是搭车的外，新上车的都是没见过的游客。从早晨上大巴，这是今天的第三次游客组合。半小时左右大巴进入一处市镇，新导游站起身拿着一张纸说，大家先吃晚餐，然后上车到宾馆，到时他会按照名单分配，请大家听从安排。

一车人随导游走进餐厅，很小一间屋子四张桌，十人一桌刚好坐满三桌。身高马大的西方小伙儿，发福中年男子和胖胖的俄罗斯女孩儿蜷挤在狭窄桌椅边，墙壁间隙真够憋屈的。饭菜上桌，每桌一大盆猪脚炖萝卜，一大盆青菜豆腐汤和一个烧豆腐泡加几碟咸菜。我邻座另一桌的白人小伙儿舀了半碗米饭，看都没看桌上的菜，拿起桌上的小瓶倒了几滴酱色液体搅拌在一起，几口吃完便出去。我知道那是鱼露，越南没有酱油一说，这个西方小伙儿也够难为了，几滴又腥又咸的鱼露拌饭也吃了半碗，赶上我们小时候凑活事儿的酱油拌饭了。西班牙那一家三口坐我对面桌，他们一家人每人盛了半碗汤喝完就走掉，其它饭菜没动一口。我这边盛了饭刚端起碗没吃几口，其它桌的西方游客几乎走干净。只有那两个俄罗斯女孩儿大口吃饭、喝汤、啃猪脚，吃得满不在乎，我猜想跟她们俄罗斯人吃猪肉有关系。我们这一桌陈太、周先生和我吃得津津有味，把盆里、盘子里的菜吃得干干净净，还略显不够。本来猪脚、豆腐、萝卜、青菜就是家常饭菜，只要热乎不凉，不说美味可口，也能吃饱。吃过饭站起身看见旁边对面几桌几乎没动过筷子的满盆豆腐猪脚，我摸摸肚子心想，早知道我应该坐到和西方游客一桌去，那么些好吃的我肯定能给吃的七七八八、不剩多少。哈哈。

其实旅游团餐流水席就那么回事儿，不说赚钱为先的抠抠的越南人，就算是做事精明细致的日本人、台湾人，对付这种流水席也做得一般般，浅草街上把旅游团带进四川馆子吃完抹嘴走人，说不上味美。更甭提香港的对付劲儿了。我跟过几次旅游团，体会多少是有的，除了曼谷大厦那顿海鲜自助餐和台北高雄几家四五花级酒店的自助早餐外，能满意，留下记忆的没有几家，倒是韩国人实诚，不保证吃好，但确保吃得饱，汉城吃韩国烧烤可劲儿上牛肉，吃多少上多少印象深刻。再有就是朝鲜，平壤开城妙峰山各处饭店吃饭，自己人民吃不到的肉蛋奶倾力拿出来招待客人，鲜奶没有，冲一壶奶粉也会摆到桌上显示对客人的真诚。不过这越南人确实太抠儿，那么多水牛宰一头煮点儿牛肉汤也好，偏偏拿出亚洲人的豆腐猪脚给吃惯牛排的西方人，你们倒是省了，空肚子出门的确是你们的客人不是。不过我知道饿不着这些欧洲、澳洲、美洲人，晚上他们会大街小巷、钻头觅缝儿自己去找牛排、汉堡、牛肉汤加啤酒等，都知道法国百年殖民地熏陶过的越南人的西餐做得很地道。

吃过晚餐的一车游客接着前行，沿路村庄不断。十几分钟后大巴转急弯进入一处村落在一个大坡顶端停下，导游念到陈太、周先生和我的名字，带我们三人和另外一对中年老外夫妇（港口新上车其它船的游客）下车走进路边一家宾馆，和总台交涉之后对我们说，住宿由宾馆安排，明天有早餐，9点钟车子来接，准时出发，请早准备不要误车。说罢上车带大巴上其他游客一溜下坡而去。

总台里30岁出头女士看样子是老板，抱着吃奶的孩子吩咐几位服务员带我们去客房。老外夫妇住一楼，一位女服务员带走。陈太夫妇和我由两位男女服务员带领，男生背起我的包几个人相随上楼。在二楼楼梯口陈太说晚上有什么事咱们可以联系，她夫妇俩住 202，女服务员带她俩转去楼道。我跟在背包服务生后面上三楼。转进楼道尽头 306 房间门口，男生放下包指指门，要我自己进去。我问他钥匙呢？他指里面已经有人，没说话转身快步下楼走了。

我提着包推门进屋，放下包正要转身关门，抬头猛一看，床上坐着一个刚刚洗完澡穿白色睡衣正在吹头发的年轻女孩，和我对视一眼继续吹她的头发，我心头一惊赶忙拖起包连连道“对不起对不起”退出房间关上门，霎那间惊出一身汗。怎么回事儿这是？明明是服务生带我到门口，怎么就会搞错？丈二和尚摸不着头脑，我把包放在门口疾步下楼去总台问个明白。女老板抱着孩子哄睡觉。我劈头就问，怎么回事儿，你们是不是搞错了？房间里有个女孩儿。女老板抬起眼皮说，是呀，有什么问题吗？嘿，我了个天儿，人家女孩儿都住进去洗过澡了，你叫我一大老爷们儿进去住算干嘛的，这还不是问题哪？我又说了一遍，屋里是个女孩儿。女老板说，是呀，是个女孩儿。我说，我怎么会和一个女孩儿住？她满不在乎地说，本来就是住一屋啊。嘿，今儿真碰见个说不清理儿的女人了，我想不出什么英语单词表达，一时语塞。

想想说不明白，转身上二楼敲 202 陈太的门。陈太开门问什么事需要帮忙。我简要跟她说了一下，请她帮我去说。我俩到总台，陈太流利英语帮我交涉，我听出要求调换房间。女老板英语比我还生涩，估计陈太和我差不多听着费劲，不过能明白得比我要快。陈太扭头和我说，今天客房全满，中午就全部安排好，后边还有三个车到，实在没有调换余地，入乡随俗吧。看看女老板不在意的样子，我心想遇到这么一位滚刀肉女人，哪辈子造孽修来的，奈何？只得叹口气和陈太离开总台，自己独上三楼回屋。

我先敲敲门才推开进去，把包放到床边。女孩儿已经吹完头发，躺床上听 MP3，见我进来微笑点点头打个招呼接着凝神听她的音乐。我进盥洗间冲洗好感觉时间还早，不妨去逛逛夜景，出宾馆大门下顺坡直走下去。街灯昏暗，路边住户有在门口卸车码玉米杆的，更多的则是卡拉 OK 厅、酒馆、咖啡屋和洗浴店，门口坐的小姐不断招呼路人。可能刚刚天黑，各家店门可罗雀，并无客人光顾。坡底往前，街两边楼高大了很多，底楼商店、饭店规模也更大。遇到车上两个俄罗斯女孩儿路边吃烧烤，她们住在身后一座楼上的宾馆，比我们住的村里私人旅馆从外表看好得多。

走到街口，豁然开朗的街和广场使人顿时视野开阔，四周霓虹灯到处闪亮，另是一番风光。路口右边是个灯光夜市，透明塑料搭起的抽象鸥鸟翱翔造型在大门上，夜空里展翅欲飞。远处黑乎乎的山顶一座塔样建筑亮着的红色灯光很显眼，我想不会是灯塔吧？高是很高，做灯塔忒暗了点儿。究竟是什么，黑暗中搞不清楚。临街店铺里居然摆放的是单反相机之类高档电子产品、照相器材以及各类化妆品，院子里则是贩卖蔬菜的水果的大米商铺和米线饭馆，这样混搭的商品售卖方式和刚才路过街边农舍和歌舞厅、SPA 屋的混合民居用途非常相配，显示出此地从农业社会，农村生活突然跃进到商品经济，现代文明高档生活圈的突兀混杂。想到把我和一个二十几岁的女孩儿混搭到一个标准间居住过夜，不禁莞尔。奇怪的社会状态会衍生出光怪陆离的社会现象，把我也给带了进去。蔬菜瓜果和单反相机、化妆品摆在一个玻

灯光夜市

“欢迎到吉婆”彩门

彩光摇曳的吉婆岛之夜

璃柜台里展销，不伦不类的。很可笑不是吗？哈哈。

过马路进入广场，光线不甚了了，广场上设施模糊不清，前边霓虹灯、拱门彩光闪烁变换，轮廓清晰。红色灯光打出“欢迎到CAT BA”的标语，我猜想这cat ba是“吉婆”，不知哪朝哪代的先辈给翻译出这么个名字。如果意译加音译翻为“猫吧”，在如今各种名目的“吧”泛滥的社会，或许更合现代年轻人心意，哈。朝彩门跟前走，一片粼粼波光，霓虹灯映入水中，色彩斑斓。彩门里是一条宽阔栈桥深入水中远处。初始搞不清是湖是海，转念一想吉婆为岛，四面环水，只管看作海不会错。入门走上栈桥，宽且长，远比闻名遐迩的青岛栈桥还高出海面。水泥浇筑的桥体浑厚结实，像一条大石坝横亘水中。微腥夜风袭来，凉爽适度，令人身心舒展。纳凉游览的人往来不绝，时有普通话云南话传入耳际，可知国人在吉婆岛夜宿、度假者不在少数。栈桥一侧海面上大船上各种造型霓虹灯五光十色，订餐订座电话都被制作为彩灯，流光溢彩，是岛上的夜生活区域，桥边岸边有小船守候载客人前往。栈桥尽头又是一道彩色拱门为海对面展现欢迎词。站桥头粗略判断，我们下午从下龙方向登陆吉婆，是岛的正北，经过一段山区公路绕行到中心区，现在我所站栈桥位置是面对海防方向的吉婆西侧，隔岸与令人遐想的灯火阑珊的海防遥遥相对。念及被面目姣好的狐狸精女人所骗，期盼已久的眼下近在咫尺的海防之行却未能得以实现，心中又泛起一阵惆怅与叹息。

回程途中，可以看见灯光夜市后山顶那座红光闪耀的建筑格外抢眼，究竟是个什么，心怀好奇，明早一定要一探究竟。进宾馆门过总台看墙上钟已经九点多，是该休息的时间了。老板娘说那个女孩儿和她同伴出去吃饭，留下钥匙给你。我对她说，我们中国很传统，不兴这样和陌生女孩儿同居一室的，又不是一家人。你能不能给安排换个房间？她不是有伴吗？男的女的？老板说，她们五个人，一对情侣住一间，两个男的住一间，她一个人只好和你住一间喽。我说可以叫她的男同伴和她一起嘛，换个男的和我住。老板说，她们五人三个国家，情侣两个男的和女孩儿都不是一个国家的。人家两个男的不愿意分开住。说完还暧昧地和我眨眨眼。我说我怎么好和一个别的国家不认识的女孩儿住呢？老板笑笑说你没看也是亚洲人吗，怕什么。我说我们中国是不允许的。老板说，和年轻女孩住多浪漫呀，你看她那么年轻，又挺漂亮，你可以约她去喝喝咖啡，跳跳舞……说着还和我坏笑，旁边的女服务员也跟着乐不可支。我看她没正形儿越说越不着调儿，无奈摇摇头接过钥匙回客房。老板追着喊，是真的哎，她吃饭回来约她去喝咖啡……听着老板怪调儿英语我心说，昨天河内碰一白骨精骗就够我受了，今儿个偏偏又遇到个滚刀肉女老板，我这是撞了哪路鬼叫我连逢阴雨天儿？真真是又好气又好笑。

上个月在仰光青旅曾经和一些年轻女孩儿同居一室有说有聊好几天，那是八人大房间，男男女女不同年纪的都有，谁都可以不在乎。今儿可不一样，标准间两个床，和一从未谋面的外国女孩儿住一间屋，怎么想怎么觉得怪怪的。回屋伸伸懒筋，洗漱毕坐床上翻看 LP 查地图，眼皮有点儿打架，女孩儿进屋取东西转身又要出去，我把钥匙递给她，说马上睡了，叫她回来自己开门。女孩儿笑笑接过钥匙说，可能回来得晚些，希望不会打扰。很有礼貌的一个女孩儿。这回看清楚了（刚才都没敢正眼看，哈哈），是个黄皮肤亚裔面孔女孩儿，搁国内我敢说是个当女手球队员的好身板儿，身高有一米七几，壮实微胖，短发圆脸，团团鼻头单眼皮，脸晒得微黑。说不上多漂亮，长得还是蛮周正。咳，老天爷这是开的哪国玩笑，偏叫我和她住到了一块儿？

躺下沉沉睡去。3点钟起夜，女孩儿还没回来。近6点钟起床，旁边床上女孩儿睡得死死的。可以想象她后半夜轻轻开门锁，蹑手蹑脚进屋，悄无声息睡下的轻巧样子，我也悄悄洗漱好提起背包走出屋轻轻关好门。玩了一夜，叫她静静睡好最后三小时吧。

第三段　惊诧雄浑下龙湾，乘兴还剑湖边游

总台值班男生在柜台里几把椅子拼成的窄床上欠身呵欠连天地说，早餐要到7点半以后才会有人来做。说完倒下接茬儿睡。我把包放在柜台边，走出宾馆去查看昨晚的疑问点。

天已放亮，云层厚，估计又是个大阴天，太阳是看不到了，也好，少挨晒，水墨连环画继续看。农家起床早，几户门前有人开始晾晒玉米，大包粮食正从院子里扛出门。几家舞厅，卡拉OK屋和足浴室房子以及小商店小饭店修得很别致，像是经过精心设计后改建的农家屋，也意味着农民向城市生活商品社会的一种快速过渡。坡底是村庄民居和城市高楼的分界，中间大块空地可以仰望昨晚红灯闪亮的高高山顶，整个城市的制高点。我将长焦镜头当作望远镜，清晰地看到有座三足鼎立上中下三节构建的尖塔。询问路过的一位知识分子模样路人，他很热心地用纯熟英语介绍说，山顶最早是法国人建的一个气象站，北越独立以后抗击美国战争期间，成为人民军的防空警报站（昨晚我看过地图，吉婆岛在海防东面，是海防天然海上屏障。不论是从岘港等南方基地起飞的B52，还是从航空母舰起飞的舰载机，甚至更远的泰国南方飞来的轰炸机群，大多需从吉婆岛上空经过进入海防及内陆，这个制高点是最佳观测点和警报传播点），多次遭到过轰炸。战争结束后，上面修建为公园供市民登高观赏风景。从路边可以清晰看到登山的曲折陡直，攀爬石阶和鲜艳颜色的铁梯扶手。可惜时间有限，我没有尝试登上山尖一睹战争纪念公园，俯瞰这座美丽海港。谢过路人详细介绍，再往前走来到昨晚的灯光夜市和栈桥广场。夜色黑幕和五彩斑斓的灯光褪去，广场和栈桥周边一览无遗，眼前是海上群山环抱的巨大港湾，海面一边集中停放着上百艘蓝颜色船体的出海作业渔船，星罗棋布地点缀的小船和荡漾海面共起伏。吉婆岛这个海湾

和昨天下龙湾的溶洞湾中心娱乐湾远不是一个量级，可以是一个集渔业、货运、客运和游览于一身的综合性海港。

没有了黑幕遮盖，广场显出了它的大气。昨晚灯光闪耀的彩色拱门不过是其小小装饰而已。早上行人寥寥、游客稀疏，只有几个老外大概和我一样昨晚天黑没看够，赶早前来补课。

广场上放置的一块巨石上有镌刻字迹，上前看是一段越文记录，努力拼读能读懂前面的日期和胡志明几个字，应该是纪念国家主席胡志明1959年3月31日视察吉婆岛。

广场外，海湾对面，一座座楼龄不长的高层建筑间道路间隔，形成一个个街区。走出广场，在各街区转转看看，底层楼是各类大小商店、商场、海鲜酒楼、旅舍、宾馆，高层有保安守门的各种公司驻跸之地写字楼，居民区间或其中。总体印象是新兴行政商业城镇，吉婆岛中心区。我想象胡志明主席视察当年，这里只是木帆船、机帆船出没的普通渔港，渔村渔民渔业生产是当地社会生活主体。广场一带不过是海滩荒草地。他老人家大概不会想到这里会在几十年后高楼拔地而起，原始渔村生活迅速摆脱落后、贫穷融入现代商品社会，成长为一个初具规模的现代新兴城镇吧。

回到宾馆在周围走走。这以前是个村庄，宾馆的房子是一栋在很窄的地基上建起的五层楼房，门面不宽纵深长，外饰蓝色玻璃幕墙，乡村土豪风格没有遮拦，旁边停车场有块坑坑洼洼的，很大的空闲宅基地，停了三辆大巴两辆中巴，昨晚真是到了三辆车。客厅里一屋子人，面孔大多没见过，像是昨晚

清晨的灯光夜市和山顶之塔

吉婆中心海港环拍图

天黑以后到的几批人。我辨别出了一家五口祖孙三代俄罗斯人。电视里正在播放欧冠皇马大战拜仁。足球无国界，几乎所有人都仰头望着悬挂墙上的大屏幕液晶屏，这时候谁是哪国人就不难辩了，里贝里前场左路推进，连声叫穆勒的两个小伙子肯定是德国人拜仁拥趸；马塞洛铲人吃黄牌发出嘘声的几个男女年轻人绝对来自西班牙。中立的人为两边叫好，为好球叫好，包括我在内。各有各的叫法，难辨语言区别。我叫“好球儿”旁边人谁也听不懂，哈哈。

早餐端进来。一人一碗越南米粉，边吃边看边叫好、惊呼、叹息。国际比赛加国际观众，有点儿意思。陈太两口子下楼吃早餐，见到我便问昨晚出去看夜景了吗？好漂亮哦。她两口子10点半才回来休息。我说你们回来的比我还晚，我9点半多就回房间，看了会儿书才睡。近久点钟车到，导游把大家叫上车，问还有没到没有？查看了一遍，发现差五个人，正准备上楼去喊，同屋女孩儿等五个人睡眼惺忪走下楼上车。

大巴拉着一车人在吉婆岛中心区各街道转圈接人，正好给我时间看看街景，看到了政府楼，行政区、高档住宅区、等没半天工夫走不下来的一些街区和街心公园，主要商业娱乐区就在我们住的附近，昨晚今早都游览过，遗憾的是没能登上制高点公园。最后一站大巴开进吉婆长途客运站，接几位背包客，我估计是一大早从海防渡海过来的。这样的游客按昨天我的体验，上午和我们一起坐船游，下午我们回河内，他们又给组合到别的团里继续其游程。想到我的海防之旅被骗泡汤，又是一阵懊恼。

几乎坐满的一车游客被拉到一个简陋码头，比昨天下午那个荒寂码头略微多两个雨棚小屋，和早等在路边的十几个人一起登船驶离港口，驶进海上群山耸立众峰围堵的海面。和我在火车车窗里看到的桂林柳州诸峰相比，海上桂林之峰没有那么圆润齐整，高低错落无序，大小参差不齐，但组合出的群体变化多端，里三层外三层，穿过一层群山屏障，又是一道诸峰林立，始终在石笋、石柱、石山中穿行游弋。诡异的灰色、黑色云朵，暗淡中泛光的水面，兀突的石峰，大自然鬼斧神工造就的绝佳美景就这么轻描淡写地映入眼帘，写进心中，画在记忆里。什么慨叹惊呼、畅想描述都是多余，只需在其中经过，将景色从眼里滑进，静静观看，把自己没入仙境。

从方位上判断，昨天我们是从下龙湾由南而北登陆吉婆岛。今天则是绕到吉婆东北岸，由吉婆东北向下龙西南，穿过吉婆下龙间的狭窄海峡回到下龙湾港口。昨天的安排有上岸观赏溶洞和划船自娱等活动，今天则纯是海上观景，欣赏大自然赋予这片海域的秀美景致。人们爱说“游山玩水”，此时此刻山在水中，水在山下，游乎山水之间，出没峰间波中，人如在画，画入人眼，天地人与山水化为一体，融作一团，人生有此一游，夫复何求。我心足矣，如醉如痴。

今天换了另一艘游船，我和大部分人依然在三层观景拍照。中间二层换成一排皮垫躺椅。背包客年轻人占了全部空间，有人把皮垫取下铺到楼板趴上面，没有太阳晒日光浴，空气浴也很舒适。几个人打牌消遣。到二楼找角度拍照片，遇到同屋女孩儿站在舷梯边发呆，我问她昨晚几点回来的，没睡够吧？她笑笑说昨天吃饭晚，然后去广场看夜景。回来取点东西下去聊天打牌，几个人觉得没意思，约着去喝啤酒。回来路上看见卡拉OK厅又去唱歌喝酒，一直到四点钟才回来睡觉。没惊醒你吧？我说早上起床才看见你，一点儿不影响。你看起来像中国女孩儿。她说是澳大利亚。同伴叫她，和我笑笑转身走过去。

这丫头外貌壮实，却很文静，有点儿腼腆，不爱说话。和她同伴在一起也是听的时候多不怎么说。我想如果她像富国岛快艇上那个越南女孩那么爱说话聊天，我们可以聊更多。

游船不时改变方向，顺山势在群峰间穿行，有时会有峰回路转感觉，一

吉婆岛海上桂林环拍图

雄哉伟哉，海上夔门

层层叠嶂望不断看不尽。山势各有不同，千姿百态。有的独峰矗立，有的长龙卧波，有的似驼峰，有的像马鞍，有的起伏连绵，有的两山相视夹矮礁状比二龙戏珠，有的如断崖石壁黑白相间，有的像碉堡守护山门。诸峰环列，间隙有如门户洞开，大小不等，凭船入出。更有一处两石壁竖直相对，夹水而立，酷似滟滪堆前望夔门，壮观雄伟，其状如夔门千里万里从奉节飞入，令人拍手叫绝，叹为观止。站立船上，渐行渐近，恍惚梦境之中，将身来在瞿塘峡。

曲折迤逦海上路，越岭穿山水中行。随船游走 2 小时余，仙山稀疏远去，水面开阔近岸，一干人等由导游带到海港对面马路楼下候车返回河内。他告诉诸位，现在本来是给游客们的吃饭时间，午餐后上车，遗憾的是上午港口一带停电，饭馆无法准备，只好委屈各位。稍后上车每人发一份午餐作为补偿，请大家原谅。话既如此，众人无言，腹饥难耐者自行路边小店买饼干等物。漫长一小时后几辆中巴接一船游客驶上返程，每人领到一支法棍一支火腿肠一瓶矿泉水聊以充饥。三小时后进城，我在还剑湖对面博物馆门前下车结束两天下龙湾之旅。陈太拉开窗叮嘱道："去新加坡一定打电话啊。"就此别过。

应该说，河内旅行社的运作效率相当高。在接单、组散客团和带游客游览过程中，各个旅行社之间不断地拆团和拼团，组合来自不同国家，不同方向，不同旅店宾馆背包客栈不同年龄、肤色、性别的不同游客，衔接游览、吃饭、住宿、上车、上船各个环节，在基本不影响游客吃住行的情况下，除了一天游之外，参加两天团三天团及以上天数的游客会被重新组合三到四次及以上次数。如此繁而不乱的组织能力引入注目。我想如果连这点儿能力都没有，越南人也真的无法打败武装到牙齿的美帝国主义美国佬儿。他们做到了。

博物馆已到下班时间，闭门谢客。我得先回旅店落实今晚客房和明天延时半天退房坐晚车走的事。老板娘出去买菜了，她上高中的儿子给我开了前天同一个房间，把行李从库房取出安顿好。交涉明天下午按半天结算延时到下午 7 点退房，这个英语磕磕巴巴的高中男生愣头青，梗着脖子涨红了脸说全河内也没有这个价钱，只能按一天算。看着不谙世事的小屁孩儿我真是好笑，你个不懂事的熊孩子才吃了几碗干饭敢跟我说什么全河内，把你们家门口儿这条街走顺了就算你没白喝几年中学墨水儿。懒得搭理他多矫情，我锁门背包出去转街。门口碰到买菜回家的老板娘，和她说了明天推迟半天退房的事，她满口答应没问题，完满解决。走到大街上我想老板娘真得好好教教她这个二卜愣熊儿子怎么做人，怎么做生意，屁大点事儿能把脖子青筋给崩出来，还把个脸给涨得比抹了胭脂还红，你说这熊孩子性情得有多急躁、多缺调教。呵呵。

旅店隔壁是个剧院，每天卖票有演出，此时门口卖报纸、瓜子、花生、冰棍儿的都有，要热闹到晚上戏散场。满街筒子外国人来来往往。刚才回来时路过左边不远的一个旧庙，似需买票参观，路过的外国人都进去看看。我也就近顺路去看了看，无人检票，长驱直入。

很简单的一个寺庙，一进院子一座庙堂，门匾“悠久无疆”，庙里匾为“圣躬万岁”，庙里没有佛像，只供牌位，香烟袅袅。一看便知这并非哪家佛寺，只是一个家住此地的马屁大臣为表忠心于皇帝而建的一个小家庙。老房子而已，被当作了现在群众艺术馆。

门口两个售票的年轻人卖的是一个文艺演出的门票而非参观票，除了演出剧照，还有摄影展的宣传。看样子类似于我国城市里文化馆一类管辖的古

还剑湖边玉山祠

迹，像西安碑林那一带地方那样，除了供游人参观，还做些文化活动的宣传推广。

出庙门直奔还剑湖，我想去看看博物馆斜对过湖边的玉山祠，那个前天晚上在湖对岸看上去灯光迷人深入湖面的小半岛。到得湖边，街灯相继亮起，玉山祠门前地灯闪亮斜射向上照映，湖对面银行宾馆楼上的霓虹灯也开始闪烁红蓝绿紫各色光彩。我没随急匆匆赶来参观的人进到庙里，不想走马观花到此一游，明天我还有时间进去细细端详。正门外和旁边得月楼几处读一读汉字楹联的韵味，看看笔锋遒劲的书法功力，对我们中国人来说是一种艺术欣赏，是拼音文字的西方人难以享受到的悠久文化传承，乐在其中。不觉中天色由暗而黑，还剑湖之夜降临。

前天晚上初到还剑湖边，远望这边是彼岸。现在站在前天的彼岸遥望今天的彼岸，依然有五彩缤纷的夜色和清晰轮廓的各色建筑。还剑湖是一个环湖皆流光溢彩，让人忘却时间、流连忘返的夜之湖。微风里我沿湖边小道漫步。和昨天吉婆岛中心广场海滨城市与乡野混搭的粗犷夜色相比，还剑湖之夜多出几分细腻，几分豪华和十足城市气息。

还剑湖夜色

街戏院还未散戏，街上人来人往照样川流不息。背包客们很多夜猫子，这时候刚刚开始激情迸发，满街转悠，或坐街边喝啤酒咖啡。商铺商贩们自然没有关门下班的意思，街面比白天更热闹。我到前天晚上和我签约两天游的旅行社找他们老板说说海防失约之事，却见大门紧闭，早已下班人去屋空，不得说理，一阵气愤恨不能踹它几脚，骗子！奈何？在一家车铺门口和老板谈好明天租车价钱，饭馆吃碗鸡粥点心，回宾馆休息。

【百度还剑湖】Hoàn Kien 珥河支流淤塞为湖。南北狭长，呈椭圆形，面积 12 公顷，平均水深 1.5 米。1418 年，黎朝太祖皇帝仗剑平定天下。十年后有金龟浮出水面收走游船中太祖剑，故名“还剑湖”。此前称绿水湖，与栖旭桥、玉山祠、笔塔等为河内第一名胜。

第四节　河内和中国文化的影响

这是我在北越的第三天清晨（第二天给了吉婆岛），也是河内的第二个早晨，轻车熟路了一般，吃过街摊老婆婆的红色豇豆稀饭糍粑，敲门叫起约好的自行车东家，交给他 15 万越南盾押金，开始一天骑游行旅程。我已经谙熟市区地图上的几个既定目标：胡志明陵，巴亭广场，文庙和环绕还剑湖，中间会有些街区博物馆，看体力和时间酌情安排。虽说图上清楚了，具体走起来必有许多弯弯绕，人生地不熟的地方加上语言沟通不易，十小时时间未必充裕。

第一段　胡志明陵寝·巴亭广场

和风徐徐，清早的还剑湖边有些晨练市民。我沿右侧大道从湖一端骑到另一端转向右边直路骑下去，按地图所指在第三个路口右转直行。路边一个满是早点摊的商业街区吸引我停车进去转转，时间尚早。很多上班上学的人停车留步吃了早餐才各奔前程。越南米粉小卷粉之外，也有油条、豆浆、稀饭、烤肉和汤面、拌面、包子、馒头等我们熟悉的北方风味。家常便饭，不分国界，何况越南华侨多多，早几百年就把中国饮食文化带进来融入到当地百姓日常生活。我被一股鸡汤清香引得走不动路，摸摸肚子还有余地，坐下来再吃一次早餐，午饭可以延迟一两小时，兴许就能多看些什么。

吃过二次早餐，我照地图上直路骑行便到的方向，骑出去不久遇到了丁字路口，朝左边继续，觉得不会偏差。再下一个路口，有点犯难了，除了右转方向不对，其它三个路口都指向角度不同的一个方向。等红绿灯时我草草翻开车筐里的地图看了看，好像没有直路好走，犹豫间不知哪个灯放行哪条路直行还是左转，换过两次灯我才一咬牙一跺脚随摩托车流往左边转过去继续前行，我只知道没走反方向。骑着感觉不对劲停下来，拿出地图指着胡志明陵墓问路人，告知我骑过头了，要么回头左转走最左边路，要么前边右转加右转。那好吧，俩右转，多看了两条街景，我从侧后进入一个有《列宁在十月》电影镜头里演讲姿态塑像的广场。拿出地图查看，哦，我到了列宁广场。本来的直路被我绕了一圈又拐回来。这怪我嘛？

河内主城区的路比较宽阔平整，但不是横平竖直，丁字形街口和辐射状多路口的地方很多，还有些断头路丁字路口，和天津街有点儿像，天津我去过N多次，横渡过湍急海河，可街的方向始终弄不明白五六儿，什么时候去什么时候转向。河内的街没那么复杂，刚才路口四选三，我怎么就偏偏走了最偏的一边兜了个圈儿。哈哈，这就是旅行，没迷过向的不叫旅行。去瞻仰过列宁同志塑像，看看广场上练武术耍大刀片的白绸布衫女孩儿和练车技的娃娃，推车慢慢走算是休息喘口气儿。一个刚才练太极拳的老人走近我身边问我是不是日本人，我跟他说是中国人，他指指对面说你们中国人每天参观战争博物馆的人好多呀。抬眼望去，街对面围墙里透过枝叶隐约看得见银色飞机身影。我问老人多大年纪，太极拳跟谁学的？他说75了，以前和中国人同事，早年学会的。说着话广场边开进两辆大巴，老人说，看，

列宁广场塑像

那就是你们中国旅行团的。车上人往下走，国语的说笑相互吆喝声飘在了广场上，三五成群的中老年人去列宁像前拍照留念。我问老人日本人多吗？他说没有中国人多，而且都像你这样一个两个人的，团体的没有中国人多，所以把你看成日本人了。我问胡志明陵还有多远？老人指指大巴停车那边说从那个角骑出去十几分钟就到，不用拐弯了。

谢过老人，分手骑出广场直行不大会儿看到了人群车流集中的大街，我照直骑过去，却被警察拦下，摆手指挥我拐弯拐弯。我推车走到警察跟前做推车状，问他不骑，推过去行吗？阿 sir 连声 No，No，No，摆着手催我快走别耽误他的事儿。得，这回不是我不识路，本来直走的路非得绕圈儿是陵墓管理规定，不仅自行车，机动车都得绕路去停车场，只有步行可以穿过直通陵寝的大门方向。

绕过两条不长的街到人头攒动的大门里存车处存放好车，刚出门便被院里执勤人员吆喝着去背包存放处，包和相机一律不得入内，帽子可以不存，背着拿着随个人，但是不允许戴在头上，只能只身空手参观。刚刚 9 点钟，正式开始进入参观，转圈儿排了很长队，西方人很多很多，是我进入越南境内十几天里看到最多的外国人群。外面道路转圈儿走完还有里面走廊再转圈儿，有点像几次过赤腊角机场和罗湖口岸的曲折排队人群。人们随着队伍缓缓往前走，半小时左右才进入陵寝院里，再经过百米始得进入陵寝侧门，过过道，上楼，瞻仰胡志明主席静静躺在水晶棺内遗容，绕水晶棺一圈，从另一侧楼梯下楼，侧门出去，随队继续参观胡志明生前办公居住的小院儿。最后再通过外面纪念品区，结束参观。

陵寝内外气氛肃穆庄严，所有人遵守指挥，排队前行。只有一个人群特例，那就是幼儿园的小朋友们。可爱的娃娃们一个拉着一个的后衣襟裙摆跟随老师，在警察叔叔引导下走过一个专门通道直接进入陵寝院内，穿过院里花园小径到陵寝门口，观众停止入场，让小朋友们依次入内，稍顿片刻，大人们跟在小朋友队伍后面进入室内瞻仰。此时的小朋友们乖巧安稳，稚嫩的小脸儿面色严肃，静心接受她（他）们人生第一次革命传统教育。一切优先儿童，越南人做得贴切稳妥，值得一赞。值得中国某阶层人士深刻反省自愧。

或有问者，你的背包相机都存放了，参观过程禁止拍摄，你的场内照片从何而来？

确实，除了陵寝内部和胡志明主席水晶棺，里里外外我几乎都拍了照片，给自己留下一些视觉的记忆定格。被催促存放背包时，我先到排队人群的院子里拍了些照片然后进屋办理存包手续。从陵寝出门后我没有随大多数人队伍后面进胡志明办公住宿区，而是从另一道小门直接出去提前结束后续参观，直奔存放处取出背包相机，再返身回到参观区后院，经执勤军人警察同意进到后院，把能拍到的场景收入镜头里，还请一位阿 sir 为自己拍了纪念照。陵寝后院和侧院并不禁止拍照，大多数参观者从办公住宿区顺序走过便取包离开，再进入到后院和其它地方拍照的只有很少几个背包客。我们这一代人从小耳濡目染，对胡志明主席生平有所了解，早知道他老人家一生未婚，即便是革命成功以后，依然保持着简朴生活习惯，住竹房睡板床，在茅寮和部

幼儿园宝宝们排队看望胡志明爷爷

下开会办公以及和中国老一辈革命家友情深厚如兄弟，对这样的真正革命家充满敬重。错过一点游览地，抢拍些照片留作纪念很值得，是当时唯一想法。拍片中我拿票逆向观众线路从纪念品区进入参观点，经几轮数位执勤人员请示商量后，被一位年长些的高阶军衔负责人以“开此先例不便管理”为由拍板拒绝，未得如愿，未能拍片参观两不误，留下些许遗憾。院里大屏幕电视播放着歌颂胡主席的女中音倾情演唱视频，曲调动听，歌声悠远。

步出陵寝参观区，旁边是一座寺院里香烟缭绕的庙宇，中年人居多的不少外国游客在里面参观照相。院落不大，殿堂齐备，门口门联，堂前匾额，殿里立柱对联全部是浓墨正楷汉字书写。大殿里正在做佛事，僧人少，中老年妇女灰袍居士满屋，殿外过道也被跪拜的居士们挤满，在主事和尚带领下诵经膜拜，木鱼钟声伴随念经之声此起彼伏。佛教在越南影响广泛，庙宇凡有文字显现处汉字当家，字体书写联文内容韵味和中国国内佛教寺院完全一样，各地城市乡村庙宇信众虔诚跪拜场面我已有所领教，在首都河内如此庄严之地再见到，习以为常。

陵寝后院为参观线路所过，正门面对巴亭广场

独柱寺

寺院后部外一个大水池，池边见水中一圆柱托立一间挑檐回廊小殿，可上高石桥进入殿内外参观。这便是河内著名的独柱寺。独柱寺不远处一座

宏伟建筑，瞻仰过胡主席遗容的观众都会进入纪念馆参观这位越南国父生平事迹展览。各个幼儿园、小学、中学的小朋友、学生们在老师带领下排队入内参观，出门后集体合影留念。我进大厅浏览过后在门前拍照片，镜头里留下了不少童真笑脸，幼儿园的娃娃们尤为惹人怜爱。几个高中模样开朗活泼的女生跑过来要和我拍照合影，好啊，一个一个单独和我拍照以后，一起再拍合照，正拍着，一群小学生又过来加入，簇拥着我，拍了合影照。小学生们在老师招呼声中跑去集合，我问几个高中女生在哪所学校？她们说是护士学校，今天年级组织瞻仰胡爷爷，参观纪念馆解散之后她们几个自己留下拍照片玩玩儿，下午回去上课。哦，是职业学校的女生，未来的白衣天使。用她们的卡片机帮几个女孩儿拍过合影后，和可爱的河内少女告别，取车离开陵寝。

骑车右行，按照转经方向，我准备绕行连同前面巴亭广场在内的整个区域一大圈，该看的就都看到了。首先进入一个商业区，各种商店、饭馆、市场、街摊、咖啡馆、啤酒屋、旅店、停车场全都包含在内，一些参观完陵寝的老外坐在街边悠闲喝咖啡望街景，三三两两的在逛街购物。骑到拐角处，一道栅栏门铁将军守门，看得见外面街上汽车跑，却沿街折往另一方向。询问铁门边看车人，不会说英语，摆手连连告诉我此路不通，绕回去。于是折头原路返回，走来时路连续两个左转到早上执勤交通警察指挥我转弯的地方，此地警察已撤岗，骑过路边草坪间小径，到里面路树下的一排街边屋侧旁，停车落锁进入广场。随后看明白，这里是偌大广场唯一一个参观者进出口。

胡志明主席纪念馆

巴亭广场呈长方形，以胡志

明陵寝为中轴线，两侧长，设有看台；前后窄，前场地一半水泥地面，后面临马路一半为绿草坪。陵寝正门有卫兵守护，国旗台和正门遥遥相对。以我目力观测，面积约是天安门广场一半大小。陵寝后面是刚刚参观过的后园，和天安门广场排队瞻仰毛主席纪念堂入门方式有所不同。

和簇拥过来的小学生中学生合影

我入场时整个广场空空荡荡无游客，身后随后进来刚从一辆中巴下车的十几位日本妇女参观团，伊里哇啦大惊小怪，进到里面没多远换各式衣服照相忙个不停，再没走进来。我一直走到国旗绕到陵寝正门一身白衣帽笔挺站立、纹丝不动的卫兵前。大门紧闭，门两边靠墙各摆着黄菊花编成的大花圈。更感觉肃穆庄严，和台北中山陵参观时那种感觉极其相似。转身往回走时，远处那群日本妇女早已不在，进了几个大旅行团各自在拍集体相，又分散开三五成群往里面走，空荡的广场也显得热闹了许多。两个说普通话的男女年轻人迎面连跑带走议论着不时停下拍照朝里去，我还没走到门口两个人已经超过我跑出了广场，不知他们急些什么，换成我那样的话早已是大汗淋漓气喘吁吁，所以说年轻就是好，拼得起体力。可是也忒急了点儿吧？除了追公共汽车，旅途中我真没这么赶过。转念想年轻人假期有限日程紧，和我们不受时间限制自然不同，身体好精力旺盛拼体力想多看几个地方属情理之中。

巴亭广场外面的街和长安街就无法相比了，普通两车道城市路。我骑车环广场绕三面走个往返。拍陵寝正面照片时，正赶上卫兵换岗，赶快停车站路边看了个全过程，有点遗憾早走了不过五分钟。台北中山陵卫兵换岗时那凝重的表情功力深厚的脚步一招一式一举手一投足在定格中完成，给我印象太深了，真想近前看看胡志明卫兵的英姿。远远看去，越南卫兵也是以非常规军人的专业动作，庄严地完成他们的换岗。我一直看到带班军人带领两位下岗卫兵离开，才缓过神，其间快门不停地按。

巴亭广场 卫兵换岗

一个骑车过路的高中女生停到我身边，问需要什么帮助吗？大概是我跨在车上自行车道站太久引起她疑问吧。我说没什么，在拍卫兵换岗。这个爱说话的小姑娘一连串问题机关枪似的嘟噜嘟噜就来了，是不是日本人呀，去过越南哪些地方啊，喜欢她们河内不……我一一给了她答复，听到赞美越南风景秀丽城市壮观，小丫头高兴得眉飞色舞，一口伦敦音英语说得很流利。我问她几年级了，英语是在学校学的还是另外请了老师？她说高中三年级，英语就是在学校学。她最喜欢英语，特别下功夫，是班里的英语课代表，同学们有什么问题都找她帮助。我问她，今年要中学毕业考大学喽，准备学什么？小丫头很认真地说，早想好了，就考河内大学的新闻系，毕业了当记者，老师都很支持她。我说凭你的英语和热情一定能考上，将来是个大记者，以后到中国采访可记着找我哦。小丫头笑得很开心，抬起手看看表说，得赶紧回家吃饭，一点钟还要到学校帮助老师收作业本呢。她从书包里拿出笔记本撕下一页纸，写个电话号码递给我，说有什么事可以给她打电话，她下午四点半下课就没事了，如果晚上有什么活动，可以给我当翻译。我说没问题，如果真有事需要帮助一定会给她打电话。就着相机在手，顺手拍了张近照镜头给她看。

小姑娘骑车乐悠悠走了，看着骑去身影，想到刚才在胡志明纪念馆那几个护士学校的少女以及蜂拥而上一起照相的小学生们，为孩子们的热情开朗好客感染、感动，和他们在一起自己也年轻了很多。素不相识，国别不同，年龄差异在人的本性善良中全部化为乌有，人们可以友好相处彼此表达真诚信任，这才是旅行带给人最大的愉悦和收获。

环巴亭广场正面和两个侧面被黄色法国楼环围。楼不高，最高四层楼，有独栋小院式的，有长过半条街的，有占街角矗立的，也有前后排列形成街巷的。百年殖民统治结束至今已有近六十年，法国人撤走留下的这些精美建筑维护良好，外饰粉刷如新，分别各派用场，有门前国旗飘扬我猜是政府机构，一栋长楼是博物馆，可惜了我等不到下午再开馆。还有高档餐厅和宾馆以及纪念品商店等。我随走随看随拍，有的趋近观看，有的远望即止，一个往返，耗时不少。时值中午，阳光微现，热度升高，汗出淋漓，腹中始觉饥饿。

巴亭广场法国楼

离开巴亭广场骑到一处丁字街口街心花园处坐下擦汗休息喝水，吃一点备学饼干暂且缓冲恢复体力。午休时间，三轮车夫在花园路口坐车厢上打盹，修鞋匠，修锁匠没生意闲得下象棋打发时光，小吃摊女老板买卖兴隆，树下看报纸的老人瞌睡得头垂到了报纸上浑然不觉……咳，如此市井生活我在国内未必就能看到多少，孩提时代之后，忙读书，忙工作、挣钱、养家、养孩子，能有多少闲心坐在街上细看他人的琐琐碎碎啊。感谢旅行把我带回到遥远熟悉却疏久的日常百姓生活。眼前情景和儿时记忆里又有多少区别呢，别和我说这是越南河内。

我觉得好像是打了个盹儿，眨眨眼站起身拿出车筐里的地图去问小吃摊老板娘，文庙怎么走？老板娘听不懂，吃饭的一个年轻人站起身拿过地图看了看，告诉我现在就在地图的位置，然后手指前方说骑车如何直走怎么拐弯。我问他大约还有几公里，他说不到两公里。谢过推车上路，按小年轻的指引直走转弯，不大的几条街。一座很大的体育场出现在眼前，本该左转的路我想还是转圈儿看看体育场吧，大不了多一个左转再转回去。

这应该是个足球场规模的场地，足够高大容纳观众，但周围空间太狭窄，和民居房紧贴，窄到中型货车或中巴都无法相向通过，和北京工体没法儿比。越南人的商品意识很强，除了进出观众的铁栅栏大门，底层差不多的房屋都租出去做买卖，形成了水果街，西瓜、火龙果、芒果、香蕉等名目众多的成筐成箱水果围满转圈儿体育场。一端走到另一端半圈骑过来前面有条横路，我心说别再看水果了，奔横街走加个左转归正道儿吧，骑了出去。不到五分钟，前面路边大树参天树林的街边有个石门框，骑近看门框上刻的汉字，抬眼望里边院门口门匾，文庙！

长出一口气把车停到路边，前边几家饭馆挑了挑，进一家有炒菜的馆子点了青椒肉丝、青菜蛋花汤和米饭，好好吃一顿慰劳自己。找这一大圈儿我容易吗。

第二段　观文庙巧遇大学毕业生

纵观历史，秦代之后，越南中北部这块地方曾经是中国的领地，古称交趾。汉武帝之后设置九郡县纳入中国版图，实施行政管理直接统治达1060余年，千年间大量中原人为逃避灾荒战乱移民越南。直到968年（宋太祖时期）大瞿越（丁朝）成为自治藩属国，不再是宋朝直接管理的中国本土，正式脱离中国独立建国，之后经不断向南扩张占领真腊国（柬埔寨）湄公河三角洲逐渐增大领土，但一直为中国藩属国。1802年阮朝统治者接受清朝嘉庆皇帝的更改册封为“越南国王”，始称越南至今。

法国殖民者1858年侵入越南，1884年占领越南全境。1883至1885年为争夺越南爆发清法战争，以一纸条约结束了和中国的藩属国地位，沦为法国殖民地。1945年胡志明领导的八月革命成功，宣告独立。法国同年9月23日二次入侵占领西贡，越南人民在胡志明领导下抗法9年，最终在奠边府战胜法国军队，1954年7月签订《日内瓦协议》，南北分治。 1961年越南战争爆发，美、韩、菲、泰及澳大利亚、新西兰联合军事介入。经过12年抗美救国战争，于 1973 年 1 月签署《巴黎协定》，美国撤出军队。1975 年 5 月北越解放南方，1976 年 4 月建立统一国会，7 月宣布全国统一，国名由胡志明时期的《越南民主主义人民共和国》改为《越南社会主义共和国》。

历史上越南语最初只有口头语言而无文字，当时的文人使用汉字组成的文言文书写文章，口头语言和书面文言文差距很大。13 世纪时，越南人发明了本民族文字喃字，与汉字混用。其后越南在结束中国藩属国地位同时期，法国传教士为本来使用汉字的越南设计了一套以拉丁字母为基础的拼音文字，由于简便易学被广泛接受而流行，成为现在的国语，越南官方语言。以上资料摘编自网络【互动百科】

由此可见中国传统文化对越南社会的影响达二千余年，源远流长。

文庙临街四根石柱间隔排列为门，无檐无梁，石柱内外均有石刻对联。两边延伸的铁栅栏墙分开街面和外院。入石柱门，庭院开阔，古树成林，绿茵草地。正中水泥方砖小广场直通内门，左边小木房购票参观。

内门为二层石楼，分正门旁门，两边展开围墙是为内院。门前对联黑墨汉字，正中上方刻有“文庙门”三字。进内院两侧绿地，各有两个长方形绿底红字花坛，分别是“传经正学”“尊师重道”“兴学任贤”“忠恕孝悌”儒家说教，红绿颜色皆为两色小盆栽组成，园林工人正在细心维护。正中甬道行几十米穿门楼过厅进入有大水池的二进院。一群色彩艳丽奥黛年轻女学生聚集院子里谈笑风生，化妆换装。

刚刚进门和买票时，几个花色奥黛女生从身边经过，我还不知道有这么多美女云集。问一位正在和同伴相互化妆的女生，你们这是准备拍电视剧吗？俩人噗嗤笑出来，连说 nonono。我问那这是……女生说是大学毕业拍毕业照呢。是哪个大学？我又问。她俩说是艺术学院。我开玩笑说，哦，学艺术嘛，是得拍得艺术点儿。衣服是你们自己的吗？一个女生说，是学校的演出服，她们上午开过毕业典礼后去学校借的，回学校还要还回去，晚上就各自回家了，今天是学校最后一天。说着眼光黯淡了一下，另一个女生笑着也僵了点儿，能明显看出她们留恋学生生活的不舍心情。

我问你们家都在河内吗？她俩摇摇头说，箱子都收拾好了，回去吃学校

文庙门

最后一餐，晚上坐火车回家。我不熟悉越南地名，跟不上，问家是哪儿的呀，坐车多长时间呀，哎呀那个地方我去过等，不能像平时聊天聊得近乎，便问工作找好了吗？一个说实习时候就找好了，回家休息一个月回河内上班。另一个说家里给联系好就在家那里工作。自然她们也问到从哪儿来喜欢越南和河内吗等等。大学生嘛，英语说得都蛮流利，比我的蹦单词儿半截话好得多，还好彼此听得懂，沟通不困难，我想知道的都知道了。

请她俩继续化妆不再打搅，我在周围和女生群里边东看看西转转，随手拍照片。女大学生们很大方，摆出 POSE 露出笑脸给我拍照，刚进来的老外们也在旁边拍，和女生们交谈。不过老外们是随团的，路过赶上了拍几张西里呼噜就跟队走了，不像我随便多长时间自己想干嘛干嘛。我要等到她们集体拍照时候留几个镜头才走呢。

女生们的领队老师到了，她们的妆也都准备好，老师招呼在门前站队集合。二十几个女生台阶上站成三排集体拍照，拍完一张叽叽喳喳笑一阵，再拍，连续几张过后把老师叫到中间拍，随后集体坐台阶拍，散开排出雁阵队形拍，做出雁飞姿势拍，还有手做出心姿态，头凑到一起等等，女生们像一群快乐小鸟，名堂很多。我在摄影师后边变换角度连连按快门，留下这群快乐小鸟倩影后，悄悄离开绕到背后进里院儿。

这群艺术学院大学女生不是表演专业，没有高挑身材和超人漂亮面容，然而她们身上洋溢的青春气息和生活热情强过一阵又一阵的冲击波，感染人的心情变得阳光和年轻，相信未来不会暗淡和令人失望。

女大学生们拍照的二层石基小木楼名为“奎文阁”，我是过后看资料才知道，难怪在那里拍毕业照。

那是表示社会对文人学有所成的肯定和承认。入奎文阁门内院中有大水池，和奎文阁遥相应对一座歇山顶一层小屋内藏石碑，屋前对联上联“科甲中来名不朽”，下联“宫墙望外道弥坚”。我正中甬道直走进入里面大门第四层院。水池边长廊放过回头看。

四进院庭院开阔，院中是坐北朝南的文庙正殿和东西两厢配殿。

两配殿顶端和正殿两端交角各有小院落，我先进去随便看看连带着休息。一侧小院内两位须发皆白的老先生桌凳就院中，铺开宣纸笔墨，为游人现场书写作画，这在我们国内不少公园文化场所也多见。另一侧则有亭有钟鼓，游人休息的好地方。我就此能歇歇脚喝口水。

正殿内供奉着孔子的木雕坐像和作品语录，头上匾额题字“传经正学”。雕像体貌和我们国内传统孔子像大不相同，外形帽子酷似“安居平五路”里运筹帷幄决胜千里的诸葛孔明孔老先生。供桌上灯光明暗摇曳，香烟缭绕。二楼三座儒学先辈坐像，各自匾额上四个字书写出他们的历史功绩，显示的则是儒家教义。名字我一一不辨不识，哪位是孟子，哪位是……建立文庙的先皇对来自中国的文化敬

奎文阁前拍毕业照的艺术学院女大学生

重和虚心学习、认真拜读、广泛传播的精神一目了然。藏书展柜里有不同时代的汉字版本书籍。东西两配殿中一座保留着旧式学堂教学格局，老师丝绸软垫座椅高高在上，桌案齐备，堂下摆放几排木椅，没有课桌，我想这和旧学堂没有黑板，老师读书学生听讲背书无需做笔记的教学方式有关吧；另一座则改为旅游纪念品售卖，各种小纪念品和书籍琳琅满目。

各处走过看过拍些照片，穿过阔大庭院从左侧往回走，我要去看看水池边靠墙长廊里的龟驼碑。越南国内国外的旅行团络绎不绝，都是从奎文阁旁的侧门进入水池院，经过长廊再拐到相对奎文阁的中门进入正殿大院儿，行进中看过长廊。我刚才中门直入，错过两侧，现在左侧出正殿院门，只能看这一侧（东）长廊，对侧（西）的省了，此时已有腿脚酸软沉重之感，毕竟已经跑了大半天，累了。出门前东墙有一小侧门，走出去看看，是个做花圃用的东跨院，和文庙五进院等长，墙外即是车水马龙大街。随即转回看长廊，几十个龟驼碑沿墙边排开，看看走过，不知所以。也是回来查看资料知道，水池院名天光井，石龟所驼碑为历代进士名录。

文庙建于 1070 年，供奉周公和孔子及各位儒家先贤，同时为皇亲国戚子孙在此读书，供奉和国学堂兼顾。以后历代皇帝增建国子监，迭次更名国学院、太学堂，教育培养王公贵族子弟和国内优秀学者，成为越南最高学府。1484 年，当朝皇帝黎圣宗下令在文庙国子监树碑，记载从黎圣宗大宝三年（公元 1442 年）起考中进士名单。越南最后废除科举制在 1918 年阮朝皇帝时，从大宝三年到最后一场科举考试，按照黎朝制度有 110 多场考试，但由于战乱，河内文庙只存有目前展出的 82 块进士碑，东西两侧长廊各 41 块。缺失

文庙大殿和配殿与院落

者约30块。每块碑除进士名录，还标有科举考试时间，碑文撰写者、书写者和雕刻者人名。资料摘编自【百度百科】

列夫·托尔斯泰在《战争与和平》和《安娜·卡列尼娜》等书中描写过19世纪俄罗斯上层社会流行法语，以会说法语为荣耀，视为社会地位身份象征。托翁可知，在上千年历史中，日本、韩国和越南等亚洲国家的皇家达官贵人、饱学文人以会中文念唐诗宋词为荣耀，这些国家的文化、文字、宗教、医学等是中国文化的直接受益传承呢？

我在池边遇到另外一群穿黑红色学士袍戴学士帽的女学生，跟着拍了两张照片，问她们是哪个大学和专业的？她们说是河内大学哲学系学生。我说你们的服装颜色和专业很相配呀。她们问怎么会这么看？我说是呀，刚才遇到艺术学院的女生，她们搞艺术的要颜色鲜艳带花的奥黛，和你们的黑红色完全风格不一样啊。她们是艺术家风格，你们是思想家风格。几个女孩儿嘻哈笑着跑去门口集合了。

接着往外走出奎文阁，院子里大树下又有一大群浅颜色奥黛女生在拍照片。我问一个女生也是毕业照吗？她说是的。问她哪所学校哪个专业，她说是经济学院学管理。问我中国的大学生也是这个时候毕业吗？我说还得晚两个月，一般是6月份中旬以后。越南的高等教育每年为社会源源不断输送各类人才，我赶上了大学毕业季，和不同专业的学生见面，交谈，是这次旅行的幸运。

取车时候遇到艺术大学和我说话的两个女生之一，互道再见好运。听见她转身时叹了口气骑上车离开。我理解她此时的心情和感受。学生生活是人一生中最美好时光，值得每个人留恋，现在我们同学每年聚会都有说不完的话，延续到酒店服务员连续催着结账要下班才依依不舍分开，不也是一样的心情吗？这是那位回家休息后到河内上班的女生，祈愿她有好的工作表现，也有好的生活境遇，不要像那位芹苴一身才气的女导游工作顺利、生活挫折。

第三段　环游还剑湖·别离河内

回去的路很顺利，十几分钟已骑到还剑湖边，将近4点，再有两个小时我要回去收拾行李退房离开河内，环湖一周和参观玉山寺时间充裕。已经欣赏过两次绚丽多彩迷人夜景，终于有时间光天化日下细细品味这个河内地标式的秀丽小湖了。前二回是从居住近的湖北端往返徜徉，今番则是借路方便，来到了南端湖畔。

骑进湖边花园停车坐在石椅上，喝茶抽烟观看湖光水影，享受一天里最休闲一刻。上午参观胡志明陵、巴亭广场，马不停蹄到文庙游览，是有些疲倦了。河内市民也进入下午休闲时间，接孩子放学的接二连三进到湖边花园里，给孩子买支冰激凌，打开书包辅导做作业。湖边路上下两条，紧贴湖岸小路在岸边栅栏和绿地间，垂柳万千随风飘荡，情侣们或趴在栏杆临水而立，或坐在草地斜坡树下，相依相偎，情话绵绵。上面路宽，容得下骑车通行，花砖铺地。推娃娃车的老人脚步不紧不慢，不时弯下腰为孙儿指指点点，天伦之乐，怡然自得。湖边小道边五六个外国小伙子坐成一排，面前地上啤酒罐摆了一排两排，看样子他们坐了一下午，就这么坐着说着话，多消闲的日子，

学士袍学子们的毕业照

那不，派去买啤酒的又提了一袋子回来分发，一人一罐，还没坐够喝够说够。两口子中年外国游客走走停停，拍照指点议论，他们就是绕一圈，天还没黑呢。三个高大健壮西方青年人满头汗走累了，坐路沿草地边歇歇，喝几口手里小瓶可乐，站起身接着走，奔他们的下个目标。一个少女游客独自坐石椅上全神贯注写字，全然不知游人来来往往，她是在完成旅行报告交作业还是写报道赚稿费充作旅费……

认真做笔记的游客 MM

水波垂柳鲜花绿草亭阁是一景，人去人来游客如潮又是一景。白日湖光人气，晚间夜色迷离，还剑湖是游人必至的河内天堂。

湖中一三层阁矗立，晚上看去五光十色轮廓优美，天光下看清是法式风格阁楼，门窗皆损，破旧待修。湖岸边一过街楼立人行道中央，四面拱门通风，骑车即可穿行，雨天可为行人暂避，旧城市道路中类似过街楼并不少见，昆明交三桥的穿心鼓楼便是，规制大于此，惜已拆毁再不得见。记得早几年神木古城里也有一座，不知现在是拆了还是依然健在。临汾城里的过街楼大于这个十倍八倍。还剑湖边这一古物乍看与当今街道景区并存不伦不类，然遗物尚存，难能可贵。我离开花园骑车近看这两处古建，其余大厦商店街屋都不在话下。绕大半圈到玉山寺买票进去参观。

玉山祠三面环水，向北一面被密集树枝和垂吊的气根遮掩，只能透过缝隙观看湖面和对岸风光。西面有房和墙。南面望全湖，水面开阔，岸景清晰。

祠内供奉关公，匾额“千古伟人”高悬。青龙偃月刀等关老爷物品一应俱全，多年的老庙了。贡品众多，青烟缭绕，有香客百姓在内跪拜祈祷。对庙门湖畔有戏台，应该是逢年过节民间祭祀时有各种表演。玉山祠院不大，很快可以走完看完。湖边庙前空场地有茶肆供水，椅凳休息，坐了些看报聊天喝茶喝咖啡闲坐的市民，下中国象棋的市民一对又一对占据几块地盘儿，围观棋局者很多。就连逛累的外国MM都双双靠在湖边石椅仰头闭目休息养神。络绎不绝的外国游客，拖家带口，大人孩子拍照、购物最为活跃，几间大屋辟为商店，诸多商品纪念品吸引游客进去挑选购买，显得比街上商店生意还火。

时间所限，我出门返回，玉山寺斜对面有博物馆，门前英雄石雕，门内山塔仰止，可惜不再有时间入内细看。忽然想起方才快速骑过湖南端瞥见一石像，调转车把几分钟骑回去过，马路上台阶，来到石像小广场。练车技滑轮，踢足球的娃娃们和年轻学生挤满场地。一座古装石雕人像高高耸立，基座烫金字为LY THAI TO，李(黎？)姓，生卒年974—1028，拍下备存，待后查看资料。随即回返。下台阶遇到下龙湾旅伴，船上帮我拍照留影的荷兰小伙儿背包客，打招呼问候，他还要逗留数日拍片。路边取车回望，小伙子坐地上半举换了长焦镜头单反目不转睛盯着车技滑轮和足球表演，这是他此时功课，他和我说要拍日出日落，天气不好就等。

嗯，背包客驴友有爱玩儿的爱吃的，爱购物的，爱坐着发呆，看书的，爱古迹

“不伦不类”过街楼

玉山寺望还剑湖

遗址的，爱自然风光的，爱冒险的，爱拍照的如他，每个人都有自己内心选择，旅途萍水相逢，相视一笑，得空聊聊，彼此愉快欢悦。每个人都值得敬重，每个人都有自己的旅行故事。

天色已暗。飞速骑回宾馆街，还车取押金，街边饭馆吃饱晚餐，进客房拾掇停当，痛痛快快洗个热水澡冲掉一天疲劳，休息片刻，找老板娘结账，给一天半房钱，老板娘笑逐颜开，皆大欢喜，告别离开旅店。街上灯光齐放，天早已黑透，晚上七点钟。黑暗里摩的司机载我七拐八拐到火车站。我抬头看和我到河内时外观不大一样，一问他，司机说就是这里了。我没付他钱，拿票进站里问过车站值班员，确实此地发车，才回去谢过师傅看他离去。

坐下等车。满满一天十一二小时奔波参观游览，心满意足，也知留下不少缺憾，西湖没走到，几个博物馆擦肩而过，还有……还有……下次吧。近邻越南，你的京畿之地我还会再来。满屋子背包客，和看似的越南国内旅客者各半。看过列车时刻表，从 19 点 40 分到 22 点一个晚上五趟车发到老街。沙巴，那么热的旅游点哦。我的车是倒数第二趟，看着一群一群旅客背包客从眼前进去。候车室没有空调，风扇毫无作用，又是一身腻汗让人难受，临行前旅店里冲澡后的清爽荡然无存。熬到上车，软座车厢里空调冷气十足，终于解脱了。

立国先驱 后人景仰

再见，河内。

第四段　河内至胡志明市、海防、老街、同登、太原火车时刻表

河内→西贡火车时刻表

车次	SE1	SE3	SE5	SE7	SE19	TN1	NA1
车程	33 小时	30 小时	37 小时	33 小时	18 小时 21 分	41 小时	8 小时 10 分
河内　Hanoi（始发站）	19:00	23:00	15:45	06:15	19:30	10:05	21:30
甲八　Giap Bat						10:18 10:20	
府里市　Phu Ly			16:50 16:53	07:19 07:22		11:17 11:20	
南定　Nam Dinh	20:36 20:39		17:28 17:31	07:56 07:59	21:06 21:09	11:57 12:00	23:12 23:15
宁平　Ninh Binh			18:03 18:06	08:30 08:33	21:39 21:41	12:34 12:37	
碧山市　Bim Son			18:39 18:42			13:28 13:31	
清化　Thanh Hoa	22:15 22:28		19:19 19:22	09:40 09:43	22:46 22:55	14:09 14:12	02:37 02:45
Cho Sy			21:00 21:03			15:56 15:59	04:43 04:46
荣市　Vinh	00:44 00:49	04:07 04:12	22:10 22:16	11:56 12:01	02:13 02:20	16:42 16:54	05:35
Yen Trung			22:40 22:43		02:43 02:45	17:19 17:22	
Huong Pho			23:54 23:57		03:39 03:41	18:20 18:23	
Dong Le					04:44 04:46	19:51 19:54	
洞海市 Dong Hoi	04:31 04:43	07:49 08:01	02:34 02:46	15:43 15:55	06:27 06:39	21:26 21:51	
东河　Dong Ha	06:43 06:46		04:51 04:54		08:25 08:30	23:50 23:53	
顺化　Hue	07:57 08:02	10:45 10:50	06:07 06:12	19:07 19:12	09:55 10:05	01:13 01:18	
陵姑湾　Lang Co			07:31 07:34		11:39 12:16	03:06 03:11	
岘港市　Da Nang	10:31 10:46	13:12 13:24	08:56 09:11	21:41 21:56	13:55	04:38 04:58	

三岐市 Tam Ky	12:05 12:08		10:44 10:47			06:24 06:27	
广义 Quang Ngai	13:28 13:31		11:07 12:05	00:35 00:38		08:09 08:12	
Dieu Tri	16:16 16:28	18:20 18:32	14:57 15:09	03:23 03:35		12:11 12:26	
绥和 Tuy Hoa	18:33 18:36		17:11 17:14	05:33 05:35		14:20 14:23	
芽庄 Nha Trang	20:28 20:33	22:03 22:08	19:40 19:45	07:37 07:42		16:46 16:58	
藩朗－塔占市 Thap Cham	22:04 22:07		21:17 21:23	09:11 09:13		18:48 18:51	
平顺 Binh Thuan				11:41 11:44		21:57 22:23	
边和 ien Hoa			03:56 03:59	14:21 14:25		02:12 02:15	
西贡 Saigon（终点站）	04:10	05:00	04:40	15:05		03:03	

河内→老街火车时刻表

车次	SP1	SP3	SP7	SP5	LC1	LC3
河内 Hanoi（始发站）	21:10	21:50	20:35	19:40	22:00	06:10
越池市 Viet Tri					00:09 - 00:12	08:19 - 08:22
安沛 Yen Bai	01:00 - 01:20	01:52 - 02:05	00:20 - 00:35	23:34 - 23:42	02:38 - 02:53	10:41 - 10:56
保河 Bao Ha		04:16 - 04:19	02:57 - 03:00	02:25 - 02:28	05:15 - 05:20	13:58 - 14:03
Pho Lu	04:11 - 04:16	05:02 - 05:06	03:43 - 03:46	03:11 - 03:14	06:03 - 06:13	14:58 - 15:08
老街 Lao Cai（终点站）	05:25	06:15	04:55	04:22	07:20	16:35

河内←→同登旅客列车时刻表

车次		↓车站↑	车次	
DD3	M3		M4	DD4
		↓ 河内 Ha Noi		
	13:55	龙边 Long Bien	10:40	
6: 00	14:03	嘉林 Gia Lam	10:24	19:02
6: 09	14:17	安原 Yen Vien	10:11	18:39
6: 26	14:29	慈山 Tu Son	9:58	18:26

6: 37		Lim		18:14
6: 46	14:46	北宁 Bac Ninh	9:40	18:03
6: 56		Thi Cau		17:53
7: 11		Sen Ho		17:39
7: 30	15:19	北江 Bac Giang	9:04	17:16
7: 47		Pho Tyang		17:00
8: 02	15:52	Kop	8:34	16:44
8: 17		Voi Xo		16:30
8: 31		Pho Vi		16:12
8: 48	16:29	Bac Lo	7:47	15:54
9:08		Song Hoa		15:37
9:24		芝陵县 Chi Lang		15:21
9:39	17:09	Dong Mo	7:06	15:02
10:08		Bac Thuy		14:34
10:34		Ban Thi		14:07
10:53		Yen Trach		13:47
11:07	18:36	谅山 Lang Son	5:45	13:30
11:35	19:05	同登 Dong Dang ↑	5:20	13:05

河内太原旅客列车时刻表

车次	↓车站↑	车次	备注
QT91		QT92	
14:35	↓ 龙边 Long Bien	9:55	河内至太原下行时间为越南时间
14:43	嘉林 Gia Lam	9:33	
14:59	安原 Yen Vien	9:18	
15:18	Coloa	8:59	
15:26	东英县 Dong Anh	8:50	
15:44	Da Phuc	8:32	
16:01	Trang Gia	8:13	太原至河内上行时间为北京时间
16:22	普安 Pho Yen	7:52	
16:41	Luang Son	7:35	
16:57	Luu Xa	7:19	
17:07	Thai Nguyen	7:07	
17:20	太原 Quen Trieu ↑	7:00	

第五节　老街，巴沙，法国人的避暑地

一夜摇晃迷糊，车厢空调凉到要加衣服。到老街天刚亮。出站的背包客成群结队，很快被几辆中巴车拉走，我找到行李寄存处交代好大包，轻装站里站外转一圈熟悉环境，在售票处看看时刻表拍成照片，以后我可能随时会从这里再次踏上越南领土，必要的准备是必需的。

上了门前一辆去沙巴的中巴，票价10美元。越南人宰外国人没商量。铁路火车票外国人和本国人价钱悬殊，官方如此，民间何惧，上有好者，下必甚焉。本国人只收5万越南盾（或者更少），合人民币15元左右，外国人10美元，合人民币60多元，差多少！三十几公里路。

司机要去接一单活儿，拉着乘客在市区街里拐来拐去。清晨车窗吹进的风凉爽舒适，带我看街景非常美妙。楠溪河边看着对岸河口的街市高耸的楼，那么熟悉、那么亲切。我数次到过河口，以前是隔河看越南，现在却是越江望祖国，心里有种怪怪的兴奋。司机开进一家院子，拉一套家用太阳能设备。很快装好车，加了几个人，出城上路。

习以为常的弯多上坡路，青山绿草，薄雾凉风。天气很好，不时转弯中能看见初起阳光射穿薄雾钻进山谷洒向山坡。路上两个一身骑行服骑自行车的西方年轻人奋力登车爬坡，让我想起前几年去珠峰途中看到的两位一样的年轻人，很是佩服他们的勇气体力，心想如果在珠峰相遇，一定要和他们合影当作珍贵纪念，可惜没能如愿；这里仅有一千四五百米，比五千米喜马拉雅山相差甚远，但有如此勇气和践行已弥足可贵。

一小时多到沙巴进城。乘客陆续下车。我不知道在哪里下车合适，随车一直走，直到司机告诉我这里已经是公路最高点不能再往前了，我才下车。司机掉头卸货，我独自往坡下走，开始一天沙巴行。

第一段　暴走吉吉村·结伴法国老人

车上搭过几句话的西班牙女孩儿背着大包迎面走过来。问她下面不能住

吗？她说听下去的人介绍坡上有更便宜的背包客栈，就找过来了。她在教堂广场附近旁边下的车，背着大包走十多分钟大上坡够她累的，早知道和我一起随车到头多好。简单聊两句各自走路。

沙巴苗族妇女

坡顶的一些民居都是新盖房，最多也只能算仿法建筑。我经过的坡地另一侧倒是有两栋很大的旧法国楼，有些西方人面孔的年轻人身影在院里晃，我不打算住沙巴，没进去打听。估计西班牙女孩找的就是那儿了，位置偏，房子旧，价钱可能会便宜些。越往下走，路边法式小楼越多。一群矮小个子的苗族妇女聚在一栋房门前叽叽喳喳，背着山里人的竹背篓，看样子是要到下面街。这种装束服饰在蒙自个旧草坝一带山区我见过很多，拍过不少照片，一眼就能准确无误认出。她们背的是大米等沉重物品，没人向我兜售搭腔，一群人慢慢往坡下挪步。我小包一个背着没有多少负重，很快超过她们。

我深知这些山区农民无论男女，身体里都蕴藏着惊人的体力耐力，她（他）能背着几十斤重甚至上百斤的背篓步行几十里山路到山下赶街售卖，天透黑鸡不叫起身赶路，天蒙蒙亮到山下集市，卖完东西赶路爬山回家，下午照样下地干农活儿。如果有卖不完的，除非在山下过夜，有的还背回去。那种惊人的体力和超乎想象的耐力，远不是城里人哪怕是浅山区的人所能相比，乃至于相信。解放以来至今，云南一直是中国最优秀中长跑、马拉松、竞走运动员辈出的省份，其主要原因就是选择那些深山区出来的汉族、傣族、苗族、彝族孩子加以培养而成，她（他）们源于父母基因里的那种超人耐劳和吃苦精神，造就了一代又一代优秀运动员。

路边小饭馆吃碗米粉做早餐，顺便问问去瀑布的路怎么走。我印象里仅有下龙湾船上陈太介绍的瀑布，其他无所知。沙巴景点LP的介绍很粗略，只叫人找当地旅行社。年轻老板娘是当地人，熟悉地理，告诉我最近的瀑布过广场穿过市场走两公里，过一个村子就到。按照这个指引我下到坡底，不看广场教堂和窄街里的市场及其它，径直走到城口，几个摩托仔围过来要2美元送我两公里到村口售票处，3美元可以包来回，我婉拒了他们开步走。看见两个刚才骑车爬坡的年轻骑手，他们也到了，蹬着车在窄街转悠。

一群年轻人原本在窄街里听他们老师讲话，我走在了先。摩托仔和我纠缠那会儿，他们从我身边走过，说的德国话。这帮年轻孩子不过高中年级，能出国跑到亚洲游学，可谓是不远万里来到沙巴。一个个人高马大，几个女孩儿身高都能和我不差几公分，这些孩子的生活学习条件得有多好？跟在后面撵着跑推销小纪念品的有些还没他们岁数大，什么时候能匀一匀给这些贫苦孩子们呢？这世界真是太不公平。脚步只能走个平齐，我一直在他们后面。在一处坡下类似断崖地点，德国学生们停下来集中在土断崖边，听他们的老师讲解。我听得出是讲德语，但一个字儿也听不懂。走近看，是一漫坡开阔梯田。和元阳的梯田相比，别说多依树、坝达、老虎嘴那样的经典地段了，就连一般路边随处的梯田都比不上，我有很多当时徒步中随手拍的路边田照片，依我看这里的梯田一般般，和元阳没得比。不过照片还是要拍的。这会儿工夫，那帮德国孩子走出老远。我一路走一路东看西看拍照片，有时会停下来打听这打听那，走得慢，以后再没碰到他们。后来看资料知道这一带梯田是世界遗产保护地。

出城后几个背篓的年轻妇女就跟我身后走，没像摩托仔那样围着纠缠。她们不大说话，只是在我停下来观看拍照时走近，拿着刺绣的小荷包和方巾给我看，嘴里说着“one dollar”。我几次转身告诉她们别跟着了，我不需要买什么。可她们就这么跟着，慢慢少了两个，去和别的游客兜售。里面有个小姑娘，其他几个是年轻女人。走了两三百米停下时，小姑娘凑到我跟前，

吉吉村山路

举着两个带拉锁的小荷包给我看，稚嫩的小脸儿满是期盼，嘴里念叨着1美元。我问她是两个1美元吗？她点点头一脸的紧张企盼。我拿出两张1美元纸钞递给她，小姑娘睁大眼睛看着我，我点头示意她拿去吧，接过她手里两个小荷包。小姑娘一脸惊喜捏着票子转身跑了，和其他几个年轻妇女往城里方向返回去。我女儿这么大时候小学还没毕业，也在学英语。看着小姑娘欢快蹦跳的脚步，一阵心酸，该去读书的娃娃呀。贫穷，生活重负压在未成年女孩儿身上。

村妇刺绣图

入村需买票，这是个参观景点。接近售票点的坡下平地处，一座新落成的校舍阳光下熠熠生辉非常显眼，走过之后知道是附近一带最新最好的房屋。验票进门后一段不长的平路，随后长溜弯曲下坡路。刚进门遇到一个已经游完往回走的外国年轻游客，我问他前面路有多长，需要走多少时间？他轻松地说，下坡过桥就到了。他往返只用了一小时。我说年轻走得快，我恐怕得用两小时。问他几点出的门，现在才9点多就回去了。他说七点钟离开宾馆。就是说再回到出发点他只用不足三小时，年轻人确实体力充沛腿脚快！年轻真是好！

分手错身，他说了句“很高兴再见到你”快步走出门。欸？我怎么不记得什么时候在哪儿见过呀？想想可能是下龙湾团游时候，具体哪天哪条船是想不起来了，说不定还一块儿看足球喝彩过呢吧？想想也是，一大堆欧美西方人里，独独我一中国老头儿和他们相处两天，也怪扎人眼是吧？哈哈。我记不起每个人，可居然有人认出我。能被人记得，这种感觉挺不错。

村道经过整修，水泥路牙石块铺地，是不是年久失修啊，碎石满地，坑坑洼洼很硌脚，穿凉鞋走这种路遭罪，还好，我穿的是硬底登山大皮靴。路两边是简陋四面透风的木板房民居，有石块路通往村里深处。沿街各家门口都挂着当地自家纺织印染的彩色花布和近似蜡染的蓝布以及制成的衣服、床单、窗帘、围裙，浓郁的乡土气息扑面而来，只缘身在此山中啊。见有人过，店家便招呼进屋看看，还拉开花布蓝布比试着给游客看。有的人家屋里开着商店，各种刺绣品小手工工艺品叫人眼花缭乱，有的憨拙古朴和精巧玲珑小玩意儿我看着都喜欢，我想那些喜欢小饰物、小纪念品挂在屋里摆在柜子上的女孩儿们，非得挑

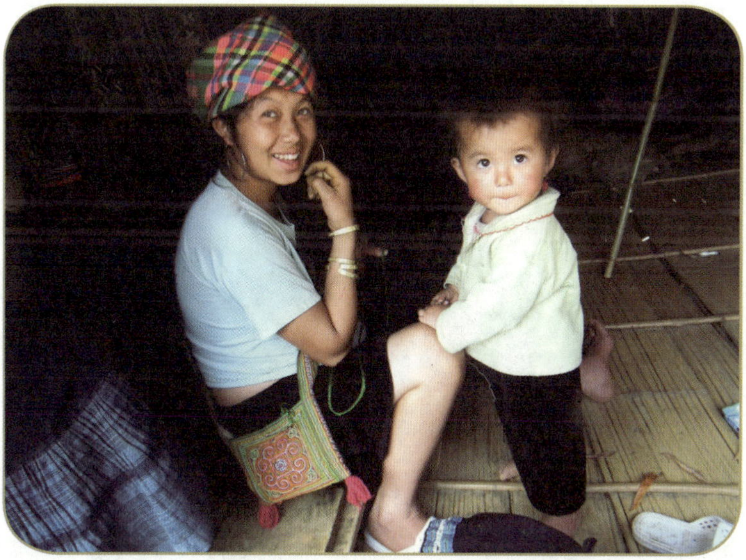

村里美少妇和她的漂亮儿子

花眼带一大堆回家不可。就像去昔阳城里看见老虎小娃娃枕头，我千里迢迢带回北京放了好多年，至今还摆在家里，看着就稀罕。有的家门口坐着几位妇女，手里做着活儿说着话，有的在屋子里织布机前边织布边和人拉话，有的边干活儿边带孩子，农村女人没有闲的时候，过日子不容易。

无忧无虑的娃娃们跟着跑，围着团团转，盯住镜头好奇地看，把LED屏翻给他们看，脏兮兮的小脸儿笑得童真无邪。在城里他们都是需要父母早晚接送上幼儿园的年纪。咳，贫穷乡村，孩子跟着受苦。街边有石块堆砌的猪栏，简单两根木棒遮拦，白天黑猪满街窜，可能晚上才用得着。导水槽还能看到早期的农村智慧，路边一剖两半的竹竿相接引山间水，流进树干挖成的水槽，水槽一端捆石块，另一端接水。待水满重量超过石块，水槽前翻把水倒进下面接水的石槽。倒完后水槽被石块重量带回原位继续接水……周而复始。这样的汲水装置一路多处，似是各家都有或是几家合用一个，简单实用，节省人力畜力。和我见到过的农村水力磨坊田间浇水一个模式。在电力普及的中国已不多见，吉吉村还在使用，方便生活。村道走完已可以望到山谷坝子中的河流吊桥和瀑布侧面。出村还需下一道很长石阶。几位妇女背着装砂石的沉重背篓（应该是村民建房所用）在半路放下再下去背另一篓，接力式地一截一截慢慢搬运，漫长阶梯，沉重背篓，莫说女人，任是一个健壮男子也很难一口气背到顶。什么时候工厂里、建筑工地上最简单的机械传送带能普及到村里，解放这些劳苦女人哟？所过所见，村庄村民，原生态日常生活，没有任何表演成分。贫穷落后，毫无遮遮掩掩。

吉吉村瀑布

过吊桥，到瀑布

前小广场观看飞流直下瀑布挂前川。一大一小两条瀑布，大的一条分三岔，阳光下，长焦镜头里，银珠飞蹦，轰然鸣山谷。广场边拾阶而上，大屋里凭票观赏当地民间歌舞表演。和几个旅游团进屋，休息中看演出有半小时。表演大屋上面还有石屋是小小发电站，上去参观后全部行程至此结束。游客和旅行团大多走上返回路途。

我不愿走回头路，观察四周，上面还有小路，对面山上有人走动，长焦镜头拉过来看到有人照相，土路蜿蜒分明。我想从那一边绕回。便再向上走。停下拍照时一个旅游团从身后超过，说英语的导游带着一队欧洲人向山上走去。我想必是有他路，跟在后面穿过灌木丛一路攀爬进入山间石板小道。山涧里一群小娃娃脱光在水洼里扑腾，欢声笑语。

午间阳光直射暴晒，山路崎岖不平，前边团队十几个人走了十几分钟后导游带领着下到坡底水沟边戏水纳凉，那里一群玩儿水的当地孩子看见有外国人到，人来疯地跑上大石头跳水，顿时场面热闹一番。开始我猜是一队德国人。他们下坡前走在最后两个背长焦镜单反胖胖的妇女说话舌头打卷儿，又不是俄语，我一下子猜不出是哪国人了。转念想应该是东欧哪个国家，说匈牙利语、保加利亚语或者捷克语、波兰语的某一国人。记得前几年在平壤一大早去金日成广场参拜圣象，迎面走过来十几个欧洲人，从穿着和略带拘谨的动作一看我就猜中是东欧人，到车上聊起来导游说经常有来自社会主义阵营国家的外国友人来给伟大领袖献花敬拜，证实了我的猜测准确。朝鲜不允许西方游客参观旅游，但对东欧国家和对中国一样，网开一面，团队游是

民俗民风歌舞表演

开放的。同是社会主义阵营的越南对外开放程度情况好得多，西方游客允许自由进出，法国人、美国人多怀旧留恋故土自不必说，东欧国家特别是俄罗斯游客巨多则是社会主义国家间的传统友谊。这队游客我猜必属社会主义阵营那几个东欧国家之一。

站在坡上休息几分钟独自往前走，我不想掺和别人。下大坡过石缝转弯，前面小路上一位外国老人慢慢走着，那不是进村下坡路上看到的路边拍照片的白胡子老人吗？我路过时还和他相视对看了一眼和他点点头打招呼呢。老人走得比我慢，可能是刚才我看演出的半小时他走到前面了。很快走到老人旁边并肩，老人看见我笑着说“你好日本人”，哈哈我又被看成日本人一次。我说，你好，咱们又见面了。老人说，想从前面绕回去。我说我也是，不走回头路。两人不谋而合，并肩往前走。我说我不是日本人，是中国人，你是哪国人？老人说，法国人。刚才你走过去就把你看成了日本人。我们边说边走。我问老人，多大年纪了？老人说，72。我说得管你叫老哥呀。这么大年纪了，怎么还一个人出来旅行啊？他说，在家待着没事，就想出来走走。我说，跟我差不多，在家待不住。上坡下坡拐弯钻石缝我们走了差不多二十几分钟，只遇到迎面走过一群黑白山羊，一个老羊倌，两个超过我们的年轻妇女和一个背柴火的中年妇女，山谷中静悄悄，人少到可能胆小的人会害怕。小路石块坑凹不平，常有突起石尖角，不是硬底鞋硌脚不说，不小心随时会崴脚或碰伤。好在我们走得不快，光线也好，并无大碍。不止一个地方崖壁和巨石块细缝间仅容一人低头通过，我疑问背柴禾的妇女那么宽的树枝横着是怎么通过石缝的。走着走着肚子有点饿，早上天蒙蒙亮下车到这会儿大中午的，我只在街上吃过一碗米粉，该是补充能量的时候了。下到坡底流淌溪水边我和老人说，咱们歇歇吧。我俩跨过小溪到对面阴凉处坐下，我脱下汗湿衣服，光着膀子到溪边冲洗一番，爽快许多。拿出包里的饼干、巧克力、牛肉干，请老人一起吃，他说刚才吃过，喝他的矿泉水，吃了块我递给他的奶糖。真是饿得不轻，我喝着暖瓶里茶水，一小会儿吃完一包饼干、几块巧克力和几条内蒙牛肉干，算是填饱了肚子。自己有存货有备而来就是好，荒山野岭的保证不饿肚子，再累也得吃饱了才能恢复体力不是。喂饱肚子休息闲聊天儿。

我说，我家在北京，你是法国哪里人啊？老人说，里昂，听说过里昂吗？我说，当然知道，我看过法甲里昂队比赛，法甲冠军呢。老人笑着说，他从来不看足球，喜欢听音乐，家里唱片很多很多。你喜欢足球，音乐喜欢吗？我说，轻音乐从小爱听。老人说他喜欢交响乐，喜欢贝多分，英雄交响曲，命运交响曲，田园交响曲，这些唱片家里都有。坐在家里院子听音乐是他最喜欢的事。我说对音乐不专业，交响乐欣赏不了，不理解。知道法国马赛曲，特别喜欢听，会哼几句，歌词记不住。老人高兴地说："我也喜欢马赛曲，知道吗，我家里有十多种版本的马赛曲唱片，除了法国的，美国的，苏联的老唱片都有。"说起家里的藏品，老人眉飞色舞，特别高兴。我说现在都兴 MP3 了。老人说，他还是爱听唱片，听几十年了，MP3，No。

歇足了劲儿，继续。跨过小溪往前走。五六分钟后，山道断了，前面石堆堵住，无路可走。望溪流对面有路，我们跨过小溪再走。越过溪边乱石滩上小道，十几分钟后又是一道小溪横流断路，对面依然有小路前行。我走在前，踏上石头后回身接老人拉他的手，俩人一步一跨过河再走。这时我几步一回头，盼着后面东欧某国旅游团赶紧追上来，他们有当地导游，我们跟在后面就出去了。现在在坡底，望上面山路一条小径清清楚楚，但始终不见人影。

继续前行。再走十多分钟，还是一条小溪从山沟里淌出挡住去路。这条小溪里的大石块间隔很宽，容不得我们跨石跳过，只能脱鞋淌过去。清凉溪水腿肚子深，感觉舒服极了。过河前面是灌木丛，再往前坡上林木茂密。我对老人说，别急着穿鞋，我先穿上过去看看再说。穿过灌木丛到树林跟前，枯枝落叶遍地，根本看不出有人走过的路，继续往里就是乱走了。再望后面哪儿有人影儿。回到溪边我和老人说，咱们到此为止了，前面没有路。老人点点头表示同意，说越走越难走，他也感到不能再往前走。两人完全一致。

坐在溪流边大石头上，把脚伸进清冽凉爽溪水中冲刷，歇好攒足了劲儿后撤！

我想凭我俩的年纪体力，钻进树丛密林漫说是迷路必乱，就算是不迷路一小时后再往回折，体力透支不说，太阳一西斜心里着急说不定有什么意想不到的事发生，到时候没有通讯，这荒山野岭到哪儿找人帮忙？即便是有人语言不通，还不整个儿一抓瞎？知难而退，现在后撤正当其时。既已如此决定，那就好好休息一把吧。

老人对我的大皮靴特别感兴趣，拿在手里翻过来掉过去仔细看，有点儿爱不释手的意思。我说这种靴子登山走石头路最好，再难走的路不会有硬伤。老人说是的，他的旅游鞋底子还好，上边有点软。我告诉他这种靴子中国话叫“踢死牛”。这个词英语怎么表达我不知道，比划着讲给老人，不知他听明白没有。中国词语太丰富，我这点儿英语哪儿说得清楚，反正就是很硬很结实的意思吧，老人疑疑惑惑的样子，这靴子也太牛B了吧，能把头牛给踢死，它不也是牛皮做的吗，哈哈。

往回走就很顺了。跨过三道溪流，走到山路就是上坡下坡拐弯钻石缝。爬坡到顶坐下休息几分钟继续。老人脚步明显慢下来，气喘吁吁，我走在他前边十几步，不时停下拉他一把，等他坐下喘口气喝口水。老人指指心口说，这里有点问题，和我相遇前刚刚吃过药。我说不着急，中午才过，时间有的是。其实这是我最担心的事，不止老人，连我自己在内，都怕万一，野岭荒郊的人生地不熟，说话没人懂，突然发生点意外身体不适支撑不了，可不是开玩笑的事儿。还好我们撤得早，大体对付得了。

法国老人钻出石缝

走过旅游团下坡戏水的地方，早已是人去沟空，连当地娃娃都不见了踪影。那些人在导游带领下不知走哪条路消失了。走回到小水电站算是回到了这次出发原点，本打算不走回头路，结果多走了一段往返，最终还是要原路返回。谁让我们是外乡人地理不熟悉呢。算算时间，我们一去一回走了两个多小时。

我对老人说，因为签证到期，晚上必须返回中国，我要走得快些，请不着急慢慢走，多保重。老人说，他还得吃点药，多休息一会儿，要我先走。就此别过。我进小石屋看两眼发电机组再出来，已经看不到法国老人身影。本打算吃点什么补充体力，山顶小食店仅卖凉米粉我吃不得，只好下山过吊桥，歇几歇爬上妇女们背沙石的漫长斜坡。回头望瀑布方向，法国老人刚刚过吊桥朝斜坡慢慢走过来。我默默祝老人好运，健康长寿，一个喜欢交响乐藏有多国版本马赛曲唱片的法国好老头儿。

来时一路下坡，走走停停拍拍照片，知是路不短，没觉得什么也就走完了。回去则是一漫长上坡路，打算走个腿软脚酸也没什么，多歇两歇不在话下，依然不紧不慢悠哉游哉。哪知走了不到三成坡路，肚子开始较劲，我意识到对我最最糟糕的情况突然出现了。这种状态在家里住宾馆里很简单，把盥洗室门一关万事大吉，了不起身上发软躺床上休息多喝热水就好了。有一回在乌鲁木齐贪嘴野蘑菇汤喝多了，夜车卧铺到阿拉山口之后快步跑进宾馆住进去，连续三天不出屋，每天

法国老人为我拍的过溪流照

十几趟洗手间熬过一劫。可今儿是在旅行半道儿上，贫困山寨，穷乡僻壤，上哪儿找现成的WC？万一实在是大肠失控决堤放水那丢人就丢大了去了。

坏事儿了，坏事儿了，我赶紧定定神儿，倒出暖瓶里最后一丁点儿温水喝下去压一压，这会儿不用别人提醒，夹尾巴做人夹得倍儿紧，赶紧跑路，进村地方有饭店什么的，得去那些地方找出路，呼哧带喘、脚下生风，那是夹尾巴给憋的，没有精神动力物质刺激。实在跑不动了停下喘气儿，只有出的气儿快没进的气儿了，肚子不是较劲是绞肠子，头上的汗不知是热出来的还是疼出来的，滴滴嗒嗒一个劲儿往地下滴嗒。抬头往上看，天哪，还有那么长一大截子斜坡啊，我的个老天。快走快走快走，这时间火山爆发、喷薄欲出，不用语文老师讲解白话我比谁都理解得深刻。坡顶路边是个卫生院比村口那些饭店近，门前抱孩子扶老人看病的靠墙边坐一大排，推开门里面挤满人，几张桌子白大褂在看病。我冲进去拉住一个端盘子年轻护士连问WC WC，小姑娘可能给惊住了，张张嘴没说出话，我又指指里面问WC在哪儿？她缓过神儿，护士嘛病人见多了，什么紧急情况没见过，反应挺快，跟我急到一块儿了，快步拉着我走到走廊侧门推开一指后院一排房。我还顾得了什么呀，冲刺飞奔进去一阵狂轰滥炸……

蹲着眼前发黑，闭眼缓一缓，睁开眼前冒金星。好大一会儿站起身，浑身发软得扶墙站立。出门坐后院石头堆上休息，想想算怎么回事儿。吃的没问题，平时都吃过，水是自己带的热茶水，火车上下车前电茶炉上灌的，昨晚喝到今天也没问题。是昨晚没睡好，天刚亮到现在马不停蹄连轴儿转，太阳晒了一天，体力透支加中暑！咳，旅行嘛，赶上了。关键是需要休息，没多大问题。

缓过劲儿一身软从侧门进卫生院，和那位护士打个招呼谢谢她，出大门往村口走过去。到一个饭店咖啡馆拉门进去，一位眉清目秀小伙子问我需要什么，我说开间房。小伙子说附近没有宾馆，这里也没有住宿。我浑身无力，坐到屋里咖啡桌前，和他说，小伙子，我是个游客，走了一天，可能病了，你给我找张床，没有床长椅子也好，我要躺一会儿，休息一下就好。多少钱我会付给你。好小子见状不再说话，搀着我站起身扶我到后面拉开一间房门到屋里床边坐下，说这是他自己的房间，就躺这里休息吧。我点头谢谢他，对小伙子说，麻烦你帮我倒一杯热水，要热水不要冰水凉水，我要吃药。稍后小伙子拿一杯热水进来，我拿出包里的藿香正气丸吃了一袋，倒下昏昏睡过去。

醒来时阳光西射入窗，起身已没有一身软而无力的感觉，只是腹饥口干想吃饭喝水。伸展转腰蹲膝活动几下，哈哈，我的活力回来了。出门到咖啡屋，一个清秀小姑娘坐柜台里。我问你们老板呢？小姑娘甜甜笑着说，你问哥哥吗？他出去了，一会儿就回来。我说能给我一杯咖啡吗？小姑娘麻利地冲咖啡端给我。我问她这是你家？小姑娘没说话先笑，说才不是呢，她家在城里市场街那边。这是哥哥和她开的咖啡店和饭馆，房子是租的。我问你哥哥不是住这里吗？刚才我睡的是他的床。她说，下午游客走完了，没有客人，哥哥骑摩托车带她回家住，有时候客人多或者哥哥有朋友玩儿得晚了，就先送她回去，哥哥一个人住这里。我问你们开多久了？小姑娘说，半年多还不到一年。那你哥哥以前做什么？我又问。她说是学计算机软件的，毕业在城里公司做过两年，觉得挣钱少，就带着她到这里开店。我问小姑娘你以前做什么？她说在旅游公司做导游搞表演什么的，现在跟着哥哥做，不那么累。我开玩笑说是没人管自由吧？小姑娘笑得咯咯的，说那当然。

外面摩托车响，小伙子带着几个年轻人进来。小姑娘忙着冲咖啡。小伙子放好头盔到我跟前问好了吧？我说好多了，请他坐我旁边，说现在请你帮我三件事。小伙子忙说，你说你说，什么事只要能帮的都可以。我说，请帮我煮一碗面，加两个鸡蛋多加点菜。拿出小暖瓶说，请帮我烧一点开水灌满。还有一件，回城里两公里，我走不动了，请你找个摩的送我回城。小伙子说，早上中午客人多，送来的米粉都卖完了。我说你们没有面条吗？我喜欢面条。他想了想说，是那种干面吗？我说在中国叫挂面，你们叫干面是吧？他说是吧，他去河口吃过。店里没有，他叫妹妹去旁边店里买。烧水没问题。等会儿他骑摩托送我回城。只是他要和朋友去办点事，一小时内能不能等他？我说没问题，办完事送我走可以。问他所有加起来多少钱给他合适？他低头沉吟了下说 5 美元吧。我说我给你 6 美元。OK，成交。

等候买面煮面的功夫，我到外面转转看看，西斜阳光把山谷映照得光芒四射，河水树木、花草绿野一一披上金光。不出半小时，远处山尖挡住西射光焰，峡谷里便提前进入暮色。村口和沙巴城差不多处于一个水平线，挂在山腰的坝子半山的城，吉吉村则是从半坡延伸到山脚。卫生院石栏边是看吉吉村落日的好地方。回返的游客陆续走上坡顶，咖啡馆房后遇到两位老外游客，男的是黑人，女的是白人。黑人小伙子金项链、银手镯、胡子拉碴、头发披散，不修边幅的样子，自来熟地跟我打招呼，嗨，日本人还是中国人？我说中国人。他很随便地说，我们正想去中国呢，签证在哪里办？我说可能在河内中国大使馆办吧。黑人小伙子耸耸肩说，哦，太远了。我说，中国可近哦，老街隔条河就是中国了。你可以去问问有没有领事馆。他偏偏头说，OK，哪天去问问。我说你们是哪个国家的？他说葡萄牙。哦，我说怎么听着他的英语怪怪的。你们才上来吗？他摇摇头说，今天几个朋友到这里玩儿，他俩是来接他们的，才从城里过来。我问你们来了多久了？他嘴撇撇说，大概二十几天了吧。我说我才一天。你们还准备待多少天？他眨眨眼说，一个礼拜？一个月？说不定明天走呢，天知道。我心说，好家伙这黑小伙儿，忒随性了吧，有谱儿没有啊？旁边女生一言不发。我们一起走进咖啡厅。

他俩好像和这里很熟，进屋女生去了里面不知哪里，黑小伙儿拉了张椅子坐桌前拿过一个盘子一个烟灰缸摆面前，裤袋里摸出小荷包，又掏出一小卷儿银色锡纸展开，从小荷包倒些黑褐色沫沫在锡纸上，再摸出打火机在锡纸下面点燃烧起来。锡纸上的沫沫冒出白烟，他把锡纸放在盘子上，从随身挎包里掏出一支细管（竹的？芦苇秆？象牙的？），对着白烟眯起眼吸进嘴里。我不好问是吸的什么，一直看着。女生走回屋里随性地转转东张西望一小会儿坐到黑小伙儿对面，从自己背的包里拿出根细管也跟着抽起来。两个旁若无人，如醉如痴。旁边喝咖啡的也看着，但毫无奇怪表情，像是见怪不怪。黑小伙儿点烟时候，秀气小姑娘端给他们两杯像是鲜榨柚子汁，也像是常来常往的熟客问都没问。小姑娘轻轻跟我说面还要等等。相机在手边桌上，我拿起来拍他俩。黑小伙儿抬起眼皮看了看，跟我眨眨眼，没说什么，一脸的无所谓。

我在报纸照片上和电视纪录片里看到过嬉皮士，没实际接触过。从刚才黑小伙儿的不修边幅、随意随性、玩世不恭的言谈里，我似乎感觉这就是所谓的嬉皮士吧？他们抽烟方式和所抽的是烟丝还是什么也不好妄加评论，不能贸然就说是“毒品”如大麻什么的，毕竟我没见过大麻长什么样儿，反正不是白色海洛因就是了。当地少数民族也有些稀奇古怪的吸烟方式和嚼槟榔等习惯，这些外国年轻人在此居住，学当地人满足新鲜感找点儿刺激也未可知。

葡萄牙俩年轻人咖啡馆里抽烟

鸡蛋面端上桌，我自顾自吃我的面条。老板大半个小时以后回来我已吃好饭，谢谢老板妹妹，和黑小伙儿两人礼貌打个招呼，坐上车就走。我问老板，那两个小年轻常来你店里吗？他说，经常来，没准儿什么时候，早上中午晚上，喝啤酒、咖啡、果汁，抽烟，聊聊天，这些欧洲人随便得很。我想想也是，随心所欲是现在年轻人的时尚。摩托进城过市场，老板放慢点速度指巷口里面说，他家就住里面。他把我送到教堂广场路边，我们道再见，我一再感谢他的善解人意和热心帮助，给了他 10 美元纸币。

第二段　夕阳入关·越南人斗日本人

教堂广场边是回老街的停车点，运行车子排队上客。司机要等客满才走。我上车时没有几个人，卖票的马上收了我 10 美元，这样我就得干等着不会再找别的游动中的拉客回程车。这些人是这条道上老油子，知道怎么和其他司机争夺客源对自己有利。车里没开空调，坐着有点儿闷热。我虽然精神恢复些，仍是身困体乏，座位上打起盹儿，睡着了。不知什么时候车晃悠，睁眼看车子离开小广场朝我早上走的大坡开上去，复习了一遍我走的路，到坡顶又掉头回来走另一个方向，那边是我没来得及走的街，正好车上一逛。连续几条街走下来，把沙巴城就算全部跑了一遍，除了窄得开不进车的市场街。

早上走过时市场街里熙熙攘攘，下午回来时人已稀少，倒是教堂小广场对面大街和博物馆前街心花园一带人来人往热闹得很。车开动，窗风吹进来没有了闷热，正好把沙巴街看了个里里外外七七八八。我把相机拿出来不住地拍，给自己最后一天越南日子留下不少照片。又休息又逛街又拍片，比上坡下坡地爬山舒服多了。司机转一圈儿回来在路口停一会儿又开出去，如此跑了三圈儿。除了有点担心老不开走会不会影响过关回国，这是我一天里最消闲自在的时光。不时拿出暖瓶喝点儿热茶，精神体力的恢复持续当中。我感觉沙巴玩儿得够彻底够尽兴，大街小巷转遍还不止一次哦。

卖东西的少数民族百姓将地摊都摆到了大马路边，外国人也大多在这两条街上踱步购物。闲逛的游客以外，一些中年老外像是长住之客，提兜挎菜篮子沿街巡视挑选，都是会过日子的人，当然知道日落时分黑夜将临，摆摊的百姓急于收摊回家，蔬菜瓜果自然要降价出售，此时购买物美价廉，节省家庭开支。老外也是过日子的百姓，谁不懂精打细算省点儿钱。手工针线刺绣的农家女人作品白天会漫天要价，这会儿可能就会有最实惠的价钱买到，说不定会节省一半以上的钱呢。

跟踪一路成交啦

第二圈回路口等候时，俩日本人在车门口嘀哩说了一阵子话，一个送另一个走，最后上车时候一句“撒由那拉”证明没错儿就是日本人，走的那个二十多岁坐车后排。卖票的照例先去收钱省得他等不及跟别的车跑了。听后边有动静，我回头看，卖票的拿着一张越南盾像是5万的，跟日本人说美元，日本小年轻说足够了，听得很清楚，英语“enough”。两人僵持，日本小年轻扭过头不理睬。卖票的下车和司机说了几句，没再说什么。司机开车转第三圈，中途有上车乘客。回到教堂广场路口。再等。几分钟后正在我要问还要等多久走催着出发时，司机发动车子，这回开出去不再转圈，一直开出沙巴城区。我望着身后高挂的西斜太阳，长出一口气，一切顺利。不会耽误我出关回国了。

和我在吉吉村先下坡回程爬坡相反，老街到沙巴一路上坡，车程需一小时多，返程沙巴到老街绝大部分为下坡，费时不消一小时。出沙巴远离市区之后司机放开了车往下溜，开得疯快。我心里乐了，完全无须担心闭关时间，绰绰有余啊。

村庄闪过，山岗闪过，树林闪过，到一处大下坡底，前不着村后不着店的地方司机减速把车停在路边，和卖票的俩人下车，我扭头看着是要干嘛，方便呀还是轮子卡什么了？两个人分别从车两边走到车后面打开后备箱，提下一只箱子往路边一丢，卖票的敲后窗户招手示意后排座上的日本人，意思你给我下车。日本小伙子站起身走下去，还要跟卖票的和司机争辩什么，卖票的手一指他箱子，我看意思是你的钱够到这里了。司机抱着手在旁边看。日本年轻人掏兜摸出皮包递给卖票的一张票子，接过对方递给的另一张票子，上车坐回到后排。车下两个人把箱子放回到后备箱，上车继续前行。我清楚日本人草鸡缴枪了，10美元换回5盾越南币。好汉不吃眼前亏，把他给扔半道儿也得照样儿花钱才能走，说不定讹的更惨。

作为旅行者我同情日本小伙子，凭什么加数倍多收外国人钱？问题是较真儿较理儿得分地方，这是越南人地盘儿，跟人家本家儿的耍横，哪能有你好果子吃？入乡随俗不懂？人家政府都多收外国人钱没商量，你跟民间人士较什么劲？人家那叫有恃无恐。你想享受人家国民待遇，移民，换个身份证随便你越南东南西北跑遍，只要你接受得了越南的工资生活待遇，别到时候了哭着喊着要回日本找爹娘。过的是一个档次的日子吗，不想想。再者说了，人家越南连美国人都打败了，你个小日本儿有B52航母转圈儿围着越南连轰

老街火车站

带炸的实力吗？掏钱买一直达省心，别弄一半道儿钱也掏了，脸也没了，落一个丢人现眼自己个儿生闷气忒不划算……路上半道捡一戏看，越南人 PK 日本人，结果越南人全胜，日本人完败。不就 10 美元吗，多大点儿事儿。

我浮想联翩给自己解闷儿中，车进城了。照例司机把每个人送到要去的地方而不是统一一个客运站叫乘客自己另外找车再走。到火车站只有我和日本小伙儿下车两人。这家伙还没缓过神儿呢，扳着铁青的脸儿气鼓鼓进车站买票去了。我也进站和他相反方向行李寄存处取出大包回国喽。

叫个摩的司机送我去海关联检大楼，要他等我一会儿，走到车站广场拍下车站照片才开车奔国界而去。没想到的是，这张照片成了这座多少还存留些旧式风格的建筑的绝照。三年以后我再次来到这里，一座现代化老街火车站已经取代了它。照片上的老楼荡然无存。

楠溪河边夕阳美妙。

中国，我回家了。

【沙巴简要资料】

沙巴位于老街省西部，海拔 1600 多米，是越南最高的县城。距离省会老街市 38 公里，车行一小时左右。居民多为黑衣苗族，占总人口 51%。1909 年法国人开发沙巴作为避暑地，现被称为“遗落在亚洲的欧洲小镇”。

中越两国门遥遥相对

第三段　老街至河内火车时刻表

老街→河内火车时刻表

车次	SP2	SP4	SP8	SP6	LC2	LC4
老　街 Lao Cai（始发站）	20:05	20:45	19:30	18:55	21:20	09:15
Pho Lu	21:12 –21:15	21:52 –21:55	20:37 –20:40	20:02 –20:06	22:27 –22:34	10:40 –10:50
保河　Bao Ha		22:38 –22:41	21:23 –21:26	20:49 –20:53	23:17 –23:23	11:45 –11:50
安沛　Yen Bai	00:18 –00:32	01:09 –01:24	23:39 –23:54	23:13 –23:18	01:55 –02:10	14:57 –15:12
越池市　Viet Tri					04:28 –04:31	17:40 –17:46
河　内　Hanoi（终点站）	04:35	05:10	04:05	03:40	06:55	20:15

第六章　再走南北贯穿路，完成心愿之旅

如开篇所言，2015 年 9 月 26 日至 10 月 14 日我二次旅行越南，基本按照安排走完全程九个城市，历时 20 天。行程和时间非常完美。最后出境遇到一点小龃龉，原因在我的大意和疏忽，源自三年前的一次顺利增加签证一周的经历，带了侥幸心理。九月初在昆明签证之后我推迟出境两周，预定的岘港飞香港机票比出境时间晚了 4 天，由此在机场边检遭罚。虽然过程中出现了令人生气的状况，但如果事前安排不出纰漏，不带侥幸心理予以重视及时解决，本来是不该发生的事。出现问题必须在自身寻找原因，不能推言，给自己一个小小教训，花冤枉钱付学费。后面专门一段叙述详细经过（P382）。

具体行程中，老街至河内一夜火车卧铺，河内到海防 2 小时半软座空调火车，海防至西贡捷星飞机 2 小时飞行，西贡至大叻 1 小时越南航空国内航班，大叻至芽庄 3 小时大巴，芽庄至顺化 15 小时火车卧铺，顺化到岘港 3 小时火车硬座，岘港到会安往返乘坐市内公交巴士。最后岘港乘坐香港快运飞机过罗湖口岸过境深圳回国。全部行程中，两段长途火车卧铺和短途软座硬座占据约 70%，长短途飞行占 25%，巴士仅占 5%。

首先是这次 20 天旅行的交通费用。国内昆明至河口硬卧下铺 124 元，比早年乘坐米轨火车卧铺有所降低，20 世纪 90 年代从昆明北站发车到河口需要约 20 小时，而前年通车的准轨铁路只需运行不到 8 小时，时间节约了 12 小时。老街到河内卧铺合人民币约 127 元，夜车运行 9 小时左右；河内海防空调软座车票合人民币约 36 元，3 小时余；芽庄至顺化卧铺票 160 元上下，夜车约 15 小时；顺化至岘港硬座车票合人民币约 13 元，途中 3 个半小时。全部火车行程费用总计 400 元左右。海防飞西贡的航班是捷星航空，除越南航空本土公司以外，该公司大约包揽了所有越南国内航线，票价（我单

独购买了行李票）总计 1084000 越南盾，约合人民币 320 多元。西贡飞大叻是越南航空，票价总计 387 元，岘港飞香港机票我没买到最便宜的 369 元票，合计 557 元。三次通过机场过程中，两次被补交行李费，其中对越南航空不了解，我按国内航空的通行办法估计应该不另收行李费，但是机场被告知不得超过 7 公斤，另加了 100 元人民币的托运费。而在岘港机场值机的小姐按照越南航空的规定收了 47 美元，当时匆忙于办理签证过期事宜，没顾上据理力争，想起来有些后悔，如果像前几年在 LCCT 那样硬是和检查员保安掰扯，完全可以避免被讹收额外费用，登机后大批香港客都是拖着箱子，按照乘坐的 HK EXPRESS 航空公司规定，不超过总长 158 厘米的箱子可以随身携带登机，此乃国际通例。如此加起来三次飞行的总价在 1500 元，连同火车大巴费用和去机场的的士，20 天旅行交通费总体 2000 元。比我预估的多出 400 元～ 500 元。

其次是住宿支出是大头。越南这几年宾馆旅店有涨价趋势，平均下来每天住宿费约在 12 美元～ 15 美元，合人民币 72 元～ 90 元之间，250 越南盾～ 300 越南盾。签证费 420 元。

交通费用列表

交通工具	区间	类别	费用	备注
飞机	海防→胡志明市	捷星	1084000 越南盾 ≈361 ¥	捷星网站，预购行李托运
	胡志明市→大叻	越南航空	387 ¥	加收行李费 320000 越南盾 ≈100 ¥
	岘港→香港	香港快运	557 ¥	加收行李费 47 $ ≈ 290 ¥
火车	昆明→河口	卧铺	124 ¥	国内 12306 预订
	老街→河内	卧铺	385000VND≈128 ¥	老街火车站售票处
	河内→海防	软座	70000VND≈23 ¥	河内龙边火车站售票处
	芽庄→顺化	卧铺	506000VND≈169 ¥	芽庄火车站售票处
	顺化→岘港	硬座	44000VND≈15 ¥	顺化火车站售票处

巴士	大叻→芽庄	城际长途	135000VND≈45 ￥	宾馆代订
	岘港→会安	市内公交1路	100000VND≈33 ￥	往返·上车购票
合计	944 ￥+2324000VND≈1718 ￥			

第一节　再过老街游老街

晚上10点50分昆明发车，上车就睡觉。早上6点20分晚点十几分钟抵达河口火车站，天光未亮，小雨淅沥。第一次到新建的准轨火车站，没谱儿。出站隐约可见周围有小山包。站外候客的的士排队。一辆看似公共汽车的大巴刚开走。和不少下车乘客一起坐在旁边商铺雨棚里的长凳静候天亮。曾经数度进出的米轨旧河口站我熟悉，在中越铁路桥边，出站走几步便是联检大楼，一系列纪念性的建筑都在那一带，海关、同盟会起义指挥部和胡志明的印度支部等，与河口闹市区咫尺之隔，几次到河口都住附近。老长途汽车客运站搬走之后，就近有公共汽车，沿南溪河开几公里便到。但这个新火车站具体位置和周围尚无所知。打开百度地图看了看，东距市区数公里且不在楠溪河边。黎明前黑暗里的河口北站灯火通明，显得大气漂亮。泛亚铁路东线我们中国已到边界，对岸的越南何时才能动工，让我们不必途中换车，一直坐到河内西贡金边呢？

河口火车站

半小时后2

路公共汽车到站，乘车进城。出小山坳进入稻田区，田里有新居民楼小区，如此下去，以后去哪儿找大米做饭吃？随后拐进一个名为槟榔的小镇穿镇而出开下去到河边，沿河直行。总站在楠溪河边，下车即可见河口国门。三年未到河口，河边又新盖了些沿河商住楼，有的已经营业，有的正在装修，大清早的到处无人影，城市还没有从酣睡中苏醒。把拖箱放在商住楼过道，蹬楼梯在二楼面河走廊看奔腾不息的浑黄楠溪水，对岸老街一样没苏醒的街。曾几何时，这里不过是板棚围帐的中越边贸街，20 年前我曾在这里用傻瓜机富士彩卷拍过隔河望越南的纪念照。3 年前去搬到城边的长途客运站路过此处时，还是一带河滨花园，现如今已被豪华会所替代。时间流逝太快，市容街貌也瞬息万变啊。

开关之前的国门静悄悄

撑开伞雨中漫步，路过 102 号界碑，关闭中的国门和没有上班的联检大楼中国海关。细雨溟濛，乌云漫天，街里静悄悄，出街的早点摊贩才把小车拉到避雨棚下还没摆好桌凳，几位起早过关的越南人坐在联检大楼台阶上默不作声地等候。太早了！我把行李箱摆在路边一家宾馆大堂，和保安打过招呼临时放一放，独自撑伞走进静静街巷。这一带我几进几出，最后一次就是 2012 年 4 月 20 日闭关前半小时踏进国门回到祖国，转眼三年过去，弹指一挥间哦。

随便走走，这里有 1910 年通车法国人修建的河口至昆明铁路河口火车站，据说目前只有货运列车开行。有 1897（光绪二十三年）年法国人在河

口建的海关旧址，它是法国殖民者和欧洲老牌殖民各国争夺亚洲，侵略中国的见证。有1908年（光绪三十四年，戊申年）孙中山委派黄明堂等人在河口发起武装起义原指挥部旧址，现辟为纪念馆。有越南共产党前身印度共产党支部旧址，对越南人民革命和民族独立的历史作用不可低估。河口是中国最早对外开放的边境城市，也是近代中国史上有史实记录的一个有名小城，是中越两国历史波澜的见证。回到联检大楼，门口聚集的人数增加不少，有赶早过关的中国游客。8点钟开关验证，出来在国门大桥看见老街百姓推着车到河口做生意，装备很像战争博物馆里胡志明小道的运输工具，当年用的是永久、凤凰、五羊、红旗等中国产自行车，这么多年了，还在民间使用类似方式，自行车牌子可是当年的？比起20年前我看到的早上推着比人高的空瓶和废纸到中国卖，晚上推回成箱啤酒、解放鞋的情景已改观不少，至少现在是售卖农产品而不再靠废品微薄差价赚取可怜利润了。

老街百姓到河口做生意

入境很简单，盖个章即走，没遇到一些攻略所说的检疫证麻烦。问题出在我在昆明签证之后因事晚出发二周，预定的岘港飞香港机票比签证到期晚了4天。当时理所当然地想象这里的入境检查官员会像前几年河仙入境时那样给我加一个礼拜，草草看了一眼便走出联检大楼，没有专门说明争取增加几天时间，为出境时遭罚埋下伏笔。当时毫无察觉、一无所知。

小雨依旧下个不停。联检大楼对面是个装饰华丽的国际商城交易大厅，我在商场前的咖啡屋小桌前避雨，吃包里准备好的早餐。手里一分钱越币没有，预先须有准备，然后拉着行李箱去银行取钱。左边邮政银行没有银联业务，另一边商业银行周末关门，ATM 坏掉停机，其它再没有银行。回到商厦门前避雨想办法，没有钱不能坐车进城，去不了火车站。一个背皮包小伙子过来问我要不要换钱，问他汇率多少，他拿出计算器显示给我看，34，和我查过的市价相合，换了一百元人民币，暂且够用，进城找到银行再取。小伙子递给我三张 10 万、四张 4 千的纸币，我没在意收下放进兜里。小伙子和我聊了两句，不慌不忙慢慢走进联检大楼去寻新的客户。

商场和联检大楼旁边小广场停了不少的士和电瓶车，一位电瓶车司机自告奋勇 7 万越南盾送我去火车站。雨天没想太多，乘电瓶车很快到火车站进站买票。车站大楼已经完全翻新重盖成为一座现代风格大楼，候车厅和售票处也全然不是 3 年前印象里的旧模样。这几年越南人没闲着，追随现代化步伐迈得很快。售票处窗口上的木牌时刻表被 LED 动态显示屏取代。售票员

老街火车站翻建一新 旧楼荡然无存

大姐很快从电脑里找出我需要的车次铺位，我换的越南盾不够支付，递进去二百元人民币，她很快按32汇率补给我越南盾递出车票：晚上7点40分到河内卧铺下铺。车票样式与车站大楼那样完全改观，和3年前全然不同，以前的票和中国火车票外观一模一样，现在改成了条状白色打印纸。

穿过偌大火车站广场，在一家华侨旅店半天价开了一间房，热水澡冲掉汗水，睡两个小时，补足了夜里缺的觉，消除了早起带来的困倦。起来后外面雨停了，正好一下午时间逛老街。沙巴三年前去过，无需再考虑。车站在眼前，开车前半小时退房上车绰绰有余。出门前在总台和一口台湾国语的老板聊天，张姓，50岁左右，台湾高雄人，二十几年前娶了越南妻子，搬到老街发展打拼，现在自己开店，日子过得蛮滋润，挺知足。问他常回台湾老家看看吗，他摇摇头说，回去得少，这里气候和台湾差不多热，蛮习惯的。他问我姓什么，告诉他姓L，他张大嘴说，哇，儿子二十岁有了女朋友，未来亲家也是老华侨，跟我一个姓，这个姓一听就是中国人。哈哈。

雨后，午后，天气变得又有点燥热。过了饭点儿，附近几家饭馆都在清扫、刷地板、刷碗，没得饭吃。朝街里边走，怎么那么多的发廊？档次有高低，隔三差五就一家。进一家私人手机店询问手机卡，语言不通，作罢。又一家大型手机店，待回头进去寻找，我要在越南停留20天，需要一个提供信号源的SIM卡，至少是2G的GSM卡支持谷歌地图动起来，让GPS不至于白板一块，不然还得在原始状态旅行，靠复印地图和嘴巴走天下，如果给年轻人知道了，非得说你OUT了不可。其实年轻人未必知道，对新技术的掌握使用不是按年龄划分的。一月份我在苏门答腊使用印尼的3G卡全程定位导航，确实感到了以前旅行少有的快捷方便。现在就盼北斗全球化，带给我做中国人的自豪和优越感。

走进前面一个好大的农贸市场，分区分块，包罗万象，红毛丹居然卖到合人民币12块一公斤，不如我在国内吃够了再出来，何必到这里砍价，芒果菠萝也比河口贵（3年前的价格印象），比现在昆明不便宜，更别提和缅甸泰国相比了。猪肉价格甚至高于国内一般城市，和深圳不相上下，牛肉羊肉价格略低于国内。我心想以越南的工资水平，老百姓吃顿肉不是那么容易哟。过一两天回过味儿来，其实比如红毛丹未必就是小贩给的价。对本国、说越南话的人不会是这个价，因为我是外国人跟她说英语，所以马上提价一两万，拿这个价和国内熟悉的价比，自然没有什么差别甚至还高点儿。不过买鸡鱼肉蛋的价格一般还报价实在，摊贩知道旅行的外国人只是问问，一般不会真买，和卖香蕉、菠萝、红毛丹的水果贩子不同。

和中国人一样，越南人也过中秋节。明天就是中秋，各种包装的大小月饼摆满摊位，农贸市场的月饼放在竹筐竹篓里，满筐满篓的月饼不断有顾客购买。旁边的鲜花摊位生意也很不错。过节的心理国内国外应该是相差无几的，谁都想好好过个节，不分国别种族民族。

午后时间，市场里人不多。转了一圈儿几个小吃摊也都午休不卖饭，只得出去另寻。市场临街一面做手工活儿的各种修理铺子多，也有卖装饰品画、针织刺绣、婚纱类艺术品的，档次一般的百姓家居用品，想必有钱人不大会光顾。一个有球状街塑的三岔路口，各街口饭馆均已打烊午休。好在我不十分急于求饱，随走随看，几条街走过后在一个路边档口找到一家米粉馆，很好吃的鸡汤粉，切得薄薄的羊肉片。

北方城市的县城老街没有南方河仙的静雅，芹苴的秀美，迪石的繁荣，美荻的清丽，朴实得略显古旧。除了口岸大楼和国际交易中心以及新火车站，现代化城市的风味尚不明显。我依次走过火车站做原点的东南西北各条街道街区，大多是一般百姓家居二三层小楼，有些街

中秋节前的鲜花市场

道多年失修坑洼不平。长途客运站和火车站一条大路两端遥遥相对，沿街和四周市民正在抢建装修旅店宾馆。作为旅游城市和交通要冲与边界重镇，老街的现代化步伐才刚刚起步。

转回到市场边很有气派的手机店，大概是嫌和外国人打交道麻烦，店员不愿和我多说，只说没有打发了。手机卡只好去河内找机会。

夜幕降临时回到宾馆，热水冲淋，一身松爽告别台湾老板去车站。候车厅内外背包客成群结队，都是从沙巴返回坐夜车去河内的游客。一晚四趟旅客列车。门口悠哉游哉抽烟等候叫旅客检票，蓦然回头见没有动静，才想起前年西贡火车站规矩：旅客自行进站找座位铺位，开车以后验票检票。迅速起身快步进站问询列车员找到铺位。喘息未定，仅仅一分钟还没来得及摆放行李坐下，火车启动发车了。差点儿演一出车站惊魂呐。看来人太放松消闲容易出事儿哦。

越南火车卧铺大多隔挡为小间，三层床为硬卧，一间六个旅客。双层床是软卧，一间四位旅客，类似国内火车软卧车厢。我买到了软卧票，卧铺间内两个上铺空，另一下铺一位女士已躺下休息。空调十足，能一夜睡个好觉。静下来细想一天经历算算支出账，点点兜里的越南票子，看着想着忽然发现了早上换汇时的一个小骗术，小伙子计算器上打出的数码 34，是 1:3400，给他 100 元人民币，可以换 34 万越南盾（当天的银行官方汇率是 3534.13，我临行前上网查过，心里有数）。他应该付给我三张 10 万和四张 1 万的纸钞，而实际上付给我的是三张 10 万加四张 1 千的票子。付完以后他故作镇静和我聊上几句，为的是避免引起怀疑。如果当时被发现，他会马上说哎呀搞错了打个哈哈改过来。看我没反应便慢慢离开。这家伙是利用我对越南币票面不熟悉，加上脑子里想各方面的事较多，又在下雨没有仔细查看的空子，使了个小障眼法用，4 千面值纸钞代替 4 万，赚了一点小钱，越南盾 36000，约合人民币 11 元左右。钱不多，值不得耿耿于怀，但是对这种缺乏诚信的小人伎俩很是反感，有点儿鄙视。

另外，注意到海关大楼到火车站，区区三公里 7 万越南盾（合 21 元人民币），我当时下雨中急于去火车站落实晚上的票没太在意，回过头想行前看各种攻略介绍，近几年由于游客数量增多和价格透明化，3年前去沙巴外国人每人10美元已有所减少，很多中国游客从关口或火车站去沙巴只需人民币20元左右（5万越南盾-6万越南盾），有公交车可去，还可以搭车拼车，宰外国人已经不多见。而今天早上我明显被宰，行前我已知道越南的士比较贵，每公里1.2万到1.5万，但早上因为下雨和匆忙，脑子短路没跟电瓶车司机计较，被宰了一刀，因为即使打的走表也不会超过4万越南盾。后来在西贡机场来回和顺化去火车站以及岘港找宾馆都是打的，越南的的士服务比较正规，统一服装，全部打表行驶，该多少是多少，不会漫天要价。头一天老街挨宰仅一例。天气不好确实是个很讨厌的事儿。

我在越南旅行遇到很多好心善良的人，给予我真心诚意帮助，令人感激难忘。但缺乏诚信普遍存在，必须时时留意小心，不可稍有疏忽。有必要提醒去越南的旅行者、旅游者，有的越南人宰外国人没商量，能宰就宰，能讹就讹，类似情况在东南亚其它国家相对较少，印尼、菲律宾需留意有这样的人和事，马尼拉的骗子能在金边花言巧语骗人拉客，在缅甸、老挝、泰国、马来西亚、新加坡、文莱极少遇到，越南则是各地城乡随时可能遇到，稍不留意就挨宰被骗。我在迪石遇到的黑心摩的司机，河内遇到的想半道甩客的摩的司机和旅行社美女职员，老街口岸遇到的换汇小伙子和电瓶车司机，统统属于这类人。特别注意旅行社、导游、饭馆、街边摊、摩的司机、三轮车夫和卖水果小贩，见到外国人好像不抬高价格宰一刀就活不下去了似的，为点儿小钱什么假话都敢编，都做得出来，说翻脸就翻脸，毫无诚信可言。不是钱多钱少的问题，被骗被讹被宰给人很不好的感受，给旅行填堵，自己小心才可避免。明码实价讲好，钱要仔细清点清楚。一些越南人爱耍小聪明，不讲诚信，利用外国人不熟悉耍小手段骗一次算一次，蒙一个算一个，给人很恶劣印象，千万别被这样的小人小事惹得影响心情旅途添堵，给本来愉快的旅行增加阴影。

谁都知道国家交往尚如此，何况个人乎？诚信，有人珍视如命，有人看作粪土。

9月26日星期六 雨转多云 河口至老街

晚点 15 分到河口北，下雨。车站在山坳中，地名槟榔镇，距城 7 公里，巴士 2 元，终点站河滨路，离口岸约 500 米。出境厅在二楼。正常出关进老街。步行过桥 300 米。二次经过，一进一出。银行不顺利。邮电银行不认银联。多家 ATM 无法出钱或不能操作。换 100 现金，34 计算。电瓶车到火车站。买下午 7 点 40 到河内卧铺，找华侨宾馆半天计 14 万，补觉两小时，午后雨停。车站前后左右街步行走遍。饭点过后难找吃。菜市场下午市热闹。理发和国内一模一样，3 万，持平国内，低于泰国。

RMB127，付 200，找回 233600，按 32 算。

流水账： 中巴 2 元￥ 换 100=304000 火车票 127 元 = 付 200 找零 233600VND 午餐 50K 理发 30K 住宿（半天） 140K 晚餐 75K 电瓶车 70K

total： 共付 rmb300，付出 365K，找零余 172.6K ≈ 58￥

第二节　河内一日

抵达河内火车站不到早上四点半。避开站台上堵截的的士司机们进候车厅静待天明。坐不住，里外转转看看。三年前我从这个火车站离开河内时曾经候车两小时，依稀有些印象，只是当时候车旁边的大厅现在关门闭户黑洞洞。在门边的 ATM 试着取钱，没有成功，似乎不认银联卡，但机器上明明有银联标识，改用信用卡倒是顺利取出一些，够用了，以后再取。这里有一趟六点钟发海防的车，旅客陆续进厅里买票候车。老街到站的车先后两趟，旅客络绎不绝出站，背包客们三三两两大步流星鱼贯而出，门口打的坐三轮儿搭摩的纷纷离开。火车站真是个闲不住的地方。第二趟车旅客差不多散尽时候，天已蒙蒙发亮。

第一段　龙边，西湖和战争博物馆

我到门口请一位的士司机送我去龙边火车站，他听不懂我的发音，我拿出复印地图指给他看，立马明白，讲好 5 万，开车上路。

行进中天渐大亮，经过的街道似曾相识，三年前骑车路过，有一座城池深宫似乎没见到过，一个街心士兵雕塑也眼生。路边晨练者接二连三，一般城市都有。十几分钟拐过几道街区，司机指着前边人多热闹的地方说：“龙边。是个很大的市场。”我说咱们去火车站。司机右转从一座大桥下穿出，指路边一个右转上坡说那里去火车站，但并没有停车。他询问的眼光看看我意思是问我在哪里停车，我说就是火车站那里。他摇摇头继续往前一段掉头往回开，随后转左掉头在火车站路口停下，多转了一个小圈。司机说上面是单行线，只能路口下车自己走上去。OK。看看他的计程表，4.7万，得，给5万不用找了。

龙边火车站

右转的坡路不长，到顶百米左右，直路到一处铁道线前阻断，右边是一条单行道上桥，左边一座不起眼的小房子，上面红色大字直接拼都拼得出来。一个不宽的遮雨棚，棚下几排塑料椅子，墙上挂着个宣传栏。有点不相信似的，我问坐门口像是才睡醒起床，抽竹筒水烟的老人："这就是龙边火车站吗？"老人抬眼看看我嘴里咕噜了几句话，见我没听懂，站起身走到后排招呼我过去。我把行李箱放下凑到他跟前，老人站到椅子上指着中间一个表给我看，火车时刻表上早上九点钟，火车开海防。然后看我两眼下来回前排椅子继续抽水烟，我笑了，到老人跟前说，我知道九点才有车，今天不走，就看看，明天九点我才走呢。不知他听明白没有。随后指指里面，告诉老人我进去看看。把箱子提到门口放下走进车站里。边走边乐，这老爷子太逗了，嗔怪的眼光分明是告诉我9点才有火车呢，这会儿才六点半大老早地跑到这儿干嘛来了？抽烟都不叫人消停，真添乱。哈哈。

火车站门面那么小，里边纵深却很长，售票厅、候车厅连在一起，很大一间屋，里面是一座有假山的小院子，再往里长排房子是车站各职能办公室。里外没有人上班，只有一位清洁工刚开始拖地板。侧面进站口出去是铁道线，仅一股道，直来直去，一边必是往河内火车站的，另一边出站就上一座规模巨大的老式铁路桥，不会认错，是去往海防方向，我明天的目的地。

回身出车站坐到雨棚下，拿出河内地图查看，河是从中国云南出境的红河，流经越南首都东部，龙边火车站位置在河内东北角红河边，恰似红河铁路大桥的桥头堡。我想这很可能是当年B52的重点轰炸目标之一。果不其然，回来读到一篇当时大使馆工作人员的回忆录，其中写道：“那时河内市区只有一座横跨红河的大桥，名为龙边桥，全长1681米，它自然成了美国飞机轰炸的重点目标。每次大桥被炸，都由中、越两国工程部队共同抢修。”①

我要做的都做到了，一切情况摸清楚了。余下的是找住处，度过河内一日。徒手周围走了走，除车站边一个小吃店对面两家货栈和民居楼，没有旅店。拖行李箱到坡下街面寻找。过大路到街边巷里边走边看，这一带是农贸市场，水产、瓜果、蔬菜批发零售把两边楼的底层全部占满，街面污渍横流脏兮兮。再往里走是三岔路口，顶头一栋二层市场楼，大约是个小商品市场，清早未及开张，门前三角地则被小摊贩占用。叫住一个急匆匆赶路的背包客问他可住哪家旅店？他指身后说过去路口左转进小巷，里面好几个旅店，谢过各自走。

背包客说的巷子里也是菜市街，路两边和楼下一层全部是菜摊、水果摊、鱼摊、肉摊，骑摩托、骑自行车的络绎不绝，停下来买菜买肉就能堵住余下窄过道的一半多，路面坑洼不平有积水，不时得停下提起箱子走几步再放下拖行，这个热闹劲儿在曼德勒蒲甘娘乌和琅勃拉邦以及南方的芹苴等地方看多了，不应该奇怪。可这么早如此多人乃至拥挤使我感到纳闷儿，什么日子口儿这是？嗯，想起老街的月饼了，今儿中秋节呀！再赶个礼拜天。原来如此。越南人过中秋的热度比中国人一点儿不差。这一早上才7点来钟就把街给挤得水泄不通了。

边走边看，问问牛肉什么价儿，比国内便宜二十几块，鲤鱼多少钱一斤，比国内好些地方贵一块多……停下擦把汗。对面台阶上一个女孩儿朝我喊，过来住过来住。抬头见门头牌子是“河内冬天宾馆”（Ha Noi Winter Hostel），隔马路问她什么价位，女孩儿边下台阶边说25万越南盾（约合

---

① 我在驻越使馆见证的援越抗美，百年潮，2010年第12期，李家忠。

人民币 75 元），帮我把箱子提上去。大堂里三四对老外在喝咖啡、上网、吃早餐。女孩儿把我安顿在小桌前坐下，说咖啡随意，香蕉随意，房间正在收拾，等半小时就住进去。睡眼惺忪的服务生把过夜的三辆摩托车拖出大堂摆放在宾馆门前，真是来得太早。坐下喝点水出去逛早市。

热气腾腾的中秋早市

宾馆隔壁是个中国祠，叫做“会统灵祠”，正楷大字，对联醒目。中国风真是无处不在。斜对过院子里人头涌涌，市场上凡是能有的食材都聚集在不大的院里，犄角旮旯都被摊贩和顾客堆满，嘈杂喧闹声不绝于耳。近年国内搞市场规范化，类似这样早期农贸菜市的繁荣闹市景象已不多见，看着眼熟又似乎有点记忆遥远。挨个摊看看，问问菜价、肉价、水果价，感觉和国内比较并不便宜多少，百姓生活不轻松啊。河内不靠海，市场里的鱼以鲤鱼、罗非鱼多见，价格媲美国内。过节了，人们自然乐得买点好吃的鱼呀肉呀，平时呢？这里一斤苹果、梨、西瓜的价国内也轻松买到了。

回到大堂，女孩儿要过我的护照登记，叫男服务员提着箱子送我到二楼客房，设施齐备的崭新标准间。冲洗好拉上窗帘如入夜，补觉。

两小时安静睡眠补足体力，总台女孩儿打电话帮我租了辆自行车，开始一天河内游。

出宾馆东路口（早上从西路口进），一座红砖古朴“东河门”当街而立，不高的门楼二层，过街拱门像微缩的北京明城墙城门，容得下轿车通行。门楼下站着一对越南丝绸古装年轻人，门外也有红妆婚纱女孩儿身影，他们是拍婚纱照还是过节做活动？一时搞不清楚。门外请人拍张门楼合影，骑上大道，穿红河铁路桥，数着地图上的路口一路西进。河内的公交车道很有意思，对向开的车驶进路中央同一个公交站台，上下客，各自出站后又驶上主路，我避开车流骑进去看看，是什么“节奏”连北京都没有。再骑出来刚才数的街口序号想不起来了，骑到哪个位置糊涂掉。这记性。只能保持方向继续向前。

前边一栋蓝色玻璃幕墙大厦是信息大厦，我想会像中关村那样底层都是电子产品店吧，正好进去询问，买一个手机卡。左转过去近前看清，是座写字楼，没有店铺可以咨询。推车到街口拿出地图问路。几位摩的司机面面相觑，听不懂我的话。后面到的一位师傅爱说话，虽说我听不明白，好歹几个词可以猜到，知道北了，他也好像知道了 lake 是个大水面，告诉我不太远，具体怎么走没弄说清楚。

左转是个大下坡路，有公共汽车经过。顺坡溜下去再登上大坡，一片开阔水面出现在眼前，不远处一个半岛伸入湖中，岛上佛塔庙门一目了然，湖边停了不少摩托车和一些轿车，人来人往很热闹。印象里的玉山祠还剑湖浮现出来，怎么会骑到还剑湖了？周围的景物很生疏。停好车到湖边栏杆前拿出地图核对。两个大学生样的女孩儿从我身边走过，轻轻说了句你好。我礼貌回复她俩，请她们帮我确认位置，女孩儿拿过地图上下看了两眼，指着上方说，喏，就是这里：西湖（Ho Tay）。另一个女孩指着马路对面又转身指地图另一个名字说，那里是竹帛湖（Ho Truc Bach）。真所谓“得来全不费功夫”，骑一路找一路，询问一路迷糊一路，不经意间我已身在西湖边！我的这份复印河内地图上有中文和越南文两种文字，West Lake 一说都明白，问题是如果只有中文没有越南文，可能也得叫她俩仔细查找猜一阵子。方才那几个摩的司机可能是被地图上的中文字蒙住了，没看几眼就放弃推说不知，没仔细看看旁边的越南文。

西湖风光

两个大学女生笑着说，刚才看见我正在争论是日本人还是中国人。我问地图上的中国字她们认识吗？她们说学校有中文学习，但她俩选择学法文，中文太难了。聊了几句她们回学校，我买票进门参观寺庙。

初看到以为是玉山祠的庙宇叫镇国寺。两个寺庙的相同点是都建在湖边半岛上，这样半岛式的地理位置我在国内和其它东南亚国家好像没有看到过，河内就有两个，是人工造岛还是天然形成，被人开发利用不得而知。整座寺院的建筑布局大体近似。玉山祠是关公祠，供奉关羽大帝，是中国传统道教流派。镇国寺则属佛教曹洞禅派，和中国渊源深似海。

进庙门小路一边是滨湖，另一边左手转进去一个塔院，是我骑上坡第一眼看到的最高建筑红塔尖顶。院里一座六面型红砖塔，中空，各面各层有白色坐佛，逐层收细，至塔尖高约十米。塔前有塔状香炉。红塔一侧是塔林，各种圆塔、方塔、白塔、空心塔。另一侧院中央有座假山，对面与院门平行一侧是个转角，两面单檐庑殿顶大屋，侧面靠墙长座椅供香客休息，院门侧屋脊上立牌，大字写“奉祖堂”，进院香客游人莫不燃香礼拜，崇敬有加。堂内供奉诸神塑像，上面匾额分别是“龙门福镇”“德水真源”“灵明寂静”“母仪天下”“蓬茶紫阁”，教化做人本源和道理，不知不懂汉字神情专注的老外们此时此刻想的是什么，感受些什么，就连他们的孩子也都规规矩矩认真看过、走过，没有平日里的嬉笑活跃。我想人文先祖在堂，严谨肃穆的气氛和强大气场会感染人们，知道怀有景仰崇敬之心而不可造次喧哗，尽管他们未必读得了这些凝重汉字里的本源含意。

塔院里的奉祖堂

出塔院前行几十米，来到正殿大院。一株伞盖状树冠的巨大菩提树矗立院正中，树前有巨大条案和石塔香炉面对大坡面庑殿顶正殿，屋脊上“镇国古寺”四个大字格

外抢眼。进院的越南本土游人香客无不绕树一周行礼，条案前站立，念念有词，点香礼拜，入殿内再燃烛焚香，拜佛祖诸神。殿前一块玻璃宣传栏里，越南文、英文和中文书写的镇国寺方丈告示：

谨白十方贵客词：寺院是百姓之财产，由百姓建立重修。镇国寺本寺僧感谢国内外远近十方贵宾来本寺观光行香礼佛发菩提心供养钱帛。本寺僧希望贵宾之道心，捐助功德重修寺院，使之日益壮丽。

镇国古寺本寺僧　尚座释清雅

院中小亭和殿内木柱正楷体汉字书写的对联“花开般若尘心静　竹合真如法界闲”“湖外水澄鱼唱偈　园中森茂鸟闻经”，情景交融，佛心可见。

入大殿参观，正中主佛和诸神各有供龛，不像国内佛主独大，众星捧月的传统格局，佛像造型也不眼熟，认得出有武将、天神和唐僧。殿内匾额对联全部汉字楷书书写。一侧墙上有胡志明主席生前参观镇国寺，和僧人们席地而坐交谈的巨幅照片，还有俄罗斯总理梅德韦杰夫近年参观佛寺、方丈众僧陪同的场面。院一侧临湖一座香炉香灰积满，还有人不断进去绕圈焚香，不知人们祈愿什么，求湖神的保佑吗？记不起在哪个亭子看到“菩提本无树，　明镜亦非台，本来无一物，何处惹尘埃”，很熟很熟就是想不起在哪里看到了，肯定在国内的寺庙里。另一处一首诗“佛法在世间，不离世间觉，离世寻菩提，恰似求兔角”，佛界僧人现实主义的求实精神一目了然，而非空灵超然于世外。

印度支那十大名刹之一的镇国寺正殿

游览和参观过后，往往会产生些疑问和搞不懂的地方，回家得复习功课。查看资料时候，又先后知道了若干，关于镇国寺，关于佛教派别有如下新的信息：

主殿正面伞形树冠大菩提树，是1959年印度总统访问越南时种植的，是佛祖释迦牟尼禅坐成道的菩提树种。

镇国寺（Chua Tran Quoe）原名镇北寺，建于6世纪李南帝时期。原先在珥河安华村，后经迁移到西湖边，历史上多次重建整修，是印度支那十大古庙之一。19世纪改名为镇国寺至今。

越南佛教和中国佛教的历史渊源和关系，有一篇最新报道：

越南曹洞宗到湖州仁王护国禅寺寻祖

来源：浙江省民宗委

中国佛教新闻网浙江讯

2015年10月31日，越南佛教最大宗派曹洞宗，来湖州仁王护国禅寺寻祖归宗，在大殿举行了礼祖仪式。

越南佛教属于汉传佛教支系，与中国佛教有直接法脉传承。清康熙四年（1665年），越南水月通觉和尚游学中国，到湖州凤凰山（今仁皇山）参拜得法，后成为越南曹洞宗始祖。此派中心在河内，亦号水月派。越南曹洞宗在传承过程中成为越南最大佛教宗派。

出镇国寺过马路，竹帛湖边垂柳依依。近中午时分，偶有小风，并不清凉。一个院门中小楼几座，以为是湖边花园，门旁楼二层有平台，到跟前看是个咖啡馆，正要登高环顾湖景，服务员小姐说不是游览地，喝咖啡才可以上。直射阳光谁去暴晒闲坐？楼后湖边小道走下去，走过一小段被咖啡馆杂物占据的混乱路段，前边是个人声嘈杂的大餐馆，服务员穿梭桌椅间，湖边有小桌区，大桌、圆桌、方桌区，坐满进午餐的食客，几乎座无虚席。有老外游客依湖小桌边悠然喝啤酒咖啡静观湖光，更多的是一桌桌亲朋好友似的当地人推杯换盏，笑语欢声，啤酒瓶排成行。本想沿湖观景的我无意间走进了餐馆饭堂，穿越餐桌，食客急欲离开，走进楼间过道出门，屋里大小餐厅餐室包间各个客满。无门可出，转回到院里经过大棚下厨间，戴白色高帽的厨师们煎炒烹炸，服务员跑来跑去端盘捧碗，不是一个忙乱说得清楚。回到湖边绕过餐厅房屋，过连串餐桌，被一群中年妇女聚会好友叫住，帮她们拍几张合影之后才走出热闹地界。出院门时回头看，这是路边湖畔一座优雅的法式老房，前院树高草绿、花开鲜艳，侧面开阔地作停车场，被不下数十辆摩托挤满，不断车进车出。我方才误入后院跻身餐馆观景餐食之地，以地段和外观及眼见的场景来说，是个人气颇高的河内高档餐厅。逢周末和过节日聚集了情绪高涨的市民游客到此午餐欢度佳节。

我改变主意，止步转身走回，挑一处离大门不远的湖边柳荫二人小桌坐下。里面已经座无虚席，有这样一处闹中取静之位是我的造化了。叫服务员拿菜单翻看，点了一份有虾有肉，有菜有汤的套餐，外加一份我偏爱的越南小卷粉。一路经过香气扑鼻的食客餐桌和满目美食的厨房，我有点儿垂涎欲滴，按捺不住感觉了，何不给自己一顿美食大餐过中秋呢？

微风吹过，虽无凉意，眼前垂柳摇曳，动感中比闷热添了些许爽快的感觉。湖面较西湖小了很多，远端停一片游船，没有人顶着午时日头在水中飘荡。菜肴上桌，慢慢品尝，味道淡，微甜，典型的越式风味。小卷粉没有在河口的越南人开的馆子里做得可口，里面卷的馅儿皮松散。老挝、越南的蔬菜不兴炒，生菜叶、大白菜叶几片，番茄几片，黄瓜几种，不知名微苦野菜和生绿豆芽拼成大盘摆桌上，有辣椒蒜汁和鱼露小碟蘸料蘸来吃，像东北农家大葱、黄瓜、白菜帮子蘸大酱的习惯。我早已熟知这种吃法，百分百保持维生素，吃进嘴里生脆爽口，何乐而不食之？请路过食客帮拍了张中秋大餐竹帛湖纪念照，晚上发回去给家人报平安。

竹帛湖边，中秋大餐

餐后出门过马路再到西湖边，可以望见镇国寺另一侧，湖水高塔，寺院清静，景致清雅。两湖紧邻，一大一小，环湖风光各不相同，夜晚清风徐来之时，必是河内人纳凉休闲绝佳之地。

取车问路，下午参观军事博物馆。

旅行结束回家，查看相关资料，增加了新知识：竹帛湖原是西湖一部分，1602年筑堤分开。湖处竹安村。黎朝权臣郑杠修筑别院避暑作乐。后改为皇家行宫，宫女织绸为业，所织绸美观耐用，称为竹村绸。竹村绸汉字为竹帛，竹帛湖名因此而来。后人筑路加宽，现在称青年路为城市要衢。由此想到杭州西湖有白堤苏堤，皆早于它，倘若唐代宋朝两朝人筑堤坝如此截湖为路，还会有天下美景如今西湖否？

两湖之间骑行一段，转向竹帛湖一侧背离西湖远行，沿路游船码头，啤酒屋、咖啡厅、餐馆户挨户屋连屋，满街边是遮阳伞，桌椅板凳，湖沿儿还有石桌凳，我想我这是离开了什刹海进了后海，整个儿一竹帛湖边酒吧一条街啊，别看现在街上人少各家门庭冷落，赶到晚上不定热闹到什么程度，玩儿到夜里几点呢。到湖尽头进入小街巷，也像是过了银锭桥拐到烟袋斜街，烤肉季前门儿几条街那样，老街老树老屋老门脸儿，茶馆咖啡馆门前光膀子小伙儿扎堆儿聊大天儿打扑克，老人坐树底下抽水烟，看报，冲瞌睡，一派慵懒午后胡同儿市井生活场景。无需任何介绍，一眼看过都明白了，小胡同儿里的百姓日子。多少代人了，天天就这么过来的。跟北京似的，骆驼祥子时代的市井生活现在是越来越稀少，可是只要一进胡同儿，熟悉的百姓生活就会扑面而来，大槐树底下摇蒲扇下棋的老人，围观的一群背心儿大裤衩子，满街追闹的孩子，悄没声儿胡同口坐小板凳的补鞋匠，修车摊子，百姓生活就这么一天天过着。河内深街小巷里，有几分老北京过去的影子。

体育场围墙我看见了，但感觉和三年前进入的方向不一样，旁边参照物房屋、路牌、商店几个路口都没什么印象。岔路多了就得问路。拿地图问树下看报老人，老花镜下翻起眼皮摇摇头，不爱多管闲事。走几步问路边修摩托车小伙子，蹲着斜视看了几眼我展开的地图指出的地点，歪头想了想站起身，胳膊一伸，手腕儿带手掌一转一曲，不用说话，全明白。谢过翻身上车骑去。经过一个士兵街塑群雕广场，绕圈一座每一边都有持枪士兵守卫的高墙大院儿，才找到满院子飞机、坦克、大炮军用运输车的军事博物馆，烈日下停车买票入内参观，浑身汗湿。冒酷热前来观摩的外国游客络绎不绝，大多步行，也有乘车进院的越南本土旅游团。

军事博物馆

三年前参观西贡军事博物馆时我曾经说过，世界上最有资本开办战争博物馆的国家，除了以色列就是越南。二战结束后和法国人打了九年，跟世界上最霸道强悍的美国人打了十多年而且还都打胜了。可供展出的战争实物资料谁能有它多？骑车过来时隔着围墙就能看见院子里各式军用装备，不是西贡市中心那种法式风格优雅小院儿，面积大出两三个之多，三座二层小楼连成一线，每一个都有西贡法式小楼那么大，对面还一座红砖建造古旧得墙体发黑历久风雨剥蚀的三层阶梯式塔楼。规模和展出内容都是西贡军事博物馆几倍。总体小于长安街木樨地旁边的北京军事博物馆。

入门广场左侧摆放一架苏联米格战斗机，第一个展览大厅从越南 7 世纪古战争冷兵器时代、历代军事家名将半身塑像开始，一直延续到最后一座楼二层越南战争结束。一一走过看过。午后最炎热时间，各展厅内大功率风扇使劲吹，却很少有空调，闷热难耐。第一栋二楼放映厅内空调足，边看边消暑喝水，总算得以缓解。在里面静坐良久。

我们这一代人对越南战争不陌生，上学时候每天能听到广播看到报纸上的相关新闻，国内出版过越南战争书籍，有越南戏剧电影，观看中不时能看到如西贡僧人街头自焚，包括僧侣在内的各界民众游行示威与军警激烈冲突，阮文追英勇就义，河内海防遭 B52 轰炸后的废墟，胡志明小道自行车运输战争物资，被击落的美军飞行员举双手被押送，吴廷艳兄弟在政变中被枪杀于坦克车内等很多历史镜头画面，都是那么眼熟，从埋藏多年的记忆里被重新翻出映入脑海，为此后在顺化参观寺庙看到的证物做了提醒。我特别安排去海防就是为了看看这座当年被狂轰滥炸几近瘫痪，被称作英雄城市的废墟城市如今是什么样子。和西贡军事博物馆相比，这里展品要丰富系统很多。

人民战争是弱国战胜强国的制胜法宝，毛主席这一伟大军事思想在展览结尾部分被给予了充分展示。一个专门展室为战争中劳动妇女英雄保留了当年支援前线救助伤病员送亲人上前线的珍贵历史资料。人们在享受当今和平的丰富物质生活时，应该记住那些普普通通的农民和妇女，是她（他）们身上蕴藏的巨大能量和无私付出为后代赢得了幸福安宁的社会环境，她（他）们是社会国家的脊梁。

室外展场前后两个院，大中小型飞机包括直升机美国造，苏联造都有，最大的一个客机我看像是苏联的老伊尔，还有一个可能是 B52 散碎机身零件堆放的废墟，机头立起竖直。后院里各种美国坦克、装甲运兵车、运输卡车和自行火炮显示出美国人超级军事大国的实力，如今摆在越南人的院子里自然也显示了作为胜利者的民族自豪感。

游客参观者必去的一个参观点是三层旧炮台，也像是古瞭望塔，顶上国旗高空风吹得猎猎作响。冷兵器时代攻城略地类似炮台作为城池制高点和守卫要冲必不可少、作用巨大，但现代战争用不了几发炮弹就能把它给轰得稀里哗啦，荡然无存。炮台前展列了从古到今各种大炮和高射机枪。上面三层平台没有什么展物，经过门洞，穿堂风吹得很凉快，我坐里面休息、喝水好一会儿。游客们在平台最高层可以俯瞰博物馆全貌，换角度拍多姿多彩照片。遇到几个中国游客，拍得兴致很高，不同位置频换姿态，各种颜色的衣服纱巾披肩、裹头、围身、缠脖轮流组合，卡片机、单反机、手机不知换了多少，旅游嘛，愉快尽兴就好。

军事博物馆斜对面就是列宁广场，骑车上去我找回了三年前的感觉，明了了走过的路何来何从。上次我是在路口多绕了一圈儿两个街区，这次从相对方向骑进来。从列宁广场到巴亭广场只有几百米。如果方才我不绕湖，直接从西湖到巴亭广场，仅二三百米的路，步行不过几分钟。路不熟是其一，另一个更主要的是想多看看，多走几条路，绕大小几个圈属必要之举，没有对比几条路远近。出列宁广场找对路口，骑回龙边冬天宾馆只用了不足20分钟，河内实在算不上多大城市。车上骑着我在想，海淀区、河内市哪个大？

回宾馆还了自行车，到市场转一圈买个菠萝解解馋，下午的市场冷清了许多，人们都回家过节团圆去了。到客房洗洗睡一觉，大热天的骑一路感觉到疲劳。

第二段　王老先生，中秋夜

睡到天黑下楼去外面吃饭，总台女孩儿叫住我说她叔叔等着和我聊天儿。我说哪个叔叔，你们越南话我可听不懂。女孩带我往门口走笑着说，叔叔会说中国话。指着早上喝咖啡小桌边一位戴眼镜老人说，喏，那就是她叔叔。我上前和老人握手问好。请问贵姓？姓王。高寿？ 75。我说您这一头黑发比我可显年轻多了，论岁数我还小着您一轮多呢。老人说老了。我说可不能这么说，您看着最多也就50多不到60。我们俩坐到桌旁，请他抽烟，俩人边抽边聊。对我来说国外旅行中最愉快的事之一是不用憋英语，畅快地用中国话敞开聊天儿，有时候十天半个月说不上一句中国话很憋屈。昨天老街有个旅店，老板台湾人，今天又遇见王老先生。出门见喜，三生有幸。哈哈。

您是老华侨？我问王老先生。他摇摇头。那您的中国话怎么这么好，哪儿学的？老人没有直接回答，问我你家在中国什么地方？我说北京，我家住北京。老人说，“啊，我是你们北京的大学生啊！”我来了兴趣，问他您在北京大学读过书？哪年的事儿？老人说，不是北京大学，是测绘学院，1965年到的北京，五十年了。哦，学测绘的。我说，那时候我上中学，知道中国只有湖北有个测绘学院，您上的是北京地质学院还是石油学院的测绘系吗？他摇摇头说，都不是，是军队的测绘学院。哦，我说呢，北京当年就没有个测绘学院，现在都没有，学测绘得去北京建筑工程学院测绘专业以及地质矿业石油专门院系。军队的就另说了。

我们俩说着话，两个服务生支楞着耳朵在旁边听，我问他们会说中国话吗？俩小伙子腼腆地摇头。我又转头问柜台里一直笑着看的女孩儿，会吗？

她说只会越南话和英语。我拿出手机说帮我和老先生拍张合影照片。小伙子帮着左右拍了几张。

我问王老先生，1966年中国文化大革命，所有学校停止上课，你们受影响了吗？他说没受影响，上了四年大学，1969年学成回国。我问他，上军队院校，您是军人喽？老人说是的，当年他在部队服役，那时候和美国打仗，很多年轻人都当兵。您是个人考的大学还是保送？他说，是部队派送。那次你们来多少人到北京上大学，我问。300人，老人回答。那你们这批人学成以后回国都搞这方面具体工作喽？我又问。老人说，是呀，这批人回国之后，越南军队建立了总参测绘局和测绘部队，后来有人转到地方，成立了国家测绘局。他以后转业到地方，一直从事测绘工作到退休。美国人地毯式，饱和式轰炸把小小一个越南炸得稀里哗啦、乱七八糟的，确实急需这方面的专业人才。我想，和历史事实与记载完全吻合。中国不仅在物质上，精神上，政治外交上，军事上全面支援越南人民的抗美救国战争，同时为越南培养、培训了各方面人才。美国表面是在和越南打仗，其实是和中国还有苏联打，不怪它打不过小小越南，深陷泥潭，就算美国强大先进、武装到牙齿，但同时和中苏两个世界大国较量，能占多大便宜？朝鲜没占到，越南输得更惨。

烟在大堂上空飘飘渺渺弥漫开，服务生推开宾馆两扇玻璃门散味儿。王老先生说我们去外面抽吧，屋里影响别人。我们到门外台

和王老先生儿坐宾馆台阶上聊天儿

阶坐下，我对老人说，咱们见面不容易，也是缘分，附近找个酒馆，河内什么好吃的您点，今儿晚上我请客，老哥儿俩喝几盅好好聊聊。老人说酒精过敏不能沾酒。我说到处是咖啡馆咱们喝咖啡也行。他说年纪大了胃不好，十多年不喝那玩意儿了，连茶这两年也不敢喝了。那好吧，咱们就台阶上坐着聊吧。我叫过服务生，在宾馆门口又拍下几个镜头。

我问王老先生，柜台里女孩儿是您的侄女？老人说，住对门家的孩子。哦，邻家有女初长成啊。这小丫头鬼精灵的。他继续说，下午到他家大惊小怪地说店里来了个中国人，知道他会中国话，叫他晚上来看看。他也想和中国人见面聊聊，所以吃过晚饭就过来了。我暗想龙边这块地方，这个冬天旅店外国背包客见多了，可能中国游客很少光顾吧，像我这把年纪的更是凤毛鳞爪没见过，不然本该见多识广的开旅店小丫头怎么会一惊一乍地去找她老王叔叔呢。宾馆隔壁就是个中国祠，街门、东河门都是汉字写的，华侨在这一带断少不了。我问王老家离这里多远？他指指对面巷子说就在那里面，几步路。

您退休多少年了，我问。老人说，好多年了，工龄30年退的，现在退休工资合人民币不到一千块，你说这日子怎么过？王老先生叹口气，一肚子哀怨，话匣子打开。刚从中国留学回来，他们一批人很受重用，工作积极性很高，可是几年之后上面政策有变，他们这些在中国学习过的人就成了“亲中派”，那些从苏联学习回来的就很吃得开，他们处处受排斥受压制，什么累的脏的都派他们去做，工作不少做，但什么都得不到。这些你都知道的吧？老王问我。我说那段历史我当然知道，不是还在边界打了一仗吗。不过你们国内派别倾轧这些是第一次听您讲到，以前一点儿不了解。这也是社会常见现象，不光越南，哪国都一样。老人说，过了些年慢慢有所缓和，但他们也都到了退休年龄，一个个退下来各自回家，拿那么点儿退休工资，一辈子就过了。说是缓和，其实还是被当成“亲中派”，只不过没有前些年那么明目张胆而已。我说，连黄文欢那样的政治局常委都被逼到中国去避难了，何况下面的基层干部和普通士兵呢，我能理解你们当时的处境。

看王老先生心情沉重，我换了个话题，您的中国话这么流利，怕是有渊源吧？实话实说，您是第几代华侨？他说，到他这儿已经是第六代。我笑起来，没猜错吧？您肯定是华人，在家是不是还是说华语？老家哪儿人？王老先生说，他父母在家讲中国话，但不是普通话，是老家土话，广东的，听老人说是广州。那您没回去过吗？我问。他说，没有，从来没回去过，河内生，河内长大，上学当兵以后工作，除了在中国学习，都是在河内。我问，您去中国学习以前应该会些中文吧？他说，应该说不会，到北京以后才学的。

我心说那也是，广州白话跟鸟语似的，甭说在外国长大的人了，就说正儿八经的北京人有几个听得懂粤语的？好些广东老人也听不懂普通话。王老先生即使在家会听父母的粤语土话，到了北京照样是两眼一抹黑，得从头儿来。再者说，中国老理儿，出了五服不是亲，王老是第六代华侨，早几代就融入到越南社会民俗里边儿去了，到他们那一代早就是越南公民意识，所以我俩一见面他说是越南人而不提华侨，完全情理之中。甭说他们六代人之后，现在到美国、加拿大、欧洲的第二代中国人的子女被称作“香蕉人”的这批孩子，不就是因为不认祖归宗才得到这个绰号吗？

我说，王老先生，您会中文，现在可是很吃得开呀，做生意的人那么多，这些年越南中国贸易很火，您可是大有作为吧？老人说，是的，退休这些年北京、上海他没少跑。有的政府代表团请他去当翻译，谈判，翻译合同文本什么的，做过不少。也有贸易公司请，中国南博会时到南宁去过好几次。我问他前年在昆明的南博会去了吗？他说，那次没去，当时是一个公司驻南宁，他在南宁半年多，所以没参加。老人对北京情有独钟，说了几次这些年常去北京。我问以前的学校回去看过吗？他摇摇头，没有，听说是搬迁了，再说他早就不在军队，回去不合适。

现在还跑吗？我问王老先生。他说，年纪大了病多，有时候人家请了，身体不行就推辞了。比刚退休那些年少多了。现在只接一些短期的，三五天一个礼拜去趟南宁、柳州什么的，大都是私人老板谈生意，跟着跑跑路，做现场翻译，管吃管住，一天二百块，这个还在干。

说到这些老人有些隐约的得意之色。我想有了他得心应手的工作和不菲收入，不至于靠低退休金那样日子清苦拮据了。我问他家里还有什么人吗？他说，现在只有他和老伴儿在家。指着宾馆门口街上追逐打闹的一群四五岁娃娃说，你看，那个是孙子，春节从美国带回来的，是他家老三的二儿子，在河内住两年，上学再送回去。我问您几个子女？河内有吗？王老先生说，有两个儿子一个女儿，儿子在美国，女儿在加拿大，都已结婚有了家庭。

说到家人，老爷子收不住话了。他说，老母亲百岁了，住加拿大，每个月政府给 2000 加币。我说，那日子过得一定不错，合人民币万元左右了，搁中国也是富裕日子呀。他摇摇头，嗯，不够花，每个月他姐姐弟弟去看望老太太还得额外给一些才够。我有点奇怪，您家老太太不在家里吗？他说，住养老院，花费很大的。我说那您家可是国际家庭了，好家伙美国、加拿大饶世界都有啊。老人说，前些年越南排华、驱赶华侨华人你知道吧？都是那时候跑出去的。他爸爸妈妈带着姐姐一家和最小的弟弟先跑到香港，然后姐姐的孩子去了加拿大，几年之后回香港接家人，母亲那时候跟着去的，父亲 1989 年在香港生病去世。那时候他哥一家人另外两个弟弟分头跑出去，在香港才见面，后来陆续去了美国、加拿大，现在都已经成家立业。我问他，那时候您怎么没跟着出去？他说，他还在工作，不能走，父母把家里老房子交给他看管就匆忙走了。

我说，90 年代我在深圳光明华侨农场看到过难民村，几个大村子住了几百户从越南跑出来的难民，和他们交流过，每一家每个人都有心酸故事，有从西贡跑出来的，有北方跑出来的。本来日子都过得好好的，世代有家业财产，突然之间被抢光，强行驱赶变得身无分文，他们说起来都是一种欲哭无泪的悲愤。

王老先生说，父母生了他们七个子女，现在五个在美国、加拿大，河内只有他和一个做生意的弟弟，弟弟单身，有时候会到家里看看他，平时不怎么往来。他的三个儿女是后来去的美国投奔他哥，女儿嫁到加拿大。现在都有自己的生活。

说话聊着天儿，时间过去多少给忘了。街上行人越来越少。王老先生说，老伴有病，要回去看看。起身告别回家。我说孙子不带回去吗？他说叫他玩儿吧，晚了会自己回去，他认识家。

越南难民问题曾经是轰动世界若干年的大事件，多少人妻离子散，多少人倾家荡产，多少人家破人亡，多少人天各一方，给国际社会带来了沉重负担和混乱。仅香港一地积压的难民、船民就达22万，从20世纪70年代直到2000年6月1日以允许最后一批难民、船民留居香港结束，长达25年。王老先生的老父亲在香港病亡，一家人天各一方难以团聚，百岁老母亲流落他乡不得回归故土。他一家人的遭遇，是越南难民和华侨悲惨遭遇的缩影。

龙边中秋夜人潮如织，张灯结彩。我在一家需等座位的街边饭馆吃了一碗牛肉米粉，进餐中，一队十几岁的娃娃身披彩龙，敲锣打鼓为食客们表演，讨要喜钱，和我们国内春节时的民间舞龙略有相似，但这里全是孩子们。走几条街，连老外们都拖家带口在街上闲逛看热闹，街角咖啡馆里更是坐满老外，望着外面街里摩肩接踵的人群。饭馆、咖啡馆、小吃车摊爆满，成群结队的男女学生和小年轻们狂饮啤酒饱餐后勾肩搭背、溜溜达达各条街转悠。多得让我奇怪的卖螃蟹吃的街边摊座无虚席、人满为患，摊主忙不迭地拆绳往蒸锅里扔螃蟹，大盘大盘地端上桌，食客们连撕带咬，两手齐上把螃蟹大卸八块蘸了姜汁蒜水往嘴里塞，不忘灌一大口啤酒，那个吃劲儿叫我也恨不能上去要几只过瘾，强忍口水过去算了，别去跟人凑热闹吧。中秋品蟹，越南人和中国人赏月吃大闸蟹的风俗差不到哪儿去。

东河门街门 龙边中秋夜

龙边一带国外游客很多，和还剑湖背包客聚居相类，宾馆旅店，各条街都能看到，公共交通便利。冬天宾馆斜对过十几步过去的那一家可能大堂空调充足，坐满喝啤酒、咖啡，做足疗的外国年轻人，新到的背包客在登记入住。本想进去问问房价，想到明天即离开还是算了，倘下回再到龙边，多一家比价。回客房休息，结束一日河内游。

9月27日 星期日 晴 老街至河内

大早四点多到站，天亮打车到龙边，先看火车站，8点后找到宾馆住下。补觉，外出，无意中找到西湖，镇国寺，竹帛湖，午餐奢侈一把。又找到军事博物馆参观，前年到过列宁广场，与军博失之交臂。今天全补齐。晚上遇老王，60年代北京军队测绘学院毕业。退休金不足人民币千元。工龄30年。被请去中国谈生意当翻译。

流水账：打车 50K 午餐 150.5K 晚餐 30K 住宿 270.8K 门票 40K 自行车 70K

total: 611.3Kd ≈ 204 ¥

河内至海防火车时刻表

河内→海防旅客列车时刻表

票样不同于干线列车火车票

车站	车次				
	HP1	LP3	LP5	LP7	Hp3
河内 Ha Noi	6:00		15:20	18:27	17:00
龙边 Long Bien		9: 20	15:30	18:38	17:10
嘉林 Gia Lam	6:16	9:40	15:45	18:54	17:21
Cam Giang		10:33	16:28	19:33	
海阳 Hai Duong	7:16	10:550	16:52	19: 58	18:17
Phu Thai	7:47	11:23	17:21	20:26	
Thuyng Ly		11:50	17:48	20:53	
海防 Hai Phong	8:15	12:00	18:00	21:05	19:28
注：Hp3 似为不定期开行					

第三节　海防，B52轰炸中崛起的城市

我预留给海防三天时间，然后国庆节飞西贡。两个半小时火车是三天旅程的开始。早餐后十几分钟走进车站，候车厅已有些乘客，直接在售票窗口买到票，没有半分钟等候，和我们在国内习惯的排队购票比感觉真好，何时国内也能如此随时买票就走，没有各系列环节拥挤，旅行该有多轻松。当然网上购票已经改善不少。我在候车厅外院子座椅等候，面前大树下假山边设有神龛，不少乘客放下行李便到树前燃香合掌礼拜。除了我，只有一家五六口外国人，乘客是本地人的占绝大多数。才坐稳，旁边一位中年妇女问我是不是中国人，我说是呀，您是华侨？她摇头说不是，是越南人。那中国话跟谁学的？她说，在广西打过几年工，会说点中国话。问我去哪里，做生意还是旅游。我递给她车票看，她说自己半路下，不去海防。向她请教“海防”的越语发音，又拿她的票念“Hai　Duong”（海阳），上车就全还给她了。她问了我一大堆问题，什么时候到越南，要多长时间，喜欢河内吗，去海防看什么，等等。我问她一个人坐火车，是做生意还是回家，哪年在广西打工。她说，十几年前跟丈夫离了婚，两个孩子小，她把孩子交给老人带，自己去南宁、柳州打工，挣钱养孩子。现在女儿嫁人有了孩子，离家不远，女婿做摩托车生意，日子过得很好，常回家看她。儿子没读大学，在凭祥一家宾馆当服务员，挣的钱够自己花，过节时回家看看，她也就回家守着门口做点小生意。昨天到河内进点货，现在回家。我说你才四十几岁，还可以找个伴儿过更好日子。她苦笑着说，伤心了，不想了，自己一个人挺好，有时间回家看看老人，逢年过节一家人聚一聚，过得挺开心。候车嘛，闲着也是闲着，有人聊聊天拉家常，知道他们的日子怎么过，为我所愿。

先后两列火车进站，头一趟马上开走奔河内站，下车旅客很快疏散。第二列车全体下车，一时间小小龙边火车站人头攒动，集市般热闹喧嚣，十多分钟才渐渐消停。随即车站值班员站门口手持扩音器叽里呱啦一通儿广播。我问中年妇女他们说什么呢，半句不懂，她掩不住地笑着说，跟她走就是。

上车后我去她的车厢看了看，硬座木椅。到海防全程软座票7万越南盾，

合人民币21元左右，硬座便宜一半儿。后来顺化到岘港我买了硬座，没有空调，比较热。多年不坐了，再体验一回。百姓和不少大学生选择这个座次，省钱。她把带的货放在车窗口吹，类似我见过的炸猪皮似的白白泡泡的东西，她掰一小块叫我尝尝，赶紧摆手婉拒。她说很好吃的，越南百姓都喜欢，做汤什么的特别好吃，家家离不了。她半道下，没再见到。我觉得挺命苦的一个女人，但她活得乐观。

龙边火车站是红河铁路桥的桥头堡，发车就上桥。引桥很长，河滨是宽宽的香蕉林带，绿油油一眼望不到边。在云南被红土染色的河水奔流千里远

名不虚传的红河水

道而来，依旧保持着娇艳容颜向大海流去。过桥之后不远的一个停车场，长长列车上《南宁—河内》的汉字鲜明惹眼，我想这应该是越南北方准轨、米轨铁路通用的现场了，是中国长期无条件支援越南人民的物证。如果能实现东南亚大通道东线开通，全部采用准轨，这些就是历史文物了。

一家子老外和我一个车厢邻座，老两口、中年两口和半大刚成年俩孩子。女孩儿二十一二岁，大学生年纪，活泼好动，拿一单反不停拍照片，见什么拍什么，瘦长脸男孩儿十六七岁，粘着老太太，不离不弃，梳一短马尾吊脑袋后边，这打扮加上和老太太黏黏糊糊叫国内年轻人瞧见准得给一“娘炮”昵称。上车时走一块儿老太太问我是哪国人，我说中国，老人家“奥哈哟……”

出了口又捂嘴自己乐起来，赶紧问老伴儿中国话怎么说，我说“你好”，也算是回个礼，一家老小笑作一团。我们就这么乐着上了车。一家子澳大利亚人。行车中老爷子拿出地图看，老太太接过来指着北部湾说“海南海南”，我说是的，中国越南在北部湾东西两边，海南气候和越南差不多，你们可以去看看。老太太说去过上海。我说这些年中国变化很大，你们去游览一定会有新感觉。两位中年人保持着这个年纪的矜持，只顾打瞌睡。祖孙三代旅行，其乐融融。

出河内东南行，一马平川，无山可看。公路上汽车飞跑，城镇、工厂、乡村，收割的稻田迅速掠过，到站停车，偶有小贩叫卖，时间很快过去。看着看着坠入梦乡，有人拍肩膀，睁眼看，所有人拿着行李站过道要下车了。澳洲人一家子又是一阵笑，这回不是笑老太太吐噜了嘴，是笑我睡过了头。哈，愉快旅行，从头笑到尾。

第一段　海防一日，幽静小城是错觉

海防不是旅游城市，稀稀拉拉下车旅客中除了澳洲一家子和我加上另外车厢下来一对中年西方夫妻，都是当地人。很快走出站台疏散完毕。旅行就应该去这样的地方，没有表演成分，能融入到老百姓中间，和老百姓一块儿过日子，是我心目中的旅行。

一下车我就被浓郁的法国风格吸引得走不动路，黄色站楼，拱形门窗，宽阔走廊，大石块铺砌的站台，不是被炸平以后新建的水泥火柴盒，应该给B52轰炸机飞行员发一个保护文物奖哦。我拿出手机边走边放下行李停步拍照片，想把看到的一切记载在SD卡里，和我在碧色寨破旧的法国式小火车站拍到的照片放在一起做永久珍藏。聂耳就是踩着这样的石块站台结束摇晃了一个礼拜的米轨火车之旅走到海防港，乘坐轮船去到上海书写自己人生最辉煌的岁月，我想一定是。

站外同车的澳洲一家子和中年老外夫妇早没了踪影，除候客的的士以外，站前广场上下车旅客已经走光。站楼的前面更显示出百年建筑风姿，和北京前门雅加达哥达老火车站那样，让人一眼看上去马上会倒推几十年甚至更远的历史去寻找它们的辉煌年代。新饰的颜色遮盖不住它的沧桑和曾经的华丽。

站楼对面一家宾馆老板很自负地不愿让价，那好吧，才过12点，我有的是时间去慢慢溜达，耐心寻找比他性价比高的旅店。出大门横竖各一条街，横街长而无边，竖街百十米外有汽车穿梭且能看见街心绿地，高大棕榈，估计是城市主干道，便直行而去。街里空无一人，路边商店、住家、饭店、咖啡馆都有，门前静悄悄，行道树挺拔笔直，美丽城市魅力十足。我最喜欢这样的南国风光，第一次到昆明海口时那种惊喜心情和眼睛不够使的感觉至今记忆犹新。路口一条更宽阔的大街，街心花园比路又宽出许多，举目望去，花坛草坪巨树高亭遍布其间，人少车稀，幽静花园城市啊！我兴致高涨，三天海防有如此美景，快哉美哉。

宾馆旅店却比想象中的火车站周边林立少得多，三个右转转一圈儿差不多一个街区走完，才有三家可以咨询对比，哪儿像日惹火车站，小巷大街里十分钟能问七八家。选一家住进去，四楼有电梯，空调、热水、WIFI齐备，比火车站里自负老板那家条件优越收费低。入住客房，随便吃几口包里储备，一觉睡到四点才出街，午餐免了。

漫游，走哪儿算哪儿的闲逛。先得找地方填补了午餐。临出门又坐电梯回转一趟带上我的3G闲置手机准备配卡，没有地图和GPS导航的行走，处处问路麻烦得很。随身带的移动手机倒是可以使用，平时只能当手表看时间和接短信，电话一律不接听，短信看看不回，每分钟费用太贵，短信也是数倍高于国内，回宾馆连接WIFI上网再联系。GPS可以定位，但是随时提醒连接互联网，哪儿敢打开数据信号，谁都知道天价费用宰煞人，

海防火车站站台

纯粹法国风格的海防火车站

不敢贸然在街上上网。越南还没有 4G，只能用 3G 信号，如果照我在国内旅行陌生地方半天几百兆的使用量，得赔多少钱进去？

宾馆有 WIFI，午睡起床前躺床上打开过海防地图，没有确定目标地大致看了看，知道了当下位置定位。我还没试过下载离线地图，如果当时知道就好了。一月份在登巴萨买了印尼的 3G 卡，一直使用到 20 天以后离开，24 小时开机上网加导航，才用了不到 1G 流量，带来的便利不用形容，就一个爽字，虽然实际使用只有 2G 效率。这次到越南我希望自己的 3G 手机继续“发挥余热”，用越南的卡实现上网导航。在老街因为语言沟通没如愿，河内没找到手机卡店，今天第三天，逛街就是奔它去，加油！

宾馆位置在火车站横街右转不足二百米远，我绕了几乎一圈儿回到原点。路不熟难免。顺这条街直走，沿街都是商铺，不少巷子胡同口。一处小商品市场门前的各种修理摊十几二十家，坐着等修拉锁将近 20 分钟起来继续走，左转过铁道绕到车站背后街区。不到晚餐饭点儿，饭馆都在休息，糕点铺子好几家，我不愿拿着蛋糕点心满大街吃着走，快半小时才找到一个在巷口老大娘开的街边摊，味道极佳的肉丸米粉加鸡蛋，吃得心满意足。放学时间，不断有家长带孩子和老大娘打招呼坐下吃米粉。街边摊里藏佳肴美食，是这几年我的旅行体验和经验。海防头一顿饭就应验了。

问过多处，买不到海防市区图，不是旅游城市的确服务不到位。凭两个左转过铁道，判断是火车站背后街，不改方向直走，再两个左转是出发点，不管过多少街口走多远都错不了。这是条卖自行车的街，路两边清一色自行车店，区别在于有的是卖山地车、各种赛车和高档车的店，有的是一般百姓日常用车的店，琳琅满目的品种样式及价钱和国内车行差不太多，少数几家二手车店里甚至有三枪凤头带摩电照明灯的老车和上海永久凤凰车，我看展览似的稀罕了一阵子，国内多少年没见过了！

下边路段变成卖摩托车的一条街，我注意到中国品牌车除了宏达没别的，大部分是日本货。街边咖啡摊越来越多的人上座，更多的小吃摊开始张罗，更多的带孩子的行人，院子里骑出来的摩托车，戴口罩的女士们打着招呼头走……是下班时间了。走进对面菜市场，不宽的街里两边菜摊生意红火，我问了菜价问肉价，看完杀鸡看海鲜，得知海防市民生活不容易，鲤鱼和猪肉价格都持平甚至略高于国内，水果红毛丹也不低，买了几个西红柿，价钱赶上深圳菜价了，我晚上吃的是国内最贵西红柿！不过不排除小贩看我是外国人额外加价。菜市场建在巷里，有宽有窄，四六分岔，三曲两拐。在外面大路我一直把持方向，进菜市场门我想从对面门穿出去就行，感觉很准。在里面三转两不转，出来就不是那回事儿了，出的哪道门到了什么地方不知道，找不着北了。

我不太在意，朝远处大路口走过去，是个像城边的大道，大约是出城的路，对面一座玻璃幕墙大厦。街口宽得像小广场，沿椭圆形街边是鲜花世界，广场里食摊正在准备夜市，摆桌椅拉电线忙得热火朝天。一位摊主招呼我买花，我心想这会儿哪儿还有心思买花，先找到路再说吧。便问摊主火车站怎么走？他农民打扮，听不懂，一个劲儿跟我傻笑。我比划着火车外形，酷哧酷哧呜呜模仿着火车声音，他好像明白了，手臂模仿着火车曲轴运动望着我。我鸡啄米似地点头，说对对对，就是那儿。他挺得意一笑，一指街口我走过来的那边，意思告诉我走过了，从那边一直走再左拐。随后做个推摩托车动作，意思说挺远的，叫个摩的吧。已走了两小时不知走出了几公里。谢谢他，请他抽了支烟，告别后走回去。

裹进下班摩托车流

想起两年前有一次问路差不多快天黑时，在菲律宾吕宋岛最南边的黎牙实比城边向一位警官问路，也是看他听不明白的样子，模仿火车叫，告诉他去火车站，结果警官笑着把我引到他工作上班的警察局，让我哭笑不得。回想起来警官自信自负地认为用不着跟他学什么叫，英语他比我强，火车站（railway station）当成了警察局（police station）让我多走了好长一段冤枉路。边回想边乐不自禁往回走，语言说不通时候会模仿叫声让对方明白，而一个农民也会用手臂做火车曲轴运动让我明白，哈哈，什么路数都得使，还挺管用。

街灯已经亮起。对向开行的两趟摩托车洪流把不宽的街面填得满满当当，公共汽车只能跟在摩托大军后面闻黑烟味儿。宽窄不规则的人行道也逼得我不时走下马路牙子跟摩托车贴边亲近。我心想这和西贡河内有什么区别？整个儿一摩托车世界啊。幽静小城的印象一下子完全颠覆。中午我到时正是午休时间，人们都在休息，街上人少，给了我小城安详静谧的错觉。现在真相毕露，全明白了。海防是西贡河内以外的越南第三大城市，不是说出来的，看看吧，就这么挤，这么人多。

位置和下午步行图（手机截图编辑）

裹在摩托洪流里走过两条街，在一处大转盘边的街口看到一家手机店，进去询问 SIM 卡的相关问题。守店的大约是姊妹俩，轮换着磕磕巴巴回答了我的磕磕巴巴提问，告诉我一种 6 万越南盾的卡可以打电话发短信含 700 兆数据流量，拿过我的手机看了看里面，从柜台里取出一张红色的卡剪好塞进手机卡位，我接过来复合好开机等候。姐妹俩拨电话连续按键，我手机接到短信，越南文字码弄不明白意思。随后我电话铃响，她们已经开通刚装好的卡，可以通讯了。我试着拨通她们电话，互发了短信，设置里打开移动信号后有了显示。进入谷歌地图，很快有海防地图和定位显示。启动微信，各种群消息闪个不停。OK，一切正常。以后再也不用为方向迷失和问路发愁了。十分高兴地告别姊妹俩返回宾馆。

外面天已大黑。有了 GPS 和地图动态跟随，最起码我方向不会走错，走到哪个位置一目了然。我没打开导航，随着我脚步地图上小圆点移动，火车站（Ga Hai Phong）一步步接近。在一个路口我拿着 GPS 指上面的圆点用英语问两个路过的小伙子："我们现在这个位置，这条街叫什么名字？"两个人相视一笑说，这个你得问越南人呀，我们哪儿知道？哈，俩中国年轻人。我问他们，你们也是旅游吗？他俩说是海员。哦？我还是第一次在国外遇到中国海员，挺有兴趣。

我问，你们怎么会到这里？他俩指路那边说，海防港。噢，明白了，不正是明天我要去看的地方吗？我问他们，海防港离这里多远？一个小伙子说，他俩走过来十几分钟吧。两个很年轻的海员，我问他俩，你们才毕业不久吧？哪个海运学院毕业的？上海还是大连？他们笑着说是大连，才毕业没两年。我说海员的日子是一年四季不着家哦，习惯吗？他俩笑笑没说话。我想他们选择了这个职业，自然是有所准备的。他们也问了我几句怎么一个人旅行之类。问我知道不知道雕饰品市场在哪里，我说我也是今天刚刚到海防，对这个城市一无所知。一起过马路，他们看见路边的木雕商店很兴奋地进去观看挑选，我独自离开往回走。

街边的灯光游乐场光彩夺目，音响嘈杂，那是娃娃们的乐园。小食摊点三步一个五步一摊，到处是坐矮凳喝咖啡，喝啤酒的消闲人群。在一个饭馆吃了晚餐回宾馆休息。

很充实的一天，尤其是买到手机卡解决了以后两个多礼拜移动上网和导航问题，收获最大。这个卡是 Viettel Mobile 的 3G SIM 卡，700 兆数据流量，具体通话时间和费用由于是越南文的说明没看懂，字也太小，没仔细深究。可以发短信。如果几个人出游人手一个，不怕走散联系不上了。试了一下拨我的 4G 移动手机，打国际长途没问题，中国需拨 0086。6 万越南盾，合人民币 18 元，比中国落后几十年的越南能如此服务百姓，中国的几个垄断巨头得反省一下？

9 月 28 日星期一 晴 河内至海防

市场：鲤鱼 50K 五花肉 90K 红毛丹 40K

流水账：火车票 70K 午餐 30K 晚餐 25K 手机卡 60K 住宿 250K×3=750K

修拉索 50K 番茄 15K

total: 1000Kd ≈ 333 ¥

第二段 海防二日

海防是一个饱受战争摧残的城市。四十余年过去了，战场硝烟早已散尽，现在和平生活中的人中战后出生的年轻人大多已不知道当年战争的残酷惨烈和命陨美国飞机轰炸的无辜民众。我没有亲历这场战火，但生活在那个年代，耳闻目睹了很多很多时事新闻和实况报道，让我引用那时候睁眼就能看到的消息和听到的广播，和读者一起回顾那段历史，体味字里行间的时代气息。如果读者有兴趣，可以去互联网搜索查看相关信息，虽然过去了四十几年，网上有关的视频照片历史资料研究文章多如牛毛，数不胜数。

（一）历史资料回顾

1954 年奠边府法国人战败结束殖民统治。根据《日内瓦协议》越南以北纬十七度线为界南北分治。1959 年，当时的美国总统艾森豪威尔援助扶持南越吴廷艳政权；1961 年，肯尼迪总统发起“特种战争”，开始在越南作战；1964 年“北部湾”事件后，继任约翰逊总统将战争扩大。在尼克松执政时期，美国因国内的反战浪潮，逐步将军队撤出越南。

以B52战史记录为证，1965年6月18日，来自卡斯维尔空军基地（驻得克萨斯州）和马瑟空军基地（驻加利福尼亚州）的B-52F执行了“弧光行动”首次空袭，1965年12月，“弧光行动”的作战区域延伸至老挝境内的狭长地带。1966年4月，B-52首次对边境线上的北越目标进行了空袭，随即扩展为对首都河内和工业海港城市海防的轰炸，扩大战争规模。到1967年年中，B-52在“弧光行动”中的任务出动强度达到了每月平均800架次。

当时的新华社报道：

美国强盗悍然轰炸河内海防

美国强盗从6月29日起，悍然连续轰炸越南民主共和国的首都河内和第二大城市海防，犯下了又一滔天罪行。

约翰逊下令轰炸河内、海防，是美帝国主义在侵越战争中极其严重的战争“升级”，是一种狗急跳墙的表现。这并不表明它强大，恰恰表明它走投无路，垂死挣扎。

美国政府轰炸河内、海防，是妄想用炸弹炸出一个“和谈”的局面，迫使越南人民屈膝投降。这完全是痴心妄想。英雄的越南人民是吓不倒的。全体越南人民，不管南方和北方，在地面上，在空中，不断地狠揍美国侵略者，就是对约翰逊之流的有力的回答。

美帝国主义这一滔天罪行，是得到苏联修正主义领导集团密切配合的。美国国务院发言人赖特公开承认，美国曾把轰炸河内和海防的决定告诉“许多主要有关的政府”，而苏联是一个“主要有关的政府”。苏联修正主义领导集团口口声声说要在反对帝国主义的斗争中采取“联合行动”，事实再一次揭穿了他们的叛徒嘴脸。

美帝国主义早已打破越南南方和北方之间的界限。现在，它轰炸越南民主共和国首都，这就进一步打破了越南南方和北方的界限。界限既然被美国打破了，越南人民就不受任何约束了，一切真正支持越南人民抗美战争的国家和人民，也就不受任何约束了。战争下一步打法，就由不得美国了。美帝国主义既然从空中来，从海上来，难道别人就不能从陆上去吗！

我们要警告美帝国主义：中国人民说了话是算数的，是早就做好了准备的。并且有言在先，不论你把战火扩大到哪里，中国人民不怕冒任何风险，决心全力支持越南人民把抗美救国斗争进行到底，为彻底打败美国侵略者做出自己的贡献。

越南人民在胡志明主席领导下进行了顽强有效抵抗，请看报道：

胡主席表扬海防军民严惩美国飞贼

越南外交部强烈谴责美机连续轰炸海防和非军事区

新华社河内六日电

越南民主共和国主席胡志明五日写信给海防市军民，代表越南劳动党中央和政府表彰他们从8月2日至5日击落美国强盗飞机九架的辉煌战绩。

截至8月5日，海防已击落50架美国强盗飞机。

胡主席在信中赞扬海防军民战斗得好,在人民防空和保卫秩序、治安方面取得了许多进步。胡主席的信件指出，凶恶的美国强盗还会玩弄许多阴谋，还会轰炸海防。海防军民必须时刻提高警惕，更好地战斗，更好地生产，更好地保卫秩序治安，取得更多更大的成绩。

据新华社河内5日电 越南民主共和国外交部5日发表声明，强烈谴责美帝国主义第三次轰炸海防市和继续在越南北方进行战争“升级”的行动。

声明说，8月2日早晨六时，从第七舰队的军舰上起飞的美国飞机多批，对海防市进行了第三次袭击。它们极其野蛮地轰炸了居民稠密区、变电站、水泥厂和造船厂，使一些人死亡，其中有16名儿童，并有许多人受伤，数十间民房被炸毁。

声明说，很显然，垂死挣扎的美国强盗妄图以此来挽救正在越南南方深陷泥潭的美国远征军，威胁越南人民。但是，越南全国人民决心响应胡志明主席的神圣救国号召，一齐起来，决心战胜美国侵略强盗，保卫祖国的独立、自由，完成对民族解放运动和世界和平所承担的义务。

声明最后说：“美国政府首脑必须对它们在越南犯下的无数罪行承担全部责任”。

据新华社河内3日电 越南民主共和国外交部发言人2日发表声明，强烈抗议美国侵略强盗B—５２型飞机近日来连续轰炸非军事区的野蛮罪行。

声明说，7月30日，从凌晨4时10分起，美国B—５２型飞机接连对距离边海河1公里附近、距东部沿海二十多公里的非军事区南部的一个地区进行了五次轰炸。

7月31日，也是在凌晨4时10分左右，B—５２型飞机又对非军事区北部的许多地方进行了两次轰炸，永灵区永乌乡许多村民的四十多栋房屋被炸毁。

声明说，越南民主共和国外交部强烈控诉和坚决抗议美帝国主义对非军事区进行的极其严重的扩大战争的行动，并且声明：美国政府必须对由此而引起的一切后果承担全部责任。

1966年7月，胡志明发表《告全国同胞书》，谴责美国轰炸河内、海防和扩大侵略战争的罪行。几天以后，首都百万群众举行声援集会，毛泽东、刘少奇、周恩来、朱德等中央领导人都登上了天安门城楼，以表示中国人民支持越南人民抗美的决心。毛泽东说：“我们只有一条，有求必应。”

关于决策者约翰逊总统，当时的报道是这样的：

约翰逊心惊胆战坐立不安陷入窘境

美报透露约翰逊轰炸河内海防前后的丑态

据新华社11日讯纽约消息：美国报刊和通讯社最近透露了约翰逊在决定轰炸河内、海防前后心惊胆战坐立不安的丑态，充分暴露了美帝国主义狗急跳墙的一副窘相。

合众国际社记者梅里曼·史密斯八日写道，在决定轰炸河内、海防以前的长时间里，约翰逊“变得有点象关在笼子中的动物，不时走动，经常环绕着这个问题说话”。

史密斯还写道："约翰逊对于可能的事先泄露十分担心，害怕过早地公布或广播他的计划会使美国的损失增加，或促使北越人进行……反击。"

同一天，美国《时代》周刊的一篇文章透露，在美国强盗飞机6月29日轰炸河内、海防期间，"麦克纳马拉的办公室中全夜灯火通明。"

清晨3点钟，"在白宫，林登·约翰逊睡觉的二楼的房间里，一盏床边的灯亮着，总统低声地在同西厢地下室里的情况室在说话"，一再了解远东的"作战情况"。

这篇文章表明，约翰逊切望要向国内的批评者和国外的怀疑者再次表明，美国决心履行它对越南的承诺。他还急于要在十一月举行国会选举之前拿出某种确实的胜利的证据。

经过美越巴黎谈判，美国1968年起停止空袭，延续了三年。1971年，"巴黎和谈"陷入僵局，为争取自身利益压越方让步，美国总统尼克松再次下令恢复轰炸，并在海防等主要海港布雷。资料中有相关记载：

1972年5月9日凌晨，美国总统尼克松在电视上公然宣布对越南北方沿海实施大规模布雷，全面封锁各个港口、航道。同时声称，水雷在48小时以内为安全期，要求各国在海防和其它港口停泊的商船立即离开。否则，超过安全期外的船只不受美国军事保护。

5月9日凌晨5时55分，根据尼克松的命令，100多架美国轰炸机先后到达预定的海防、广安、鸿基、涂山等沿海城市上空狂轰滥炸。7时30分，美国海军再次出动A-6A、A7E等舰载机40多架，对海防港主要航道实施布雷，后逐步扩大，先后封锁了太平河、红河口、格会口、格梭口、筝河、日丽河、越门河及东北群岛海域。

过去四年的时间内，美军仅在北方布雷550余枚。而5月9日宣布对越南北方水雷封锁后，短短的10天时间内，对越南北方沿海、江河布雷近万枚。美国把越南北方划成若干小区和片段，以海防为中心，按先南后北的顺序，逐区逐片布放。同时加强巡逻，保护雷区。布雷后，美军不断派遣舰艇、飞机进行监视，有时白天要到雷区巡查3—5次。首次布雷后，美军还保持不间断的补充布雷，同时将海域混合布放各种型号的水雷。

1972年5月28日，一支12艘扫雷艇和4艘保障艇，318名中国人民解放军海军官兵组成的援越扫雷艇编队，从北部湾白龙尾港码头启航前往海防，协助越南排雷。

1973年1月27日，越南民主共和国、越南南方民族解放阵线、美国、南越阮文绍政权四方在巴黎签署了《关于在越南结束战争、恢复和平的协定》，同年3月，美军开始撤出越南南方。根据与河内达成的协议，美国同意出兵扫除越南沿海的全部水雷。

3月底，美国第78扫雷特混编队成立，由美国水雷作战司令部麦考利少将任司令，率领一支拥有各类舰船46艘，扫雷直升机44架，总兵力4700多人的扫雷舰队执行协定中的清除水雷任务。但美军没有实现政治家承诺，一星期内全部清除越南沿海和江河的水雷任务，而是把庞大的舰队在龙州岛以南呈扇形队形安营扎寨，派出小分队，拿望远镜像看戏一样，看着中国、苏联、越南三国海军人员在海防港阳光下日复一日毫无收获地扫雷。

经越南强烈抗议，美军特混编队才启动了扫雷系统，5天内共出动直升机52架次，扫除水雷7869颗。至此，越南南方沿海水雷全部扫除。

1973年8月27日，中国海军扫雷编队回国。

《人民日报》第一版头条报道：中国海军扫雷编队在越南一年零三个月时间里，共出海586艇次，总航程2.78万余海里，其中扫雷526艇次，航程1.75万海里。扫除各种水雷42枚，另与越方共同摸扫2枚。相继疏通了越南北方最大海防、鸿基、锦普等港口至东北群岛的各条航道，总清扫面积达201平方公里，并多次引导中越运输船只安全进出上述各港，为打破美军的海上封锁做出了重大贡献。

当时的美国国务卿基辛格曾经说，目前，中国所谓的工程人员能够清除美国的现代化水雷还是一件极其遥远的事情。

基辛格没有说错。

中国海军越南海域扫雷，历经一年多的时间，共排雷42颗，潜水员摸雷2颗，合计44颗。排雷量为美军布雷总数的3.5%。

这是一组真实的数字，这也是一组让人永远难忘的数字。

对海防的轰炸，新华社记者有现场报道：

美帝野蛮轰炸海防罪行累累

越南外交部新闻司邀请各国记者访问

新华社河内1973年1月6日电

越南民主共和国外交部新闻司1月5日邀请各国驻河内记者访问了不久前遭受美帝国主义野蛮轰炸的海防市。

海防市调查美帝国主义战争罪行委员会主席黄韬向记者们介绍了美帝国主义的战争升级的新罪行。他说，1972年12月18日至29日，美帝国主义出动了包括B—５２型战略轰炸机在内的366架次飞机向海防市的居民稠密区和民用设施进行了野蛮的轰炸，投下了1.5吨炸弹，炸死居民三百多人，炸伤五百多人，有5018所房屋被摧毁。

当记者们来到市内鸿庞区光中街、吴权区土桥街、黎真区小市街和安阳小区等居民集中的街区时，看到大量房屋被炸倒。黎真区安阳小区是一个居民区，去年12月23日凌晨，遭到了美国B—５２型飞机的地毯式轰炸，几乎炸毁了这个小区的全部房屋，许多人被炸死炸伤。美国飞机对海防市人民犯下的上述罪行，再次暴露了美帝国主义的残暴、凶恶的本质。

这一天，记者们还在海防港观看了去年12月20日遭到美国飞机轰炸的波兰货船和中国商船。

英雄的海防市军民并没有被美帝国主义的战争升级所吓倒，他们狠狠打击入侵的美国空中强盗，从去年12月18日到29日共击落美国飞机17架，其中包括四架B—５２型飞机，活捉了一些美国飞行员，给了美国侵略者以应得的惩罚。

在海防市的街道、路口，记者们看到许多大幅标语和招贴画，上面写着：“决心为被美国强盗杀害的同胞报仇！”“美国强盗必须十倍地偿还血债！”

目前，海防市军民正在清理被炸的现场，加强战备，准备随时迎接新的战斗。

这是一次圣诞节大规模轰炸，目的是迫使越南接受美国的停战撤军条件。翌年 3 月签约。

历史已经远去。但对历史的记忆带领我到这个曾经硝烟弥漫的城市来看看。

也不止于此。

滇越铁路从越南最北的老街跨楠溪河进入国界，中国段起于红河州河口县，终点到达云南省会昆明。对于长我们一两辈的人来说，他们记忆里的进出西南边陲云南不是四川、贵州、广西，更不是空气稀薄、道路艰险的西藏，而是这条近千公里的滇越铁路。外地人从上海、香港乘轮船到海防，换米轨火车摇晃数日到春城，认识这个谜一样的动植物王国。云南人从这里走出去，在广阔世界施展才华抱负。海防是中国人走向世界的铁路的起点和终点。

滇越铁路 1910 年全线通车到达昆明，彼时的中州大地有多少公里铁路？从下面的表格里不难看出，一般人眼里偏安一隅、闭塞落后的僻壤省份云南始终走在中国对外开放的前列。

百年滇越铁路对我有不可消逝的永恒魅力。

1949 年中国铁路概况

名称	起始站	建设年份	全程总长	备注
滇越铁路	越南海防—昆明	1903 年 10 月—1910 年 1 月	854 公里	河口至昆明 468 公里称昆河铁路 2003 年 5 月停止客运
京汉铁路	北京—汉口	1898 年—1906 年 4 月	1214 公里	
粤汉铁路	广州—武昌	1898 年—1936 年	1096 公里	历经 36 年始修成通车
津浦铁路	天津—浦口	1908—1912 年	1009 公里	
沪宁铁路	上海—南京	1905 年 4 月 25 日通车	307 公里	
中长铁路	满洲里—绥芬河	1896 年—1903 年	1481 公里	与哈尔滨长春至大连 987 公里铁路并称
南满铁路	旅顺—沈阳	1897—1903 年	707.3 公里	

京沈铁路	北京—沈阳	1881 年—1912 年	859 公里	1881 年修建的 10 公里唐胥铁路是中国第一条准轨铁路
胶济铁路	济南—青岛	1899 年—1904 年	393 公里	
京张铁路	北京—张家口	1905 年—1909 年	201.2 公里	全部由中国人投资设计施工的第一条铁路
同蒲铁路	太原—蒲州（南）	1933 年 5 月—1935 年 12 月	865 公里	初为米轨铁路。北线 1939 年修至朔州，1951 年全线贯通
	大同—太原（北）	北同蒲 1933 年 11 月		
九广铁路	广州—九龙	1906 年—1910 年，	143 公里	
注：以上资料数据源自网络，不一定精确，仅供参考				

我终于来了，海防。

（二）上午，海港和景观大道

出宾馆街转向景观大道，走右侧一路前行，路两边几座法式大楼被改成银行使用，沿街殖民地风格没得说，十多分钟便走到海港。近港区域为法国人所有的旧貌不言而喻。景观大道正对海港四号码头大门。港内道路宽阔，远处门吊塔吊高耸林立，白云蓝天，只是望不见海。门口值班室有边防检查站，一位中校军官走出来大概是问我何去何从，我说想看看客运码头和售票处，他跟我嘟噜了一串儿英语，一句没听懂，我们俩英语不通气儿。打个哈哈出来自己找。旁边院子小楼都是法式，装点得也都像模像样，霓虹灯大牌子上的字不认识，走进门挨个儿问，一间屋进去像是写字间，我问完话小姐拿出一菜单本儿给我看，法国字儿我不认得，边上的英文满是啤酒饮料名字，原来是个啤酒屋。坐写字台后的职业装小姐指马路对面叫我过去看，其实见我不是酒客给打发了。这会儿大早上的谁闲得没事儿跑来喝啤酒，真是的。不过还是到那个大院里看了看，很大的停车场，二层转角门的法式别墅楼，看上去就豪华惹眼，

海防港四号码头

屋里大餐桌铺着白色桌布，一眼就能看出是官员们下了班开车到此公款聚会大吃大喝的地方，不是寻常百姓家。越南官员的腐败在此之前只是耳闻传闻，离开越南前真实体验了一把，是后话。别墅楼另一边背阴处侧门旁台阶下，一群白衣帽厨师服务员在择菜、说笑，没去凑热闹，离开院子上景观大道另一侧往回走。这次没有安排去三年前已经去过的吉婆岛，所以不必专心寻找、咨询客运码头，看过四、五号两个码头位置知道了就好。晚上回过头来看反倒有了点悔意，地图上四号码头右侧的一、二、三号码头其实不远，标有吉婆岛航线，当时不嫌麻烦走过去看看岂不更好？路上有时候偷懒，脑子短路开小差儿，错过再后悔，是时不常发生在自己身上的事。咳，这不就是旅行的组成部分吗？没有遗憾、后悔就不叫旅行了，不然怎么会有下次再旅行的动力。如果不是三年前那个旅行社漂亮女职员骗得我没来成海防，我这次非来不可的劲头儿说不定就没这么大，哈哈。

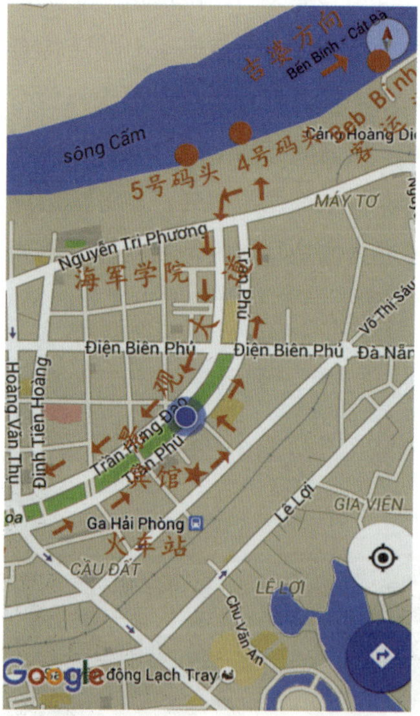

景观大道和海防港码头步行图

街边加油站前的大太阳地儿一动不动站着两个水兵服年轻人，隔马路拍了两人照片，感到好奇，又不是站岗之处俩人干嘛呢？走过去问个究竟吧。二十岁出头俩小伙子，一个稍大点儿，见有人过来，年轻的一个憋不住嬉皮笑脸，扭头看另一个，稍大点儿那个马上收回一丝笑意，走到他身前，扶扶他帽子拽下衣襟，严肃地看着他，推下肩膀，拍两下腰和脖子，随后走到身后抬腿踢一下他的腿，退后一步比较随便地站着看我一眼马上又直视前方。整个儿动作我看过来，是在纠正年轻水兵军姿，训斥他：少嬉皮笑脸的，给我老老实实站好。这场景很容易演绎出一个八九不离十的情趣小故事，像前两年春节时在玛琅火车站老警察训小警察那样，话虽然一句听不懂，老警察的故意板脸生气的火冒三丈，小警察的无可奈何、抓耳挠腮却叫人忍俊不禁。

今天的故事讲给大家听：出早操，新兵蛋子衣装不整睡眼惺忪，拖了班里后腿，班长喊几次整理不好跟不上队冒火了，报告排长，叫出列整好再跟队跑。新兵蛋子慢条斯理儿，满不在乎排长教育，远处连长看见了走过来叫排长去带队，新兵蛋子傻眼了，紧张得帽子戴不正站得歪七扭八。连长叫过一个老兵，去，带他出去大马路上整装站军姿，不许吃早饭，站到中午12点，再站不好整理不利索罚你一天站。老兵，待会儿换你吃饭，好好教教这个捣蛋鬼，教不好连你一块儿罚。这不，换老兵的还没到，老兵陪着站一个多小时了，哪儿敢怠慢。太阳越升越高。俩人开始流汗，还有仨钟头呢！见有游客走过还拍照片，新兵蛋子觉得挺好玩儿，偷看老兵想乐乐，老兵脸上搁不住了，走他跟前一通儿表演教育，意思告诉旁观者，俺可不是挨罚的主儿，才不陪他站呢……

此情此景我也就没再问话，看看又回马路对过树荫下走路，为自己故事编得挺圆满好笑，哈哈。年轻人不经过一番捶打磨练怎么成人，特别是军人。我们也年轻过，调皮捣蛋过。

对面大院像是个海军学院，门口持冲锋枪的水兵在站岗，可以看见院子里的教学楼、宿舍楼，和一般大学没两样。门口大树下两三个中年海军军官抽烟说话，院墙外有小贩推车卖水果米粉，几位家长样的妇女将摩托车停路边，大包小包像是等学生下课来取。正门口马路对过几辆的士停树下候客。不是学院正门。我走的一侧是景观大道，除了尽头的法国别墅楼院，接下来的是大片景观路的堆货场，散放着木料旧桌椅和锯下的树干。走过一段随时可以进入的几十米宽景观大道在里面大路行走，那就是街心花园的花草绿地、盆景大树和可随便坐的公园长椅石凳了。

这一侧街边楼没有方才走过的一侧建筑高大，但法式风格依然浓郁。几家银行，处处店铺，一两所学校，最多的是咖啡馆，路边买冰水咖啡等饮料的到处皆是，上午时分就有些闲坐喝咖啡的，并不都是老人，越南人的闲适我前三年就有见识。大道干净整洁，清洁工身影随时在街边晃动。横穿车道

海防歌剧院

把直行的景观大道截为一段一段，好像每个横穿的路口都有了一个街心花园。有的路段路牙很高，修了几级台阶方便路人行走过马路。几个路段后，前方一个很大的广场，右侧一座漂亮的法式大殿，初看去我以为是海防人民大会堂，挂着巨幅胡志明像。核对 GPS 定位，想起昨晚翻看 LP 介绍，应该是它提及的歌剧院。广场中心位置是国旗台。把它看作海防巴亭广场恰如其分。广场周边歌剧院一侧咖啡馆更多，还有些艺术品店。

穿广场过一条街有个花卉市场，五彩缤纷，香飘四溢，能叫出名的花寥寥。花市斜对面又有一个广场，一个古装女子握腰间宝剑站立在石台基上，高大英武，平视前方。走到这里就很惭愧，书到用时方恨少，对武威女子身世生平事迹一无所知，和前几年在美狄河湾公园前看到的 19 世纪民间英雄一样，勉强拼读出名字，别的则无从知晓。河仙的鄚老英雄还是过了很久才从互联网读到事迹历史，纠正了把石像误认为是郑和的错解。这个女英雄石雕像基座上的名字是“NU TUONG LE CHAN”。对越南历史和民间传说需要补课学习。

广场对侧一座和广场同宽的二层长楼，楼角有复印和鲜花小店两家，楼中央大门紧闭。我猜是个海防市百货大楼，绕到楼前才知是展览馆，正在维修扩建中。一楼玻璃门半开，无人值守，我侧身进去看看，越南共产党建党七十周年图片展似乎已近尾声或结束，展品很完整，有段时间没人进来参观了，地上积了薄灰。坐在值班员椅子上吹电扇喝水，舒舒服服休息了一阵子。

大剧院广场环拍

其它展馆门都关闭。为找方便处我私自从旁边库房制作间上到展馆二楼，解决毕，试推各展区门也都锁闭状态，未能侥幸入内一饱眼福，甚是遗憾。

景观大道到此截止，展览馆是它的尽头。从海港边走到这里有一至两公里远。往前是条大河，可以看作城市景观河，知向谁边。

折返从景观大道中间路走回，花枝盆栽整修有度，青草绿地，大树成荫，中间一段辟为儿童乐园，巨大摩天轮和各种造型飞天游乐设施晚上灯亮才能展示风采，午时少人光顾。回到宾馆，近四小时步行游览已使我感觉疲倦。巷口餐馆的砂锅饭很美味，午饭后客房休息。

（三）下午，海防也有独柱寺

不是旅游城市，LP 的介绍也反映出来，除了吉婆涂山，提到的只有 Du Hang 古寺。一觉睡到近 4 点，用谷歌地图搜索到 Du Hang 进入导航，只有两公里不到，半小时的步行路程。做好了搜索、定位、导航一切之后，背包开步走。

离开火车站背离景观大道方向，缓行慢走一路看，越往前走市井化的生活场景越浓厚。摆摊售货，挑担卖菜，摩的候客，倒骑驴高坐位三轮车沿街骑行吆喝拉人，靠墙一溜排开背对大街的十个八个理发摊，路边中国庙里佛事进行时，一群灰褂棕衣的中老年女人坐在佛像龛前跟着前面摊开佛书的僧人拜佛诵经，念念有词，香烟缭绕，年长和尚坐在大钟前拉动木杵撞击，悠长钟声阵阵……时间是在百姓日常生活的琐碎缝隙中悄悄溜走的。

GPS 动态圆点亦步亦趋紧相随，想走岔路都会给拽回到它的轨道。跟随拐进对面街里，路收窄，摩托车流相向滚动，中间已没有空隙，像结成结的绳索缠绕到一起停滞在路上，坐车后的孩子无忧无虑对我的镜头做鬼脸、剪刀手。

绳结被撕扯开，车流缓缓移动，我拐进导航指引的巷口，路边菜市热火朝天，进入一天最繁忙时段。路两旁的地摊都尽量靠前，把本来就不宽的小街挤成一条羊肠小道，勉强可以步行，摩托车只能无可奈何地跟在买菜人身后按喇叭催促。送垃圾的木箱子推车更是寸步难行，撕破嗓子吆喝叫地摊让路……这就是 LP 上说的“漫步体验小巷市井生活”了，写书的人是真切体验过（LP 东南亚 2011 年第三版 P. 812）。

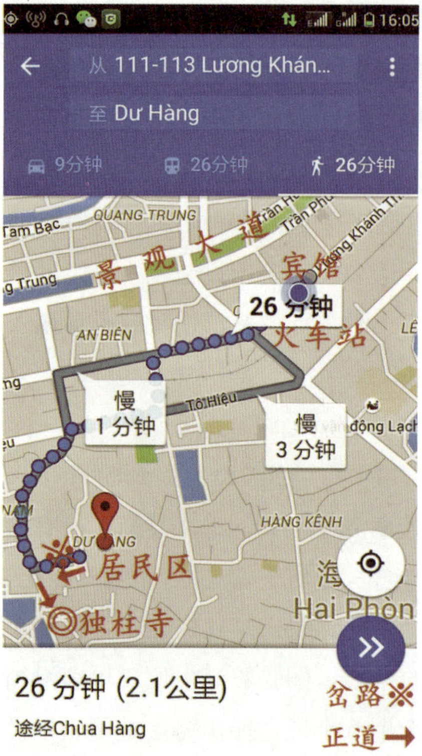

Du Hang 寺步行导航图

过完菜市分几岔巷口，并不见寺院高塔。导航已到尽头，此地是 Du Hang 毫无悬念，GPS 不会骗人吧？还是我没搞懂？问路边一位才理完发，知识分子摸样的戴眼镜老人，纯熟英语告诉我，Du Hang 是这个地方，但寺庙在旁边街过去的河边，你绕了一个圈子还得绕回去。我指着导航给他看，他笑笑，口袋里取出空烟盒撕开，我赶紧递过笔，他就着理发师傅椅子背画了份草图指着说，明白了吧？OK。谢过老人，车转身走回头路，退出菜市场乱街，回到前一个路口同方向继续走。

Du Hang 是个深巷居民区，像北京的胡同深处，原先没有楼，居民院儿临街房构成巷，长短不一，巷口众多，方向错乱，不明就里进去转几圈儿准晕，找不着北。看得见的二三层小楼是近年新盖的，成色式样一眼能辨。巷里不都是陋房破院儿凌乱贫穷寒酸，也有深宅高院高级越野轿车停放尽显富庶豪华者。

一处高门庭院里“以德为老”几个大字吸引我走进去拍照片，莫不是个养老院？彩色瓷砖贴面的屋门前坐着位耄耋之年老太太，我过去问：老人家，您是华侨吗？满脸老人斑的老太太嗫嚅着因没牙而塌陷的双颊看看我没说话。我退出院子，门口已经聚了几位抱孩子中年妇女看着我笑，我用普通话和英语问她们是不是中国人的院子房子，只是一味地笑没人回答我，都没听懂，是邻居本地人，转身离去。其实我想想也明白了，这个年纪的老人，即使是华侨，她们说了一辈子粤语、客家话或闽南话、潮州话及海南话她们的家乡土语，普通话和其它语言一样，都是天书听不懂，和我一句闽南话、潮州话、海南话、雷州话都听不懂像听天书似的，一个理儿。中国的语言真是太丰富多彩了。中国风无处不在，即使在深巷中。

眼镜老人给我画的草图指的这条路平直通车，路边楼样式多样化，有中国挑檐，有法式拱形门窗，还有伊斯兰的圆顶尖塔，偶尔也看得见越南老式木板房。街面商铺比肩，建材店以外，各类铺子陈杂。两家幼儿园临街，孩子们看见我的镜头，好奇之后活跃，煞是天真可爱。比起深巷，热闹富庶若干。街口中巴停车场对面有座门前破旧失修的中国庙，右门大门左门走过去，天色渐暗，原本为赶时间不打算进去，过了左门想想既来之则看之不留遗憾，掉转身走进去。院子宽敞，几株大树参天，两三个孩子在院子里练功，迎面宽展歇山顶庙堂，看着比西湖镇国寺还要大。我走近前，大殿门口一位中年女子正要锁门，见我过来便笑笑往旁边走去，门口的越南文牌子看不懂，推门进入店内，光线很暗，正中供了牌位，身后才是佛像，看不清楚哪尊神。左边供的似乎是武神。右边不供佛和神，摆张大长桌，前面有黑板，讲课的地方，不论是给信众香客传经，还是教授中文，常学习就好。出门遇到妇女过来，请她关门并致谢。庙右边墙下几块石碑，上前浏览，字迹多模糊，落款年份在清代同治年间，一百多年历史的老庙了，规制宏大，当年也是非同一般的庙宇。我问身边穿中式褂习武的孩子，识中文吗？十五六的娃娃羞涩笑着跑开了。一会儿功夫院子里进来十几个年龄大小不一的孩子，个个习武装束，一个十七八的小年轻在场地上练习青龙偃月刀，舞得风声带

练武术的孩子们

响，腾挪跳跃，甚是熟练。这个庙外表年久失修不耀眼，但崇尚中国文化却是朝气蓬勃，让人叫好。

出庙门不足百步，街分两岔，两边各一片湖水。右行湖岸民居密集，左行岸边，一湾湖水，夕阳垂柳，塔影倒映，怎一个美字了得！这是我走过弯路要寻的 Du Hang 寺了。贪婪地拍了几张照片，绕湖岸走近塔院。游人已散尽，门口有票房，坐着休息的一位僧人和看门人示意我进去看，门票免了，谢他们进院门。右边一座亭，内有佛像，左边一座殿，殿后是十三级彩砖高塔，我一下想起去年合艾那座琉璃塔和佛学院，风格迥异。天已晚，我没入塔登高，走院内砖地直往里去。前面是水池，池前骑狮文殊，另侧乘象普贤，二菩萨之间有梯架连接池水中央一柱擎起的单檐歇山顶庙堂。殿内主佛袈裟僧帽合掌站立，两侧各有立佛陪侍，龛桌明烛燃点，香烟飘渺。殿堂四周围栏环绕，檐下灯笼悬挂，风铃垂吊。池水中独柱一寺，三年前河内有幸礼佛瞻仰，今又见则是在海防。同为独柱寺，二者有别，河内殿在池边，石梯短；海防殿立

Du Hang 寺外水映塔

池中独柱寺

池中央，廊桥相接，且水池四角各有石雕青龙，昂首怒目，张牙舞爪，欲腾空而起，栩栩如生，为河内所无。依我之见，虽各有千秋，海防独柱寺更胜一筹。

池对侧又有罗汉堂和诸神殿各一座，光线昏暗，不及细看。罗汉堂殿后是寺庙后院，一侧假山为群，石峰环绕中汉白玉佛祖立像其中，对面更有大殿僧房几栋。入一处寻方便，室内瓷砖贴面，晶亮不锈钢器具，一应现代化，毫不逊色于俗家日常生活所需。Du Hang 寺整座寺院规模远大于河内独柱寺。后院一道栅栏门临街，可望见外面街道行车行人往来。

坐后院夹道休息，一个三十几岁的僧人老远喊话比划手势，大概意思是告诉我出门在前边，后门走不通，我挥挥手示意他知道了。可能是近视眼没看见吧，跑到我跟前又说了一遍表示愿意送我到大门口。我站起身谢谢他。知道我是中国人后，僧人高兴地叽哩嘟噜说了一大串，他的英语我能听明白的不足一半儿，大约的意思是他去过日本、香港，中国没去过，前两天才从泰国回来。这个寺庙有时候有中国人进来参观，不过都很年轻，他还和中国人聊过天，带他们参观，都挺和气的，云云。我嗯嗯应对着，和他说我从前边进门，会自己出去，不必麻烦他送。热情的僧人三步一回头说再见，一身佛门弟子的诚善。绕到池边骑象普贤菩萨石像跟前时，黑幕已把它遮掩得看不清面目，打开闪光灯拍下照片离开 Du Hang 寺。夕阳余晖落尽，门外湖边四周灯光民居倒映在水面，另一番湖光夜景。两湖间的空地上搭起几家儿童游乐场，充气玩具电动设施架设准备停当，等待游客到此一游，我疑心会有多少年儿童会在这里夜间游戏？其实关我何事，哈哈，替人瞎操心。穿过湖间路我想另走一条返程路，几百米后 GPS 显示距离原先线路角度偏差越来越大，晚间行走，道路生疏，情况不明，岂能造次，只得放弃，折回湖边，原路回返宾馆。有线路导航，放心遵守，一路无恙。

途中一街摊小吃做卷粉，很像山东煎饼做法，坐下品尝。等待中看摊主操作，拍下几张照片。做好一份，排我前面女士礼让我先，几番谦让，还是给了我，她继续等待。这种卷粉不像我开始想象的广东肠粉馅儿少浇汁食用，也不是吃习惯的越南小卷粉有肉菜馅儿，米粉料更不是煎饼般薄脆，老板娘把米浆摊成饼，三张一份，折起切片叠放，撒上油炸小虾香菜叶，淋清油浇鱼露，入口即化软糯鲜香，另配青菜叶豆芽拼盘，鲜汤一碗。以我饭量和体力消耗，吃个半饱。快吃完时，女士的也做好打包，她一个人买了四份，从衣着和温婉态度看，是个中学女教师，下班路过带回一家人的晚餐。提着大塑料袋骑上摩托回眸一笑，我再向她致谢并道再见，目送她莞尔离去。旅途中时常遇到礼遇礼让，诚心相助，每每此时，人情的温暖得以感受，人性本善良。起身要走，老板娘执意要看我拍的照片，拿给她，乐不可支。走回宾馆楼下，恐夜半腹饥，又补充米粉一碗，回客房休息。

9月29日 星期一 晴 海防

上午海港4,5号码头，有边检军人。长条街心公园，至胡志明广场，博物馆。

下午去Du Hang佛塔，十三级浮屠。两个湖。全程谷歌导航，准确无误。往返各步行半小时余。文殊菩萨骑狮子普贤菩萨骑大象。中间弯路一小段。老城区，市场热闹。中间小巷里中国式养老院。有一中国庙，长，宽庑殿顶。关公耍大刀。

流水账： 早餐25K 柚子20K 菠萝蜜20K 午餐60K 甘蔗汁15K 晚餐20K

total: 160kd ≈ 53￥

第三段　海防三日，半岛涂山风光

国外旅行不管在哪儿，问路常常得到的回答是：你打的吧。可能是对方觉得外国人有钱随便花，没钱你怎么敢饶世界满处儿跑呢；另一个当然是语言沟通难，人家跟你几句话说不清楚你又不懂人家的话，费劲，一句TAXI好打发，没废话。楼下总台白天的女服务员，晚上男值班员我都问过他们去涂山有多远怎么去有没有公共汽车？得到的答复都是“打的”。可我想要真是图省事儿去哪儿都打的，还用得着问你们吗？服务员值班员一句英语不会说，巴士俩字儿也听不懂。

我想了个办法。大早服务员上班我下楼找到她，拿出手机上的涂山地图给她看，上边都是越南字，明白了。又把从百度下载的公共汽车图给她看，告诉她我要从市里坐公共汽车去，有没有？她恍然大悟，笑了，原来问两天是问这个呀。抽屉里取张白纸，坐桌前写了三行字，站起身指着字比划着告诉我，意思就是这个汽车站，公共汽车直接到，把写字纸拿给我。她说的话我听不懂，写的字也大字不识一个，意思我全明白了，就问她从这儿出门怎么去汽车站？她比划着直走拐弯再直走再拐弯，然后指指写字纸和嘴，意思是你拿着写的字不会问哪，她们全海防的人没有不知道的，就你一冤大头东南西北晕，哈。OK，OK，谢谢谢谢，背起包出发去涂山。

沿景观大道一直走到歌剧院广场，问公园里一群晨练老人，几个老头儿、老太太围过来看写字纸，一起指右边，直走就到。谢过他们转身正要走，一位矮个子精瘦白发老人叫住我，要过纸条看了看问我，你是要去涂山吗？我举起手机地图给老人看，是的。他说，那你不用去这里，指纸条，去广场对面就可以。指着路上开过的一辆白色公共汽车，就是那个，一路公共汽车，车站在对面，等一会儿就来。老人一口清晰的英语叫我想起听过的《新概念英语》磁带，肃然起敬。谢过老人去等车。

歌剧院侧对面路边公共汽车站我太熟悉了。昨天上午从这里过，旁边的打印机、复印机店我进去看过行情问过价，和国内同类型号做过对比。出来后专门在站牌前研究过，虽然一个字看不懂，但知道有1路3路公共汽车在此停站上下客，阿拉伯数字总是认识几个的。曾经看到过3路公共汽车停了有乘客上下又开走。车站橱窗里的一幅彩色地图和我的GPS对照，确定位置。当时就想过能不能从这个站坐上公交车去涂山，现在果然应验。等了20分钟，上车。小麻烦又来了。

坐好开车，售票员过来卖票，问我去哪里，我拿出写字纸给他，看了以后他好像有点儿大惊小怪，连指车行反方向，坐我旁边的年轻男乘客接过来一看，伊里哇啦叫着和他一起往反方向指，我和他们说不清楚，一指前方点头就是那儿了，随后拿出蓝点在地图上移动的GPS给售票员看，他一头雾水弄不明白，明明纸条上是反方向嘛，坐回他自己座位数钱去了，不再理我买票不买票的事儿，我也不吭气儿，到地方再说，反正我手里有GPS导航，绝对不会错。过了一站多，对面座位（公共汽车横排座位，地铁那种）一位胖女孩问我，你是去涂山吧？中国话！我忙说，是呀，你是华侨？那女孩儿没回答我，叫过售票员叽里咕噜说了几句，售票员到我跟前拿出几张纸币给我看，1.7万越南盾，掏钱买了票。一场小风波化解。票价合人民币5元多，单程二十多公里，和国内差不多，不算贵，城市旅行坐公交最划算，国民待遇。打的往返得一二百人民币（折算），要和的士司机讨价还价，弄不好花钱还惹一肚子气，划不来。

其实我完全明白宾馆女服务员写给我的是公共汽车始发站，经广场老人指点我中途上车往涂山方向造成售票员误会，可是跟他说不清楚。除非在完全放松的聊天环境下慢慢聊，就是和懂英语的人我都难以完整表达这个弯弯绕过程，得费不少话才说得清楚，何况在公共场合和一个不会英语的售票员呢，做好了到站再说的准备，还好胖女孩儿的出现帮了忙。

我继续问她，是华侨？她说不是，是越南人。那华语怎么说的这么好？她说在中国公司上班，工作都得讲华语，老板是上海人。哦，这么回事儿。去过中国吗？我问她。她说去过，在南宁好几年，过年回家在国内中国公司找到工作，就不再去了，离家近。我问她涂山风景区哪里下车方便？她说和售票员讲过了，是中国游客去涂山游览，到了站售票员会告诉我。这下踏实了，坐着看风景就行了。我说谢谢啊，帮我翻译。她说，本来不想插嘴，后来看难沟通，也是担心我一个外国人走错，所以问问，没什么，小事。是个好心的胖丫头。

出海防市区后闪过一段村落小镇，公路四车道很宽，车窗外开阔起来，大片平展的土地上，稻田、菜田、果园和一些新建楼院高档宾馆，一处新工业开发区显得热闹些许。车辆行人不多，连摩托车都只是单个不成车流，大块广告牌随处可见。我想解放前大上海就出资本家剥削工人被打倒或公私合营了，这么多年过去，新资本家又出现了……哈哈，坐车闲着也是闲着，看着风景思想溜号想哪儿去了，此话切莫当真，历史错位时空穿梭机开回到百年前，玩笑戏谑而已。缓过神儿扭头看对面，胖女孩儿不知哪个站下了车，再见都没道一个。在海防三天了，还是头一回讲几句中国话。说不定这海防东南郊开发区里边就有她上海老板的地盘儿也未可知。

LP 里关于涂山风景区几乎没有介绍，晚上上网查到的资料也不如其它地方多，一些旅游网站和主流搜索网站几乎一模一样的复制粘贴文字，倒是一些博客近些年有游记文章生动实际，跨度达七八年，做攻略看有过时之嫌，了解情况完全可用，收集整理之后基本概况大致如下：

【网络资料摘编综合】

涂山(Dosan)，位于海防市东南的一个郊区县，距海防市区约26公里，是个地势狭窄三面环海的半岛，与吉婆岛隔海相望，海滨风光迷人，气候良好，法国殖民统治时期，已是著名海滨避暑区。越南末代皇帝保大建有避暑行宫（如今称为“万花宾馆”），耸立在海边一座山头最高处，成为涂山风景区标志（保大皇帝1955年被吴廷艳政变废黜）。

半岛东南尽头坐落着一座独立法式建筑，门前有精心护理的花园及宽阔广场，其余三面皆为陡峭悬崖。据传由一位名叫Stone的法国女人当年中了印度支那彩票头奖后投资兴建。如今是涂山卡西诺赌场（Dosan casino。 casino是cash in and no out的缩写新词），是如今越南唯一合法经营的博彩业场所，也是社会主义国家唯一赌场，由越南政府与澳门首富赌王何鸿燊联营，除了工作人员，越南人不得入内。

涂山半岛分成三个区，一、二区海水混浊，含盐量高；三区海水洁静，沙滩细软，风平浪静，是理想海滨浴场。每年夏天有大批国内外游客来游览度假。景区建有风格各异的饭店、疗养院、餐厅等，大多都对外开放。

公交车经过一段围墙很长的高尔夫球场左转进城镇，民居房、商店、街铺、菜市场、小贩摊点、办公楼、邮局、银行一一掠过，司机随叫随停，从市区坐过来的乘客陆续下车，我想这里是涂山县城了。城区行车感觉一公里多两公里的样子，乘客都已下车，只有我一个加司机售票员三人，在街角外沙滩上有两头公牛斗架塑像的海边转弯。滨海椰树林立，宾馆大院数所，临海观景台几个，水泥道，石块小路，椰林间土径纵横相连，沙滩绵延，我想是到了涂山海滨景区了。哪知公交车右转弯驶离海岸上坡下坡经过村庄继续飞驰，超过两辆载零星游客的景区电瓶车，两公里是有的，直到转过一个山嘴前行二百多米拐进停车场。售票员做了个请的手势，到了。和司机售票员道声谢谢，下车走出几步，四顾。司机师傅和我走个并肩，指调度室候车棚下的牌子给我看，最后一班车下午6点，是好意提醒我别玩儿过了哦，谢谢他。

两个摩托仔凑我跟前拉客，我跟他俩说我会自己走自己看，不需要车，走出公交车站。前面街口右边下坡不到百米直对沙滩，左边平路走过去百米开外是海边，涂山半岛的这一处，连沙滩都算上，不过三几百米宽，放在比例大的地图上，可能连条细线都画不上即被忽略掉，B52一两颗炸弹就能炸出一新小岛。GPS地图上方才汽车站位置约是涂山半岛最细的蜂腰部。哈哈，让我大开眼界，这不是袖珍半岛吗？我对着手机自个儿乐。在半坡刚刚骑黄摩托的司机停跟前，掏出证件胸牌说自己不是摩的，旅行社工作人员，专门组织散客半岛游，我谢谢关心，婉拒。在一个表演场地的小吃部坐下吃早餐，跑了一早上路饿得前胸贴后胸了。我来得太早，餐毕在沙滩边溜达，寂静无人。这是个典型的海湾沙滩，我站在中央位置，两边各有矮山伸进海里，环抱了四五十米宽的淡黄色沙滩，两端山之间目测不会低于两千米。我想哪位要是赤脚趟沙子从一端走到另一端，到了目的地可以啃熟猪蹄儿了，哈，9 点多钟的沙滩已经烫脚，我可不想进去遭那个罪，打定主意走紧贴沙滩上缘的公路去半岛顶端看看。

这一段到分路上行离开沙滩，约四五百米。路口右行走上去过两边饭馆、餐厅、大排档、小商铺约 50 米短街，便接到公交汽车站路，蜂腰部的另一端。从这里往东南走，就全部是豪华装修的宾馆饭店和舞厅、按摩屋等旅游相关设施之地了，房顶飘国旗的两个是派出所和镇政府，坡下面通海边的路上好像有家不大的医院，再有就是隔三差五的大小发廊洗头房，有的门前坐着三两个慵懒未及梳洗的女孩儿。散散漫漫的早上，景区中心还没苏醒过来。我没走到最尽头圆顶楼跟前，路口望两眼折回，绕了一个小圈儿。这里面流露的氛围除了豪华懒散，还有暧昧和放纵，晚上天黑以后一定是个人流如织、灯光闪烁、或明或暗持续到深夜的地方，不过我相信和芭提雅的长街大啤酒屋、咖啡廊不是一个量级可比。

涂山位置图（手机截屏）

街口有百货店小超市各种杂货店和纪念品店，近海渔村地方，渔网海捞用具店也多见，是景区和镇子的商品街中心。往汽车站方向走，沿街两边都是餐馆、饭店、大排档，高中低档次不一，即便是学校院墙外面也不避讳，少则十桌八桌，多则数列排开几十桌不等，从规模也能一窥景区极盛时的客流拥挤状况。过公交车站重回沙滩，经宾馆门前问问房价，合人民币百元左右，前边也问过两家，相差不大，如果几个人旅行到此住几天标准间很划算，毕竟是近海风景区面海房间，如此价位国内相同标准找不到的，不论大小梅沙、北戴河还是威海卫，更不用说三亚那个宰人地方了。

沙滩上晚间收起的大遮阳伞正在陆续撑开，晚起的各家摊主在准备一天营生。见有人来，纷纷打招呼邀请，5美元一小时，还有咖啡小吃，个个邀客的英语很熟练。伞下躺椅，有的还有蒲草席围成敞篷小屋，对消闲休假的人和情侣很有吸引力。海水不是很清亮。漫长沙滩我只捕捉到一个游泳人下水镜头，还是早上和我一桌吃早餐的那个中年男人，可能是附近酒店的一个高管，我们俩英语半斤八两，都没太听清楚对方的话。独享海域游泳，非常幸福幸运。我没带泳裤，也不大喜欢半浊的海水，没下去尝试游个来回。沙

涂山海滨浴场

滩上步行百余米，热沙灌进凉鞋不舒服，又不耐灼热烘烤，便回到上面柏油路。

一群挑担卖水果瓜菜的农家妇女，十几个坐一堆饭店棚下纳凉说笑，见镜头对准，爆发出哄堂大笑，个个转身扭脸儿又回过来挤眉弄眼捂嘴笑，和她们几次说不成不配合，收起相机走人。一个妇女跑到我身边要相机，我问她你要照吗？摇头还是要相机，弄明白是她要拿相机给我照。行啊，拍吧，告诉她按快门位置，退出去，找身姿，戴帽脱帽，连拍三张。哈，我给她们一张没拍着，倒给自己留下涂山半岛纪念照。构图画面不说了，时不时看看也是一乐儿，劳动人民给拍的哦，荣幸之至。

沙滩上面马路一侧是间隔等距大小相同的一色建制房，应该是景区统一盖建租给经营户的，多是游泳用具，饮料类商店和饭馆，此刻生意清淡。后面是银行和颇具规模的宾馆及大餐馆饭店。我绕到后面过椰林草地，拦住过路的一路公共汽车，坐到斗牛雕像转弯处下车。路过的那一段椰林海滩观景台和宾馆别墅区往返浏览过两次就免了。

健硕的黑牛奋力争斗，阳光下熠熠生辉，台基维护不力瓷砖脱落，周围环境有些脏乱，旁边是个农村式草屋咖啡馆，闲人打牌众人围观。斜对面大厦耸立，草坪椰树庭院典雅考究，保安在门口收放栏杆放行汽车出入，是个高档星级酒店后院。海边石堤两侧岸线展伸绵延望不到边。下石阶到水边，一块很大可做码头的的平台地面被坚硬的贝壳吸附变得坑坑洼洼走起来，硌脚。堤岸斜坡底有条约两米宽的小道可供行走。间隔很远两个妇女蹲在小道上挖着什么。走近前看，妇女手里拿的是一个弯曲带尖的小铲子，把吸附在坝石上的贝壳敲碎，用铲子尖挑出壳里的鲜肉放进旁边小盆里，已经放满一小盆。她俩低头专心致志挑蛤肉心无旁骛，自始至终没抬过一下头。挑拣出的贝壳肉或者拿去市场出售换钱，或者带回家改善生活给老人孩子增加营养，渔家妇女的辛劳吃苦令人感动钦佩。

近正午阳光暴晒下她们长衣、长裤、顶斗笠，披围巾，戴口罩、手套严严实实裹住自己免受紫外线照射，衣料看似纱质薄而轻，并不见汗湿夹背大汗流淌，比我的旅行专用 T 恤更透汗。这倒给人一个启示，我们平时选择的化纤纯棉或混纺的服装，比不上热带生活习惯的人们的传统衣料来得实用，是否得考虑改进自己的旅行服装呢。

有些敲开的贝壳残体贴在石缝石壁上显得尖锐锋利，赤脚走岸边绝不可取，不小心跌倒必会伤痕累累、到处流血。遍石堤皆是贝壳，危险系数比路上踩到碎啤酒瓶玻璃渣几率大得多得多。我的凉鞋脚背两侧暴露，须得加倍当心才是。拍几张照片小心翼翼回到岸上才松口气儿。这些被海浪海潮冲到石堤吸附于上顽强生存下来的贝壳们不会想到，它们在石缝里求得了生存的旺盛生命体会被人类作为食物，化为滋养另一种生命的美味食品和营养品。

海堤在城边，我朝城里走去，经过宾馆、学校、邮局、旅店渐入民居集中的中心区。多是普通民房，没有高楼大厦。街铺里柜台货架，农渔用品不少，裁缝小店缝纫社几家，很传统的经营方式和小城商业，仿佛时光倒流，有种回到20世纪70年代中期走在公社所在地镇里看见供销社感觉。街边一家小小店面柜台里有手机，女主人戴头盔出门将要锁门，我上前问她能不能给手机卡充值，她说没问题，摘头盔走回到屋子柜台里问我充多少。前天晚上买的手机卡，700兆流量，到现在一天半时间我已经用掉了400来兆，余下200多兆说不定晚上就没了。我一天十几小时在外面跑，导航看地图，休息时给家人同学朋友发照片聊聊天，加上海防3G信号状态良好，流量跑得嗖嗖的，消耗量挺大。明天到西贡，万一像河内满大街看不见手机卡售卖，岂不抓瞎？由俭入奢易，由奢入俭难，用惯了GPS谷歌地图导航查地点算行程计时间，

阳光海边挖蚬肉

涂山县城一条街

再回到拿地图满世界问路，回宾馆翻书查找各种地理资料，是种很头疼低效率的难过感受。所以进城的头一件大事就是给手机充值。

拿出手机我问女老板，前天买卡6万越南盾给我700兆，现在充一样流量需要多少钱？她说第一次买卡有优惠赠送所以比较多，充值按常规计算会少一些。我问如果充10万越南盾（合人民币30元）给多少？她说500M加通话和短信（这个量比我在国内用的58元移动套餐便宜90%）。我说先充10万越南盾。心想500M用着再说，加上余下的量近800M够用几天了，可以省着点儿不必像才拿到时候那么兴奋和没底数无谓消耗。女老板接过手机打电话充值，不大会而递给我说充好了，问我还有什么需要。我说在越南我没电话可打，有没有只给上网流量没有电话短信功能的上网卡，价格怎么样？她说有呀。随即从柜台里拿出一张卡递给我，说这个卡卖6万越南盾，给5G流量，不充值用完算。问我要不要。刚刚充过值我犹豫了一下说再考虑考虑，拍了张这个卡的照片递回去，以备日后咨询时直观明白省得说不清楚。

女老板英语流利语速快，我跟不上趟儿，问她大学学什么专业？她说学通讯，毕了业和男朋友一块儿开手机店，男友现在升级当老公了，俩人同学。早上老公去海防进货她一个人守店。难怪这么熟悉业务，英语倍儿溜。我问这是你老家？她点点头说是的，本来她的店在海防最热闹的市中心，生意不错，有时候一天卖十几部手机和卡，经常有外国游客光顾，去年怀孕生孩子才搬到县城里，生意没有海防好，但离家近有母亲照顾方便。我问她孩子大了回海防吗？她说那肯定回，城里买了房子正在盖，明年春节后交房装修，下半年就回去继续做生意，到时候接母亲去城里住。如果不买别的就不多聊了，中午要回家喂孩子奶，和我一起出门关锁，骑摩托走了。

走在路上我有点后悔应该买下那个卡，当时顾虑的另一个原因是我的第二个卡位可能是2G的，不知能不能兼容她说的这种3G网络卡，向专业老板咨询清楚多好。咳，稍犹豫晚了一步，赶上她回家奶孩子。隔一天在西贡价钱翻倍买到了这种卡，兼容使用没问题，是后话。

中午的阳光晒在身上发烫。县城里的路坐车经过很快过去，走路却漫长。经过菜市场，已是空空荡荡。路边一个天主教堂，关门闭户。涂山大概是个缝纫专业县吧，制衣作坊到处可见，生产车间敞开大门面对街道，缝纫机样式蛮现代，也有传统老式缝纫机摆家门口，和我家里几十年的蝴蝶牌一模一样，可能还就是中国老机器。戴花镜的老裁缝和妇女坐机前干活儿。

渴了，去大树阴凉下榨汁机旁喝杯鲜榨汁。家门口开的小店，只要5千越南盾一杯，比景区便宜一半，更比城里景观大道便宜1万越南盾，再喝一杯。不怪人家小夫妻俩价廉物美生意好，骑摩托带孩子回家的妇女，放学路过的中学生，两杯四杯地买了打包带走，忙得小两口手不闲团团转。涂山人家就是实在。休息喝甘蔗汁看他们做生意，打包用的封杯机是广州伊东机电公司生产，标牌上汉字写得清清楚楚，就连注意警示事项都是红色汉字。这些字和庙宇门楹匾额对联的纯精神文化汉字可不一样，是实实在在的生产工具说明，物质化的汉字。虽说并非高深精尖只是低端民用小机电，但也算中国文化传播的又一种方式，不是吗？中国风，台风、大风、小风、微风……文化风加上物质风满世界刮啊，飞入寻常百姓家。

县城里最气派的房子是银行在岔路口的几栋楼，到了这儿整个穿城之路走完大半，后面的路边屋也大多新且外表华丽，摩托店、电器店，新式发廊，装修精致的咖啡屋、西餐厅、饭店不断线出现，还有一家有些规模的书店。现在的市镇差不多都有老城新城之分，涂山也在此列，海边进市区走过老城，现在走新城，路也宽了些，新城区什么都新。农妇骑车街边卖红毛丹和芒果，价钱比海防、河内便宜一万越南盾，买一斤背回去吃，从老街开始好几天没买红毛丹是因为嫌贵。这种水果比杨贵妃爱吃的巴峡荔枝好在吃多少不上火，也不像白居易《荔枝图序》里形容的“一日而色变，二日而香变，三日而味变，四五日外色香味尽去矣”那样的娇气易变，可以买一大堆放客房里每天吃一些，慢慢吃完也没有色香味的丢失，值得提倡旅途多吃，补充维生素。越南购物论公斤，一两公斤就一大堆，且吃不完呢。

路转弯处有一路公交站，等不大会儿上车返回，这个站上车的人不少，学生和年轻人。如果有下次，我会选择下火车或飞机后，坐一路公交车到涂山县城住，清静近海，物价便宜，最主要的是人实在。和善良诚实的人在一起，踏实舒心，是我的最爱。

进海防市区我没在歌剧院广场下车，随车直到宾馆服务员写字纸上的公交汽车终点站，距离景观大道有四站远，近两公里路，步行往回返。不论怎么说，海防也是越南第三大城市。规模还是有的。回程沿路各种法国风格楼院比比皆是，类别不同的商店多不胜数。一间“北京美容院”大个儿汉字店名很引人注目，不知是北京人到海防开店还是请的北京美容师，我倒奇怪什么时候北京的美容名气大过了韩国，不是很多北京 MM 去韩国做美容吗？

这段路描述起来嫌罗嗦，打个比方，从北京平安里过西四往西单走，一路看到的是什么？上海沿四川北路到南京路口再走到四川中路南路，一路看到的是什么？就是那种感觉，老街、老巷、老胡同、老商业区面貌。途中有个很大的天主教堂院落，乳白色和灰色两栋大楼，十字架高悬，庭院宽阔，容得下几千人的弥撒和其它团体活动。法国殖民者留给越南的遗产。前面街口一家奶制品店，各种品牌和包装的牛奶摆满货架。越南的牛奶价格比国内低，同样 250 毫升一袋的纯牛奶比伊利蒙牛便宜三毛多钱，划得来买，选两袋带回去喝。一路直行不带拐弯的到了歌剧院广场，又回到宾馆。好好睡一“午”觉，早上 7 点多出门连续英勇奋战八小时很累人。上楼前美餐一顿砂锅饭。

睡好下楼总台结账，交了三天店钱，免得明早麻烦。8 点多的飞机，6 点就得出门去机场，倘若赶上个没零钱找，瞎耽误工夫会误事，早结早了，明早一走了之。出门遇到下班摩托大军，白天少车经过的这条街被双向车流塞满，又一次颠覆宁静小城美感。我朝三天里唯一没经过的那条街走去，绕回到景观大道，已是夜幕低垂。进入灯光里的街心花园。太阳热度被清风吹散，海边城市夜晚凉爽宜人，漫步园林花草、大树、亭阁间有何等美妙享受。

携家带口的人们陆续进入，老人拄杖慢慢踱步，祖孙三代推娃娃缓缓行走，半大孩子追打嬉闹，不同年纪踢毽子的男女老少围成圈，毽子不落地在空中飞去飞来，不时有踢花键的精彩个人演出，水平和高俅有得一拼，一个圈又一个圈；拉开网打排球，打羽毛球，年轻人继续释放工作学习中剩余的精力体力。草坪旁舞太极剑的中年人一招一式沉静缓慢，花坛边随音乐做保健操的中年妇女们几行列队手舞足蹈，虽说比不得国内广场舞奔放热烈、声势浩大，也是一曲曲认真演练，毫无懈怠……游乐场的一段摩天轮带着变换的彩光转动，充气屋流光溢彩，在小火车噪声里转圈，爷爷奶奶跟在孙子孙女身后从一处追到另一处跑得淌汗，年轻父母带着孩子在里面徜徉挑选，由着娃娃的兴致撒欢儿蹦跳，掏钱买单。和平环境，多彩生活，当年大轰炸中被夺去生命的婴幼儿如果活到今天，已是为人父母的年纪，天堂的他们，也有这样美好的生活吗？如此曼妙优雅的海防之夜，还是不要去回忆惨烈沉重的话题吧，可它留在我们年少时的记忆里，又怎能抹得去？

诅咒战争！

中心广场灯火通明亮如白昼，金星国旗高高飘扬。宽阔平坦的地面是孩子们和年轻人练习滑板滑轮车技的绝好练习场。歌剧院和远处大厦一暗一明，带些诗意映入眼帘。琼楼玉宇，今我何处看？

海防夜景真的很美。

明一早飞西

景观大道夜景

贡，躺床上拉三天洋片……客运港没去，水兵故事，戏谑上海资本家……忽然有了一个灵感，下回到海防不一定是火车，住涂山，去吉婆岛，住吉婆镇，独自包船游下龙湾，到下龙市，从海上回国，走条新路。跟团的旅游永远比不上自己的旅行自由自在。

酣然睡去。

9月30日 星期三 晴 涂山

早七点出门去涂山，至广场知一路公交车，候车20分钟。26公里，9点不到抵达。如大梅沙海滩度假区。转一圈走县城，海边至高尔夫球场。巴士至总站，回返至歌剧院，即昨天的胡志明广场是也。途中过大教堂，普通商业街区。除吉婆岛海防各处大体走到。午休后结帐出街走另一边，下班时间摩托车大军车流滚滚，和前天下火车时感觉太不相同。网吧发达，不论海防街巷还是涂山县城内。

流水账：巴士票 17K×2+1K=44K 早餐 30K 甘蔗汁 5K×2+10K×1=20K 红毛丹 30K 牛奶 28K

晚餐 60K 手机充值 100K

total：312K ≈ 104 ￥

第四段 海防至河内火车时刻表

海防河内旅客列车时刻表

最新列车时刻表

海防河内火车时刻表

车站	车次				
	HP2	LP2	LP6	LP8	HP4
海防 Hai Phong	18:45	6:05	9:05	15:00	8:00
Thuyng Ly	18:57	6:17	9:17	15:12	8:16
Phu Thai	19:22	6:41	9:41	15:37	
海阳 Hai Duong	19:55	7:13	10:08	16:05	9:02
Cam Giang		7:35	10:30	16:31	
嘉林 Gia Lam	20:56	8:28	11:18	17:26	10:07
龙边 Long Bien		8:36	11:29	17:37	10:18
河内 Ha Noi	21:10		11:37	17:48	10:26
注：Hp4 非每日例行					

第四节　再游西贡补遗憾 · 传统医学博物馆

宾馆服务很到位，下楼退房，总台打个电话，两三分钟的士便在门口了。出城后路很宽，是第一天步行到的那个鲜花市场路口，给我指路的农民伸臂

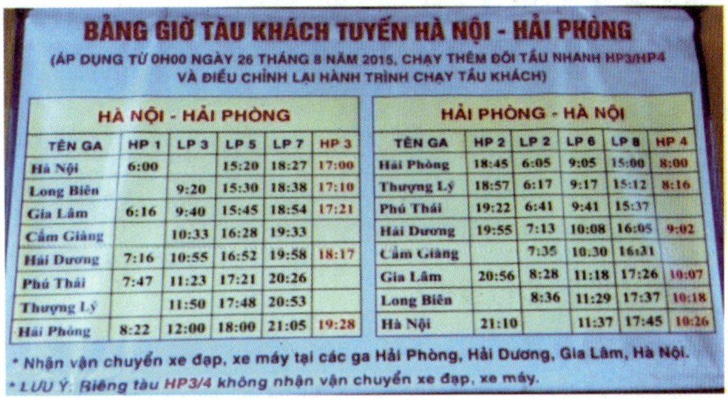

做曲轴运动叫我想起来就笑。20 分钟到海防机场。Catbi 机场，译名有翻作吉碑的，纯音译，国内大都用这个名字；有翻作猫碧的，台湾人、香港人喜欢这样翻，Yagoda 上用，意译加音译；有翻作卡特比的，音译的另一种写法，一些机票搜索网站如天巡使用。三年前我把吉婆岛 Cat　Ba 翻译成“猫吧”的戏谑是有依据和先例的。没事儿时候想想挺有意思。一个名字，五花八门，想怎么翻怎么翻，习惯不同所致，地方是同一个。

第一段　故地重游寻常看 · 市井生活

类似海防规模的机场，东南亚各国很多，但作为越南第三大城市的主要交通要点就很不对称了，没有国际范儿，例如和清迈机场就差了很大一截子。2014 年 11 月，《深圳晚报》报道海防和深圳协议开通直达国际航班，提到海防市有扩建为国际航空港的计划，不过说实现还为时过早，网上搜不到也买不到该次“国际航班”机票，都需要转机。作为越南国内航线每天有几个飞河内、西贡和岘港班次，捷星包办，票不难买，价格也不贵。初见到停机坪和跑道我感觉和延安的二十里铺机场大小差不多，但整个机场空空荡荡，二十里铺好歹还停两架螺旋桨小客机。八点半西贡飞来的捷星航班抵达，才有了一些生气。检票步行直接走上空中巴士。

海防机场 步行登机

机舱满员座无虚席。乘客中大概只有我一个黄皮肤东方面孔外国人，混在一飞机的越南百姓中同享空中飞行，成为其中一员会不会有点儿不一般的感觉，哈哈。抱孩子的乘客特别多，两小时飞行中娃娃的哭闹声此起彼伏没终止过，比乘坐公交车还热闹许多。气压的变化机身颠簸大人都有难受感觉，不会说话的小娃娃只能用声嘶力竭的哭声排解发泄他们的敏感，坐飞机真是让孩子遭罪。

新山一机场确实国际范儿，欣赏各国各航空公司飞机是一种享受，只要有时间慢慢看。天气又是那么好，透明的天蓝得叫人醉，偏偏还挂了那么多比雪还白的柔软云朵。可惜没有时间细细品味，我恋恋不舍最后一个踏上摆渡大巴离开了。

出机场过厅里几个的士服务台和旅行社没要到市区地图。推着行李车我在机场外走了一圈，问过警察保安行李员的士站台服务员，没有一个人能听英语并清楚告诉我进城公共汽车站在哪里。我很怀疑这个旅游热点城市的服务怎么会糟糕到这个程度，比起清迈、曼谷的廊曼和素万那普，雅加达的苏加诺机场差的不是一点点，更别说吉隆坡新国际机场和新加坡樟宜机场了，连以前的 LCCT 都不如。打车去火车站，我给司机看 GPS 指示的线路：5 公里。完全按照这个行驶路线，进火车站候车大厅前要 14 万越南盾（加机场停车费一万越南盾），合人民币 42 元，贵得离谱。停车等红灯，单行线绕圈，那也不至于吧？

过后一天飞大叻我才搞明白，新山一机场分国际航站楼和国内航站楼。我的两次飞行是越南国内航线走国内航站楼，所以员工普遍不会英语，也没有通常的旅行服务为外国人提供咨询和免费地图。也许国际航站楼好些？下次试试吧。而机场外几十米大街上有好几路公交汽车穿梭。

上次到西贡住在范五老，这次选择了住火车站附近。的士司机把我放在了候车大厅门外。一别三年，西贡火车站鸟枪换炮，焕然一新，今非昔比喽。从前平实的一层平顶房，被一座新楼取代，大厅里有了二层候车室，有了滚梯，面积扩大了若干倍。售票还在老位置，改作开放式，增加几个售票窗口在大厅侧面，候车分为前后两个片区，有了咖啡厅和饭馆。大厅里无数风扇转动，却没有空调，热。从前的正门现在变成正对站场大门的侧门，车站广场的小屋小贩清理出去改做大片停车场。变是变了，扩大了，刮目相看了，拿它和永定门火车站改建的北京南站比，没法儿提，和西直门火车站改建的北京北站相类，如果不算和地铁衔接的话。越南改革开放二十几年，我三年后重返，看得见是在发展，老街火车站，眼前的西贡火车站，都有了翻天覆地的更新。车站里面铁道依旧，柴油机车依旧，客车车厢依旧。须知吉隆坡雅加达已经换新了电力机车，要赶上中国突飞猛进换代式发展，越南还要做很多、很大、不止一代人的努力。

西贡新山一机场越南航空公司飞机

新瓶装老酒，换汤没换药，第二次走进西贡火车站给了我这样的印象。毕竟在发展中，发展就有未来。

火车站周边没使我失望，旅店宾馆众多，走了四五家选一间性价比高的住进去。整理洗漱，为避开灼热中午日头，午休两小时才出街。

楼下大堂遇到宾馆服务生，祖籍广西，国语说得蛮流利的翟姓小华侨，我说现在很多比你大一两辈的华侨都不会说中国话了，你怎么还能说得挺好？

他说从小上华文学校，一直到中学毕业，在学校都说国语。我问他在家里也说吗？他说家里跟父母讲家乡话，问我能不能听广西话。我说你们家乡哪里？广西有的地方不说白话的，串味儿都串到贵州、湖南那些地方了，是不是边个边度那种粤语。他连连点头就是那么说的，老家具体哪个市县他不清楚没回去过。我问他父亲做什么工作？他说是老师，教了一辈子书，现在退休在家。我想他不到30岁还能说中国话，跟老父亲重视中文教育有很大关系。

想起年初在西冷遇到卖印尼炒饭那个能写中文书法贴门楹对联，却一句中国话说不全的奇葩老板，我问他中国字会写吗？他说会认会写，都是学校里教的。我问他用不用微信，如果用加上好友以后常联系。他说越南有的人用，更多的是用别的沟通联系。说着拿出手机打开LINE界面拿给我看，熟练地输入汉字，打出他的名字。我说那好，晚上回来我也下载一个LINE，用这个聊天。我问他你受的教育很好，应该去上大学，怎么会中学毕业就出来工作了呢？他说，过去那些年的事你知道的啦，他们一家人能活到今天已经算是很幸运了。

火车站翻新，增加了二层和滚梯

哦，我忽略了这个问题。记起前几天和河内王老先生坐台阶上聊天，他说现在华人不许参军，受到各方面限制，包括他的子女除了做工没别的出路，不得已跑去美国投奔他哥哥。我问他您不是华人吗，不也参军了？王老说那是20世纪60年代，胡伯伯时期，后来全改变了。是的，我们国内不也是限制多多，很多优秀学生因为出身被限制，取消了上大学资格，遇罗克为此送命。我们亲身经历过体验过，很理解翟姓小华侨的处境。

小翟白天上班，晚上回家，有他在，这两天聊天儿方便多了。

今天是国内国庆假日，西贡的礼拜四与往常一样该干嘛干嘛，赶上放学时间一街筒子闹闹嚷嚷学生娃子。街边饭馆补吃了中午饭，漫游火车站周边。没确定目标，GPS小蓝点随着移动，走哪儿算哪儿可以准确定位，读一读街名，虽说没文化不识字，问起来很方便，观察四周景点也便利。这不，没走出多远蹦出一个汉字寺庙：舍利寺。离得很近，不过我没想往那里去，打算几个顺拐转弯兜个大圈，看看西贡火车站周边是个什么街貌街景，三年前黎明即起、晨曦朦胧中经过走得太匆忙，始终记着哪天要回来看看，现在是实现的时候了。

这一带老旧街道，除我行走的人行道时断时续的直街双向行车，其余宽窄不同的横街都是单行线。下班时分，摩托洪流奔腾不息，各条街秩序井然。老屋、老巷、老院、老铺面加上参差不齐、高低不等的各种新旧二三层小楼，半空悬吊着粗细不一颜色各异的电线通信线，姚明走街上伸手能抓一大把。也不乏窗明反光的医院大厦和绿树枝叶覆盖，闹中取静的深宅大院藏着优雅咖啡馆、餐厅，以及二三层走廊连接作为课堂教室的资深学校拐角楼房。

走过三条街，两个顺拐转弯，快回到车站街时，热力已减弱的夕阳还不到余晖时刻，回宾馆太早。我转身走两个已路过的横街斜穿到刚才蹦出汉字的舍利寺，就近参佛礼拜。寺院面积不大，街门汉字书匾，二道门入内，分男左女右从两侧楼梯上二楼主殿。主殿左侧是主持办公区和僧房餐厅，右侧菩提树下观音像，香烛飘燃。主殿内灯火通明，佛祖高高端坐，殿堂小凳排列，

舍利寺主殿

各摆经书一册，这阵势我想是受天主教堂早晚弥撒主教带领信众诵读圣经方式影响，各地各国佛堂禅房中前所未见。主殿后有后殿，供奉唐僧弥勒等诸佛。一位老僧持杵坐门边大钟旁，有香客信众进殿参佛燃香点烛，撞钟礼待，让人想起“做一天和尚撞一天钟”的世俗俚语。

佛殿建筑紧凑，各殿菩提树下楼梯狭径相接，没有转经通道空间，一一参访过后，离开舍利寺。外面夕阳落尽，华灯初起。这时我一点儿没意识到我走进一段记忆里抹不去的历史。

寺院对面是个台阶高低的跃层大棚餐馆，已有食客落座。餐馆外海鲜鱼鲜养在玻璃池内，临寺并不素食以对。我走到和来时路平行的另一条大街回返。天黑了，陌生路，开始用导航，避免走偏。依线路而行，无需问路，微风吹拂，轻松漫步，左顾右盼看街景人事，何其快哉乐哉。城市生活进入晚餐时段，餐厅、饭馆、大排档不能说家家座无虚席、爆棚拥挤，也是客流不断、前呼后拥，亲朋好友下班一族聚会聚餐在街边等候吆喝，见面握手者比比皆是。最忙的是摩托车管理员，接客相随，推进挪车，塞缝停放，前跑后颠儿不亦汗乎。海鲜大排档绝对爆棚，那边才坐满开席，门口已经有等位的了。会所和俱乐部街边常见，乒乓球几乎全开放，随便观看，篮球网球离街远，但场地灯光能隔空望见。一家像跆拳道还是空手道或柔道的板房练习馆，街边能看见更衣室，帷布分里外间隔开，小队员换上练习服进里面。我走近想去参观几分钟，被一位中年女子拦住说，只有会员可以进，外人谢绝。还挺私密的。我对台球没兴趣，路过隔窗瞟一眼而已。感到西贡人的业余体育生活很丰富。

路边卖菜的都像是住家户，自家门口摆块板放几个框子篮子开卖，下班路过的摩托车女人不下车，凭语言挑菜，卖家装好收钱即走人。卖法棍三明治的更多。我一路看着晚饭吃什么。人多地方不去凑热闹，挑来拣去几条街走完没个定处。火车站路口一个老太太正从大锅里舀出一碗大米粥，过去坐桌边要了一碗，一个咸鸭蛋，一盘青菜，蘸料，小碟酸腌菜。吃完不过瘾再要一碗。旅途中吃出家的味道习惯，吃过舒心爽胃，是可遇不可求的幸运。今晚碰巧遇上了。

宾馆大堂里小翟和几个小年轻说笑着，我问他还不下班回家？他说等交通高峰期过了再走，不然路上挤在摩托车堆里等红绿灯不好受，马上要走了。他家住城乡交界河边村子里，路上要骑20分钟。就是在西贡时间短，否则我会约了一起去他家里，和他做了一辈子教师的老父亲好好聊聊，听听这位老知识分子一生起伏跌宕、酸甜苦辣展示的社会变迁。

海防飞河内，北方到南方。一天所见，两个城市，各有感觉，睡得踏实。

10月1日 晴 星期四 海防西贡

7点即到机场，感觉像二十里铺小机场。早餐办登机手续安检顺利，安检很走过场。乘机人的多出乎意料，尤其带小娃娃多的出奇，一路不断哭闹声，声嘶力竭，娃娃乘飞机真心遭罪。新山一机场距离市区火车站仅四公里，打车约40人民币。如以前的巫家坝，海口。火车站转一圈，附近入住，午睡二小时，行街。猪手汤粉做法不一般味道一般般贵了点儿。直走一公里多，原想转圈返，途中发现就近一寺不如看看，遂折走它路参观舍利寺，越西合璧，如教堂讲经方式。后殿另有小堂祭拜。返回旅店绕另一方向路，白粥鸭蛋好吃法。计划明天总统府，越医博物馆，中间或许顺路参观历史博物馆，2.5公里半径。

流水账：的士 92K+130K=222K 早餐 50K 午餐 47K 晚餐 20K 宿 250K×2=500K

total: 840Kd ≈ 280 ¥

第二段 西贡城里见春秋·传世中医

我至今清楚记得三年前到统一宫门前仅一分钟之差不得入的遗撼。此番前来西贡，没别的，就是要把这个当年的缺憾给补回来。昨晚睡觉之前便确定好导航线路，2.1公里，连下午预约好的自行车也不需要了，和三年前一样全程步行走到统一宫。另外两个确定的单程线路是胡志明市博物馆和越南传统医学博物馆，以宾馆做起点的距离分别是2.2公里和1.2公里，都不超过2.5公里，我自己确立的步行半径。如果超过就改骑自行车或者找公交车坐。既然都在范围内，原先的自行车游取消，全程步行一天。早上七点半从宾馆开步走，我想最迟我九点钟走到大门口，看你阮文绍阴魂能弥漫到几时。

前十分钟路是昨天下午的复行线，摩托大军上演着例行的滚滚洪流。在一家精致餐厅吃了碗美味米粉耗时半小时继续上路。越前行街景越是整洁，商业氛围越是浓郁。银行大厦林立，商店档次高大上，摩托逐渐被时间稀释为涓涓细流，上班上学交通高峰期过去，除去早餐饭馆和小铺便利店，开门营业时间未到，大多数商店商场还在关门闭户中，马路上垃圾车忙清运。

街角一块园林树荫茂密，鲜花绿草，高台上一个僧人塑像端坐，香炉飘烟，条案上花枝供奉。哪方圣僧有如此尊贵受人日日崇敬？目视礼拜，下台阶注意到有石牌文字介绍，再次感叹不识越南文，没文化的痛苦，继续赶路。谁呀这是？脑子里翻电影。可会是古时游方高僧传道有功如达摩、唐玄奘者？其装其貌不像，达摩在哪儿的形象都是大胡子高颧骨，越南庙中的唐玄奘一律袈裟、僧帽、正装，其他古僧则一概没印象。不是古来者，近代能是何人？记得当年听广播看报纸有僧人参加示威游行，也记得越南英雄阮文追，三年前战争博物馆里各有照片。僧侣反抗最剧烈者是自焚的……何人何名？

以下资料引自网络（文字有改动），事后为证实所见和猜测而查询落实的结果：

烈火中的微笑 越南自焚僧人－释广德法师

释广德（1897年—1963年6月11日），越南佛教高僧。1963年6月11日，为抗议当时的南越共和国总统吴廷艳政府的宗教排斥政策和恶劣行径，释广德在西贡闹市街头用汽油引火自焚。

烈焰中的高僧释广德永生

此事一经披露，南越政府遭到全世界舆论谴责。到秋天，美国抛弃吴廷艳，转而赞成南越反对派军事政变。11 月 1 日，政变军人推翻吴廷艳政权，吴氏兄弟被击毙于坦克车内。【注释：吴廷艳是天主教徒，上台后独尊上帝，排斥其它宗教信仰，引发内乱。关于吴廷艳兄弟及家族详细情况及军事政变细节可通过网络搜索寻找，资料很多】

释广德自焚的场面，被在现场的《纽约时报》记者大卫·哈尔伯斯塔姆记录了下来：“我亲眼目睹那个光景，但一次就够了。一个活人的身体中，喷射着火焰！他的皮肤慢慢开始发泡，并且起皱；他的头被烧黑，并慢慢炭化。空气中，弥漫着人肉燃烧的气味；我从未想过，人的身体是如此易燃。在我的身后，我听到越南民众开始聚集起来，并且小声地哭泣。我本人被震惊到连哭都哭不出来，头脑中一片混乱，以致连采访和用笔记录都做不到，连脑子都已经无法思考了……

在他燃烧的过程中，他没有抽动过一块肌肉，没有发出一点喊叫，他本人出奇地镇静，这与他周围哀号的民众，形成了鲜明的对比。”

“警察们想接近自焚中的他，但却无法冲破和尚们围成的圈。一个警员出于对他的敬畏，竟拜倒在他身前。目击者们大多都被吓得目瞪口呆而默不作声，也有小部分民众在啕哭和祈祷。很多僧侣，甚至一些被吓呆了的路人，也同样拜倒在燃烧中的释广德身前。之后，有一个僧人拿着麦克风用英语和越南语大声说：“一名僧人自焚而死了！一名僧人成了殉教者！”

“大约十分钟后，已经烧得焦黑的释广德遗体倒在了街上，火熄灭了。一班和尚用黄色的罩袍盖住了冒烟的尸体，然后尝试把它放进棺木中，但奇怪的是，他的四肢竟不能屈曲。所以在把遗体运送回西贡市中心的舍利寺时，他的一只手突出了棺材。在寺院外面，学生们展示著用两种语言写的横额：‘一名僧人为了我们的五个诉求而死了！（A Buddhist priest burns himself for our five quests！）’”。

大约 13:30（当地时间），约 1000 名僧人在舍利寺内集会，寺外则有学生围成人墙以防有警察前来。会议不久后完结，约百名僧侣缓慢地开场，但更多的是千名僧人陪同民众前往火葬现场。警员们在场徘徊。大约 18:00，有 30 名比丘尼和 6 名和尚因在舍利寺外进行祈祷而被警方拘留。警员们随后包围了寺院，封锁了出入口，并向群众表示：“由于行动升级，武力包围将无可避免。”当天黄昏太阳下山时，甚至有西贡市民说看见佛祖的脸出现在天上，并不停地哭泣。

重新火化后，释广德的心脏虽然缩小了，但却保持完好无缺。它被视为圣物，至今仍被放在顺化天姥寺寺内的一个圣杯上。由于这舍利被看作是菩萨对他的同情，所以越南佛教徒尊称他为菩萨，全名为“广德菩萨”。释广德的丧礼并不代表事件的完结。在 8 月 21 日，隶属吴廷瑈的陆军特种部队全国性地查抄了包括舍利寺的许多寺院。秘密警察们企图抢走他的骨灰，幸好两个机智的僧人抱着他的骨灰跳过篱笆到对面的美国使节团驻所逃跑了，但他们仍抢走了圣心。

……

由大卫拍摄的自焚图片迅速传到了各个新闻通讯社，并刊登在世界各地报刊的头版。这次自焚事件后来被人看作是佛教危机的转折点、吴氏政权垮台的起点。

释广德死前留下了遗言，内容如下：“在我闭上双眼去见佛祖之前，我恳求总统吴先生能以一颗同情心去对待人民并履行许下的宗教平等诺言，以长久地保持国力。我已经呼吁各宗教人士及广大佛教徒，在必要时为保护佛教而牺牲 。”

舍身取义的释广德和尚不朽！

舍利寺，舍利寺，我不经意中随机参拜的一个不大佛教寺院，当年竟然是震惊世界的重大社会、政治事件的焦点和中心！和后两天参拜的天姥寺展出的外国团队趋之若鹜围观的释广德座驾一起，留给我深刻印象，为我从年少记忆里翻出的历史做出了实地印证。不论什么时候想起，都是我旅行中的可贵经历。

有时旅途中经过一个并不太引起我关注的地方，看看就过去，待回过头来发现它有不同寻常的历史，或者在资料文献中提及的地名是你曾经涉足的地方，再仔细回味以往的细节过程，明白一个道理，清晰一段迷茫，解答淡忘的疑问，那是学习的快乐和享受。前年在三宝垄千门宫错过闻名世界的灵异之地，遗憾深深。人不一定每时每刻都在学习，保持一个恒久的学习状态，往往不经意中能学到新知识，提高生活兴致和乐趣。旅行可以给人这样的状态，让人在变换的环境里保持新鲜感，持久追寻，不断思索，增加知识。人在学习中，就永远年轻，永远不老。

按照线路导引走进一片参天树林，亭榭楼阁、古庙、高棉塔、喷水池散布林间，虽有枝干花叶阻隔遮挡，却也视野开阔，景物一览无余。是个文化休闲园区。疾走慢跑，练功习武，集体舞剑，林中漫步的晨练者为数不少，往来上班上学的匆匆行人络绎不绝。

我沿林边大道直奔统一宫方向，打算参观后慢慢在林里漫步欣赏园景。路过一段学校围墙，两口子中年人在校园里。隔栅栏，外面停下脚步的晨练的人们和上班上学过客售卖豆腐脑，一些人在路边公园座椅上吃得正香，有的人边走边吃，也有的赶时间上班打包提着就走，生意好得很。我凑近前看看，两口子热情推荐我来一杯，想着参观在先，咽咽口水致谢离去，心想回头再吃只要你不卖光。走出百十步，发现跟踪蓝点和导航线路间有了30度的夹角，偏向了，返回。差10分钟9点，如果走到统一宫刚好是预定时间。我想这会儿阮文绍才被小鬼儿叫醒挨训呢，阴魂还没出门，到11点关门还有俩小时，不妨解馋尝尝越南豆腐脑，转一圈文化花园，推迟半小时去统一宫。

再次凑过去，点一杯，问问价钱。男士忙不迭包装不说话，收钱的女士拿几张票子晃晃我看不清楚，旁边一位年轻男士说“五千一杯”，广州味普通话。问我中国来？哪里？我说北京，你是华侨？他说是的。园林职工吗？我问。他说是旁边大厦里电脑公司的，每天同事们轮流坐庄，今天轮到他埋单跑腿儿。说着接过老板递给他的塑料袋四杯带走，指着我手里手机说，放在口袋里，西贡抢得厉害呢。谢谢热情年轻人。

老板问我要咸味的甜味的？自然是咸味，我对甜玩意儿不感冒，拿着热热一杯豆腐脑去路边座椅坐着吃。椅子上白白胖胖一位中年男士欠身挪挪位置，边吃边问我，中国人？潮州味儿普通话。嘿，今儿是怎么了，吃杯豆腐脑儿，连碰俩华侨。我说是呀，北京来的。你是潮州华侨？他奇怪，你怎么知道是潮州的？我说你说话不就是吗，我一听就知道。他说是的，老家潮州。我问，贵姓？姓翁。看他中年发福粗金链大戒指，问他是办工厂还是开公司？他说是开旅游公司的，这些年常回国，和国内广东、福建一些旅游公司有联系。我说那你就是接国内旅游团喽？他说是呀，昨天下午才送走一个广东团，晚上请导游几个吃饭喝酒到很晚，得跟这些人搞好关系生意才好做，还要送礼的。今天下午还有从河内坐飞机来的一个团，他要回去安排。说着从口袋里掏出名片递给我，说有什么事可以打电话或者去公司找他。他站起身把塑料杯丢进旁边垃圾桶，转身取下脖子上毛巾擦汗，我说你这身体保养得不错，每天跑步？他说是呀，工作忙，不锻炼不行。公司在旁边不远，有时间会来跑跑步，锻炼锻炼，刚才送小孩上学校就来跑一跑。他站起身要走，对我说，你的手机要放好，包要随身不要随便放边上（指指我放在椅子上的背包）西贡的小偷很多，骑摩托抢东西每天都有，另外你不熟悉，天黑了不要去小街小巷，抢了你们外国人，警察也没办法，小心点好。我谢谢他提醒。道过再见这位翁先生回去上班了。

国王纪念馆

两个华侨不约而同都提醒我放好自己物品，小心手机被抢，西贡真那么凶险吗？昨儿晚上我还一个人拿着手机在火车站旁边逛到快八点才回去，也许他们说的还得晚些才危险吧？不管怎么说，他们当地生活久了，知道的比我多得多，还是听他们的，小心为上。和翁先生一通儿聊叫我想起前年春节在梭罗火车站和我聊了一早上，开车送我到苏丹宫，下午回日惹前火车站又见一面的华侨老板林先生，一样白白胖胖，中年发福，中等身材，只是林先生不戴粗金链大戒指，普通话没有翁先生流利。林先生办工厂，翁先生开公司，海外华人不论在哪个国家，都在奋力赚钱，日子应该都过得不错，不然怎么中年发福呢。哈哈。

看过吴哥三个圈的宏大古庙群，林子里孤零零的那个高棉塔便无足轻重，可看可不看。不过我还是绕了几步走近前拍照片走了一圈，这个塔的存在至少证明西贡和整个湄公河三角洲曾经是柬埔寨（真腊国时期）的领土，17 到 18 世纪，彼得大帝和叶卡捷琳娜女皇在欧洲与亚洲北部疯狂扩张领土的那个时期，北方的越南阮氏王朝大肆南侵，废黜真腊国君，最终吞并了这片沃土，成为现在越南的一部分。越南人的领土扩张野心 20 世纪 70 年代又上演了一次，到 80 年代中期延续了十年，以惨败结束，撤军柬埔寨，开始改革开放发展经济。

高棉塔不远，圆形喷水池做原点两端伸展，一端是古庙外的拱门，一端是长喷水带，构成整个园林的中轴线。我走进拱门，里面是个庙宇殿堂。转经看过之后，感到不是庙宇，像个祠堂。殿里供三尊神，左为戴唐僧帽僧人铜质坐像，中间主神着长袍全身端坐神像，右边胡志明半身铜质座像。我没看明白这样的座次安排意义何在，非佛非道非孔（儒），更非西方教会之神。如果是国家级祠堂，作为国父深受越南人民敬重热爱的胡志明主席为何排在次席？主神又是哪位？越南历史民俗还需学习，不然搞不懂。离开越南回家后对照照片上拱门上的越南文，粗略翻译似乎是“国王纪念馆”，主神头上方的越文也显示为“国王”之意，有机会的话问问王老先生、小翟那样的华侨就清楚了，可惜当晚回宾馆时没想起这个事。

过喷水带，穿马路到对面进入游艺园，曲径草坪边各种抽象造型石刻像，一个露天演出舞台，棋艺室、咖啡馆、牌房外人多多，篮球场上教练在给一群女孩子做战术训练。这一带我眼生，三年前没有走过。穿出对向大门，路两边一侧是体育用品商业区，一侧是高墙大院，不见统一宫，而导航线显示已走到尽头，到了统一宫。徘徊几步观望，三五成群的老外和学生沿围墙边人行道经过，像是参观完毕出场的游人。我问街旁开着车窗读报的面包车司机，统一宫怎么走？举起手机伸到窗前，他放下报抬眼，一把抓住我手往里面拉，没回答我问题，扭头朝后望了望，说要小心。我明白他是担心身后飞车党抢包抢手机，谢谢他又问了一遍，他指指前面说前边左转就到了。问我是日本人？我说中国。他说你们外国人要注意，手机放在口袋里（他指着自己的上衣口袋），西贡摩托抢人很多的。谢谢他往前走。我猜他是给外国人开包车的司机，成天混在外国人堆里，英语流利得很，说不定还会点儿法语、日语、韩文什么的，西贡、河内、吉隆坡、雅加达这样的人很多很多。好心人多，也有坑人的，三年前河内旅行社美女职员大包大揽骗了我 15 美元，去年吉隆坡火车站中心广场那个旅行社华人女司机一公里路讹了我25美元。

这个西贡司机是好心人。他，加上方才两位华侨的一致提醒，证明西贡真不是个让人省心的城市，社会治安令人担忧，游客需加紧小心。国内也有飞车党，有的地方还挺猖狂，但敢抢外国人不多吧？各地公安的严厉打击常有电视和报纸报道。我这东方面孔或许容易被当作本地人，但西方人照样挨抢，LP有介绍。近年屡屡报道印度强暴外国女游客，猖狂之至。马来西亚、泰国则好得多，少有负面报道。老挝人偷了我的行李箱还推诿不办，给我恶劣印象。总而言之旅行需谨慎，稍有不慎，损失是自己，连累有家人。

中巴司机给我的话题在脑子里翻了一路，到路口左转前行百米，已经看清楚统一宫院子里的大草坪和主楼，和我上次走的院墙外人行道重合，也看到了我心生怨念坐的那片棕榈椰林园地。其实刚才的高墙大院已经是统一宫，只不过是侧面和附楼，所以导航终止，目标达到。这下人图合一了。

硝烟散尽遗物在

路过一道门，门侧斜着看进去和草坪正院儿相通，我进门想走个捷径，门房走出来阻止，说是工作人员通道，请往前走正门买票。OK。

没逃过票的背包客驴友我相信没有，免票逃票是此圈津津乐道话题，和买机票、车票、景点票和投宿，吃饭等一样成为“攻略”流传，省钱是真的，其中乐趣更有多少点儿“冒险”的小刺激，谁都乐于尝试。在我看来，可遇不可求，为省钱而省钱，为逃票费尽心机，旅行乐趣便失去大半，想法与行为会陷于低俗乃至于猥琐，不可取。遇到这样的，不与之为伍，走自己的路。

我有过多次“逃票”经历。有时是旁门左道“溜”进去，中途遇查问借口“和旅游团走散”避过，喀什老城省了50元；有时是看门人开恩，放一马，前天海防独柱寺一僧一俗俩人聊天中手一挥放过，少花几万盾；登巴萨古庙，中午售票员回家吃饭接孩子，免费一游；三宝垄三宝宫捧鲜花连过两道门槛儿尽兴游览，节约了印尼盾3万+10万=13万（约合人民币65元），是旅店华侨林老板教的，他只告诉对眼儿的中国人，不教外国人和印尼人，让他们去花钱买门票……书中还有描写，读者有兴趣可留意。逃票以后有些侥幸和自鸣得意，妙不可言，得自个儿去体会。刚才进门如果值班员去打水，接电话，WC方便，门房暂时无人，我也就大摇大摆堂而皇之走进去，毫不犹豫，没什么不可以的，钻空子本来就是背包客驴友之特长，尽情发挥之。既然拦了说了，那就去买票呗，没得说。空子没钻成，算阮文绍阴魂被上帝门外边罚站叫我撞见了，哈哈。

前边一小伙子路走得磨磨唧唧，走过去并肩见他正在看手机GPS，告诉他这里就是统一宫，随口问他“あなたはにほんじんですか”（你是日本人吗），小伙子眼里一丝惊喜掠过问我，“はい，あなたは……”（是的，你是……），我说“わたしはちゅうごくじんです”（我是中国人）。日本小伙儿没再说话，挺木讷一日本孩子。我走得快，买门票进入统一宫大院。一早上走一个多小时到达目的地，一路走得顺利吃得美味，看到全不同于上次的街景园景，遇华侨两位聊得挺开心，兴致高心情好。

偶尔兴致特好的时候跟谁都能搭上话，听力表达力特好，话脱口而出有时候奇怪自己哪学的这么溜的外语，对方说什么一听就明白，俩仨人对答如流。宿雾政府宾馆和同屋的一荷兰一德国俩年轻人相遇聊天，聊到最后荷兰小伙子说“真不相信中国人英语说得这么好”，一句话说得我至今得意，是我旅途遇到的最美赞誉，也算是给咱中国人争了一光。兴致不好连自己都不爱搭理自己时候，闷头走路倒头睡觉就是，老挝丢行李时就是那心情，移民局里连嚷带吼半小时，说过哪些话怎么说的全没记住，一句也复述不出来，反正当时都吐噜出去了，情绪特激动。大多数时候中间状态，初中水平，蹦单词儿半句话，连说带比划，反正吃喝住行逛超市购物不耽误，自得其乐。人保持好心态真的很重要，自己受益，也带给别人好心情。

和大多数游客一样，进大院门先奔大草坪中央对着统一宫大楼和喷泉池留影。我拍了几张照片后和日本孩子走一对面，先用他的卡片机给他拍了个人照，换手他拿我手机给我拍个纪念照。再没和这木讷孩子照面。绕草坪到大楼跟前。这个点儿，参观高峰期，游客纷至沓来，一车一车西方游客下车散开拍照，伊里哇啦，大惊小怪，相互招呼帮忙照相，跟着导游小旗进入大厦门厅，法语、德语、英语、俄语什么语言都听得到，赶上一联合国工作语言大荟萃了。

进入大厅我赶紧避开拥挤人群，绕一楼四面敞开的大会议室一圈，看到过道里停放的美国军用吉普和早年高档轿车。上二楼，各房间未开放，从中间楼梯下到一楼中央大厅，一个华人旅游团刚进屋，看男女老幼衣着打扮像是个马来西亚团，中年男导游举着小三角旗讲解，普通话说得那叫一个难听，不过好歹知道是中国话，蹭听了一小段：大家看啊，这个中央大厅，楼梯上去那个小厅位置，1975 年 4 月 29 号，越共军队的飞机飞过来本来是要轰炸楼后面的直升机停机坪，结果看岔了，炸弹丢早了，把这个楼梯上正中的小厅楼顶炸塌，楼梯上全是碎砖水泥块。30 号越共的坦克就开进来，直接开到了大门口。现在大家看到的楼梯是后来重新修复的，不是原来那个老楼梯了……

我往楼梯后侧转进去，一条很长两边是房间的走廊，右边几间玻璃隔断的房间里空空荡荡。左边一间间隔开的房间门紧闭，一个屋门半开，里面在放录像。我走进去，黑白屏幕上是战争轰炸场面，坐椅子上观看。屋里空调风扇齐开，比较凉爽，正好边看录像边休息喝水。录像中美国飞机轰炸，陆续出现丛林战，百姓奔逃，民众游行示威抗议和尚自焚参加游行，阮文追就义，胡志明小道推自行车运输大军，抓美军飞行员，坦克攻击大炮齐轰越南人民军占领西贡等等历史场景，英语解说虽然听不全懂，跟不上趟，但那些画面对我而言一点儿不陌生，年少时读过的报纸看过的书籍、电影新闻简报、纪录影片、电视报道都在记忆中存留有印象，似曾相识之感。我中途看起，十几分钟结束，重新再播。看个开头走出屋。

旁边屋门玻璃框上写着法语、日语、韩语和中文纸条。我推开中文字条的门进去，放映的同一个纪录片，坐下从头到尾看了一遍，20 分钟左右。女讲解普通话虽然生涩，都能听得懂。片子题目是统一宫，讲述的是 50 年代中期到 70 年代中期，20 年的越南现代战争史，南北越南的统一过程。

离开录像放映室从走廊尽头电梯上到三楼，依次看到当年总统府的餐厅，娱乐室居然有疑似的麻将桌，牌桌好几张就不消说了，咖啡啤酒屋，电影院及放映室，图书馆。登上顶层平台，就是刚才华人团导游说的被北越飞机炸开大窟窿的那块地方，能够环顾整个统一宫大院。正前方大厦门、喷泉池、草坪、大门，过马路椰林，穿林，接天主教堂街……笔直一条中轴线。右侧是附属楼房，左边是一片林地，林边有坦克。大厦背后，一个直升飞机停机坪上停着一架迷彩色直升机，旁边录像放映室走廊，后面还有其它建筑，当年可能是办公人员和警卫部队用房。整个统一宫占据面积很大。至此楼下楼上基本参观完毕。

旅行团已经退尽，余下的游客不再拥挤。不知不觉间我在里面已有两个多小时，门前售票处可能已经停止售票，上午参观结束，没有新游客再进入。院子里人员稀疏，大多是往门外方向走正中院门出去离开统一宫。我下楼出大门去看左边林地里的坦克和战斗机，正所谓“硝烟散尽遗物在”，两辆坦克虎视眈眈，炮口对准“伪总统府”大楼随时待命开火，保持着当年进攻者的高压姿态。展览大厅里有一张当年攻入“伪总统府”的第一辆越南人民军坦克驾驶四成员展开国旗、军旗的合影照片。坦克身后林子边一架外观完整，漆色很新的美国战斗机，几个西方人围着转来转去拍照片后离去。有一对后来的夫妇，男士看得相当专注，连标牌小字都凑到跟前仔细看，我猜是不是当年飞行员后代回来看父辈的战斗历史了？和到云南高黎贡山查找驼峰航线失踪飞机遗骸的那些美国飞行员家属那样。不过两场战争的性质可是完全不同的。

待到我出门时，正中央大门已经锁闭，要从售票室后面的小门绕出去。还愿已毕，心满意足，走进对面棕榈椰林里歇息，安排下午行程。今天林子里人少安静。打开 GPS 查询，去胡志明市博物馆东北方向约两公里，去传统医学博物馆西北方向，约两公里，如果两个都去，往返路程已超出时间和体力承受范围。医学博物馆是必须去的，且距离火车站仅一公里，回程到宾馆近便，于是决定舍弃市博物馆，只去一处。天主教堂为故地。

休息好按照导航线路开步走。和来时方向相反走统一宫另一侧转到主街。

传统医学博物馆位置图（手机截屏）

这一带是闹市区，人多车多，书店、文具店类文化商店多，转过一个三岔路口，接连几个手机店。我走进最大的一家店，咨询网络卡，拿出前天拍的卡照片，女店员一目了然，说有，叫我跟她去柜台前，几位吃午饭的男女店员大概吃得正酣不愿意接单，叽里呱啦说了一通儿越南话，把我带出门指邻家一个门店说那里有，说抱歉他们自家的卡卖完了下午3点以后才送货。

小门店里有两个人，柜台里外各一个，也在吃午饭。男士是个修手机的，从修理台走到柜台看过照片说有这种卡。柜台外的女士站起身对我说12万越南盾一个，我看着她说不会那么贵吧？她点点头也看着我，一副爱买不买没商量的样子。我想还是涂山人实在呀，不乱抬价，到她这儿一下翻了一翻。我算了算，12万越南盾合36块人民币，5G的流量，我要用12天，现有的Viettel Mobile才充值一天半，又用了快大半，照这个使用速度我至少还得充三次要30万越南盾合100块人民币，买这个12万越南盾的5G卡虽说给翻了翻对我来说也还划算，36就36吧，没跟她还价矫情，买下了。另外一个顾虑是手机卡位是不是兼容这种卡，我打开手机给男士看，他是修手机的应该知道，男士拿起来看了看说，没问题，有中国游客买卡他见到过，也卖过。我俩一对一答，女士给翻译，看样子她是老板，修手机男士给她打工，个儿不高长得也不好看，英语倒是很流利。这女人价涨得有点儿黑，我心里不待见她。

男士剪卡上卡，我装电池合上开机，立刻就显示出信号，无需任何其它动作。哈，这下解决问题了，这两天我省着用Viettel Mobile卡还跑出300多兆，5G我撒开了用，12天后离开越南看它能给我耗多少。一月份我在登巴萨买的5G卡用了20天，离开印尼时只用了不到1G，是因为信号差，大部分地方只有2G网络，而越南3G信号相当好，流量消耗飞快，这几天体会深刻。这种VINAPHONE网络卡据我后来看到的旅友网上介绍，5G流量用完以后，可以无限量使用2G网络，那可太物超所值了。

赤日炎炎似火烧，高热难耐，走一小会儿找家卖电器有空调商店坐坐消暑，走进一个有空调的餐厅奢侈地吃顿高价午餐，味同嚼蜡也不管了，为的是那点儿冷气。大量喝水，暖瓶见底儿叫餐厅给灌好。走走停停，坐街边摊喝绿豆粥，就着和卖粥老太太聊几句，人家老太太也能说几句英语呢。喝杯甘蔗汁趁机坐坐。停停走走，二公里路叫我走出五十分钟多才到传统医学博物馆门口。有导航倒是不必问路，出门我就用上了VINAPHONE卡，信号稳定不掉线。

在博物馆门口木椅上坐了好大一会儿，喝足了水落了汗我才起身买票。这工夫乘的士，坐三轮车下来，几对年老和年轻西方人进去参观。我想这个门面不大的博物馆很吸引欧美人啊。票价5万越南盾，比数十倍上百倍大于它的统一宫不过才3万越南盾嘛，是国家级的，我问售票员小姐为什么？她说从来就这样。一楼接待厅装饰格调熟悉有加，擦得发亮的深棕色桌柜家具摆设，橱柜里的瓶瓶罐罐，和走进大栅栏同仁堂感觉没两样。一位红色奥黛装小姐对我说，需要导游讲解吗？我问有没有中文导游，她说只要英语和法语。我开玩笑说你们得学点中文哪，不然守着这么多中文书都不懂怎么当

传统医学博物馆大门

好导游，我还是自己看吧。问她你们博物馆有没有医书出售？如果有我想看的买一本。她问什么医书，我说中国有《黄帝内经》，韩国有《东医宝鉴》，日本有汉方医学，你们越南有没有代表历史和国家的医学著作？她笑笑说等会儿下来你自己看吧。不需要导游请跟她走，带我到电梯前按钮进去升到四层。楼梯间里小姐介绍说，四楼是医学史和书籍图片，三楼是医药实物展，二楼是越南医学展，一楼有现代越医越药陈列，可以喝茶选购，请先生一层一层慢慢参观，下楼梯要小心，比较狭窄。说完微笑着进电梯下楼。小姐语音温婉，英语流利，不卑不亢，待客得体，很有教养。我想凭这个，别看传统医学博物馆小，够国家级了。

顶楼有个露天小平台，低沿漫土中间和墙边各种一株树，屋边围栏搭了些边墙树垂下的棕榈叶，土面满是首乌叶和藤，间或几棵车前草散在藤叶里，中间岔开两枝干的树不知名，想必也是棵药用之株，不然布展者不会在如此局促狭窄的空间里独留下它空中生长。这种独具匠心的精心设计安排给人一个道理：传统医学医药一体不分家。展厅里一本印有神农氏和越南医祖懒翁画像的“东方医药业团条例及内规”的老书上，画像两边写有“神农尝百草医药始有方”，文字说明了这个道理。博物馆小楼夹在周围诸多民居小楼中间，建筑外观毫无差别。如果不是作为传统医学博物馆，可以是街市住户中一个殷实人家的安乐窝。

四层展厅之首是印有中医祖师爷级别的诸位先辈，轩辕黄帝居中，左医圣仲景右医祖神农氏，李时珍位轩辕黄帝下方，左晋人陶弘景，右身穿八卦装者疑似为制八卦图的伏羲帝。

传统医学全实景图

环墙而立的各个玻璃展柜中，不同时期线装本、手抄本、近代印刷本中医文献和人体穴位图数不胜数，其中有封面大个繁体汉字的早期中医经典《灵枢经》，多种版本纸张各异的本草典籍，现代印刷术之前很多年的针灸藏本，不同字迹笔体的毛笔手写药方，凡此种种，不一而足。其中一份为近代印刷装订本越南医祖懒翁的《珠玉格言》，后来在网上看到国内拍卖的手抄本《海上珠玉格言》，标价七百余元，其时越皇朝景兴27年（后黎朝末期，显宗年号景兴，应在1690年前后），迄今300余年。由此可知，至清康熙年中期，越南始有后世称为东医的本国医学，与中国数千年医学的传承关系不言而喻。

展厅面积不大，约四五十平米，各层相同。三楼实物展中多为药物加工称量器具用品，滚刀、切刀、药碾、石臼、木杵、戥子等等，石臼捣、杵切刀、滚刀、碾子到后期精工细作包装售卖，传统手工制作的大小器皿工具无所不包。下楼梯到二楼时讲解员正在用法语给先我进来参观的一群外国游客（散客）介绍展品内容，坐在楼梯间等他们下去我再进入展厅。二楼是本国医药专展，越南古传医学历史年鉴镶镜框里介绍历代医家，南药圣祠玻璃展柜中专著很多，润德堂牌匾下老式药店坐堂医旧貌重现，有越南本草挂图，多种药壶、药罐、碳炉及加工作坊实物列展。一楼三个分室，外边靠窗靠门的条桌旁一干观众在听导游小姐介绍茶道，挨个儿给各位斟茶品尝，听不懂说的法语，但我知道肯定在推销他们的成药制品和诸如参茸类的高档滋补药。里间是现代越南药厂出品的各种包装成药展销柜，越南文字读不懂，从外包装可以看出类似于我们国内的六味地黄、十全大补人参养荣之类中成药，丸散膏丹，多种形式，包装精美。看完一圈我穿接待厅往外走，茶道小姐走出来招呼我进去喝茶，带我上楼的小姐也过来问我是不是买点药给家里人带回去，我

游客参观东医博物馆

和她们开玩笑说，真是可惜，你们的医书我带不走，想买一本你们又没有，很遗憾，只好再见了。两位小姐礼送到门口。到街对面拍最后一张照片时，喝茶的客人们正在展柜前观看挑选，一对老外情侣牵手走出大门。中国传统医学在越南叫做东医，但是始终没有看到一本像韩国《东医宝鉴》那样的越南医学专著，除了那本《珠玉格言》。

传统医学博物馆给我深刻的好印象。尊重历史，尊重民族特点，给大众普及医药知识，做得非常到位。我参观过国内医科大学的标本馆实验室，对公众开放的中医博物馆还没进去过，回国以后在各城市需留意了，只要有，一定会进去看个仔细。

第二次步入西贡夕阳，昨天此时走在参观舍利寺的路上，浑然不知走进了一段历史。安步当车一公里到宾馆，和总台值班的小翟交换 LINE 验证，回客房冲淋清爽，稍事休息，天色将黑。去火车站旁老婆婆粥摊喝两碗大米稀饭加咸鸭蛋，浑身滋润，一天完满结束。

感觉很充实的一天，虽然盛午时分被太阳烤得有些狼狈。弥补了三年前统一宫失之交臂的遗撼，参观了心仪的中医博物馆，买到适合使用的 5G 流量 3G 网络卡，看到了当年释广德和尚舍身取义现场纪念碑，如果说还有遗憾那就是所学不多，知识有限，有地方不甚了了，补课也是一种压力，自然就是动力。明天十点多飞大叻，从容悠闲，有时间逛逛附近没走过的街巷胡同。

10 月 2 日星期五多云晴西贡

reunification palace， fito museum，ho chi Minh city

一早去独立宫，参观者众。

路遇两华侨随便聊几句，提醒我防飞车抢劫。步行约半小时。和前年方向不一样，看到其它方向的街塑街心公园运动场等等。展品简单。一楼录像室有中文解说，纪录片名为独立宫，历史的见证。楼上楼下会议室餐厅图书室电影放映娱乐室等等。院子大，有坦克战斗机直升飞机实品展出。又去前年咒阮文绍地方小坐，没再去大教堂那边，因为方向相反没去历史博物馆，步行至传统医学博物馆，其实就是中医。哈哈。晚餐还是白粥鸭蛋，不要太好吃呀。下班上班高峰期满街摩托车蔚为壮观喔。西贡不得了。手机卡总共花费 280K，合 RMB93 左右，还是涂山小县城人实在，介绍得体合拍，如果早知道，大约只需 18 元（60 千）可购买 5G 流量，绰绰有余咯。多余的钱买教训付学费，共得 5.8G 流量和通话短信功能，比我的中国移动套餐划算太多太多哦，不要太便宜啊啊印尼越南，你们比中国落后几十年哦……

流水账：门票 30+50=80K 早餐 47K 豆腐脑 5K 午餐 87K 绿豆粥 12K 晚餐 17K 甘蔗汁 6K

手机卡 120K

total: 374K ≈ 125 ¥

第五节　越南的春城，大叻三日

早起在宾馆周围街巷慢走，上班上学的人们已近尾声，商店铺面还没开门营业，街面上短暂地安静一小段时间。巷里边开饭铺人家的顾客络绎不绝，坐下吃的，打包走的，店家全家老少齐上阵，应对早餐时刻繁忙生意。鸡汤米粉味道当真好得让人想再吃一碗，如果不走会天天来此美餐一顿。吃罢走过附近小街边看边往宾馆去。火车站周边，多的是些仓库式货栈，大早就开始整理忙活进货出货，倒是住家户门口悠闲老人坐树荫下喝咖啡看报纸，大妈大婶儿清扫庭院，还有些城市清晨味道。转到正街，咖啡店里已有人闲坐闲聊，越南人的早晨就是那么不慌不忙、慢条斯理地进入一天的生活。

总台小翟已经上班，帮我提行李退房，打电话叫的士，分手告别。有 LINE 一直保持联系，互有信息问候传递。

国际范儿的新山一机场人头攒动，车流鱼贯，司机把我放下即走，车费不菲。我在大厅里来回转了两圈没有找到航班信息和值机柜台，问过几个咨询小姐和服务员都是手一指，没一个人清晰告诉我如何找到，还是走到尽头，两个闲聊天的带牌子女服务员又一次手一指，除了离开这里没别的路可走了，我才明白过来不是这个航站楼的事儿。我跑过东南亚那么多国际机场国内机场，这是唯一一个不会说话的机场，很简单一句话能说明的事全都拿手指头替他们说。这种服务素质实难叫人恭维。

推行李车走十分钟到了前天下飞机的机场，坐电梯上二楼办登机牌，被告知需要补行李费。预定机票时知道是越南航空飞机，我以为和国内一样机票含 20 公斤免费托运，谁知是按廉价航空公司标准，除 7 公斤手提行李可以登机，其它需另付费托运。补了 30 万越南盾（100 人民币）拿登机牌。也为日后机场遭讹埋下一伏笔，见后面《岘港机场遭敲诈》一段记述。

第一段　雨中车路，探访火车站螺蚌广场

飞行一小时。走下舷梯时，一个普通话声音叫道“啊，好凉快呀。”是的，一阵凉风吹到身上，和一小时前灼热的西贡天地两重。下机乘客无需摆渡，步行走出候机楼。机场大巴等候乘客上满即出发。一路青山绿水，村镇农舍，山道起伏盘旋。途中下起雨，愈来愈大，车窗外景物模糊，远峰山岚飘荡。及近城区，不断有旅客下车，司机师傅问我在哪个宾馆下车，我说不知道。邻座一位越南小姐问，你没预订宾馆吗？我说是呀，到了再说吧。好一会儿缓过神儿对司机说，请给我停在市场。昨晚翻 LP，介绍说市场附近是个宾馆旅店聚集的地方，顾着看景，以为会有汽车总站，像我们国内那样到站一起下，忘了越南的巴士送人到家，就近下车的规矩。

城中小雨，打伞漫步寻旅店。一家客满，再寻。转弯一家宾馆一天 160 万越南（合 50 人民币不到），距市场下车位置仅百米，住下了。有临街阳台的标间。宽敞整洁，好得没法儿形容。没有空调，连电风扇都没有，一连几天从老街、河内、海防、西贡走过，房间里空调风扇是必备物品，而大叻却是多余，这样好的气候条件国内只有昆明具备，才离开一个礼拜，我又回到了春城。哈哈，很满意。热水冲洗掉西贡烘烤出的一身汗水，出门宾馆不远街里吃午餐，回客房补觉休息。

午睡后小雨初歇，站阳台上看街上行人增多，凉风习习，真是旅行者天堂！离天黑还有三小时，要做的第一件事是找火车站，落实去芽庄有没有火车，如果有，那是首选，提前就订好票。如若没有，那就只好大巴前往了。出行前我打印了一份网上下载的大叻彩色地图，有火车站的确定位置。在谷歌地图上搜寻定位，做好导航线路，1.6 公里，步行 20 分钟，出发。一个往返连走带看，回宾馆将是夜幕降临时间，刚好结束一天行程。

出宾馆十几步，经市场顺街直行百米，下大坡到入闹市街口喷水池大转盘，进入春香湖顶端，沿湖边一段左转继续走滨湖小道约一公里。大路对面一个新修广场往上斜坡延伸，斜坡上建起两座奇特造型建筑，方才民航大巴进城，从坡上公路经过，离得太近看不清轮廓，只觉得色彩鲜艳不是一般写

字楼和民居大厦，更不是液化气储气罐，现在远远望去，一座白黄相间的贝壳外形大厦，一个蓝绿色海螺造型大屋，坡脚数道门进入两座奇特大厦下面。稍待回来一定走近里外看个究竟。

一公里湖滨过后，离岸北行。穿过街心共青团徽转盘，人行道上看见两个拿着地图查看的女孩儿，一看就知道是中国游客。我走过去和她们打趣，都什么年头儿了还拿打印地图说事儿呢，你们的“爱疯”干嘛呢，怎么不拿出来导航？她们说，外面没有 WIFI，流量费那么贵，哪儿敢打开呀。我说，你们买个越南移动卡不就得了。她们说，就一个礼拜假期，马上就得往回赶了，哪儿顾得上买呀。我说今天你们就跟我走吧，一米误差都不会出，不用问路了。

边走边聊。两个北京工作的公司白领，“十一”长假出来旅行，广州转机飞西贡，昨天夜里到大叻，上午逛市区，下午转湖，刚刚转完去火车站看看，听说挺古老的。明早 7 点车去芽庄，待一天去会安岘港，然后飞广州转北京赶回去上班。我问不去河内了？她们说赶不及了，下回吧。我说你们一个地方一天，太赶了，哪儿都没玩儿好呀。后边两天还得连夜坐大巴，够辛苦拼命的。她俩说，就那么七天假，什么都想看看，有什么办法？我说你们年轻，拼得起体力，多走走看看有好处。如果下次到河内，可以买一个 6 万越南盾移动的卡，有语音电话、短信和 700 兆上网流量，一个礼拜时间使用很划算，也更安全，两个人在走散了互相通话短信联系很方便，比我们国内便宜多了。

说话间走到火车站。一个有绿草坪和高矮树木，停了不少轿车的挺大院落，出入车辆游人川流不息。三个尖角塔高高耸立的大楼古朴雄浑，颇见气派。进入楼下大厅，只有在电视剧里才能见到的欧派风格候车室、售票室相连的高顶棚大厅令人耳目一新，虽然总体面积并不大，但和司空见惯的国内候车大厅以及老街、河内、西贡车站相比，格调迥然不同，也只有海防纯法国风格的火车站和这里有几分相像。我想那些拍辛亥革命前后时期电视剧的导演们，选这里做外景地的话，无需任何改动，排完就走，绝对是原汁原味儿毫不走样。售票室里的灯光亮着，老窗口、老桌椅，莫不是还在卖票？门口有列车时刻表和一块牌子，英文说明中似有“2001 年 11 月 12 日停止运营”内容，比昆明、河口客车停运还又早两年哦，不禁一阵失望。

大叻火车站雄风犹存

可亮灯与桌上文具不会是摆着看的吧？疑惑中穿过候车室出门走进长长月台。两侧两股道两站台，左侧道停一辆老旧蒸汽机车头，游客们轮流登上去拍照。很多是说普通话的国内年轻人，一个国庆长假，吸引力多少中国人到越南旅行啊，站铁轨间，月台上，车头前，不停嘴地吆喝，招呼同伴，摆不完的姿态，笑不尽的欢悦，拍不停的照片。现在的年轻人和同年龄时期的我们相比，幸运得太多了。两个女孩儿和我分别在车站里前后上下逛过，留下纪念照，离开返回。我问她们转湖什么感觉？她俩话很多，哎呀这湖太大了，两个多小时走得很累，转个弯以为到了，后面还要绕，最后都快绕不动闭着眼走，好不容易走到和我相遇的地方。我说明天早饭后我会去体验步行环湖

蒸汽机车年代

的感觉。走到团徽转盘我提议从旁边的坡道上去，看看那两个蚌壳海螺建筑，她俩欣然同意，这边的路她们还没走过。坡下路边是广场，坡上是市民休闲的花园，规模巨大，隔湖与市区遥遥相视。两座蚌壳和海螺大厦，成为大叻新地标。施工还未最后完成，收尾工作继续中，工人们已经下班正在陆续离开。我们绕两个巨大精灵一圈，各自拍照片后，从蚌壳大屋一侧的楼梯进到蚌嘴，里面人声嘈杂，热火朝天，游戏厅，健身房，游艺室、儿童乐园，咖啡厅、啤酒屋、饭店、西餐吧、连锁快餐店，药店，照相馆无所不包，摆开柜台叫卖衣物、服装、鞋帽、金银首饰、钟表、家用电器更是令顾客流连，甚至电脑、相机、手机等高端电子产品也各有其位，好一个大叻海滨庙会大卖场！

彩蚌展英姿

海螺亦风流

女孩儿眼尖，她俩说有超市进去逛逛。又是一个大卖场！走在玲琅满目的货架间和在国内逛超市有什么区别？一时间忘记了是在越南小城大叻。我在食品区转来转去，买了牛奶、啤酒，番茄、黄瓜，红毛丹，遇到两个女孩儿，她们买的饮料零食，明天路上的备用。在这里和她俩走散。我被冰柜里的各种包装的米粉米饭吸引，挑这挑那选了几份带菜和鸡腿大肉的米粉米饭，回去我的小饭锅可以派上用场，给自己吃几顿热饭热菜热汤。哈，别提多满意多带劲了。在河内、西贡我都没进过这么大的超市满意地购物消费，谁想却在大叻不期而遇。

超市购物

刷卡结账，走出蚌壳大屋前门，面湖面街，回去的路一目了然。在大叻生活，真的是太方便了。天上又飘起淅沥小雨，两个女孩儿不见了踪影，祝她俩一路顺风，玩儿好。撑伞漫步寂静湖边走回宾馆，热水冲淋，坐床上打开一听黑啤慢慢啜饮，很舒爽的日子。

10月3日星期六 西贡晴，大叻雨

逛宾馆旁边小巷吃早点。打车去机场，不便宜。国际机楼走到国内机楼。大叻大巴途中雨。进城未停，市场街旁住，近。无空调电扇，大赞，昆明老二。午睡后去火车站，导航。遇二北京女孩儿。同返逛超市。海螺彩蚌为厦，独特。夜雨漫步回宾馆。

超市买牛奶啤酒饭红毛丹，好吃好住好日子。哈。

流水账：早餐 25K 的士 120K 巴士 40K 午餐 52K 超市 94K 机场行李费 300K

total: 631Kd ≈ 210 ¥

第二段　独行环湖，再逛超市寻大佛

早餐以后我朝昨天相反方向过一段热闹窄街，想从那边街道到湖边。坡上有一个大天主教堂，钟声阵阵，上去转一圈，满是做早弥撒的教民们，我甚至想是不是半个城的人都集中到这儿来了，院子里挤满摩托车。几个过路的女大学生说，这个教区很大，不过还有一个比它更大的教堂在城边呢，同时告诉我去湖边要走下面市场那儿的路，此路不通。对面坡上能看到几栋奇形怪状的房子，女大学生说你不去那里看看吗？大叻很有名的地方呢。我说上午转湖，回来再看不迟。她们说要到市场那边坐车，去另一个学区监考，可以陪我一路走。嗯，那好，一路走随便聊聊。我问她们礼拜天不休息吗？女生说，她们考试已经完毕，另一个学区还有一部分人正在考，学校派她们几个过去帮帮忙。到路口女生告诉我直走下去就是湖边了。我说昨天走过了，旁边的路可以吗？她们说那是绕到市场后边另一侧，路要远一些。我说不要紧，只要没走过，就该去走走。和她们告别。几个女生坐上公交中巴车。大叻女大学生个个英语流利，文静温和又不失热情，乐于助人，我印象极佳。只是我的 Chinglish 蹦字儿英语她们听着费劲，不时得交流一下，然后清晰回答我，哈哈。

礼拜天的早弥撒

绕道的街区是市场边缘，从摆卖的门前小商品也能看出是为市场服务的边缘型产品，例如包装袋、绳子、铁丝、筐子、篮子之类，不是很热闹，民居为多。从这里斜穿下坡绕过大树，我走到湖边开始徒步环湖行。自然是我习惯的例行转经方向。

春香湖湖端的弧形圈里，散落着几个不大的游览区，对岸是我昨天经过的螺蚌广场（这是我因形而取的名字，具体什么越南名字不知道）一线湖滨，一个较大的绿荫湖滨公园和大型水面餐厅，岸边很多鸭形、鹅形游船。我走过的湖滩大树绿草覆盖，水边马儿低头吃草，闲散人等湖边垂钓闲遛，一匹披彩骆驼可能是供游人照相拍照用。几个农民装的人在湖边割草看马，游人可以在绿草地骑马娱乐。路边停有彩饰遮棚四轮马车，乘马车环湖观景适于老人和儿童家庭游。这一边水面餐厅要多几个，装修装饰和经营规模各有差异，甚至桌布窗帘颜色都极为不同。

湖端区过后，滨岸除了树就是绿草，再无它物。才下过雨，草地积水，时有泥泞，贴近湖边石砌窄边，临池依水，清风夹带潮润空气拂面钻入鼻孔，浑身的爽利不知用什么词才能形容得出来。湖岸逐年修竣，有碑志记载。几支间隔很远的细长平台深入湖水十几米，有年轻人在那里拍照，野餐。也许还早吧，湖岸步行者寥寥。湖边路另一侧是个高尔夫球场，铁丝密网，林木掩映，看不到其中景物。走到湖另一端，转弯回绕处围挡隔板里正在紧张施工，湖的延伸部分不得见全貌。尽头左岸有一处花山公园，旅游大巴走下的游客在导游小旗引导下入内参观。见惯了昆明花卉，我没进去游览，一样的气候，比起昆明的国际范儿花都，大吩不在一个量级。

春香湖风光旖旎

就像春香湖和滇池面积，那样无可比拟。再前行，绕湖的叽叽喳喳的中国女孩儿和独步外国的MM相遇数次。湖的又一端望城，黑云压顶，万千风光。岸边小山坡上散建的亭阁和树木密从中法式尖顶小楼别有风情。作为城市景观，环春香湖值得一走。

黑云压城城欲摧

最后一段回归之路已经走过两次，从正门进入螺蚌广场下面的大庙会，到超市大肆采购一把，我已打定主意再住一天，预备好两天餐食犒劳自己，客房的冰箱正好提供服务。从入城路口处大转盘喷水池望过去，楼房高低错落，鳞次栉比，虽说比不得重庆的落差层次丰富，看上去袖珍山城风光依然动人美丽，晚间万家灯火路过，颇有一番五光十色的魅力。入城街里大市场坡下有一处花市，和斗南花市没得比，约略相当于尚义花市一两个柜台大小，是出城进城的人驻足瞩目的去处，游客买的不多，停在那儿赖着不走里外忙活是为了拍些鲜艳花朵，女孩儿们赖的时间最长，把她们拍在一起，各自美丽两种花。

山城大叻

从花市上坡路分三岔，左右继续上坡到市场背后，那里是公交车站，一个热闹得从早到晚从来不断人的去处。我的宾馆在坡左侧第一个街口进去十几步远，右边坡是我早上绕湖边去的相对背静，卖辅助商品的小商业街。正中是一块有座雕像的微广场，游人经过必拍照片的标志。市场大门在雕像正后方，当地人的采购中心，游客的消费天堂。市场依坡而建，上下三层，正中宽大楼梯上下。大门入内大片空地，水果摊最多，一层主营蔬菜瓜果、肉蛋鱼禽、粮食、调味品各种副食，二楼以上各类生活小商品。大叻是林同省会，一省的商品集散首推于此，没有不热闹的道理，何况还是旅游热门地方。来了只管逛就是，没商量。我在超市买够了，里面转转买几个鸡蛋回去补充蛋白质足矣。

宾馆大堂一面墙挂满了大叻各个景区的巨幅照片。午睡一觉起床我到大堂叫总台值班服务员把大佛和一处瀑布小桥的名字写给我，根据名字在谷歌地图搜寻定位，确定距离和线路。经查大佛在西北方向约 6 公里，不是腿力所及；瀑布名 khu Du Lich thac Camly，正东方向约 1.6 公里。按照先远后近原则，大佛安排立即去，明天步行走 1.6 公里游览瀑布。在市场旁请一位摩的师傅载我去。他从早上我去过的天主教堂方向走，穿城而过，约 20 分钟抵达。大佛寺位于一个山坡上，地势较高，可以俯瞰坡下农田果园。金身大佛高高在上，俯视大叻百姓城郭市井生活，香客信众燃香礼拜，奉花敬献，祈求佛祖保佑他们人生平安，合家幸福。和越南其它地方的庙宇一样，没有中国院寺对称布分、主次分明的完整建筑格局，而是依据地势错落建盖。大佛周边有一小莲花池佛像群，一众香客在菩萨带领下簇拥跪拜在佛祖身

卧佛

边。大佛侧殿内一尊金身卧佛安和慈祥，不远一尊紫木巨身弥勒佛笑口常开。大佛身后有座正殿，内有佛祖坐像和千手观音等诸神供奉。傍晚时分，香客依然陆续进殿敬拜祈福，供桌香炉前香烟缭绕。殿内时有钟鸣。一辆旅游大巴下车几十位游客，香堂一阵混杂，但并无喧哗零乱。游客看过之后拥在大佛前照相留影或到坡边俯瞰村野暮色，稍后在导游招呼下开车离去，是越南国内旅行团。大佛前勒石金字“Thien Vien Van Hanh DaLat”，后来粗略翻译为：大叻 Van Hanh 庙。

佛祖圣象 高高在上

大叻市场夜景

摩的师傅是个老实巴交的农民，耐心等我观看完带我逆行走上午湖边高尔夫球场围墙外的滨湖大道，不走重复回头路，又给我重温了自己的步行道，很感激他。市场下车后我没直接回宾馆，沿着和宾馆街平行的大下坡大道走过去。朦胧夜色路灯下一个往返，我看清楚街的下半段是昨天民航大巴上那些游客预定的宾馆背包客栈集中区域，连续遇到从不同地方游完返回的各路游客和吃过晚饭出门逛夜景的不同国家年轻人，中国年轻游客尤其多，国庆长假把他们都招到了大叻。我倒觉得不如我住的宾馆，离市场和公交车站十几步远，哪样都方便，优于那个集中区。午餐晚餐我都是自己解决，超市买的鸡腿、米饭、猪肉饭加上煮点番茄蛋汤或黄瓜蛋汤，热乎适口，一个字儿，好。旅途中能吃上自己做的饭菜也是享受，比街上的好吃很多，卫生。

10 月 4 日星期日多云大叻

上午环湖，约 3 公里左右。湖一端有一花园公园，未进。要再住一天。

流水账：早餐 25K 摩的 50K 超市食品 98K

total: 173K ≈ 57 ￥

第三段　两看瀑布，游国丈墓灵福寺

翻看网上信息，“khu Du Lich thac Camly”被译作“卡姆里瀑布旅游区”或“度假村”，大堂墙壁挂的图背景小桥激流，西方中年妇女招手微笑，看上去画面很美。是昨天下午确定的 1.6 公里步行线路，小半天游程。出行前我问值班服务生，墙上另一幅西方年轻人水中攀岩的照片是哪里？他写给我“Datanla”，GPS 定位结果在城南 6 公里，需搭车前往，午后事。

离开宾馆背市场东行。除了门前一小段，导航指引经过的小街巷都是这两天没走过的路，路边小楼小院很精致，有狭窄细巷，居家多商户少。和重庆一样多为坡路，在大叻市区骑车没有半点便宜可占，除非刻意练腿力的职业运动员。下到坡底穿过一个多路口两三条斜向路“莫名其妙”的大街，转到我想应该是通市区西北角的路，反正照导航线走，街口走岔，掉头回来找到正确方向继续。

前面路很平，一座教堂，做完早弥撒的人们陆续走出，妇女们斜过马路进入菜市场，年轻些的坐到咖啡馆屋前树下抽烟喊着要咖啡，老年人慢吞吞跟在后面。本想进菜市场，转念还是瀑布回来再逛不迟。转弯处学校操场静悄悄，小学生们已在课堂跟老师读书学习。一家诊所汉字门牌，门前一些候诊的居民，中国风真是无所不在。这一带市郊的感觉，平实的百姓日子，自然宁静。

几百米过后路分叉，能看到平行两条路，一条坡上车道，一条进村，我选择村路穿行。

这里已经能听到轰鸣水声。村里几户富豪人家盖起的别墅楼城里人看了会眼红，更多的是路旁坡边普通农舍，有的甚至只是铁皮棚，有种花人家，也有生意人大棚库房。房挨房户连户左拥右抱，几处顺坡花圃显得空间珍贵。失修的路面到处积水，坑洼不平。一家挤在两个大房间极窄巷的崭新板房建得亮眼，铝合金门窗里的轻纱窗帘帷帐和新砌的门前台阶平台上几盆鲜花与村舍环境相比轻松浪漫，流露着新婚小两口的热切生活欲望。我想大约是进城打工的远处青年城市生活的开始吧，年轻人对新生活的追求是推动社会变革的强大原始动力。真心希望他们能在创业初成之后能有更远大的前程和幸福。出村口百十步，一条河水近乎直角转弯直泻而下，冲击石壁河岸和河床巨石发出轰鸣，让我想起去年进入虎跳峡激流奔腾、谷底飘雾、响声震耳欲聋的一幕，这里是袖珍版的虎跳峡啊。

路边铁丝网隔开河流，里面小亭曲径清晰可见，河床中间巨石凸凹，清亮河水冲击着激起浪花欢快流向陡降的下游，轰鸣声远播，峡谷震荡。走过一段铁丝网，一道窄铁门挂着大黑锁，试推一下，锁在单边门环上，窄铁门被推开，我进入园内反身掩好门，居高临下，环顾四周，俯视河床谷底。正面坡下一道桥跨两岸，桥头有亭，绿树掩映下高雅格调令人心醉。宾馆墙壁挂图中那个欧洲女游人的照片背景就是这座桥和流水瀑布。河床石块裸露，长年冲刷的巨石表面已经光滑圆润，显露出乳白淡褐本色。

铁门里有两座小亭，十几位妇女在门口分坐各亭中摘菜、带孩子，聊得热火朝天。见我进门稍顿了一下，眼睛齐刷刷盯着我看了看，没人说什么，又继续说笑她们自己的。我下坡过桥，到对面岸边坐下休息喝水。景区里有很多小动物塑像安放在河边，梅花鹿、小象、乌龟、山羊等与绿草鲜花灌木丛相映成趣，路过的孩子们都要过去骑在梅花鹿、山羊身上摆出 POSS 照相和商店进货的侧门。下陡且狭的石阶走入无限接近瀑布的一块观景台，宾馆墙壁宣传照片的拍摄位置就在观景台靠下坡石阶边。河床陡降高度目测不超过十米，宽约二十米，石壁有七戏乐，连大人们也忍不住上前亲近。桥下河边没被淹没的石头相接构成台面，成了拍照的最佳地点，我下到最接近水面的石头上连续拍了些照片，用自拍杆给自己留下纪念。可能是我在岸下边拍照时被人看见，上来之后几个女孩儿也拿着自拍杆过来要和我合影，嘻嘻哈哈各拍各的，然后拿出来比，她们都拍到了，我的自拍杆按钮有点儿错位，找到点时只拍到了一个侧面还没有头，哈，真是无巧不成书。几个女孩儿笑着跑远了，补拍都来不及。

khu Du Lich thac Camly 小桥激流

刚才水边大石头平台的拍照点是个河床坡度不大的平流，往下有一个近乎垂直的陡降，瀑布在那里形成，震动山谷的轰鸣就是从那里发出。上到岸边小路是岸坡尽头，左侧一栋房屋是景区管理处和一家商店，房屋背后不宽是一片空地，再往上是公园围墙，铁栅栏门外就是公路了。如果早些时候我不走村路穿村，会从这边绕到景区，但铁栅栏门只是管理处维修材料和商店进货的侧门。下陡且狭窄的石阶走入无限接近瀑布的一块观景台，宾馆墙壁宣传照片的拍摄位置就在观景台靠下坡石阶边。河床陡降高度目测不超过 10 米，宽约 20 米，石壁有接近 80 度的坡面而非垂直，严格地说水流坡降算不得瀑布了，但自上而下的清冽河水还是冲击出层层白色浪花奔腾而下，右侧一股细流被河床里的巨石逼迫旋过岸坡石壁分流垂落，合二为一流向下游。

Camly 瀑布高度宽度和早几年我在罗平看到的九龙瀑布群相比实在太袖

观景平台莲花池边看 Camly 瀑布

珍了。观景平台沿河而建，长约百米，处处有景，是游客拍照景画面，清晨，黄昏，雨后初晴，烟雨溟蒙……美需要发现，需要创作，需要灵感，需要大好地方。另一侧有个大莲花池，倘若花开时来此一游，会有天境瑶池之感。观景台另一端有个小半岛伸入河中，看似像颐和园知春亭的位置，拍瀑布如在知春亭拍佛香阁，我相信如果有摄影家支起大炮耐心等待守候，必会捕捉到极致的来自自然瞬间赐予的曼妙美，更多的是需要耐心。记得在元阳拍梯田的摄影家和爱好者们为了等一缕朝霞和连续阴雨天中阳光撕开乌云的瞬间，披雨衣，吃烧饼、咸菜在雨中守候十天半个月，那种对艺术对美的追求的执着令人肃然起敬，敬佩不已。我感觉这个不起眼儿的小激流瀑布中有未被发现的潜在的美。

半岛旁跨小桥到河对岸，半坡上几尊农家原始生活的塑像，牵牛犁地倒也罢了，还有一尊是和虎缠斗，整个儿一大叻武松神勇造型，不知越南国内有没有武松景阳岗打虎的民间传说。这一带是山区少数民族聚集地，石雕形象化地反映了当地山民的日常劳作和生活状态。

一座农妇跪地舂凿劳作的雕像：戴银颈圈、银手镯背竹篓，神似古山区劳动妇女。几十年前我在广州郊区新滘公社见识过男人在街上抱娃娃喝茶闲逛，女人在骄阳直射下挑满桶大粪接力送田间挥汗如雨的场面，类似状况在缅甸、柬埔寨农村我也多次见到，在越南河仙我也曾看到妇女自行车筐后面

山村劳动妇女石雕像

满载芒果烈日暴晒下沿街叫卖整日不归家的劳苦，印尼所过城镇农村一样存在，情况似好些。东南亚国家，包括广州在内的这些热带地方为什么会有这样的怪象没搞明白，很为妇女们的沉重体力负担鸣不平。景区这一片像是民俗展演区，一些坐曲径沿路和山坡草地上的中老年妇女身着民族服装摆小摊做针线活，只是游客寥寥，她们自己说笑打发时间，想来节假日里游客多多之际，她们还是会有游客光顾的。景区工作人员时有在小径上下，身穿制服，和民俗表演的农妇们大不相同。

下游还有一个河道分叉，孤岛一支伸进水中，环岸依依垂柳随风飘荡，没有人为建造的亭榭屋宇，垂柳林中一匹白马孤零零低头吃草，让人联想到西游记里白龙马跟随唐僧西天取经的故事。河水依山而下，前边再没有游客可去的小道，景区到此截至。一道河，两壁石山，一缓一陡两段石坎河床，激起水势奔腾，轰然鸣山谷。在它自然状态年间，应该是猴群上窜下跳，野兽出没无常，草深林密杳无人迹的野性山谷。辟为公园景区，只保留了激流勇进山谷留声，其它则荡然无存。想到前些年在溧水追寻秦淮源之后到城边一处名胜游览，刘伯温开凿的狭窄水道沟通秦淮河与长江水道，其深其狭远胜于此，为后人辟作“三峡景观”，以当地人的财力想象力，到了这一处他们又能有什么样的奇思怪想，勾勒出什么样的背景大观呢？

Camly，袖珍优美、山色水景，没有故事，至少我不知道它的传说，哪怕是有其形无情节的越南打虎勇士传奇。河边坡上还有一方残荷池塘，已再无去处。从池边石阶到几间屋前出门，回身看到木制拱门上“Thac Camly”大字，旁边小屋有售票处，注明入门费2万越南盾，我想无意间从后门而入，免了一票，哈，成功逃票，免费一游Camly。

公园大门马路车流不断，偶尔有中巴公交车通过斜对过路口有间茶水铺，门前停了些摩托车，一些中年人坐成堆下棋喝茶闲聊，我猜测是通往乡下的路，大道上下车的人需搭乘摩托。坐茶铺门口休息，希望等回程中巴搭车回宾馆，午间骄阳似火，不想暴晒步行。左等右等没有车，时间稍长，好心老板娘端出一杯茶给我喝。是不是我见识短，在越南旅行多个地方，满城满街的咖啡馆，好像还是第一次坐在一间茶铺里喝茶。远看几百米外一个大转盘十字路口，两座山包两边把守，笔挺高大的树木，漫坡苍翠，是个什么去处？我动了好奇心，走过去看究竟。

路口一侧有饭馆茶铺和茶叶店及一家木材加工厂，另一侧绣球花盛开的大转盘右转过去则只是坡地农田。高悬半空的大路牌指向，右边路通十几公里外一个地名不识的村庄，另一边0.8公里处是英雄纪念碑，直行前方无路，大块地、房屋若干，顶头了，是个丁字路口。犹豫片刻，0.8公里还在我的时间和体力脚力范围以内，咬咬牙走过去看看。

前行不过二三百米，右侧路边四个方形石柱一字排列，构成两侧窄中间宽的三道门，遍山青松间一条宽阔大道直通山顶，能隐约看到顶上建筑，我想莫不是这就到了烈士纪念碑？这0.8公里未免太近了吧？且不管太多吧，既来之则看之。石柱上有镌刻的汉字，近前看，繁体刻字，属歌功颂德的老旧文体，我思忖英雄纪念碑一是不会以繁体汉字书写，二是纪念革命英雄断不会使用咬文嚼字对仗工整的旧文体，如此排场即便非帝王之家，也必是国家重臣史上栋梁，否则不会给予守苍翠松林的一坡之巅，肃穆庄严之地安寝的高规格待遇。

大叻以山峦河流纵横、植被茂密、花开四季盛传于世，尤以青松鲜花独步越南。此山遍野青松，巨大剑麻散布林间，青草茂盛，路宽坡缓，直通山顶，只是年久失修，荒草占道，乱石散落，路两侧人踩出的细窄土路反倒成为坦途。入松林酷热消减，清风吹来些许凉快。我走走歇歇到山顶，一围石砌雕栏平台上，庑殿顶无门殿堂坐落之上。石阶上平台，二石狮把门，旁有汉字碑一块，殿内有龟驮碑，殿外又一块石碑汉字镌刻，碑文和阶梯门侧石狮旁石碑文字完全相同，是块墓志铭。

墓志铭抬头“显考隆美郡公阮公碑铭”，落款“保大十四年八月初一日 天主降生一千九百三十九年九月十三日 亲女 大南国南芳皇后 的提廬男爵夫人 奉立”。隶书撰写，“以丰碑长此终古”。

皇后之父，国丈是也。让人浮想联翩。“东风不与周郎便 铜雀春深锁二乔”，中国历史上最有名的国丈非乔国老莫属了。曹操没有桃花运，兵败赤壁，乔国老有所依托，大小二乔得以与夫君偕老，终成中国历史一段美谈。保大皇帝1955年被吴庭艳政变废黜，皇后在劫难逃，未得善终，但1939年，

越南末代皇帝国丈之墓

二战硝烟未起，日本人尚未入侵越南，还称得上她和皇帝命运盛世之时，为父尽孝，修得如此大墓，也算是功德圆满之举了。日后在顺化皇城母后宫见一貌美清丽女子抱孩儿携幼女照片，不知是不是正是这位“大南国南芳皇后”。见后节“骑车游，皇宫和天姥寺”。

此时此刻回客房午餐休息不大可能了，索性找块干爽凉快的蔽荫处，取出包中备品，暂且保住肚子不饿，维持体力，美美喝些热水消除一上午徒步跋涉的干渴，休息了一阵子。随后下坡朝回城方向走，边走边随时回头看是否有公交中巴，一直过公园往下走到河边进城小桥，也未能搭上中巴，从这里转入河边城区路，走回城里。我估算整个一上午行程在5公里上下，只多不少。一公里多河边路是新区，从八九成新盖的二三层楼房不难看出崛起未久的街貌。

走到城中宾馆旅店集中街区，在家华人饭馆吃一顿热乎云吞面，绕街边满是售卖水果小型卡车的城边大道走去市场，想找那位老实巴交的昨天下午载我去大庙的农民摩的师傅送我去距城6公里的Datanl 瀑布。午间阳光晒得人步履缓慢。走到喷水池大转盘路口，一位中年老成的摩的司机停车和我打招呼，拿出他包里的本本翻给我看，里面有中国游客给他的留言，英语流利地介绍几个景点，坐他的车一下午跑遍没问题。

这个人叫我想起大前年在曼德勒皇城外遇到的印度人哈桑，和他一样自来熟，拿出各国游客留言推介自己包导游，包车收费合理，结果第二天早上送我到伊洛瓦底河边码头四倍于其他司机价钱，把我懵了个乌哩马哩好一通儿后悔。有了前车之鉴，跟这个自来熟套近乎的我可不再含糊，要做生意送我，那好吧，先把价钱说好，我选择了他说的游客必至的中国大庙，请他写好名字Linh Phuoc Pagoda，用GPS定位，查证东面9公里，加上我要去的Datanl 瀑布，城南6公里，两个往返加起来30公里，他张口要20万越南盾，我只给10万越南盾，最终他拗不过我，成交。出发。坐后座上我想，如果是市场边那个老实农民，我会给15万越南盾，哪怕是20万越南盾，但对付这种油滑老油子，姥姥。咬死一个价，不拉拉到，有的是人等我呢。

摩托车速飞快，小风一吹也没有了炎热。七曲八拐过不少街区，我想大叻其实也不小啊，只是我步行的范围小而已。感觉骑了很长时间似的，进入一个窄街口。闪过的牌坊上写有“霊福寺”，过了好一段路我才反应过来是个“灵”字繁写体。午后的高峰期吧，霊福寺里十几辆大巴把停车场挤得满满当当，满院子老外东游西逛叽里呱啦。司机送我进院子推车去存车处，我在院子里活动下有点僵的腿脚，他过来指给我看他等候的位置，我拉他自拍杆合了个影，便自己去看庙。

霊福寺一街两隔，各有寺，有院，有殿，有塔。我先进的院左侧高塔，正面矮塔，右侧配殿天将神像，里边独立观音像一洗别处洁白晶莹之身，似由一支高树干塑造，呈棕色身躯，眼平视，一手平托宝瓶，一手拈竹枝，像一个巨大无比的根雕艺术品，别开生面。登塔需换鞋套，逐级而上，每层各有佛像。从塔上外望，隔街对面寺院内外历历在目，有佛像做屋顶面街，有塔下殿如缅甸蒲甘阿南达风格。下塔走进最大殿内，佛祖立身于堂，身披祥云，众神两侧陪伺，殿堂高大，气氛肃穆，此时虽无人进香，但平日里的佛事庄严之威，叫人入内便有感触。和国内佛祖坐身俯视苍生普惠天下的魏巍形象大不相同，各有千秋。殿内两侧二三层有走道，墙壁彩砖贴面，整座大殿色彩斑斓，美不胜收。大殿对面墙上唐僧师徒四位风尘仆仆，西天取经路上形态，栩栩如生。中国文学艺术中的僧人形象“墙里开花墙外香”。

霊福寺一条街

大殿边是僧院商店，里面长条桌案，各式实木家具厚重结实，甚至有整支象牙雕刻艺术品展示。侧面殿堂一众老年僧侣坐禅，逼真如活体。最里面墙角是道“鬼门关”，牛头马面两个小鬼把门，灯光忽明忽暗，煞气渗人。里面就是阎罗殿，展现的是十八层地狱的景象。前面一对情侣走进去，我还没走完下去阶梯，两人牵着手慌慌张张跑出来，我问他们里面很可怕吗？男生点头，女生一脸惊恐侧身跑了上去。

街对面霊福寺有三座殿，其中一座在维修中。一座殿院内装饰华丽，花园、流水，可以与公园相比。中间一座殿长堂深，门口有坐班僧人，每有香客进殿，僧人会起身合掌致意，带领香客走到佛像前上香跪拜，钟声响起，僧俗同敬，礼数周全。

阎罗殿里一幅图，是阎王爷本人吗？

我有点意犹未尽，倘若是时间充裕，我还愿意再走一遭，细看端详。想到还有十数公里路赶，一处瀑布景观要游览，便招呼司机上路。他没有重复来时路，从另一条街很快绕到春香湖上面的公路，我问司机是不是走的机场路，他说机场还需要往前走，和霊福寺不走一条街。穿过喷水池向南，几公里外看到长途汽车站，我问他有没有公交车到，司机说没有，需要自己打车。由此我打消了自己去长途车站买票的打算，叫宾馆总台帮办更方便。路两边山峦高耸，一条索道横空滑过，我问司机是不是可以坐索道下山，他说方向相反，两个去处。先后看见几拨自行车爱好者蹬坡累了在道旁休息，很专业的山地车公路赛车，艳丽色彩的骑行服安全帽，每拨人有每拨人自己的选择和特色。每个国家都不乏自行车爱好者，上海市区到青浦朱家角，菲律宾吕宋岛碧瑶至巴纳韦梯田崎岖陡峭的山区公路，爪哇岛列车车窗外，我都看到过，少则一两个，多则成群结队的骑行者们……霻福寺到Datanla 瀑布15公里路，摩托车不到半小时，倘若步行得走大半天，没有摩托车的年代呢？据说细菌学家巴斯德曾经到大叻，19世纪的他们需要靠骑马吧（我在大叻没有看到滑杆），正是他们建议开发得到法国总督批准，大叻才得以为世人所知。虽然到1907年大叻第一座宾馆建成时，巴斯德已经去世多年。现在的公路上下起伏，弯道盘山，已是坦途，公交车通行。如果有下次，我会从市场边乘坐公交中巴到Datanla瀑布，享受国民待遇。

门口买票进入景区，司机跟进来说，买滑车票往返5万越南盾，带我到售票窗口。我问他没有步行线路吗？他不吭气儿。我知道他想叫我坐滑车快进快出去赶他的下一单生意，步行则需要更长时间，待出来天将黑。看看天色和手机时间已经是下午四点，走过大半天路，我已是疲乏在身，再徒步上下，恐体力难支，于是欣然买票，尝试滑车高速下降的刺激。

我前面几个四五人家庭组、夫妻档、情侣伴两个一对儿地先后下滑，空谷传音，尖叫、欢笑不绝于耳。余下我坐旁边气定神闲看他们一一滑走，喝过水伸展了腿脚才慢吞吞上车，坐好，伸腿，脚蹬住车厢前板，固定好身位，握住刹车把，工作人员轻推后背，慢慢滑行，越滑越快，耳边风声呼呼，体会到高速开摩托的感觉了，赶紧拉刹把减速，稳定后又松刹车加速下滑。拐弯处身体左倾近45度，再减速，真担心自己摔出去掉进深谷草丛树林间，没有安全带哟！就这样加速减速，连续转弯左倾完右倾，太刺激了。中间轨道边桥上一位工作人员满脸带笑紧着挥手，意思叫我再加速再快点儿，恨不能叫我飞起来吧，哈哈跟着起哄。

这种高山滑车依轨道滑行，单人单车单行，也可多车组队鱼贯而下，座位侧有刹车把手控制车速，可快可慢可停车。转弯处向侧面倾斜角度很大，加上高速下滑，感觉心悬到嗓子眼儿的刺激。滑行中听到女孩儿惊恐尖叫和带着颤音的欢笑是常事儿，是喜欢冒险刺激的年轻人的最爱。行动不便的老人和娃娃不宜单独乘坐。

不知多久，感觉没滑多大会儿就到站，时间短了点儿不过瘾似的，再滑一段就好了。下滑车离站拐出石阶小道，即可看见瀑布轰然垂落，雪白流水穿越怪石嶙峋的河道奔越而下。我经过一个大平台，来到观景台。各国游客纷纷占据最佳位置拍照留念，本地游客一家子一家子地集体拍完个人拍，一时间欢声笑语好不热闹。我避开这个火热场面，转周围看景，登上旁边的斜坡，随后往前走，看到的是瀑布流水侧面，也有很好的景致和拍摄角度。转到另一侧，山根下有缆车站，一个绿色车厢静静吊挂在站里，我问一位身边走过的工作人员，现在缆车还开吗？他说今天人少，已经下班了。匆匆离去。从滑车站和缆车站位置看，分别是从山的两边到达同一个景点，方才我在路上看到的山顶高处缆车，应该就是来这里的线路了。摩的司机之所以选择这道门进入，还是由于缆车慢滑车快并尽力推荐滑车不让我步行（其实他明显知道老背包客的习惯一般是选择徒步，能不坐车的地方尽可能自己走路），无非是给自己争取多拉一会儿的时间，哈哈，狡猾狡猾的。不过对我来说从哪里进入无

Datanla 瀑布

所谓。了解到滑车缆车并举，如果有下次，我会从市场坐中巴到任一门口，或缆车上滑车下，或者相反，滑车进缆车出，玩儿一个穿越。嗯，这是个很好的线路，大概除了本地人，一般游客不大会算计到这样精细，像我一样即便是知道了，也是离开时候，没有实际体验的时间了。

回到观景台正面，游客们已经尽兴，人去场地空，热闹不再，只有几个晚到的国外靓女俊男在拍照。这个观景台上下两层，上面有瀑布正面淌下的画面，视角开阔，下层更亲近流水。游客们拍过奔腾轰响的瀑布，下阶梯到流淌不息的水边拍照，另一侧阶梯上来结束游览。这里是 Datanla 瀑布景观核心区。游兴在此达到高潮，也在此结束。更多的风景在路上，崎岖山路中隐藏着有待人们去发现和欣赏的美丽，可惜我是在飞速的滑车上错过，体验的是飞速滑降的刺激，错过的是景致。

回到出发地市场，已是黄昏，暮色苍茫。

司机收了钱匆忙离去，待我背好包转身已经不见他身影，这家伙跑得好快。沿路搜望过去，他果真在市场大门口台阶前缠着两个身高马大的外国 MM 侃侃而谈拉生意，不过两位小姐没答应，下台阶进市场去了。我兀自笑道，小老弟，你精打细算跑一天，该是回去歇着的时候了。哈哈。

宾馆总台结三天账，委托买明天早上到芽庄车票，回客房休息，结束一天游程，比我预想的多走了一个霛福寺，非常满意。服务生敲门，告诉我票已订好，明早 8 点在大堂等候车来接。一切 OK。

大叻三天，没玩儿够，还有继续想跑的地方和景观。这么好的春城气候，一定会再来。

回国以后翻阅的一些资料，回答了我在大叻火车站疑问：

【网络资料汇总】

大叻火车观光项目：乘火车到 7 公里外的 Trai Mat 村，参观华丽的 Linh Phuoc Pagoda 寺（霛福寺）。全天五趟列车，发车时间：7:45；9:50；11:55；14:00 和 16:05。根据 2012 年 12 月的规定，每趟列车需 10 人以上才会发车。列车单程运行时间为 30 分钟，在小镇上停留 30 分钟返程。游客可以在这段时间参观游览。往返票价 122000 越南盾。

大叻火车站是法国建筑师 Moncet 和 Reveron 于 1932 年设计，铁道为齿轨，1938 年至 1964 年间连接大叻和藩郎 - 塔占，越南战争后期遭废弃。20 世纪 90 年代重新修复使用，重开铁路线全长 7 公里（4.3 英里），大叻通往小镇 Trai Mat，主要作为参观旅游线路。火车站保存了几节复古车厢和车头。

大叻火车站和地址越南文全称：Ga Đà Lạt, Phường 10, tp. Đà Lạt Lâm Đồng, Việt Nam

回忆我在大叻火车站参观，误读了说明内容。我和两个北京女孩儿到达时，最后一班火车还未返回，只有一个蒸汽机车头。售票室亮灯有值班人员（当时不在）。以上资料说明我错过了火车游大叻。有了明晰的结果，大叻我一定还会去的，我喜欢春城的气候和美景。

10 月 5 日星期一多云 大叻

早上步行去 khu Du Lich thac Cam ly，二公里多，小门入，免票，哈哈。小桥流水小公园。出正门。看一处国丈墓地。下午摩的去两处，霊福寺和瀑布公园，往返约 30 公里。预订大巴票，结账毕。一处峡谷公园 thac datanla

流水账：摩的 170K 公园滑车 20k+50K=70K 午餐 40K+10K=50K 宿 480K 大巴票 135K total：905Kd ≈ 302 ¥

第六节 芽庄，迷人海滩

接我去长途客运站的中巴准时在宾馆门口停靠。我是头一个，随车到各个宾馆旅店转悠接旅客，等于大清早转一趟街，扫一遍我三天没走过的街巷，不亦快哉！各宾馆旅店门前停留时间不一，年轻人快，司机打个电话就背包拉箱上了车，麻烦的是几家带孩子旅客，家家都是磨磨蹭蹭好半天才见人下楼，后边老人走得更慢。不过我一点儿不急，谁家有孩子也快不起来，光是娃娃那些零七八碎就够人拾掇半天的，一个孩子能把一家人的所有节奏都带慢，随着他（她）的吃喝拉撒睡安排决定大人的一切行动。带过孩子的，都很能理解。况且还有上岁数老人。一车人集齐，出城往长途车站开，经过喷水池大转盘，方向并不是昨天摩的司机带我走时看见的那个位置，而是相反，我想大叻长途客运站看样子不止一个。20 分钟不到抵达，很气派的新汽车站。停车场很大，和国内汽车站格局不相上下，一律的豪华大巴，齐整壮观。我的车票是宾馆服务员临上中巴前递给我的，验票上大巴。准时开行驶离大巴站。车上旅客本地人和旅行者各半，不少西方年轻人，有几对和两群年轻男女中国游客，应是国庆节度假，再有两天就得赶回去的上班族。各自看风景或打瞌睡，没有搭话聊天儿。

车行前半段一路下坡，听得见车窗外吱吱刹车磨轴瓦的声响。一小时中途休息，大巴司机拉着胶皮水管浇轮胎，冒出阵阵白烟水蒸汽，足见刹车片用到发烫烧灼的程度。大叻海拔 1500 米，下降到海边几米海拔，一千多米落差就靠这些刹车片支撑了。第二次一小时休息，司机只浇了几桶水了事，坡度降低，轴瓦的温度也就不那么烧灼了。此后一路平地到芽庄，三小时进城开入汽车站。相对于缅甸长途大巴四小时的路跑出八九小时，越南大巴效率说得过去。

大叻至芽庄路线图（手机截屏）

芽庄汽车站离海很近，进站前车上都能望见蓝蓝海水。一车人下车，的士司机、摩托仔、三轮车夫纷纷围上前拉客，不大会儿散尽。我嫌乱，坐停车场树下椅子上不动窝。旁边坐下一位年轻女孩儿，一聊，是吉林人，国庆长假加攒假请假一块儿有十几天一个人跑出来玩儿。南宁陆路进关，从河内一路南下，顺化、岘港、会安到了芽庄，今天准备去大叻，然后从西贡回国上班。问她芽庄有什么好玩儿的，她说海滨和高棉婆那加塔，其它也没什么，她一天就走了。说会安比较好。还没聊几句，那边招呼上车，她坐我刚才来的返程大巴去大叻。

我一个人气定神闲地开 GPS 定位寻找到火车站，进到售票厅询问落实好出行确定位置方向，拉行李箱准备出发。两位英语很好的售票员问我为什么不像其他游客一样去海滨？是呀，我也问自个儿，怎么没跟那么多人一起去海滨找地方住，要一个人去火车站？我告诉她俩，我要坐火车去顺化那边，当然火车站那里住方便啦，海滨当然要去，不然芽庄美丽海滨错过，岂不是白来了芽庄？夸她们家乡，两位小姐自然笑靥如花很开心。不过我心里想，大概不同的是那些游客特别是国内年轻游客们利用国庆长假来旅游，而我是自己的旅行，我们关心的喜好的可能差别很大。旅游和旅行一直是网上爱好者们的热门话题。各有各说，参差不齐，我走自己的旅行之路就是了。

正午时光，又是个赤日炎炎似火烧的大热天儿。刚刚从空调屋一样的大叻回到水深火热之中，阳光烤灼得很不耐烦。定位好 1.2 公里的路，过马路转弯走出二三百米，就不想再走，招呼一辆三轮车，送我去火车站。十分钟的路。

芽庄火车站前

火车站售票厅和候车室没有空调，并不凉快，但至少不晒。边擦汗边和售票员交涉买票，顺利买到明天晚上 7 点 40 分到顺化卧铺下铺。越南买火车票实名制，车票上还注明是“外国人”。我想什么时候咱们国内也这样就好了，随到随买，无需排队，也无需到网上抢票什么的，几句简单话搞定。准备把行李寄存，只身出去找旅馆，服务员手一指，马路对面就是一家宾馆，门面挺大，比在老街需要穿广场那家台湾人的华侨旅店还近，得来全不费工夫啊！客房设施齐备，阳台正对火车站，太近了，开车前十分钟下楼、退房、上车都赶趟儿！为我所欲也。

放下行李出去找午餐吃，宾馆旁一家占地很大的花园咖啡厅不少顾客，除了咖啡、冷饮、啤酒，别的一概不卖，我问服务员小姐，汉堡法棍也没有吗？面条米粉也没有吗？小姐微笑着一个劲儿摇头，最后找来一位说英语的小姐告诉我，这里什么吃的都没有，你去街角那边有小吃店。本来一个汉堡一杯咖啡就解决的事儿倒复杂化了，上百张圆桌能坐几百人那么大的，且地理位置优越的咖啡店连北京都找不出一个，怎么就不为顾客想想准备点儿汉堡、法棍、面条儿、米粉呢。我边在街上逛边这么胡想着。就着走走看看，绕火车站街区走了一圈儿，咖啡店不少，都有顾客喝咖啡闲聊冲瞌睡，过了饭点儿，不多的几个饭店屋里板凳摞起老高都打了烊，午休，只好在宾馆楼街角小吃店买碗米粉打发了芽庄第一餐。

回客房冲洗清爽，空调冷气屋里安睡午休。

第一段　住宿临近大教堂，步行夜游占婆塔

一觉醒来躺床上搜天主教堂，一条直线800米，就在我住这条街街头，哈，又一个太近啦！还等什么呢，翻身起床，洗漱好背包出门。火车站街是芽庄的一条商业主街，宾馆斜对面（火车站隔壁）有个大型家电商店，各种店面沿街不断。宾馆出去路过那家北京都找不到的上百桌街头花园咖啡厅，一百多米远有家大型超市，进出的外国人很多，本地人就不必说了，待回头去逛。在我看来，一个大型超市大体上反映了这座城市的生活物品供应的基本状况和物价水平，不逛超市怎么了解这个城市？更何况城市里有我需要的物美价廉的食品、日用品，逛超市是旅行生活必不可少的一个基本内容，对我而言不逛农贸市场和超市，白来一趟，不论哪个城市不论大小。游景点排在其后，不是说时间先后，而是对旅行的重要性。

天主教堂占据街角大片地方，游客从不同方向朝这里聚集。西方游客特别多，背包客有三五为群的，老两口的，推孩子初为人父母的，手牵手年轻情侣的，纷纷走上台阶进入大教堂，仔细观看雕塑，壁画，拿出摄像机、照相机拍摄。圣经故事在教堂周边和院子里被雕塑成为一个个鲜活人物形象，有耶稣被钉在十字架上的血腥，也有小天使张开羽翼欲飞的可爱，还有母婴依偎的温馨。圣母像前鲜花盛开。教堂里正在做晚弥撒，摩托车在教堂各门

前排满。教堂大厅里祈祷的人只坐了三分之一，偌大教堂显得有些空旷，比前天大叻教堂里位无虚席的做礼拜的人少多了，那天是礼拜天，大日子。

灰色砖体砌就的高大钟楼弥散出浓厚的历史沧桑气息。院子里更多的游客是国庆长假有时间越南游的年轻中国人，操各地口音的小青年们散布在大教堂院子各个角落，不停变换位置姿势拍各种照片。大家专心致志各自拍照，顾不上打招呼聊天。我帮四川口音小两口拍过合影后问他们是不是满意，不好重来，男生拿过单反翻开 LED 屏看了看说“真专业”，哈，这话说得我太受用了，美滋滋。不过自知之明我还是有的，那也抑制不住心儿里美的跟大萝卜似的，哈哈。上下前后左右看遍，为自己留了些手拍杆纪念照，找个地方坐下来查找婆那加塔。GPS 显示距离 2.2 公里，大教堂北面。看看天色和手机时间，离天黑只有一个小时左右了，加紧脚步赶，太阳落山之前赶到应该不是问题，于是立即动身赶路。今天看过，为明天争取多一些时间看更多东西。

天主教堂

下班摩托洪流卷入城市生活尾声。过街口发现头几步路走反，再折回重走。芽庄街道比海防正规，人行道宽窄适于行人走路，不必像海防那样不时要在马路牙子下边和摩托车流贴近亲热。两个路口之后，谷歌地图显示前边有条丐河，过河即到预定目标占婆塔，但走在路上却迟迟不见河踪影，街边房屋和店铺与主商业街相比趋于小型化、平民化，公共汽车频繁往返，我注意是 6 路和 7 路公交车。数百米外右转，一条大河出现在眼前，终于可以在天黑前进入婆那加了。走上桥头，另一端左侧小山包斜坡上镶嵌的“THAP PONAGAR”大字清晰，坡上绿树茂密，塔半身高出树之巅。桥右边远处又有一座桥。两桥之间是宽阔的河面，河中央一座石礁小岛，停泊了一些淡蓝色渔船。河边有些吊脚屋，还有几间河边餐厅已经灯光闪亮。对岸几座大厦华灯齐放，芽庄夜幕降临。

丐河风景让我眼前一亮，出人意外地迷人。我边看边拍边走，到园区亮灯的售票处跟前，售票小姐正在拾掇桌面准备下班，我买了大概是今天最后一张门票进入婆那加占婆塔。登上入门处大坡，坐到靠围墙大树下俯瞰丐河双桥，初放的灯光将桥身连成一线，倒影在水中，美得令人陶醉。如若在中秋夜，一轮圆月从远处海面冉冉升起，约几位好友亲朋在此把酒赏月，体验“海上生明月，天涯共此时”的高远意境，会是怎样一种无与伦比的人生之乐啊。可惜中秋已过数日，等不及明月惠顾了，遗憾哪。

占婆塔顶部的灯光晶莹剔透，下半部凝重深沉，更给人神秘古朴沧桑之感。两千余年历史长河，占婆国和真腊、安南与中国数度交恶、和解，挣扎于内外交困上千年，几度稳定强大，也曾辉煌一时，终于在17世纪被南侵的越南黎氏王朝灭国，归于现在的越南版图，占婆人分散在东南亚几国作为少数民族生存。于今只能凭吊先人古塔，怀念过往的历史了。塔对面一间展室罗列出占婆国祖先精美的印度教风格与日常生活的石雕作品和服饰，环墙满满的照片，记录着占婆遗址的发现，让人们了解到这段历史。国亡族存，近年最大的民族灾难是来自埔寨红色高棉时期，资料记载，被杀占婆族者以十万计。祈愿上苍开恩保佑，为多灾多难的占婆人打开和平安定之门，让他们和世界所有民族一起，平等幸福地生活吧。

进园时里面有几位游客正在参观，我和一位浙江游客一起抽烟聊了几句，待我离开，已是园静人空，售票处更是早已黑灯。我买了最后一张参观票，也几乎是最后出园，“功德圆满”哦。天黑了，时间还不算太晚，7点钟不到。我背桥头方向走，寻找公交车站，来时看着6路、7路公交车往返很密，这会儿还不到收车时候，我可以乘几站公交车，过桥不远下车走回火车站，最多步行一公里便到宾馆。芽庄路宽弯少，道路容易辨认，何况我有GPS随时可以定位导航，以前拿着地图到处问路，天一黑就有点儿抓瞎的情况彻底改观了。

二百多米外找到车站，等了十分钟上车。我拿 GPS 导航线路给男售票员看，叫他到地方告诉我下车。他对 GPS 很感兴趣，拿着把玩了一会儿，告诉我下车往回走几步左转弯一直走就到。7000 越南盾一票，空调车，和国内公交车价钱不相上下。不大会儿售票员叫我下车，公交车直行开走。我往回走到路口左转，顺利返回，在宾馆旁吃晚餐后逛超市。

华灯初上映二桥

占婆，国已亡，塔犹存

说到坐公交车，我总认为一个陌生人到外国城市如果能乘坐公共汽车出游，已经算是一定程度融入当地社会生活了，享受了国民待遇，比打的（包括摩的、三轮车、马车及

占婆物品展

自行车二等座）任司机送到目的地高出一个档次，也比纯步行到处打听节约体力，“智商”有所提高。坐公交需要识字，认站牌和线路地名，这对外国人是最大考验。

马尼拉普遍使用英语，比较简单，看站牌线路拼地名就可以，问问也容易，即便是没站牌招手停车的花里胡哨的吉普尼，司机也绝大多数英语熟练，拿地图和地址给他们认，都能送到。所以在菲律宾各个岛和城市我一般都是坐公交车和吉普尼。越南文元音辅音排序混乱，莫名其妙，摸不清门道，偶尔可以硬拼，特别是地名，河内、西贡、海防、范五老等地名硬拼也能猜出来，一些地方也使用英文名，加上今天多次看到公交车和我同向平行跑车，也就敢坐几站节省体力和时间。在曼谷和清迈等城市，我基本不敢坐公交，因为文盲不识字，曲里拐弯儿的蝌蚪泰文实在是连猜的机会都不给我，走路和骑车成为主项。也坐过曼谷公交车和地铁，那是因为不管蝌蚪文如何婉转扭曲，阿拉伯数字是世界通行的，站牌上的数字总会认得，因此地图上确认好线路坐的公交。最叫人难辨的是缅甸，民族化到连数字都是缅文，人家不用阿拉伯数字，而且缅文比泰文字形复杂，蝌蚪曲折不说，还抱团儿打群架似的，一辆公交车开过来，满窗户红绿蝌蚪纠缠群战，谁认得出几路车从哪儿开到哪儿？所以在仰光、曼德拉、蒲甘我一律骑自行车，步行游景点、逛街，一次市内公交车没坐过，不是没有车，是没文化不识字儿，文盲很悲哀是不是？现在好办，用 GPS 谷歌地图定位导航，走哪儿都不迷糊，当年不是没有嘛。后来即便开始用了，马尼拉警察还跟我装糊涂不理睬呢，咳，一言难尽，这就是旅行。

前面说到自行车二等座，在轿车、越野、SUV普及到家庭和摩托化的当今社会，说起来不会再有人相信，特别是80年代以后的年轻人。我在菲律宾和印尼都见到过。20世纪五六十年代，直到改革开放以前的70年代末，包括深圳罗湖口岸在内的广东各地乡镇普遍存在一种乡村客运方式，和现在的摩的三轮车地位相当，广州产五羊牌加重自行车后座铺一块宽层板，旅客连行李一起坐上去，车主蹬车快步如飞，平稳骑过水稻田、狭窄田埂，送客到村到家门口，车资由路途远近议价，主客相愿。这就是在中国流行过几十年的乡村客运二等座，目前国内基本销声匿迹不见踪影，当年可是一种很受欢迎的载客方式呢。不仅广东，江南不少省份也曾有过。车主的高超车技，穿行田间小路、庄稼地的灵活自如，为旅客带来的方便，老一两辈的人们，包括改革开放初期到深圳宝安的工程技术人员、军队指战员、商人和回乡探亲的港客，应该还会有印象。目前在菲律宾和印尼一些乡镇码头车站，我见到过自行车和摩托、三轮一起候客揽客的车主依然活跃，也曾向我推销自荐。

天黑以后，酷热尽消，有些许海边吹过的微风，人在活动中，依旧热得淌汗。走进超市，冷气袭来，顿觉舒爽，难怪里面人多热闹，不买什么，只是里面闲逛，也把凉意享受够了。带孩子的欧洲面孔很多，孩子们到处跑，大人不管，任由她（他）们撒欢，偶尔耳闻他们说话，听得出说俄语，俄罗斯人常住越南和东南亚几国及各地，几年前在富国岛、西哈努克港、暹粒曾经见过，并不奇怪。在超市里他们就像在自己的家所在的城市一样过着百姓日常的日子。早几年我就曾经想过，我们中国人也可以这样生活，不必集中到海南三亚扎堆，其实国外特别是东南亚一带气候和海南不相上下甚至更好，生活水平比国内要低，很适合于老年人避寒越冬。我愿意选择这样的方式度过北方寒冷的几个月。

如果不刻意留意文字的话，只看商品货架，徜徉其间和在国内逛超市、购物并无两样。和前两天在大叻两次逛过的超市相比，这里只是货架冰柜设施、卖场装饰没有那么崭新而已。倘若住得多几天，我会天天来这里采购，吃遍喜欢的东西，只是短暂一天，没有很多购买需要而已。对比价格，大多食品和国内不低多少，我想与一般芽庄市民的收入水平可能有差距，河内王老先生退休金只有人民币不到一千的诉苦始终在我脑子里挥之不去，以他的收入过超市价格的日子，我估计只能维持十天八天，对一般百姓而言，农贸市场街头摊贩讨价还价才是他们的日常生活。超市250毫升袋装牛奶比等量伊利、蒙牛价低4毛钱，天天喝很划算，我没买别的，刷卡带两袋奶回去。在大叻我已经买过两次，味道真的不错，很浓很香的牛奶。

10月6日星期二晴大叻芽庄

早起中巴接到大巴站，三小时车程到芽庄。直接到火车站，买明天晚上去顺化卧铺，住车站斜对过。找午餐费劲。处处咖啡馆与摊，街头巷尾。下午游天主教堂，婆那加占婆塔，6路公交车返回，夜逛超市，买牛奶。

流水账： 三轮车20K 火车票560K 宿250K 午餐30K 门票22K 公共汽车7K 晚餐25K 牛奶11K

total: 920Kd ≈ 308￥

第二段 好心医生相助，下乡进村与海滨风光

早上7点出门前和总台值班女士交涉，我晚上6点40分火车，6点钟退房，愿意出半天房钱。昨天接待我入住的这位女士不同意，说你可以下午5点钟退房，但是不能按半天算。我连说好好好，谢谢你们照顾，我一定5点钟以前赶回来不耽误你们。出了门我想越南还有这么好的旅店给客人提供如此优越条件，求之不得呢，国内最优惠的给到下午2点钟退房还大加宣传赞扬。一天都为此乐颠颠。放心去游吧，别辜负了人家的优惠和体贴。

我的一天安排是坐公交车游车河，市内还有1路至5路公共汽车，昨天在几条街看见它们运行。超市斜对面有2路汽车站，我先坐2路到总站，再折回来在其它线路站等候乘坐，一个上午大概可以转遍市内所有公交线，把个芽庄看个底儿朝天，然后选择海滨休息游览，最后去一趟婆那加占婆塔，把没看到的细节补补课。4点半回去冲洗收拾准备上火车，不耽误5点钟退房的约定。挺完美的安排。

一路走一路琢磨吃早点的地方，不是这不想吃就是那不合适，过了不少早点店和小食摊，定不下来。我在想，人闲了就是事儿多哈，挑来挑去的，如果是赶着上班或办事，随便找点儿吃的赶时间都怕来不及，哪儿有闲心挑

剔，我这是大清早儿给闲的，要是和别人一块儿也这样可能我也早烦了，自己跟自己就没什么可说的了，由着闲逛接茬儿挑。绕过大教堂到对面平行那条街往回绕着走，昨天没走过。在一个横街口看中一家猪脚粉，坐下要一碗。好喝的汤，炖肥的猪脚，劲道适口的米粉，吃得津津有味。周围邻桌邻座的都是上班上学族，吃完匆忙骑摩托车赶路走了，换了两拨人我才品尝完离开，闲的忙的真不一样啊。

走进横街对面路口，按惯常走法，这条路直通我来时的街，出去大约是超市斜对过，最多偏一些，差个百十米，大方向没错儿。路口一段也有几家早点摊，吃早餐的人蛮多，生意不错。往里走路面变得很宽，右手边楼房应该是超市那条街，有围墙有院子各占一方。左边空旷，我想这如果是在国内，早被房地产商抢走拿去开发了，市中心商业区位置啊。空地上散落几个破旧集装箱，火车站附近嘛，应景儿。宽宽的路一直往前走，始终找不到拐出去的哪怕是一条小巷子。五六百米之后路往左转向一个有人值守的铁道口小房子和栏杆，前边愈发空旷。按方向我估计是火车站背后了，出右侧到大街坐公交车是没有出路了，也好，索性我兜个大圈子看看这个芽庄能把我给弄到哪儿去。于是左转过铁路准备拽开大步绕火车站了。今儿我还真不信这个邪了。

一辆黄色女式摩托车悄没声儿停在我身边，骑车女士轻声说，早上好，请问是日本人吗？我回礼，说是中国人。她问，你这是去哪里？很轻柔清晰的英语。我说，我准备去坐公交车，谁知到了这里，前边可以绕过火车站吗？她说，从进街口就看见一个人往前走，以为是日本人找教堂迷了路。我说教堂昨天看过了，今天是误走进这里，实际上是想坐公交车。女士说，前边是一个镇，她在那里上班，离火车站比较远了。我这才明白走岔了道儿了，越走越远，幸好女士中途叫停，不然我一上午功夫白瞎了。对她说，谢谢你告诉我，请去上班吧，我往回走就是了，出去的路我认识。女士下车掉转车头对我说，请上车吧，送你去教堂，那里就有公交车站。我连声道谢坐到后座，摩托车越过铁道往回开。

我问女士，你在镇上做什么工作？她说地区医院。我说那你是医生喽？

她说是的，在儿科。工作几年了？二年多快三年了。哪个医学院上学？河内。芽庄是老家，回来工作吗？是的。工作忙吗？儿科就一个人，平时还好，遇到季节性流行病传染，忙不过来，下不了班，有时候半夜还要跑回医院……我们俩一问一答，很快到了。走了 20 分钟的路，女医生 5 分钟不到把我送到了天主教堂最靠里车道广场边。我下车，她说，旁边有公交车站，等一会儿就有车。道了再见要走。我说，谢谢你，别忙走，我给你拍张照片留个纪念。女医生把车停好，摘口罩，脱帽子，解围巾，从腰上解扣，褪下腿上围裙，站在摩托车前，一袭蓝色短连衣裙，年轻的女孩儿，方才裹得严严实实，一点儿没看出来。手机对准按下快门，我留下了女医生和善的笑容，拿给她看了看。她忙不迭又戴帽，裹围巾，戴口罩，系围裙，骑上车道，道别离去。我目送她骑上马路远离视线消失在摩托车流。

好心医生送我行

越南女性骑摩托车的一身行头给我留下深刻印象。防晒防风，浑身上下包裹得严严实实，穿戴动作一丝不苟，表现出她们对美的追求，对自己的爱护，女人的天性。好运，善良助人的芽庄女医生！

到 2 路汽车站候车。10 分钟 15 分钟不见车影儿，渐渐焦急不耐烦。对面车站开来一辆 2 路，跑过去坐上再说，到了总站往回返，横竖是一样。过宾馆过火车站一直朝前，一公里多后，经过一个有大佛的公园，昨天大叻进城时看到过，一站一站停，约莫二十几分钟车开进一个院子，全员下车，总站到了。取出手机定位，从火车站到这里 11 公里，不近的距离啊。院子里停着2路和8路公交车，既然到了这里，就坐回8路车看看能去何方。车上等候时忽然想起个小故事差点儿没笑出来，听说台湾公交没有8路，不知真假？有时间找台湾人问问。

售票员上车卖票，询问眼神儿问我去哪里。我告诉他到终点站，他茫然，改个说法是，最后一站你们车不走了我下车，然后跟你们车回来。他还是莫名其妙。后边坐的一个女孩儿笑起来，对他说了几句越南话，一万七越南盾卖给我一张票，我想起这不是海防到涂山的票价吗？于是问女孩儿有多远，女孩儿说很远的，差不多要开一个小时呢。哦，那是差不多，海防到涂山27公里，将近一小时车程。女孩儿问我去那里干嘛，没有游客去那里的。我问她那都有些什么呢？她笑着说有水稻和菜，别的什么都没有，哦，还有鸡、猪和狗。然后她翻译给其他乘客听，一车的人哄堂大笑，可能都觉得这老外很奇怪，别人都去风景区参观、游览，去海滨晒太阳，游泳，他一人儿怎么往乡下跑。小姑娘一说我心里乐了，正是我所欲也。无意中走进芽庄乡下，看看农民生活，求之不得。一月份在多巴湖的农村一天夜宿给了我多少难能可贵的体验和见识，难忘。

我问女孩儿，大学生吗？几年级了？她说大三，学校就在芽庄，刚考完试，回家休息几天。我又问她家在终点站那边吗？她说近一些，不到终点，前边两个站下。家就是那里，从小在乡下吗？我问她。女孩说不是，爸爸妈妈是生意人，以前在城里有商店，她上中学时候爸爸去乡下送货，很喜欢那里，就和妈妈把生意搬到了乡下，盖了房子。现在奶奶和她住城里，平时周末她和奶奶住，假期长一点或者想爸爸妈妈了，就坐车去找。前一段时间爸爸妈妈忙，中秋都没回家，奶奶叫她去看看。平时爸爸每个礼拜都回家看奶奶，骑摩托车很快就到家，这次因为忙生意，十几天都没回家了。我们俩一问一答聊着，一车乘客像是支着耳朵听，一脸善意笑容。在和善融洽气氛里，人会感觉很舒畅自在，和老朋友老熟人随便聊天说笑一样，我喜欢这样的无拘无束随和放松，自由自在。

8路公交车出城后行5公里左右平整新路，过河上桥转入乡村公路，路况时好时差，显然整条路段维护保养不力，个别地方甚至大坑水洼，车需要极慢速度才能驶出。车窗外大片甘蔗田水稻田，近村有些菜地，见到熟悉的卷心菜、大白菜、萝卜和地边的南瓜以及才冒出地面的菜秧，有些收割后尚未种植的空闲地。我的概念里芽庄这样的热带地方一年四季（哦，这里没有“四季”吧）地里都该是绿色，蔬菜一年都能生长，毕竟它的纬度低于海南岛，而海南在中国人心目中一年到头都是炎热夏季，是中国反季节蔬菜理所当然的供应基地和良种培育基地，实际看到的和概念有所差距，也许会有轮作吧。

村舍砖瓦房为主，没有缅甸、柬埔寨乡村围席以为吊脚屋的贫穷状态，比之印尼的乡野村舍则小而简陋，大致和菲律宾农村处于相同水平。一般印象，在东南亚数国中，芽庄乡村面貌反映的越南农民生活状态好于老挝、缅甸、柬埔寨，低于印尼、菲律宾，不如泰国、马来西亚（不消说新加坡那个城市国家），处于中等偏下水平。以其国内比较，我所经湄公河三角洲各省市县较为富庶，而北部老街省沙巴山区少数民族相对落后，芽庄比上不足比下有余，处于中游状态。当然这只是我的旅行感觉，没有经济和社会数据，从我所见的道路、住房、街市的感性认识。

公交车进入一个镇，街口、学校门前人群聚集众多车辆，校园操场上在举行活动，像是家长们在守候等待入场。各种小吃摊贩活跃。一时交通拥堵。磨蹭好半天才得以进到镇里。大三女生下车，走进路边一座院，很华丽的一栋大屋，农村殷实人家才盖得起，毕竟她家是城里生意人下乡。在一镇一村农舍中，鹤立鸡群，别墅级别了，是城里人包括我在内艳羡的远离都市喧嚣，开轩面场圃的乡村生活。公交车出镇田野行车，又经过一个村口有小庙、僧人，村里有小学校的村庄，开进一个长街、房屋间隔稀疏的镇子，在村头变电站的院子外大树下停车，司机师傅转头对坐副驾驶位置的我示意，到终点了。谢谢师傅后背包下车。问售票员什么时间返回，一个小伙子指指车窗贴的表格。哦，半小时一班车。我示意他和师傅，半小时在这里我和他们一起返回。举目环顾，几百米长街，停车的变电所处在十字路口一角，公交车再往前开便出村，前面的路变为土路，柏油路截止于此。两边横街出去即田野，眺望依稀可见远处老旧柏油路连通的村落。由此我猜测往大叻方向在新路修好之前这里是必经之路，现在街市冷清。斜对面路边是一家邮局标识的小院儿，里面水泥构建的房子不大却很结实，彩饰鲜艳，老百姓的话那是“公家房”，大门已开，营业中，门口广告牌有手机，邮电所代办移动业务，能清楚看见门里柜台和后面的营业员。庄里街树和房屋间隔稀疏，阴凉少，晒着逛街。农舍沿街散建，不成排，更无列，没有小巷胡同，农家院间小道直通房后田地。越南本来国土狭小逼仄，在此却一时间给人地广人稀之感，倒像是走进华北大平原某个小小村庄。邮电所路对过两株大树树荫下有老妇人挑担买菜，芒果两个南瓜和几把晒得有点发蔫的空心菜，大娘示意我买一点儿，我摇摇头去路对面看小超市，门前屋里货架摆得、挂得满满当当，都是日常用品、食品，是村里娃娃妇女最爱的地方。隔壁一家发廊，过去是摩托车修理，几十步远处一家旧房开的肉菜店，我问猪肉价钱，女老板满面笑容地拿出几张纸钞示意我 8 万越南盾和 13 万越南盾，我心里盘算，一般肉合 24 块，好的合 36 块人民币，猪肉价格和国内不相上下哦，农民多长时间能吃上一顿肉？盆里的鱼只要 4 万越南盾，合 12 块，可能会卖得好一点，比国内价略低。路边农家院走进去看看，停一辆国内名叫“三蹦子”的农用车，跑运输运地里收获的庄稼很实用。另一家院里办了个木材加工厂，堆了些圆木，电锯声刺耳。还有一家院子离路边稍远，一辆中型卡车和一挂手扶拖拉机停大树下，院里放有机耕犁耙等农具，像是农民运输户，既种田又跑运输。我知道一般这样人家，男主人都是村里比较精明能干的人，会过日子会赚钱。在中国农村，差不多村

村民一家居所

村都有几个这样的精明人，小日子过得比一般人要好。

街对面一家农资用品店门面大些，屋里屋外堆的化肥饲料包摞起蛮高，屋里货架上摆满农药、种子、各种农具和日常生活用具，我们国内以前农村习惯称为农资门市部，进门一大股煤油、农药、化肥的混合味道，备耕、备种农忙的时候进出货量很大，在一定程度上是农村人的命根子，有的地方农资门市兼带着把建材、电器材料生意也做了。方才那位大三女生介绍她父亲做生意时提到她爸爸一个朋友在乡里当领导，以后把生意转到了乡下，我就猜想到可能和农资建材相关而不是一般的百货服装。农村稳定的农资和建房需求是个巨大市场，女孩儿父亲在农村干部朋友协助下建立起顺畅商业渠道，生意会源源不断。我想起前年在玛琅街上遇到的华侨林老先生，他说到门市生意小，大宗生意是当地建筑商老板们经常找他帮忙，从中国进口国产名牌潍柴玉柴的

乡村小超市

肉菜店

柴油机和各种建筑机械，性价比相对美国、日本、欧洲货要高很多。从进口销售到售后维修他和泉州的亲戚朋友联手建立了稳定的商业渠道，70多岁了还在创造和积累家业。对于这些生意人来说，他们看准的是市场。这个叫做CAM的小村镇，像这样的小小农资门市，承担着方圆数十平方公里区域的农民市场，是个极其稳定的农资消费市场，不会没钱赚。

农资商店

村头有个茶馆（咖啡馆），半晌午十几个男人闲坐着喝茶下棋聊大天，看见我走进齐刷刷转脸张望，赶时间我也没和他们说什么点点头打个招呼，坐下喝杯鲜榨甘蔗汁回返。一街通到底的镇子基本走完参观完，和我熟悉的农村人民公社所在地大同小异，每次进城（镇子）办完事吃顿饭走人，我仿佛回到了几十年前的农村生活。越南是社会主义国家，20世纪50年代至70年代末实现过农业集体化，从大米出口强国跌落到在国际上无足轻重。80年代初改革开放以后，学习中国土地分给农民自己种，自由经商自由流动，不然的话，哪有人敢在这个干活时间闲坐茶馆喝茶冲壳子，都在村社干部带领下顶着阳光苦哈哈干活儿呢，管你愿意不愿意，不挣工分哪来饭吃，拿什么娶老婆养孩子？哈，那个年代已经远去。现在越南又成为世界大米出口数一数二的大国，只是农药残留问题还待解决。相关情况文史资料很多，有兴趣的可以细看。

村中农舍大小不等，没有别墅级的豪宅，区别在于有农家院儿和没院儿，几间房和单间房，最简单的是街边一间带门廊的十几平米砖瓦房一家人住。肉菜店算老式房的代表，屋大瓦顶，木板门脸儿，我想主人赚了钱的话，头

村里茶馆

一件做的就是翻盖重建老房，几十年老瓦房，那是合作化时代的建筑了。最古典的老式板屋木房仅存一二，无人居住，拆除是迟早的事。没有老旧结实的深宅大院说明自古这里就是贫穷地方，没有出过大富大贵官职富贵显赫的历史人物，祈愿现在的人们尽快富裕起来，跟上时代步伐。

走到街当间儿看见公交车已经发出开过来，站路边等它到了招手上车。半小时农村参观对我是难得的一次国外乡村体验，是此次旅行一大收获，虽然遗憾地感觉时间太短，走的地方太少。50 分钟回到城边公交总站，候车日当午，20 分钟后才姗姗来迟一辆 2 路，钻进晒得烘热的车厢里直奔下午目的地——海滨。

2 路车前半段重复路，过大教堂如直走便是海边，公交车左转一段路后驶入一道热闹街区，几百米街两边非宾馆即饭店、商城，大街小巷旅行者络绎不绝，两天了我第一次走过。车再左转进入海滨大道，椰树、蔚蓝天空、碧蓝海水、白沙滩，坐不住地要扑进如画的美景。心想来迟了来迟了，大呅大巴下车的那些游客们先我一天入住这里，比我多享受了一天的游客天堂，一下午我就泡在这儿了，逛街游海滨吧。沉住气，我没立即下车，随车观景。好长的一条沙滩啊！公交车沿海滨路直直地跑了好几公里，停车三四个站，我目不转睛地盯着车窗外观赏迷人海滩，有喷水池，表演场，椰林里小亭，街心花园，一段一段遮阳伞蘑菇棚组构的游泳休闲区……

国内外我去过很多海滨，内地的北戴河、烟台、青岛、威海卫、崇明岛、厦门，中国台湾垦丁，深圳的大小梅沙、杨梅坑、海柴角、深圳湾、大鹏湾，珠海情侣大道，香港维多利亚，澳门黑沙滩，海南亚龙湾，北海银滩，东南亚泰国芭提雅、金滩、银滩暹罗湾，柬埔寨西哈努克、白马、越南富国岛、吉婆岛、下龙湾，印度尼西亚巴厘岛、吉利岛、巴东岛，印度洋沙滩丹戎，巴莱海湾，新加坡圣淘沙，马来西亚亚庇、马六甲市、槟城的马六甲海峡，菲律宾马尼拉湾、宿雾、莱特湾，大部分海滩我都下水游过泳晒过太阳，每一处海滩都很漂亮迷人，但是我敢说，芽庄数公里长的海滩是我迄今见到的最漂亮迷人的银色海滩。也许世界上还有比她更美丽更有魅力的海滨，但今天在我心目中，她就是 first。

公交巴士驶入车站，下车先找个阴凉地方静一静被美景煽乎得有点儿激动的心情。算算时间，12 点半到下午 4 点回去休息退房有三个半小时观赏海

芽庄海滨美得令人窒息

滨加逛街，之后重上2路往回走，复看一遍几公里的绝妙海景椰林。咳，俩字儿，陶醉。公交车转进游客街那站下车，迫不及待过马路进入椰林沙滩，清风吹拂，那是一种怎样的舒爽享受，真的找不出合适的词，合适的句，合适的诗词歌赋表达，只能静静坐在椰树树荫下任凭温热海风夹带些微腥咸气味荡涤肺腑，夹着香烟眯起眼睛慢慢去搜索所有颜色，一切景物，生怕漏掉每一个细节，让时间一秒一秒在不知不觉中流逝消失。椰林小道牵手老人，推婴儿车的外婆女儿一家三口，相依相偎的情侣，披毛巾说说笑笑的中年人，胖得滚圆头和脖子一般粗打几道褶的年轻人，佝偻着腰由家人搀扶的年长者，跟着蹒跚学步的娃娃走进沙滩小两口，儿女推坐轮椅的耄耋父母……不同年龄、健康状况，操各种语言、口音的外国人从眼前走过，享受午间椰树荫蔽下阵阵微微海风带来的凉意，芽庄的海滨是个联合国休养疗养地。

沙滩上椰树荫下一些老外铺开毛巾被趴下午睡。远处海边一排白色遮阳伞遮蔽着一张张躺椅，人们或躺或坐，午休看报纸吃吃喝喝，随意散漫。海水中有人游泳，有人戏水打闹，偶尔随风传来嬉笑声。白色沙滩铺向远方，湛蓝海水一望无际，蓝得透明的晴空无一丝云彩。海阔天空，蓝的世界。置身于此，犹如仙境，人心空灵，妙不可言。

静坐良久，饱享眼福。起身转转周边，拍几张风景照片，留三五纪念，背包走出椰林沙滩，进入宾馆、餐馆林立的游人街。路口海鲜大排档外阶梯式大鱼池里鱼虾、蛤螺品种繁多。到越南之前看攻略，据说芽庄龙虾等海鲜价格较低可以大快朵颐，心想果真如此就豁出去独餐一只大龙虾，奢侈一把。门前迎宾小姐很热情请进去就餐，我问她龙虾什么价钱，她说480万越南盾，如果现在就点，可以优惠到460万越南盾，我说你折下人民币合多少钱？她拿起计算器打出153（按当天当地市场汇率计），我拿手机在淘宝搜到冰鲜活美国、加拿大、澳大利亚龙虾140几块，然后给她看，我说你们这儿太贵，比中国还贵，不在你们这吃了。继续前行。

这条街往来的外国人比越南本国人多，虽然这会儿午休时间，比我坐车经过时已少了些，依然可以用络绎不绝形容，普通话随时听得到，说俄语的比英语和其它语种的多。中国人几乎清一色年轻面孔，国庆度假的情侣和三五成群MM或混合小团体。其他外国人中老年和年轻人各半，家庭游客很多，襁褓婴孩也常见，国内这么大宝贝儿还被一家两辈大人围着团团转呢。我在一条巷子的餐馆点了份海鲜炒饭，实际就是虾仁炒饭加点蛤肉，扬州炒饭里也能吃到。过客川流不息。前几年北京全民大讨论夏天老爷们光膀子上街是不是文明，看看身旁经过的俄罗斯肥小伙儿，啤酒喝红了眼穿一大花裤衩子，前胸毛后背毛浑身毛绒绒地一帮人晃悠过去，花裤衩子垮到了肚脐眼儿下。光膀子上街都国际范儿了。我想晚上街灯亮时坐街角要杯咖啡或啤酒慢慢品着，这条街光看人就是芽庄一大景儿。

吃罢饭沿路溜达，顺便进两家宾馆和背包客栈问问行情，八九不离十，和我住的车站宾馆相差不大，如果住可以讨讨价。几十上百美元的大宾馆不少，无需进去咨询了。旅行社一家挨一家，过路还打招呼，没这个安排，我顺路过，看看而已，LP介绍芽庄有个四岛一日游，好像受欢迎，很多人去，对我来说岛游多了视觉疲劳，精神更疲劳，感觉迟钝，没了兴趣。咖啡屋、啤酒吧到处都是，人不多，我相信到晚上必将是人满为患，喝咖啡、啤酒的外国游客坐门口看大街。纪念品店卖的越南吊床比老街、河口街上越南人沿街叫卖的价钱高一些。这条街上几多：酒店、宾馆、背包客栈遍布大街小巷，餐厅、饭馆、咖啡屋、啤酒吧、大排档星罗棋布，旅行社、纪念品店门挨门。加上挑担水果走街串巷，我问过，香蕉芒果价钱略高于超市菜市场，但对不愿多走路的游客也可以接受，挑担的妇女生意蛮好。走累了，我想搭一段3路公交车，车窗里观看余下路段和海滨，过丐河二桥看风景。一边走一边看街一边找车站牌，走过这个街区绕到另外一段滨海路始终没见到。这一带建了不少高楼，植树多，处处绿草鲜花，街貌漂亮。岸边有石台石栏，石阶通沙滩。坐石栏上吹风望海，缓解步行一路的干渴疲累。海边依旧是白沙滩、蓝天碧海和沙滩上游客服务区及游泳者休闲外国游客，比起来，我更喜欢方才那片椰树更多、沙粒更白、景区更经典优雅一些的沙滩。

3路公交不见影，迫近4点，我不能不赶时间完成最后行程。叫辆的士要司机按GPS指定线路过二桥绕到婆那加占婆塔，按表收费，司机一看笑了，他不会说英语，一直一拐一兜圈比划着意思告诉我你不要说也得那么走，直走过桥左转就是占婆塔，走别的路兜圈子还绕了，打表无需多说。上车五分钟停在占婆塔前停车场，二桥一扫而过，遗憾的是昨天傍晚我步行一桥，揽尽黄昏华灯初放、夜幕降临之美，二桥面海却不能享受海风吹拂拥入海阔天空怀抱。这是为自己的“名言”——“没有遗憾就不是旅行”付出的代价。

海滨小楼

买票进门绕塔一周，走过塔前小花园，石像石雕，拍照片若干，留下阳光婆那加占婆塔身姿。再下去绕转经小山一周，圆满功德，匆匆离去。等7路公交车，4点半赶回宾馆进大门。余下的只是收拾行李和舒缓体力的疲惫，心情舒缓下来。到总台要钥匙，服务员已换班，说给我的房间移到了对门201，我问她为什么，我的行李没收拾很乱的。她说一样不少都搬过去了。随后喋喋不休说早上她们算错了应该“balabala”一通儿滴哩嘟噜作解释。我制止她不用多说了，我明白怎么回事儿，既然如此，我退房就应该推后到6点钟而不是5点。她说那不行，老板说了时间还是5点，收半天费。

我冲她一乐，说，早上我来跟你们服务员商量就是这意思，是你们说可以优惠给我5点退房不收费，现在又是你们变卦换房间收费，你们应该给我补偿晚退一小时。她有点儿尴尬，拨通电话“呱啦呱啦”几句越南话递给我电话，说是早上值班的，你问问她是不是那么说的。看着她们无理矫情的尴

阳光婆那家占婆塔

尬劲儿我懒得接电话无休止纠缠，对她说，早上的事过去了，付半天房钱我没意见，给钥匙吧，我要回去收拾了。5 点退房，我的行李你们得给我保管，我还要出去吃晚饭。女服务员指大堂说，放在柜台前边大堂里，她给我看管。

风云突变，节外生枝，我不慌不忙，本来延迟退房补半天钱就是我的本意，店方自相矛盾瞎搅合，跟我有什么关系，让她们自个儿乱去吧，我没吃什么亏。检查散落的物件一样没少，慢慢拾掇好行李，洗热水澡，眯会儿，睡小觉充分享受冷气凉意，褪去满身疲惫，5 点半下去交钥匙退房。行李搁大堂有人看管，徒手一身轻去超市三楼有空调的餐厅吃过晚餐，回到大堂坐一会儿，用 WIFI 翻看顺化资料，看看时间差不多才拉起行李过马路进车站。候车厅没有空调，人多，进门就出汗，好在不大会儿进入月台。问火车站值班员等车位置，告诉我卧铺靠后，好大一帮金发蓝眼美女帅哥哦，一个班二十几个十八九岁男女学生，是游学的吧，“呼啦啦”占了大片月台地方。

6 点 40 分，西贡开来的列车正点进站。旅客争相奔向车门，一个帅小伙儿背起大包往前跑，随身的小包掉在地上毫无所知，我捡起包喊几声人早跑远了，便交给落在后面的两个女同学，女生“哇”了一声连连道谢，我说谢什么赶紧上车吧。进车厢找到自己的下铺，安安稳稳明早到顺化。

芽庄旅行结束。

【百度百科·芽庄（摘要）】

芽庄是越南南中部港口城市，庆和省省会。位于丐河口南岸，人口50万人（2012），古代建为城堡，附近福海地区为重要文化遗址，河口外有岛屿作屏障。金兰湾有空军基地，盛产鱼、虾和燕窝。建有海洋研究院，搜集一千多种鱼类，为越南最大水族馆。附近山麓有历史悠久的古庙。气候宜人，7月平均气温28℃。著名景点有隆山寺、保大皇别墅、海洋馆、婆那加占婆塔遗址及大天主教堂等。机场为金兰机场，距城区40公里。铁路和公路位于河内到胡志明市的火车客运和巴士Open Tour线路上，游客来去非常方便。

10月7日 星期三 晴 芽庄

公交车便利。似有8条公交线路。先2路西行11公里到总站，换8路26公里进村，往返各50分钟，停留半小时串寨，村名曰cam。有通讯移动专营小店，菜摊几个，河鱼4万，猪肉13万还是8万，有农资小商店，村屋民居遗有早年木板房，大多数为砖混水泥屋。家家摩托，有拖拉机小卡车，房前门口晾晒玉米薯干。喝甘蔗汁。村民茶馆下中国象棋。

海边热带风光，长沙滩绵延，数处服务区供游人游泳晒太阳，旅店宾馆客栈无数。龙虾对虾价格皆高于淘宝。成熟旅游街区。的士打表。服务态度客气规范。走一街，头至尾。

流水账：早餐30K巴士17K×2+7K00×3=55K甘蔗汁10K的士38K晚餐50K晚餐97K宿125K牛奶饼干24K门票22K包子10K

total: 461Kd ≈ 153 ¥

第七节　古都顺化二日

一夜睡睡醒醒，天亮睁开眼时，已经过岘港在海边行驶。顺化、岘港和会安几个相邻地方，顺化最北，会安在南，岘港居中。我预定的机票是岘港飞香港，行前安排考虑到顺化必去，不如一站先到最远的顺化，两天后短途火车到岘港，最后四天住岘港，抽一天时间去会安比较合理，少一次折腾。故越过岘港在顺化下车。

对面铺夜里换了人，母女俩带个襁褓儿子，滴溜溜大眼睛看这看那，对这个新世界充满好奇。见我注意他，咧开没牙的小嘴冲我乐，好喜性的小娃娃！逗着他玩儿。娃娃妈妈问我是不是日本人，我告诉她是中国人。她说你们北京好大啊，她同事去过北京，讲给她们听，好羡慕啊。我告诉她，现在北京是秋季，一年最好的季节，可以带娃娃去旅游，欢迎你去。她说现在娃娃小，以后有机会去，她们学校和北京有校际交流。我问她做什么工作？她说在警察学校教书。我说那你是警察喽，教什么课？她说，她不是警察，丈夫是，教英语。我说难怪你英语说这么好。向她请教顺化和岘港的越南语发音。这两个地名是迄今我记得最清楚、能念出口的越南语单词。

岘港到顺化两个多小时。下车后只顾着拍照片，女教师和母亲带着孩子

顺化火车站大院售票厅候车室

不见了踪影，再见都没道。一个小伙子拿着旅舍照片介绍他们那里去皇宫步行十多分钟，跟着他的面包车一路观看顺化市区大树成荫的古塔大院街道，住进旅店。

第一段 探街市，雨中初访古城

旅店是新楼，总台登记时注意到房间入住过半，生意蛮红火。电梯上四楼。客房设施全新，空调、热水、冰箱、电视机齐备，WIFI 信号较好。我对送我上楼帮着提行李的年轻人说，小伙子，你家发财了。小伙子说是他叔叔

的产业，第二个旅店了。嗯，越南有人闷头发财呢。放下行李稍事休息，下楼去街上走走熟悉环境，顺便把午餐解决掉。

楼下左邻右舍有小超市，在建的宾馆楼和另一个旅店。转弯出街口沿路有多家商店和一个菜市场，门口摆摊卖水果、鲜花、法棍面包的紧相连，这下子我逛菜市场太方便了。走进去看看，午间顾客不多，摊位里各家摊主大多在吃午饭，早吃完的聚在一起打扑克、聊天儿。分区、分类地各个摊转过来有的问问价钱，蔬菜、肉类价格略比老街河内便宜些，和国内价格基本持平。门口水果摊的红毛丹和芒果价格比河内低。

出街口沿街楼下药店一家接一家，顺路走进街里依然如此，家家都装修得有模有样，玻璃门空调房，店员白帽、白衣长褂和医院里的护士没两样，有的店还有医生似的中年人坐诊。我奇怪这么多药店又不是批发，全都是零售店这生意怎么做？可家家都有顾客，有的还挺忙活。对面街栅栏墙里是几栋大楼，过马路近前看看是家大医院。往前走大门前有大字墙体招牌，哦，是省立医院和医学研究中心。再往前走，街两边对开的两个大门，一个是医学中心省医院，另一个门前挂几个牌子，门前摩托车排满。我仔细看牌子努力想拼出几个认识的字，一位瘦瘦黑脸眼镜男子问我，你是日本人？我说不是，中国游客，想看看这里是干什么的有那么多小药店。他说这是顺化省医院，指着牌子问我你看见那里写的“萨斯”了吗？我仔细看看，大字几排的越南文下面一行小英文字确实有SARS。眼镜男子说这个院子里就是萨斯医院。我问他，就是前些年死了很多人，包括一些医生护士死掉的萨斯吗？他说是呀。我一下子明白了，对面是省立医院的门诊大楼和住院楼，这里是传染病院和住院部。于是我尽我能表达的大体介绍了十几年前中国爆发萨斯全国抗击，不少医护人员死于萨斯的情况，问他当年越南有没有大规模爆发全国性的萨斯死了很多人？他说也很严重，现在不是还有个别的吗，不然怎么会有专门医院。我问他你们医院周围那么多小药店是怎么回事儿？他说，那是为外地和农村来看病的，医院里开的药拿不起钱买，就到这些小药店看看有没有替代的便宜药。我明白了，这种状况的出现，一定是他们的医疗制度出现了问题，老百姓为了活命，不得已。于民不利，必有问题。

谢谢这位英语流利的眼镜先生给了我解释。虽然他说的我不能全听懂，也谈不到专业知识水平交流，但至少从现象上给了我新的了解和认识。他好像说到日本人在医院有投资，捐了不少医疗设备，所以一开始就问我是不是日本人。他来看患肺结核的住院亲属，告别后进了院子。我回到旅店旁边，在一家不少外国人吃饭的餐厅吃过午饭，回客房午睡补觉。一觉醒来，窗外雨潺潺。看了会儿书，天渐暗，雨渐小，既然皇宫步行只十几分钟，何不在最浪漫的细雨中散步走一遭？GPS 定位显示 1.2 公里，开导航撑伞出门。穿过两条小巷到大街，一条大河横在眼前，虽然行人稀疏，下班摩托车洪流依然奔腾轰鸣。过马路到河边，宽宽一条穿城河，看谷歌地图显示名为“香河”，一眼扫过远近几道大桥。过桥便可见长长护城河和古城，中间主城楼国旗飘扬，隔二百米左右两侧各有门楼，小桥入城。从右侧门楼跨桥入得皇城，广场巨大，门楼边数尊古炮一字排列，那是象征皇家威严，缅甸皇宫，印尼苏丹宫大门前都有摆设。外城主城楼后正对皇城正门主楼，一条轴线，像天安门后的午门，连雁翅楼都模仿得一模一样。走近“午门”（权且就叫它午门吧），前有一道窄河，灰砖砌矮墙。三道入城门紧闭，两个工人在中门维修电线线路，工作灯照亮。雁翅楼下有门半开，屋内灯光大亮，是工作人员休息室和材料库房。对侧雁翅楼下有售票处，台阶下牌子注明开放时间和票价。乌云满天黄昏至，皇宫外墙三座城楼灯光开启，轮廓清晰，苍茫暮色中巍巍庄严，不愧是皇家之威啊，一个皇朝，一个国家的尊严气度尽显无遗。

皇家尊严

出另一侧门楼，过小桥回望，半明半暗三座城楼和城墙倒影在护城河水中，古朴苍凉，顿有“俱往矣”的强烈感觉。香河边有沿河花园，走进去从河岸往回走，细雨中花园里咖啡馆餐厅空无一人，我也不必去填这个空，上桥回到旅店近处吃了晚餐。这时间小雨停歇，路过菜市场街边买红毛丹给总台值班小姐分享，上楼休息。

10月8日星期四多云转雨顺化

列车一夜，睡得可以了。到岘港时晚点一小时，终点站却基本正点。可爱宝宝。两公里外全新宾馆，挨菜市场中心医院热闹街区，便利。午休后骤雨，打伞步行至皇宫，有点壮观，明天细看。全天黑回到宾馆。雨住。

流水账：午餐 45K 补裤子 40K 红毛丹 30K 宿 360K 鸡蛋番茄 45K

total: 520kd ≈ 173￥

皇宫外墙夜色

第二段　骑车游，皇宫和天姥寺

清早租旅店自行车去皇宫。一路清风。香河边远望，蓝天如洗，白云轻移，河水流淌，小船漂游，岸树鲜花，微风习习，怎不让人感觉如入仙境。坐岸边石阶上不再想动，就这么静静坐上一天。背后有人喊话，一位妇女到我身边拿出照片给我看，介绍坐船游香河，看寺院，观陵墓，半天往返只需8美元，清晰英语叫人对这位中年船妇刮目相看，不知和多少外国人交流，练习过口语，才练就一口标准流利英语，叫我等汗颜。我告诉她上午安排了参观皇宫，如果下午赶得上，一定会来找她，请她给张名片以便联系。可惜了，后来参观皇宫时间太久，没能联系她游河，那是顺化很重要的一项游览内容，旅行团的必选。起身谢别船妇继续沿河边花园骑行，经过一个影楼门口，几位身着花色奥黛裙少女在拍照片，叫我帮忙给她们拍个集体照，拍过之后，沿河边花园走，昨晚走过未得看清，阳光下草地上花圃、雕塑、仿古小屋点缀得精致典雅。过马路骑进入古城小路，护城河小桥边大树荫荫，马车三轮车树下候客，车夫们下棋，喝咖啡，抽烟，闲聊好不自在。从这里望国旗飘扬的中央城楼，护城河水倒影清晰，微风吹过波影涟漪，只可惜水面红绿浮藻片片，石壁角落水华厚如绿漆，大煞风景，河水保护、置换到了刻不容缓之时。

入城是单行道，过护城河小桥穿过门洞后车辆一律右行绕城而过，不得停留。我骑进城想从中央广场穿过，值班交警叫住我示意我看交通标识：禁入。游客车辆需停放在右侧城墙根大树下的停车场，旅游大巴入城后在路边下车，导游带领游客步行走过广场到皇城大门。我退回到门洞旁把自行车存放在城墙根，在古炮边拍过照片，跨进绿草茵茵的中央广场。

昨天一场大雨把天空清洗得湛蓝透明，朗朗乾坤，重檐黄瓦庑殿顶雁翅楼的顺化皇城在灿烂阳光下熠熠生辉。虽说比不得故宫午门五凤楼的庄严雄

一条大河

伟，坐落在中央广场也说得上蔚为壮观了。前来参观瞻仰的一车车外国游客络绎不绝走进城门。

站在内城河桥细端详，城楼是故宫午门的缩小版，高和宽，雁翅楼长短，都是依故宫午门尺寸缩小而建，主楼与两侧角亭平行相接，雁翅楼上的阙亭紧靠，我看且叫它“三凤楼”更为贴切。中国建筑文化对越南的影响可见一斑。

和奥黛美女合影

购票进宫，票价 150 千越南盾，合人民币 45 元左右，和国内动辄百元以上诸多景点比，少一半儿。过门洞正中大道直通太和殿，相距很远两道牌坊，第一道近城门，牌匾“正直荡平”，百米外第二道牌坊近太和殿，牌匾“高明悠久”。大道两边各有水池，左右水池边大殿前各有斜首旁顾石麒麟一尊。中轴线和对称格局显然是汉文化传承。太和殿仿故宫太和殿，是皇帝逢年过节进行朝拜和礼仪活动的大殿。外观横长，六柱七开间，重檐黄瓦庑殿顶。里面各国外参观团正在讲解巡看，各种语言乱纷纷，大殿里不允许拍照，不过还是有人偷偷在拍，哈哈谁都想给自己多留些纪念。门口站一分钟赶紧直穿后边门离开，待绕回圈子人少时候再慢慢细看，我嫌乱，看不好。依照我的转庙习惯从外面月英门进入皇宫西，一路右转顺序观览。门楼，城门两侧有梯可登城。以位置判断应该是皇宫西门。我想一路所过，右边院墙无门可入，路左边重檐彩门陈旧，可以进院参观，出来后登城观看后继续右转是正道。于是回返几步，进入重檐彩门院内。过一片开阔绿草地，路边有了院墙，路上空无一人。走到尽头，宫墙开一道城门，里面是个花园。跨院，整个大院的最西北角，向东向南都还有大片院区可以

外国游客络绎不绝

游览，所以左转进去，大院里面几座殿堂，树木森森，林中又有亭。一一进殿参观，各殿内均有神位供奉，不似后宫及伺卫人等居住房，参观者仅遇几位西方游客。看完后过夹道，进入一宽院大殿，侧门入殿观看，行至正门，抬头见悬匾“兴祖庙”，才知是到了皇家祖庙，难怪气势宏大。心有疑惑，我没细看，正门出中轴线再穿堂出前门，又一进院落，再出门，方知分晓。最后出的一道门，才是皇家兴祖庙正门，我是从后门入庙，参观了几座庙堂进入正庙，然后一路穿行来到了前门。

皇宫第一牌坊

此时乘坐电瓶车的几个国内外旅行团先后开到，纷纷下车走进祖庙，各团导游边走边讲解。我能听出的起码有一个德国团，一个俄罗斯团和两个越南本土团。皇家祖庙是皇宫游览的主要参观点。拍了几张正门照片我走进庙里继续观看。祖庙一路三进，第二进院是正殿院，祖庙正殿之宽大，九开

太和殿

间，胜于太和殿。兴祖庙殿曰“显临阁”，正门设祭台，两边一字排列象征权力的大鼎，我猜是不是受汉文化“九鼎之尊”的影响，表现皇权的统治力。殿内挂有历代皇帝画像，从左至右一一看过，顺手拍几张照片。一个本土旅游团数十人在殿里听导游滔滔不绝讲解，我走过一个来回，还在没完没了说着，可惜一句都听不懂，不能蹭听，她所讲的正是我需要补课的越南历史，起码是1802年定都顺化之后到1945年保大皇帝退位这一百多年的顺化皇朝史，还有第一次印度战争到第二次印度战争间法国人再扶保大、吴庭艳政变废黜他的那段越南史。慢慢学吧，学不完的历史和知识。后来看到相关资料，告诉我从后门跨院进入三进院参观的诸庙到二进院的显临阁，

兴祖庙主殿显临阁

“有祭祀历代皇帝的宫殿和庙宇，如太庙、兆庙、世庙、兴庙、奉庙等”[①]。兴祖庙当为主庙。

出祖庙登西门城楼。城外护城河，街市商铺人家，过往车辆，平静安和的市井生活。下楼右转走进和刚才同宽的两边院墙间的大道。右边院与祖庙为邻，破败大门内萋萋荒草中散落些旧宫地基、断壁残垣。左边三重檐彩漆大门进去绕过影壁，有荷池，曲水环绕，小桥另边一座法国小楼。门口石牌刻有越、英、法三国文字说明，是太后和皇后居住的宫殿，建于1806年，1998年至2001年间曾经进行过修缮。在古典式建筑群中，这座西洋小楼招人惹眼，不断有游客进入参观拍照。小楼门廊挂“静明楼”匾。客厅墙壁有旧时照片，其中一张端庄漂亮的皇后带小公主和皇子大幅照片，让我想到大叻国丈之墓，那位撰写墓志铭的大南国南芳皇后，可是其人？世事变迁，命多乖舛，倘能长寿，如今已是百岁之年，公主和皇子也垂垂老矣，未知流落在哪国安身度命？前有报道，1963年南越军事政变吴庭艳兄弟被杀，当时的第一夫人，被西方恶传为“龙夫人”的陈春丽病死意大利那不勒斯，当年她送女儿去美国，躲过一劫，

她是那位在大叻为父修墓书铭的大南国南芳皇后吗？

① 来源：百度百科。

数十年不得回国，飘零后半生。保大皇帝家位继承，早期安顺，晚年变迁世事中沦为傀儡，似并未闻其恶政，不知是否如溥仪善终？家人一落千丈，而今亡命天涯于何方？睹物思史，时有所想，姑且记之。

法国楼上下客厅各房间没有恢复原状，或杂乱或空置，无可参观处。后院一小楼二层需另购票脱鞋上楼参观，名曰“福寿庵”，是当年皇太后日常居住地，原物原状，保持完整。堂屋设佛堂，打坐位，终日香烟飘渺，侧室有太后卧榻起居等几间。楼两边皆有木栏、走廊、阳台，内侧有小间伺女住屋，外侧和堂屋各间门直通，凭栏近看小院中花草，远望母后宫莲花池曲水石桥。太后居此幽静地，颐养天年足矣。

母后宫石径曲折通院中亭阁、戏台，出宫墙月亮门，后院有两方大荷塘，中间石桥洞相通连接，划船赏荷，临水纳凉，游水嬉戏应当是皇家悠闲奢侈生活的日常享受，如慈禧之于颐和园的德和园大戏台、昆明湖和北海琼岛。

从荒草满园，房倒屋塌的跨院败墙出母后宫后院，侧旁不远一道紧闭的大门书有“长安门”匾。环内城林荫大道边是条内河，这一带略显凌乱，经过一段林荫路我走进一个花圃小院，员工指路从花房小道穿出，竟是个很现

母后宫法国楼

代高高栏网围起的灯光网球场，不知是为皇家服务的旧物还是现代人们开发的游乐区，不伦不类。溥仪在《我的前半生》书中记载，没被冯玉祥赶出宫之前，他在故宫闲得无聊，叫下人锯掉门槛给他骑车方便，有时候也打打网球。不过那时候的网球场可没有那么好的灯光条件。看花花公子张学良早年和一些达官贵人公子哥儿打网球的照片，也不过就是一般土场地拉个网开打，一些小姐陪着，仆人伺候着而已。皇家奢靡不假，总不能说公主皇子互联网上淘宝购物挥金如土，保大皇帝带着妻儿老小坐直升飞机满世界乱窜不是，时代不同，奢靡物件是带明显刻印的，如此网球场趁早搬走，忒煞风景。

旁边高台地几架旧式炮筒，德国克虏伯造的样式，场院里碎石乱瓦显现出荒凉，给人满目疮痍之感，我想这大概就是越战中被破坏至今未得到修复的那部分遗址了，顺化是北纬十七度线越南国土最狭窄的蜂腰部位，北越的

曾经战火残垣

渗透，南越和美国的阻击，集中在这里开打，破坏现场得以亲眼见识。我到海防没有看到当年 B52 狂轰滥炸的任何一处战争痕迹，在顺化皇宫看到了。从 1975 年战争结束迄今 40 年有余。走出断壁残垣之地，前边是和平门，多好的名字，多残酷的战争遗迹。

和平门旁边宽敞的城楼上布置得像个花园，正中央一座二层典雅精致法

国小楼，周围草坪绿树，青草地上白山羊雕像散布其间，活泼可爱，栩栩如生。坐靠外一侧城墙边，俯瞰城外街市人来人往，车流穿梭，饱览城市风光；坐里侧，皇宫内河静如镜，垂柳依依，蒲草茂盛，游人漫步，远处黄瓦屋脊，金狮闪耀，皇家园林尽收眼底。好一处闹中取静的咖啡园。我想借此优美环境好好休息一番，消解一上午徒步参观的疲劳，进小楼问服务员有没有午餐，米粉汉堡就可以，几位围坐闲聊的服务员一起摇头，其中一位说除了咖啡冷饮柜台里的零食，别的都没有，遗憾。这难不倒我，包里的暖瓶茶水，饼干、巧克力、牛肉干都是上好午餐，暂时吃个不饿，再到有餐馆的地方吃饭不迟。

坐内墙柳荫下，清风吹过，满眼绿色，抽烟喝茶进餐，疲惫渐消。

从和平门重新进皇宫（咖啡园须出大门拐进去，两城楼间有栅栏墙隔挡）往南一段步程进入一个小桥流水、鲜花盛开、楼台亭阁、绿树环抱、情侣流连的小景区，很有点江南园林味道，我把它比作颐和园内东北角的谐趣园，沿河边小道西行经过长廊进入一个园中园，廊中有阁，阁与阁相连，各种纪念品争相售卖，游客不断，很多像是刚进皇宫的年轻外国游客。我走到最突前一个阁楼出门回望，匾额题“太平楼”。楼前影壁有对联“碧沙洞里乾坤别 蓬莱宫中日月长”，绕影壁出院门，外边空旷达宫墙，野草残基遍布，一片尚待修整恢复的战争破坏遗迹。折身从太平楼进入一段长而阔的边墙雨廊，墙边有座可以休息，墙壁挂着

太平楼前自拍像

汉字诗词。再朝前的雨廊变成了雕花门的展室和艺术品小卖部，更前面雕花门则有了岁月沧桑痕迹，室内是保大皇帝旧时照片展，帝王坐殿，皇家威仪尽显。

我在旧雕花门拐弯的咖啡馆座椅休息，继续前行将进入太和殿。回望走过的一路宽窄新旧的长廊、雨廊、雕花门展室，明白我已完成参观的全部线路，而所遇诸多年轻人是下午新近入宫和我的线路相反方向游览的游客。“谐趣园”一带亭阁群曲水桥位于皇宫东北角，我走过西南角皇家祖庙绕到西北角的母后宫然后到“谐趣园”回到出发地，走了一圈。太和殿里已没有早上人头攒动熙熙攘攘的团队，游客静静观看。顾虑到殿里禁止拍摄，我站在门外拍了唯一一张太和殿内照片。大殿里前后看过走一圈，皇帝宝座样式、位置、等格局风格和中国皇宫没有区别。迄今我看到的最为独特的皇家风格是在曼德勒皇宫，皇帝皇后同坐帝位，二人赤脚盘腿坐在铺席的平榻面对群臣问国事，哈哈，那才是一大景。出门过两道背面牌匾分别为“中和有位”“居仁由义”的牌坊到宫门准备离开结束参观。工作人员告知此门只进不出，需从东面走。于是折身返回出日精门绕宫墙外林荫道步行约一公里，到东边和平门南的一道侧门离开皇宫，沿途又有几个小院落门分别是“延兵卫门”“显仁门”等，大约是当年卫兵和太监们的居住地。至此结束皇宫游，从早上入宫约耗时4小时多。和我骑车漫游曼德勒皇宫相比，顺化皇宫总体面积小了许多。从维护

太和殿：皇帝坐明堂

古迹角度看，曼德勒皇宫驻军为主，有村落居民、小学校，而顺化皇宫专事维护，禁入区在城外围扩大，则更胜一筹。不过从 1993 年列为世界文化遗产保护名录 20 多年还有大片废墟未得清理重建，一些景点内垃圾遍地荒草疯长，也太对不起这个世界之名了吧？缅甸军政府多年受联合国制裁，曼德勒皇宫蒲甘塔庙群等均未被列入世界级珍贵遗产加以保护，是该解禁时候了。

门票是套票，皇宫看完有一个历史博物馆参观。骑车经过，几经犹豫放弃，我还要去火车站买明天的票，天姥寺要去参观，唯恐时间来不及。皇城周边道是单行线，绕外城一周，传统转寺，骑行完全是逆行。逆行就逆行吧，又不是机动车，何况很多摩托车还逆行呢。边走边看注意寻找饭馆，过了饭点儿连小摊儿都不卖饭。皇城四周普通居民区，无非胡同小巷、商铺、医院、学校，偶尔有楼房也仅三四层。骑完一圈不过十几二十分钟。到一个巷口学校旁边，院子里卖刀削粉的一家有人在吃饭，进去点一碗坐等。吃了这么多天越南粉，第一次看见有现做现卖的米粉。绝大多数米粉都是成品，或宽或细，店家抓一小把开水里焯过加热，舀些鸡汤肉汤加佐料，端一盘豆芽菜叶给客人就算齐活。这家老板娘和一大块米粉面团，案板上反复揉过，拿小刀片一刀一刀削，没有成品米粉那么长那么细，和我们司空见惯的山西刀削面一模一样，一小段一小段的米粉条。不同的是山西刀削面完全现做现卖，做早了案板上会结成坨。米粉粘性没有面粉大，老板娘削一团面之后加些干粉抖开，纱布盖好，来一位抓一把煮好端给顾客。吃在嘴里有点儿小麦面粉做的感觉，劲道，有嚼劲儿，鸡汤味道也蛮好。

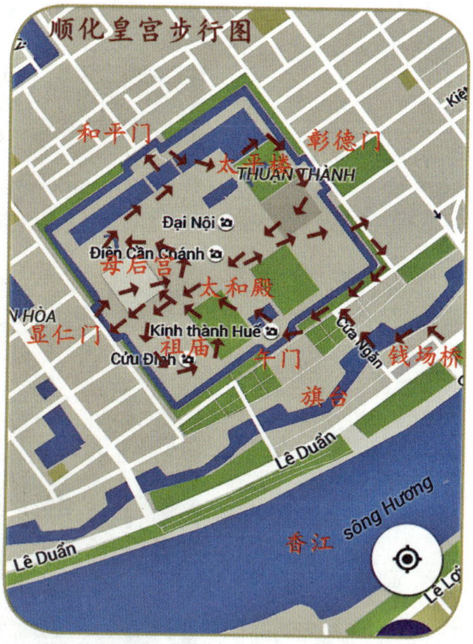

我的皇宫参观线路示意图（手机截屏编辑）

顺化小吃历史悠久，在越南是出了名的美味，资料介绍，越南各地很多城镇地方小吃都愿意打顺化牌子，而真正的顺化小吃只有在顺化本地才能吃到最地道的味道。今天给我偶尔撞到一家，小巷深深，不一定哪个旅行者都能吃到和山西刀削面一样的美味顺化刀削粉。哈哈。国内能和顺化小吃一样有名的是遍布全国各地的沙县小吃，我吃过不少不同地方的沙县小吃，真正有感觉印象的，实话实说，还是多年前在武夷山旅行时，崇安县城里连着吃了两天的地道沙县小吃，味美、便宜，一顿饭三菜一汤，顿顿不重样，真正的齿颊留香。那个时候沙县小吃还只是在福建省内一些地方开始流行，没有走向全国。顺化小吃的流行则有百年历史，这一点沙县小吃没法儿比。

做刀削粉的两口子

吃罢饭直奔火车站。宾馆小伙子几次提醒我可以代办，打个电话解决问题，但我执意要自己去火车站买，不是不知道有人帮助的便利，何况还免费，不为别的，自己体验是一次机会。尽管有GPS导航，我还是骑到了火车站背后，近在咫尺，看见了火车站站房、货场可就是找不到出路。在一位铁路职工骑摩托车引导下绕过铁路到了车站大院售票处。这是我继西贡统一宫之后第二次被GPS搞得晕乎乎，其实几米距离，但具体地形地势和地面建筑物品之差，咫尺山河认不得，那一刻真是一个晕。

排了几分钟队，我把要买的票车次、时间、座位、级别、手机上写好连同护照递进窗口给售票员看，她点点头马上输入电脑，不抬头地喊：“Hard seat?”，连喊几声我没答话，还是旁边一个铁路职工替我说了几声“耶斯”，我才反应过来跟着连声说“耶斯耶斯”。不到三小时的路，当然买 hard seat。我只写了 seat，递进去以后脑子开小差去了天姥寺。

坐在候车室 GPS 定位寻找到天姥寺，距离 4 公里，眼下 4 点半，天黑前有时间参观一小时。出门骑车上路。穿铁路桥过河左转，沿河边一路骑下去。河岸边树林茂密，路旁民居房、巷口、商铺、学校、陵墓一一闪过。有的深宅大院树森森，门座汉字对联匾额，我想世代老华侨在此地已然落地生根，家大业大。不少餐厅饭店、酒肆、咖啡厅，必是借河景揽客大有生意可做。大路朝天无坡坎，不到半小时骑到天姥寺大门。

黄昏时分，旅游大巴开进开出依然繁忙，参观热度可见一斑。我把车推上转弯大坡顶，停在树下。香江河弯处水面宽阔，西边天上乌云密布，撕开裂口泄露出夕阳红霞，为黑云镶上金边，映得河面片片红斑，波光粼粼，船儿飘荡，岸树青青，别是一番悠远苍凉意境，不由地想起 “渔翁夜傍西岩宿……欸乃一声山水绿”的柳诗。转身到天姥寺门前，高高台阶上上下人群川流，入少出多。参观完毕的游客在岸边拍照，招呼声此起彼伏，笑语欢声。大树伸向河面，彩船系在树干静候归客。又一幅“门泊东吴万里船”的美丽画卷。上高台阶，一座七级浮屠，此乃始建于 1884 年的福缘塔。绕塔拍照入寺。院内为狭长坡顶之脊，地界不宽，两侧坡边建僧舍车库，中路盖佛堂殿宇，两条红砖铺走道，殿堂间植草绿地。黄昏既至，香客游人似未见少，往来游走者通道殿堂中不绝于目，空间已显局促，

门泊香河彩客船

尤其团队者人数众多，欧美人身材高大肥胖，几个人站路上便把路堵住。我想越南人恐不搞春节庙会，倘真有一举，这里可绝不是妙处，只余下人挤人了。我避开人流拥挤，拣客稀地宽的庙堂中门一路穿行朝前到寺院尽头。途径殿堂所见佛祖弥勒均有当地香客燃香点烛、诚心跪拜，游客所至也大多合掌晗首、闭目礼拜。院之端花草茂盛，游人稀少，几对僧人绕花坛散步轻谈。最后一座殿大门关闭，殿后空场地跑来一群年轻和尚扎堆商议之后开始足球对抗，年幼沙弥做看客，叫好呐喊之声时有响起，僧人们做完一天功课也到了休息时间。

天姥寺塔

驻足观看片刻，想起前三年在蒲甘伊洛瓦底江边和一群年轻和尚踢足球，土地扬尘，鞋不跟脚，右突跟进，连入两球的场景，兀自莞尔。若不是奔走一日，体力耗尽，真想再进去和他们踢上几脚过过瘾。

天色渐黑，游客顿少，殿堂闭门。对面灯亮处一间敞门屋内，淡蓝色轿车分外耀眼。方才经过我已注意到，一看便知是当年西贡自焚和尚释广德的座驾，轮流几拨旅行团团团围住听导游讲解，大部分是西方人的团队。我没上前凑热闹。现在清净中近前细看，对释广德和尚充满敬意。他用自焚方式以身护法，直接导致了灭佛教独尊基督的吴庭艳不到半年倒台，弟兄两个命丧军人枪下，他的第一夫人陈春丽终生不得回国，病死他乡。越南佛界和民众尊他为广德菩萨，受到后世敬重景仰。释广德和尚的事迹永世流传，即便是在西方社会也广为人知，参观他的遗物者络绎不绝。

走出天姥寺，天已透黑。骑车下坡沿河岸前行 6 公里，铁场桥过河回到宾馆。两天顺化游结束。回忆游程，遗憾多多，没有游香江之水，没有乘船沿河往返看皇陵，没有……没有……太多的没有。但是我有明天，有下次，也就没有了遗憾，我有的是时间和机会弥补。补些什么？

僧人业余足球赛

关于天姥寺，《百科名片》介绍详细，兹录于下，以飨读者：

“从市中心溯香江而上6公里，可达天姥寺。天姥寺是越南著名古刹，又名灵姥寺。位于顺化西郊，处香江北岸安宁村高坡上。始建于公元1601年，系阮氏始祖阮淦次子阮潢所造。1665年初次修葺，并于1710年添造重3285斤的大钟。1714年扩建后，拥有天王殿、玉皇殿、大雄宝殿、说法堂、藏经楼、钟鼓楼、十王殿、大悲殿、药师殿等数十座金碧辉煌的建筑。黎朝末年严重毁于兵燹，1815年和1831年先后修复。1904年又严重毁于台风，1907年再次重修。第一次印度战争和越南战争期间复遭破坏，1975年予以修缮。

寺前有福缘塔，为天姥寺的组成部分，建于阮朝绍治四年（公元1844年），初名慈仁塔，现习称天姥寺塔。塔为平面八角形楼阁式，造型凝重，共7层，每层内祀佛一尊。塔前临与香江通连的天姥荷花潭，耸立于绿树丛中的塔身，倒映潭中，波光塔影，景色绮丽。”

“作为越南的古都，顺化古建筑群于被列入‘世界文化与自然遗产’。顺化的名胜古迹较多，旅游集群状况较好，著名的有皇城、皇陵、天姥寺塔、玉屏山，还有静心湖、南郊天坛、万年渡口、耀帝寺、慈航寺、灵光寺、祥云寺、保园寺等。岘港至顺化一带被美国《国家地理杂志》评为‘一生中必

释广德和尚的座车

须看一次的50个地方之一'。”我才去了几个？顺化名堂多得很哦。但我最想去的是北纬十七度线的南越北越军事分界线。

一定有下次！

10月9日星期五多云顺化

上午故宫，用时4小时。出门绕城一圈，看见军事博物馆，未进，正式名称应该是历史和革命博物馆。两餐凑合。火车站买票。直去天姥寺，拍到夕阳西下。入寺走一遭。回程全天黑。收拾行李。

流水账：门票150K午餐20K晚餐30K火车票44K

total：244Kd≈81￥

第八节　岘港四日

早上总台退房，打电话叫的士，几分钟到宾馆门口。打表到火车站，不足2万越南盾，中规中矩，值得一赞。硬座车厢和软座区别最大是没有空调，车况倒在其次。老旧的车厢可能只有在50年代电影《铁道游击队》里才能见到了，现在昆明每天跑王家营的米轨通勤车比它好多了。我问对面坐的小姑娘是不是岘港下车？她说是。我告诉她，不熟悉，和她一起下车就不会坐过站了。小姑娘说和她一起下车就好了。坐这样的短途车，没有广播，有也听不懂，也没有列车员报站，留点儿心必要。前年从玛琅到梭罗就因为疏忽，坐过了站，第二天重返再参观。去年从吉隆坡到哥打巴鲁，火车进站所有旅客走光，和上车打扫的车站工作人员核实过才得知到了总站，忙不迭收拾行李下车，一时间手忙脚乱。我问小姑娘是学生吗，在顺化上大学？几年级？大四。快毕业了啊，我说。她说是的。想起前几年在河内文庙遇到的拍毕业照的众多大学毕业生，我问她明年4月份才毕业吗？她说是，还有半年。我问她实习怎么做？她说考试结束了，回家休息一个礼拜再回去看看学校安排。家住岘港？我问她。她说是的，在城里，离火车站很近的。

硬座车厢的大学女生

一会儿她和邻座的女孩儿越南话聊起来，我到其它车厢转转看看。这趟列车SE5从河内到西贡，属慢车系列，几乎站站停，设施配置相对于快车要老旧落后一些，整车找不到开水喝。有空调硬卧无软卧，空调软座车，硬座车又分带空调和无空调两种，我买的是无空调硬座车票，凭车窗吹风，有点儿燥热。这一点印尼好得多，客运列车一律有空调，坐车不受罪。前两年我坐过43摄氏度的高温车厢，现在已经消失。但愿下次越南火车游不再有无空调车。

两个多小时车程，列车所过，几处海湾非常漂亮，银色沙滩无一人惊扰，远远几条小船停泊，能在那样静谧中安度数日，必定是仙境，没得说。

列车进岘港站，9点钟。和大四小姑娘再见。

第一段　岘港第一日：悠闲河边走，骤雨苦兼程

清早的太阳就有点儿酷热，出车站便是一身大汗。余下几天本地参观，从岘港离开，没有新行程，无需咨询，头件事是吃早餐。火车上没有水喝，带的吃食白搭了。拖行李箱走半条街一家小吃门市坐下，早餐时间刚过，大概一早吃的人太多，满地纸没来得及清扫。端上来，宽条米粉一大碗，浓浓牛肉汤，味道别提多美了，和昆明端仕街牛肉面有得一拼。淌汗吃完不过瘾，再加一碗。服务员捂嘴偷偷乐，端上面片儿似的米粉又给了一大盘子新鲜菜叶绿豆芽，可能是觉得这外国老头儿胃口太好了，没见过这么能吃的。哈哈。

吃过饭回火车站路口和宾馆总台砍价，附近仅此一家，我好说歹说总台小姐一口半生不熟的英语硬是一步不让，那好，走人，半晌午我不愁找不到比你家更好的宾馆。老套子，拿出 LP，翻到岘港一页找到宾馆街名门牌号，招呼一位的哥，指名叫他送我到门口：Minh Travel Hotel，105D Tran Phu。的士转弯行一公里多，路边时有宾馆牌子闪过，我想实在不行返回头走过来我也能找到这几家。接近前方大桥街口的士拐进一条热闹商业街，又前行二百多米停在路边。司机下车指斜对过一个面脸儿说，那就是 105 号，自己去找吧。英语说得比火车站宾馆总台小姐流利好懂多了。按表收费，三万八越南盾。我按住司机手，别找零头啦，两千票子花不出去。确实如此，除了上厕所，二千纸币在越南真是难花，就像现在人民币的两毛钱，谁稀罕，掉地上不一定会有人捡。早上打的加这位司机，我对的士严格按表收费印象深刻。去火车站一万八越南盾，我告诉司机不必找零，他还特意说了声谢谢。只是西贡的的士费太高，两次机场打的 5 公里收费 13 万越南盾，加停车费 14 万越南盾叫人觉得离谱儿，超过预期一半儿左右。估计是不是表做了手脚。

岘港火车站

过马路进105号门，里面是个矮桌矮凳小吃部，这种形式常见，下面饭馆上面旅馆。我拉着箱子只管往里走。柜台前我问里面服务员，你们住宿哪里办？掌勺的胖大妈一脸茫然。刚才和我擦身而过，边走边戴头盔的年轻女孩儿走过来问我什么事？我说你们旅店是不是在楼上？小姐说，不是的，这里换了人，旅店已经搬走。我问她搬走多久，搬哪儿去了？她说这里已经开半年多，至于旅店搬哪里她也不知道。我问她附近还有没有旅店，她说很多。我想起路过有牌子的几家，向胖大妈道了声抱歉。转身出小吃店，重新寻找。

我用的LP是第三版《东南亚》，2011年11月新版，2012年2月在亚马逊购得，当年东南亚五国行使用确实新，很管用。现在四年过去，生意场上什么事都可能发生，以前的旅店搬家一点儿不奇怪，我遇到不是一次两次了。新加坡劳明达街里那家背包客栈，开得多红火，天天客满，不预订根本住不进去。我在那里住过四天，印象特别好，打算每次去新加坡就住那儿了。隔年再去，却早已是人去楼空，楼下工厂师傅告诉我搬走快一年了，到现在我都没弄明白那么好的声誉，那么好的生意，怎么会说走就走了呢。

街对面一家旅店砍价不成换到百米远另一家FC宾馆，老板接受了我的给价，四天合人民币三百，客房空调热水冰箱彩电WIFI一样不缺，一个人住开间足够大，窗户临街却不吵，视野算开阔，性价比蛮高。住下午睡一小时出街游览。

宾馆在河边，出门几十步便临河而立。开阔河面时有船只驶过，远近跨河三座大桥。下雨缘故，河水浑黄。流速不急不缓。沿河大道宽阔，两岸房屋密集，不多几座大厦高高耸立。有大都市范儿。我从大桥桥头洞下穿过，逆水流向漫步前行，纵河岸堤石砌雕栏，一眼望不到尽头。贴岸停了长溜木船轮船，有的船装饰龙头。船舱内可见摆的尽是桌椅等进餐家具及歌舞厅里的演唱台音响设备，类似我们国内水边餐厅、歌舞厅，记得前三年吉婆岛有这样的水中餐饮娱乐区。走近一一经过，果不其然。一艘豪华游轮前摆小桌，值班保安递给我一份小册子，从里面的照片可以看出纯是娱乐餐饮加按摩SPA，还有海中娱乐内容，我猜测是从内河出海游的项目。可惜保安不谙英语不能细问。一辆旅行大巴停轮船前，车上游客纷纷下车从船上取背包再上车，看样子是一早出海游过，下午项目结束回宾馆的一个旅行团。

乱云飞渡

对面路旁两座数十层高的大厦非常亮眼，如此高厦即使放在北京、上海、广州、深圳也算得上高档入流的漂亮。那个方向走过来两位时髦女郎，在空旷的岸边广场一时间倒比两座大厦更亮眼。我假装拍大厦，待她们走近按下快门，留下韩江丽人行的照片。越南美女，也很靓丽的。哈哈。

韩江侧畔丽人行

越朝前走人越少。前方远离岸大道旁有座祭台样的彩色建筑。走到跟前看清楚是一个祭拜河神的應观祠，建于甲寅年季春（1974年春4月下旬），铁栅栏围墙，彩砖贴面，柱身雕龙，祠内正中墙上贴“神”字，前祭台供桌石香炉烛台，香烟飘飘。我理解表现的是人们祈求平安，河神保佑。1974年，当时岘港还在南越管辖范围，是美军重要的军事基地。

对岸有山，乌云压在山顶。一桥飞架，渡河车辆如梭。再往前走，河岸以左是引桥部分。回顾走过的河岸一路，出发地大桥已在遥遥两公里以外，只多不少。若到桥下左转绕回去，应该在我脚力和天黑前时间范围之内，索性加快脚步继续前进。走到桥下，前方路断，荒草遍野的空旷地带被圈起，似乎成了城市垃圾场。顺引桥前行，桥洞下堆放的是旁边大楼施工的建筑材料。以后桥洞逐次降低，下班的工人扎堆坐在桥下，好像是等待接他们回城的交通车。

一个工头样的中年人用英语问我从哪里来，我告诉他是中国人，他扭头和坐成堆的工人们喊了两句，响起一片掌声。工头对我说你看他们欢迎你，喜欢中国。我受到感染，礼貌地和工人们招手表示感谢。我不知道工人们出于什么对中国有那么好的感情，但我知道善良真诚好客是人民的本性。

这一路没有风景可看，左边荒草中有大片停车场，几辆机场大巴停在里面，我猜想如果有大巴去机场，可省了的士钱，过几天我终会面临选择，游览逛街时应注意了解。有一座高厦建筑工地，已经封顶，下班的工人正是那里面的劳动者，工地门关闭，没有夜间施工迹象。

高架桥下练梅花桩的孩子们

右边是越往前越矮的引桥桥洞。工地建设指挥部的板房围在铁丝网里占了几个桥洞位置，房后很大一片堆放着水泥袋。板房前边桥洞成了运动场，几个年轻人在踢足球，里边竖起高低不等的钢管呈梅花桩阵势，五六个十一二岁的娃娃在教练指导下在梅花桩上跳来跨去练习功夫。国内我都没见过这样练习的梅花桩，居然到越南开了眼，可见中国武术文化影响至深，竟在国外得到发扬光大，代代相传不输中国啊。摩托车自行车乱放在旁边，都是城里的孩子年轻人出城到这样一片空闲地练习到天黑回家，精神可嘉。

走到桥头路分两边。我打开 GPS 定位导航，左转路指向宾馆，信步走进城里。到灯光餐厅分叉路口，我抛开导航线，钻进胡同，只要保持和导航线路方向一致，路是不会走偏的，说不定还能省点儿路程。我有种从银锭桥走进烟袋斜街的感觉，小时候到什刹海游泳，那一带胡同没少钻过，市井生活不陌生，和眼前见到的重叠，似曾相识。所过各家，屋里亮灯，小孩儿趴桌边写作业，大人忙里忙外做晚饭。有开饭早的，一家几口坐屋里地上开吃。越南家庭多不时兴餐桌，堂屋里摆地上就是餐桌，我在迪石等城市的胡同小巷里见多了。可能是百姓市民家吧，大户人家讲究的我没进去过，凡胡同老百姓和船民，大多是习地围坐进餐，比北京的八仙桌简便。这和越南人平时生活习惯相关，进门脱鞋哪怕家门在大街上，家家门口都有几双拖鞋凉鞋皮鞋什么的，光脚才能进屋，一般家地板不是木质，也至少是塑料地砖之类，便于擦洗。赤足是家居生活最普通的习惯，出门上街才在门口穿上走路。

华灯初上夜市忙

我曾经心中戏谑过，越南小偷不少，不然怎么会有那么多的人包括华侨反复提醒我注意钱包手机。他们可能和中国的小偷一样街上公交车上偷钱包、手机，夜里偷井盖、摩托车，窍门行窃什么的，可绝没有小偷偷鞋的，他也得偷得过来呀，家家户户门口大堆的鞋，不出胡同就得几麻包，半卡车，扛得动吗。哈哈。不过可能好一些的鞋比如名牌鞋、高档旅游鞋、球鞋什么的人家还是会爱惜脱掉拿回屋里放着出门再穿，不论怎么说进屋赤足是约定俗成的规矩，不仅仅是寺庙大殿。地板做餐桌也就不奇怪。缅甸柬埔寨城乡家庭和越南类似，我进去做过客，只是没吃饭。当然，饭馆、餐厅、咖啡厅、啤酒屋都是有座有桌的。

巷里居家人家也有家门口卖小吃的，玻璃罩小方桌上有糍粑、粽子、油条、米粉之类，大多数只卖一两种，小生意。还有就着窗户卖小百货、文具、水果、饮料、冰水、咖啡之类的，属为周边居民提供些方便赚小钱补贴家用，我这么想。曲里拐弯，东张西望，在小巷里走了十几二十分钟，刚到大街，狂风卷着豆大雨点砸下来，将街边商铺雨棚打得乒乓乱响，店主们手忙脚乱往屋里搬东西，摊主急着朝雨棚下钻，方才还人来人往的街道上瞬间空无一人，摩托车也跑得没了踪影，只有不时驶过的汽车飞速通过。我赶紧取下背包掏出雨伞撑开，一阵狂风把伞吹翻了过去，迅速收回来调整角度顶风冒雨走了几分钟，见路边有几个咖啡厅、饭馆，进去看看问问，想避雨、吃饭两不误，几家看下来，不是大雨把大师傅堵在上班路上开不了饭，就是贵得离谱不想吃。外面风停雨大，楼梯间再看 GPS 确定行走线路，冒雨开步。

骤起的变向狂风是没有了，把雨柱角度吹偏斜忽大忽小的变速风依然肆虐，膝盖腘窝以下如冷水淋浴，雨水顺小腿直接灌进鞋子里，本来就经不起地面雨水浸泡的皮质旅行鞋遭内外夹攻，成了皮桶皮碗装满雨水，光脚丫子在鞋里面打滑，一步一出溜，步履不顺畅。这时候就很怀念我那双在沙巴被法国老人爱不释手却连同行李箱遗失在湄公河游船上的大皮靴了。同样的雨同样的路面积水，在棉兰街上淌水洼过泥坑走两小时，除了袜尖略湿，皮靴里面连同袜子脚丫干干爽爽，不受雨水侵蚀，多棒的牛皮大皮靴！倘若今天有它在加上穿长裤，我怎会受雨水这般欺凌折磨？咳，欲善其工必先利其器，古人先见之明啊。没有好的鞋子，雨中行走必遭其罪。

雨水冲刷的大街偶尔有汽车经过，空寂无人，我是唯一行路者。路旁餐厅、饭馆、咖啡屋大门敞开，灯光闪烁，食客寥寥，大多数店员服务生坐在门口望雨、发呆、闲聊。吃晚饭的点儿，雨水把人们堵在了家门口，公司门口，谁也别想进咖啡馆喘喘气儿，进饭馆吃顿美餐。雨越下越大，我越走越乏，到一处大厦宽门廊下止住脚步，把伞丢地上，靠玻璃大门坐下抽烟喘口气儿。廊外雨柱织成水网，昏暗街灯下门廊仿佛成了水帘洞，风吹过飘起薄薄水雾。

大雨不住下了半个时辰，最终老天爷也算是玩儿累了，没多余力气继续折腾，由大而小，从小渐稀，雨滴淅沥。我举伞走出门廊，开始细雨浪漫行，过马路回到宾馆街区，进楼下一家汉字招牌的排骨面店吃晚餐。掌勺老板会说粤语调普通话，沟通顺畅，随便聊几句，点一碗排骨面吃，很地道的广州味道。边吃边和老板闲聊，他生于斯长于斯，已是数代华侨之后。小时候曾随长辈回中国躲过几年动乱，后来又回到本地，所以能说得一口广州普通话。我告诉他，国内把广州普通话叫做鸟儿语，善意的玩笑。他家长辈年事渐高，学校毕业后回家接过生意继续做，而今也是十年有余。说着话一位中年妇女笑声爽朗接过大勺招呼客人，老板说是他姐姐，比他能干，坐下来看报纸休息。哪家华侨讲起来，都有过一段跌宕起伏的辛酸史。他家保住了这一块城中心宝地继续卖传统排骨面，目下生意兴隆，真是幸运了。也由此想到在梭罗市中心和换汇的金店老板一番交谈，那一家子市中心房产出卖签字当天，因故没能办成，侥幸留下了祖宗家业，听起来心惊胆颤。各国华侨，多有艰辛，家家不易。

一群七八个操云南口音的中老年妇女走进店，老板再起身掌勺，他姐姐忙着招呼客人找座落坐。我问经过身边的一位大姐，你们从昆明来吗？她和旁边两三个妇女惊奇，你怎么就知道是昆明人？我说你们进门说话不是就听到了吗？她们一行人今天才坐飞机到岘港，刚刚开始旅行。国外老乡见老乡，简单聊几句，回客房休息待来日，但愿不要雨阑珊。

10月10日星期六晴间多云顺化岘港

一早火车去岘港，遇大学生。没有开水，一路三小时。下车略走小圈，热，一米粉店好吃，连吃两碗，不贵。车站宾馆讨价还价不果，打车入城进宾馆。LP注105号已易主改为餐馆，前行几步讨价还价住FC，与西贡海防持平。很快收拾好午睡两小时出街，沿河边一路3公里走过，两座桥，河边娱乐区游艇，档次不一。渔民小船生活。桥宏伟，逊于澳门氹仔。绕回城。天黑遇大雨，鞋全湿，怀念我的大皮鞋。晚餐吃华侨排骨面，小聊，遇一群昆明妇女组团自由行。

流水账：的士20K+38K=58K，包子10K，午餐20×2=40K，晚餐38K，宿250K×4=1000K

total: 1146Kd ≈ 382 ¥

第二段　岘港第二日：小雨初歇游岘港博物馆，法林寺和超市

黎明即起，果然窗外细雨飘摇，会安是去不成了。看书上网到八点雨势渐小，下楼吃早餐，两边街各走出里许。宾馆旁有小庙，早上晨钟响过，不对外开放参观。过去是个大菜市场，入内闲逛，热闹火爆，交易活跃。一半肉菜市，一半小商品，中间有一片小吃餐饮区，团转面街商铺大把旅游纪念品和包装精美的当地土特产，向旅游者兜售。临近几条街巷宾馆旅店、背包客栈接二连三，如果昨天知道再多找几家砍价，肯定还会有性价比更高的住处。

外国人川流不息，俄罗斯大妈大婶儿打伞三三两两闲游购物一拨又一拨，胖得三个人站人行道就能堵路，哈哈。服装、金饰、艺术品各类商店比比皆是，两侧还有幼儿园、工商所、派出所，更前边有座新近粉饰好的天主教堂，大阴天都光彩外露。总而言之是条市中心商业街，外国人街。我庆幸昨天选择正确，倘若住在了火车站，这会儿除了闷屋里听火车叫，没什么景可看。这里就是天上下刀子，都能钻进店铺逛街半天不重样儿。对我无所谓，喜欢旅行购物闲逛街消磨时间的女人们那简直是天堂。

既然老天爷不给面子把我憋客房里不宜外出，那就琢磨点儿吃的。我转菜市场挑选了简便易煮的大片鱼肉、豆腐、米粉、鹌鹑蛋（熟了剥好皮的）、苦瓜一应适合中餐晚餐的半成品，合人民币区区 20 元出头儿，回去我的小电锅就会大展神威，人闲叫锅忙活，为我解决三餐饱食之需。这叫“堤外损失堤内补”，龙江颂的教义不过时。出去游览的时间少了，做些当地吃食品味，也是体验生活，而且省钱若干。买这些食材的 20 元在外面一两顿吃掉，自己动手三顿够了，比外面吃得饱吃得热乎。旅行嘛，不能干瞪眼等着天儿放晴，总得找点儿事儿做。闲着也是闲着，自己动手做些吃得饱口福最好。回中国家也许都能吃到，但那不是外国米粉、外国鱼、外国菜，吃的就是外国货，过外国老百姓的日子。不然干嘛出来旅行。

早餐吃半饱拎着滴哩嘟噜大堆塑料袋回宾馆时，雨势趋于停顿。到客房

把食材放冰箱里冷藏好，GPS谷歌地图找到博物馆位置，直线1.2公里，一二十分钟走到了。望窗外除了骑摩托车的还穿雨衣跑路，行人大部分收起雨伞，于是背包出门参观博物馆。过马路安全岛直走十分钟，到昨晚上路过的那个院子里有克虏伯大炮的大门跟前，持枪卫兵拦住我，我说这不是博物馆吗？他摇头说不是。我拿出手机给他看地图上museum，哨兵一指反方向，说那边才是。我这才注意到导航线我走反的标识。咳，这事儿整的，出宾馆门我压根儿没看，放包里直奔此处。昨晚雨中过这个大门我看见院子里有古炮筒，黄色大楼正儿八经的像是个博物馆，凭印象GPS谷歌地图导航的一条直线就是这里了，不曾想闯到人家军事机关大门口了，估计怎么也得是个省军区大院儿，里边是办公大楼。哨兵倒是很和善，指路以后还行了个举手军礼，我想当外国人也挺好，出门受礼遇，和他见到军区司令员那样。向哨兵致歉并表示了感谢，离开人家“省军区大院儿”转身去博物馆。来回一折腾多走一公里。

Tran Phu 街的天主教堂

岘港占婆雕刻博物馆位置在宾馆Tran Phu街尽头大转盘马路对面，黄龙大桥桥头右侧。

正门处街心楔角，两边分路，像个半岛之尖。门票40千盾，合人民币不足15元。入门小院儿草坪假山石雕竹丛阔叶树，幽静雅致。展厅分上中下三层。底层半地下。三楼左侧一个大屋顶平台，可以瞭望四周景色，正背后是一个更大的法式大楼，可以和大楼无限接近甚至触及窗户，具体做什么用不得而知。左后侧靠河方向是一个中国庙，站平台俯瞰寺庙院落平视屋脊，具体佛事内容看不到。二层左后出门院子里大树遮荫，除一排纪念品小棚，更大面积是树下半露天咖啡园，竹质曲廊中喝咖啡好友相聚畅谈，是绝妙佳地。旅游团游客参观完从院门到路对面观河看桥拍照后乘大巴离开，博物馆是各旅游团必看景点，散客更是趋之若鹜，从不同街道方向聚集于此购票参观又各自分道扬镳，本土游客时有所见，不如外国游客来得多。我看见几个中国年轻游客分别看过匆匆而去。

和芽庄婆那加占婆塔小展厅内的展品一样，博物馆室内展品石刻雕像为主，有的细腻入微，有的浑厚拙朴，个别精雕细刻保存完美，更多的是断裂拼补乃至残缺不全。我最欣赏一幅类似唐朝皇家打马球的浮雕和展厅正中央那头硕大石牛，姿态眼神简直就是一头农村田地里的活牛。占婆人受印度教影响甚深，雕刻作品中不少宗教形象人物，和印度庙里见到的大体近似。占婆人生活场景的石雕作品很少。17 世纪被灭国，占婆人所能保有的本国本民

和唐代马球图极为相近

族文化遗产恐已不多。展品中仅一所陶制古村居院落遗址的微缩陶制品，多少使人知道占婆人的曾经生活状态。

古民居陶制复原微缩景观

步出博物馆后门右转，我进入中国庙。原有的正门和大殿相对，现已封死。马路边新开庙门刚刚修建完毕，可能还没有举行“开光仪式”。庙为二层楼，底层供奉千手观音，二层为大雄宝殿，佛祖正中央端坐，四位菩萨分两边陪伺，四周围分别有各天将，李天王、唐僧以及济公、弥勒诸佛，各路神仙形象齐全。大殿立柱刻有诸葛亮《前出师表》和范仲淹《岳阳楼记》，为一般庙宇所未见。庙门外正中马路边，一只黑色大鼎矗立，鼎身铸有“癸丑年二月十一日”大字，以此推测，最少有42年历史，远可推至五六百年前甚至更远，中国人进入越南在二千多年前的汉朝乃至于更早。庙宇现在的大门面对韩江，过马路就到河边。昨天我看过了韩江两座桥，现在是第三座桥，一条金色巨龙跨河而过，颇为壮观。连拍照片后往回走。江岸两桥中间位置建观景平台，摆放有抽象石雕群像和花坛，整修

博物馆背后的中国庙

得比昨天桥那边更为园艺化，游客可以在平台上选择多角度拍摄照片。虽然远没有黄浦江外滩那么壮伟开阔，也显得秀美艳丽。

岘港公共汽车			
公交线路	起始站	营运时间	间隔
一路	岘港—会安	5:30—18:00	20 分钟一趟
二路	Kim Lien—Cho Han,	5:30—18:00	15 ~ 20 分钟一趟
三路	岘港—Ai Nghai,	5:30—17:00	30 分钟一趟
四路	岘港—Tam Ky,	5:30—18:00	15 分钟一趟
六路	岘港—Phu Da	5:15—16:45	30 分钟一趟
九路	Tho Quang—Que son	5:15—16:30	20 ~ 30 分钟一趟

街边几家高级宾馆坐落韩江边，建筑造型为江边风光平添几分新彩。我在路旁公共汽车站仔细观看了岘港公交车线路，录给读者做游岘港的参考。乘坐公交车出行游览，不为图几个钱，是零距离和市民接近，获得直接生活体验。驴友们常爱说“深度游”，除了时间拉长，除了带你进入更多地方地点，最实际的“深度游”是在市井生活里面细化出来的一个个场景和具体过程，一番随意的聊天儿，一次砍价的交易，一回农家的做客，一场街头的围圈儿玩的游戏，一趟超市里挑挑拣拣的家妇式购物，忘记自己是个匆匆走过的游客，融入到当地人的日常琐碎事，你只是生活中他们的一员。

韩江金龙渡桥

我特别欣赏缅甸旅伴瑞士籍意大利人 Lele 的旅游生活，一个人在东南亚几国转悠半年，在马来西亚和华人女孩儿谈一场甜甜蜜蜜恋爱，和未来老丈人老岳母游山玩水合家欢，在曼德勒街头和小年轻围圈儿踢一小时藤球，获赠一个崭新的竹质新球，转脸第二天赠送给伊洛瓦底江船上教了几句英语的 5 岁男娃；蒲甘和我们几个中国背包客结伴，带我们住进花园别墅背包客栈，在宾馆砍价成功，骑车路上纠正一个跟队的中学生英语发音，临分手给了男孩儿向导费，明卡巴村街头听见广播里的音乐响起，随即起舞，带领一街的缅甸人扭动起来热闹一时间，晚上在宾馆和两个中国女孩儿欣赏音乐，聊得兴起，拿出包里的小扬声器放音乐，在门廊跳起了踢踏……在这个阳光大男孩儿身上永远是热情和善良，无论在哪里都是生活的阳光，并且把阳光带给每一个人，和他一起享受温暖的每一分钟。钱花完了，到大马告别女友回瑞士家里继续教师职业，挣了钱又出门旅行。我看到和接触到的 Lele 在旅行中实现生活，希望这辈子再和 Lele 结伴旅行。

当旅行和柴米油盐一样成为的生活必需品，你会觉得没有时间为琐琐碎碎的事烦恼生气，生活永远有明天，有新的旅程等待你去发现未曾见过的美，相遇愉快、邂逅惊喜得到享受，旅行不是攀比和炫耀，对我而言，就是空气和水，须臾离不开。我需要每时每刻的新鲜空气，需要水的滋养，同样需要旅行给我生活感受，补充新的动力。

路过菜市场巷口，顺路走进去再逛一回。红毛丹比河内海防便宜一万，买一斤带回去慢慢吃。我把袋里的枝枝杈杈揪掉一些叫小贩再称，少了二两多，按这个量付给她钱，小贩直瞪眼，我心说你瞪什么瞪，你们坑外国人还少啦？要么抬价，要么短斤少两，外国人就那么好坑好骗？拎了塑料袋扬长而去，哼。

越南旅行，街摊小贩、三轮车夫、摩的司机、旅行社职员导游、小吃店小老板一类实在不厚道，对于外国游客手下不留情，善良忠厚者有，但坐三轮摩的，街摊儿农贸市场购物，小饭馆吃饭，散客在旅行社花钱拼团的一日游，二日游临时团队游时需时刻小心，钱要细算，话事前讲清楚，不然随地是小坑儿，崴了脚没地儿说理，千万大意不得。我数次和这类人矫情甚至当街大发雷霆，都是因为不堪此类不讲信义者。细节各章节中有详述。旅行不就是生活吗，喜怒哀乐皆有之，怒也是情理之中。

回客房自己动手做午餐。很简单的事儿，煮熟鱼肉，苦瓜切片焯水，烫好米粉豆腐，加佐料鹌鹑蛋拌好就开吃，有饭馆里点餐等候的功夫，自己做的也入口了。问题是量。我买的半斤米粉分三次吃，够每次吃个肚圆打嗝儿，放到小摊、饭馆，摊主，厨师分做七八次烫。东南亚各国吃米粉面条类永远吃半饱，量太少，遇到好吃对口味的，点两份吃，或者买法棍一起吃，一般也就将就了，包里必须备足面包、饼干、巧克力、奶糖、牛肉干，以便随时补充，不然饿肚皮是自个儿，其中也包括火车餐，价钱不说，分量太少吃不饱。这是经验之谈。

午睡后翻看谷歌地图，看到一处pangoda（佛塔），2.1公里，步行29分钟，打定主意去转转街顺便看看塔。出门背河向西行。打算租辆自行车多绕几个地方，一路都没遇到，自行车店只卖不租，那就步行吧，走路是我长项。离开宾馆所在Tran Phu街区后，三儿百米远是大剧院，看样子经常有演出活动，门上LED屏滚动显示演出信息，剧院墙上和周围路边有大牌广告。前面广场开阔，对面街巷、商铺、居屋往来车辆行人一目了然。看到大块绿地我想这要是搁中国早被香港国内等地产商抢走囤积赚黑心钱去了，李嘉诚何不买走接茬儿囤呢？

往前走进的街区呈现老龄化，老房、老巷、老商铺、老旅店比比皆是，我才知道岘港毕竟也算是越南大城市，直辖市，历史悠久，老城区面积很大，我这两天不过是在江边一隅转了转，看过几座桥几个摩天楼转过一个农贸市场而已，不多走走看看不知其貌，盲人摸象是也。由此兴趣大增，看看今天能有啥新发现。

GPS导航显示转弯，前面大市场对面几条间隔很近的路口，走哪一条出了问题，因为走哪一条导航线都显示正确，我在海防独柱寺、西贡统一宫和顺化火车站的几次遭遇给了我提示，必要时还得问路，叫当地熟悉地理的人指点迷津，细节方面GPS有时候也抓瞎，导航线几米距离显示不远，走起来绕一片街区一个大转角就是几百米，彼此还看不见。我问两个坐三轮平板车上闲聊抽烟的年轻人古庙怎么走，他俩挠挠头傻笑不知道，我换了庙、塔、和尚几个单词他俩还是听不懂，又比划合掌念经结合单词，依然摇头不明白，走开准备去问另外的人，路口有僧人走过，一个小伙子突然茅塞顿开，啊了一声叫住我，比划着光头长衫合掌，我连连说对对对，俩人一起指远处路口，比划一直走。谢过他们过马路走进那条几栋新大楼把口的横街。大片旧房和小商品市场区域中间，几栋大楼非常亮眼，有大卖场、写字楼、大饭店好像还有宾馆，楼间空中走廊相接，气势不一般，我想回头有的逛了。

寺院大匾挂正门上，高挂“法林寺”匾额。大殿全新，刚刚装修完毕，很多女居士忙里忙外在殿前摆桌端菜布置，看来是有法事活动。二楼正在施工收尾，工人师傅站梯子上做顶棚装饰，地面灰蒙蒙。一楼正殿佛祖端坐，四周众佛围立。佛祖座下鲜花花篮次序排开。大殿外还有一座殿堂关门闭户，另一座露天观音和弥勒道场绿树鲜花环绕，似小花园，也像画书里的观音驻地，每一次孙悟空打不过妖怪去找观音时的那个观世音家。其侧面是僧舍和图书馆，有僧人在里面看书。法林寺规模比早上我看的江边庙要大。一群学生和老师一起在院子里做游戏。下楼时候居士们由两位僧人带领开始了法事，合掌低头随僧人念经，一位和尚不时敲几下木鱼。念的什么，为哪样祈拜，一概不知，就当是她们为佛堂大殿落成庆贺吧。阿弥陀佛，我主慈悲。法林寺外车场开阔，我想每有大型法事和逢年过节，这里也会是人山人海，热闹非凡。

直出到路口，两楼间大片柜台摆开在搞促销，服装帽鞋为主。我问了问几样价格，和国内市场价差不多，比淘宝可能贵点儿。进楼中门上滚梯，二楼超市人头

法林寺法事进行时

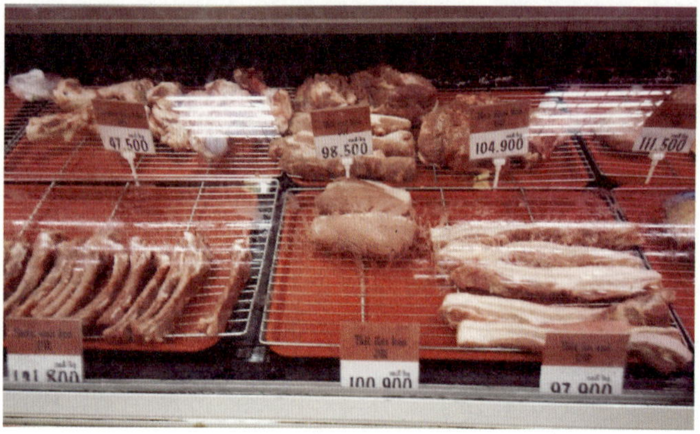

超市猪肉价

攒动，明白是星期日下午时分，人们逛街最狂热的时间，我喜欢清静，没赶对点儿，人满为患。日用品算了，我没那个需要，主要在蔬菜瓜果、

以汇率 1：3000 计算，合人民币 / 公斤：

肋条骨 43.9/kg，五花肉 32.6/kg，后腿肉 33.6/kg，前腿肉 32.8/kg，后座肉 34.9/kg，大骨头 15.8/kg，猪脚 22.1/kg，瘦肉馅 58.3/kg，脊肉（猪柳）34.3/kg，大排 31.8/kg（特价）。旁边牛肉冷柜：牛腩 64.3/kg，腱子肉 79.6 ~ 87.5/kg，牛柳 89.3/kg。冰冻鸡 16.3/kg，冰冻鸡大腿 24.3/kg

番茄 4.5/kg，特价 3.3/kg，卷心菜 4.3/kg，特价 3.3/kg。

肉禽类和副食品一带转悠。牛奶划算，在大叻芽庄买过，挑了点儿番茄，和昆明价格大体持平，有个老外和我一起挑；吃了一天米粉，换口味买些方便面，比国内便宜，大叻基本买的是半成品米饭和米粉，在这里尝尝越南方便面什么口味；面包促销，买一袋够两天早餐。溜达到肉类冰柜，猪肉价格实在令人惊讶，和国内基本相当，我越发理解河内王老先生的抱怨，他吃不起呀，更别提牛肉了，比我们国内的还要贵，越南的工薪阶层如何消费得起，最可怜的是那些贡献国家几十年，退休金微薄的王老先生那样的老人们，他们断不会是超市顾客，即便看了逛了也必会惹一肚子气。我看满超市的人大多数是自己做生意能赚些小钱的人们，以及在职灰色收入多的人。后面我会讲到受敲诈的事例。

结帐刷卡，5万多。旅行中方便的时候自己开伙，省钱省大了。以买的这些食物计算，5万最省在外面吃是两顿早餐，一般米粉两碗，吃半饱。我买的牛奶面包，两顿早餐吃饱无虞。早两年，从马尼拉旅游开始我已经以超市买牛奶、咖啡、面包为早餐，保证半晌午时不饿肚子。方便面和番茄加上在韩江菜市场买的鹌鹑蛋等（还可以继续去补充），够三顿正餐饱饱的，外面去吃一般需要10万越南盾至20万越南盾。嗯，如此算计值当，5万越南盾可以省出10万越南盾到20万越南盾，且质量大长，何乐而不为，自然会成为之后的常例。谁叫老天爷下雨，没得玩儿就琢磨怎么吃好了。憋出个新玩儿法，蛮好。以前逛超市一般看看，买点面包、牛奶、饼干、巧克力，现在有的放矢了，看到合适的多买些，不仅早餐，连正餐都包含在内，至少晚餐可以回宾馆自己解决，充分使用客房电冰箱，既省钱又美味，加上营养好，顿顿热乎饭，我和越南老百姓过一样的日子，如此体验有升华，给旅行增添新乐趣。

几个城市的超市里的俄罗斯大妈、大婶儿和小两口们，过的就是这样的国外日子。这一点几年以来我一直注意过，暹粒超市，西哈努克海滨超市，芭提雅市中心，吉隆坡中央车站，新加坡超市等，大批这样几个月半年不回国的外国人，很多就是换个环境生活，过的还是老百姓精打细算的日子，并非天天酒楼大餐，看她（他）们提着篮子各柜台、货架转悠，叽叽咕咕地商量争议就知道，口味习惯是其一，比较价格更重要。国外的青年旅舍大多提供自助做饭器具，为旅客提供便利。前两年在新加坡背包客栈，带的微波饭盒就给我每餐吃上热饭提供了极大便利，而新加坡食摊上打包带走的同样质量、分量的饭菜，比在堂上现吃的便宜两成甚至四成，也是我二次去劳明达找那家背包客栈的原因，可惜搬走了。

出超市我没走原路回，直朝门前法林寺大街，经过大市场正门往北方向走下去。市场规模比宾馆旁的韩江市场大很多，像是岘港最大的商品批发市场，门前的脏乱差也明显得多，时间有点晚了，没进去参观。市场对面沿路像是个布匹缝纫专项市场，各种布艺裁缝店铺占满整条街。走过看过，到街口重新定位导航，确定线路按指示往回走。所过街道有些眼熟，像是昨天打的见到过，大约和火车站相差一两个街区。天已全黑，路边店铺的灯和街灯照亮，人行道很好走。街边商店装潢和售卖物品明显比小商品批发的一片街区要高档，家具店电器店服装店文具店为多，还有家大书店，不过正在关门，不然会进去看看有什么中文书籍出售，报摊上没有中文报纸杂志，和泰国、马来西亚城市全然不同。看到大桥，宾馆到了。

10月11日 星期日 雨转多云 岘港

下雨参观博物馆，雨住。沿河回返，三座桥走过。菜市场很大，买鱼肉米粉鹌鹑蛋豆腐红毛丹。午休后步行一公里半去一寺，法林寺，经过大剧院，另一闹市区，旧城如海防之寺途感觉。遍拍。回程进超市采购一番食品，仅5万余有牛奶面包方便面番茄够几顿饭。那边还有个更大的农贸市场。脏乱差是没得说了，但是也是一种繁荣的副产品。凉风习习走路回宾馆。

流水账： 早餐 20K 门票 40K 红毛丹 30K 豆腐 4K 鱼肉 50K 鹌鹑蛋米粉 20K 苦瓜 4K

牛奶 + 面包 + 方便面 + 番茄 =50K

total: 218Kd ≈ 73 ¥

第三段 岘港第三日：雨后暴走开发区，揽尽岘港夜色美

老天爷一定是遇到了什么伤心事，哭得没完没了，泪洒人间，有“泪飞顿作倾盆雨”诗句为证。一上午雨不得出门，奈何。好在面包、牛奶、番茄蛋面两餐不愁，看书上网半日闲。午觉醒来，天光放亮雨住，背包出门过桥，去两天没走过的桥东走走。天清气爽，想起大叻自然空调，美意伴我行。大桥钢索斜拉，车流滚滚，微感颤动，近看壮观，人体渺小。桥上拍照，视野开阔，江水奔流，逝者如斯。迎面行人，有中国年轻游客。桥头大转盘前倒计时钟卡通人似曾相识，细想是当年亚运会熊猫盼盼的动作，字体显示 2016 年 9 月 24 日至 10 月 3 日岘港举办亚洲沙滩运动会。倘若届时得空，可以考虑去看看。

导航线终点是佛塔，左转直行 1.5 公里，路宽车少行人更少。经过日本工业园，沿街各种商铺、居家屋、小公司、写字楼，郊区行感觉，导航结束未见塔影。问路边店老板茫然无所知。一位骑摩托车才到，准备进公司办事

的年轻女白领帮了我，说这一带属新开发区，附近没有古庙，前方转过去倒是有一个，但不知其名。谢过她，依所指到路口，转过去大下坡，居高临下瞭望是韩江右岸延伸的滨江河滩地。远见桥头，GPS定位约2公里。我确定今天就是它了，两桥之间兜圈！下坡直行，就叫做岘港新工业区吧，街新路宽、小楼座座，隔离带路灯间隔居然成为菜园子种起了青菜，农妇正在除草施肥。村变镇枪换炮，农民习气依旧，哈哈，新城奇葩乡村故事。满眼新气象。果然有座小庙，僧人二三位。以前四周沃野良田，农舍村落，现在独守公路边，高楼大厦拔地而起。寺庙不远，大转盘边，连排高层公寓楼大多闲置，等待外国投资人到此地办厂招工人居住。“筑巢引凤”，三十多年前中国改革开放

亚洲大赛倒计时

工业区集中盖建的高层公寓楼

老工厂宿舍区边的商业娱乐场

农民新村

之后使用的套路这里也在应用。据说国际资本热钱很多已流入越南，我们使用的打印机不少是在越南生产。劳动力的廉价是最大吸引力。所有工业开发都面临征收土地、农民失地失业，连带的安置、住房、就业等系列问题，走过附近街道，有老工业区配套的工厂宿舍区和幼儿园、学校、医院、商业小街，看上去楼龄二十年有余，虽然当年初建时远高于当地农村，然而时过境迁，相比于新建的开发区已明显落后一个时代。

还有征地拆迁建起的新村，街区林荫道，家家二层小楼，商业，教育，医疗设施齐备，外表看建村十年左右。失地农民在补偿中获益，过着闲散舒适的日子，比城里普通市民生活水平高出一大截，与旁边工人村有一个时代差距。和我们国内各大城市郊区情况完全相同。体制使然。村边几座灰色楼房是工厂区，不时有上下班年轻人走路骑车经过。出村大道通韩江桥、引桥约一公里许。淡泊云层可见喷气式飞机拉出的白烟一条条。岘港曾是美国人轰炸越南北方军用机场基地。

夕阳西下，余光钻出云隙染红片片天空映入村边水塘水渠，远处韩江似练，滨河风光美如画卷。“夕阳无限好，只是近黄昏”，在我的镜头里清晨日出和黄昏落日拍的效果一样，芹苴湄公河上给船娘拍的剪影，如果不是知道拍摄时间地点的话（见芹苴章节湄公河最大水上市场），我自己都分不清是朝阳还是落日。得赏一时是一时，无需伤感、悲天悯人，叹息可怜自己老之将至。宽宽的水泥村路绕到桥头走上引桥，行约五百多米到江畔桥面，右侧一块石碑，跨路坡前看，白色大理石刻字，烫金几近脱落，依稀可辨认出桥全长宽“1855M，15M， 2009.7”字样，迄今桥的使用期已有 6 年。回身看来路，右侧是我才经过的农民村，左边远山应是岘港屏障茶山半岛，黑云压顶孤灯亮，大约是海上航标灯。山根下灯光闪烁，近岸河汊水塘似碎镜片片点落，大道明亮勾勒出曲径。此番没有安排茶山一行看来是个遗憾。两天宾馆窗边观测天象，西北山顶云层变幻，决定岘港市区或晴或雨，几试不爽。昨天清晨山顶云稀透亮，曾想可能雨停，参观博物馆时果然应验，后悔没有当机立断去会安。

河滨村落 韩江晚霞

今早乌云压顶必是阴雨连连，果不其然堵在屋里出不去门。如果多住几天，说不定就成了测天高手也未可知呢，哈哈。祈愿明早吧。再跨路回桥左边隔江望岘港

韩江此岸看茶山

市区，层云乌黑，楼厦高矮，岸灯曲折，水波潋滟，江流暗涌，一线婀娜，泊船飘摇，风似有无，偶见水鸥低掠，美得无可挑剔。

呆望，拍摄，行走，跨路。桥另一边，江对岸，山脊高耸，灯火稀疏，黑幕刚刚抹去云端最后一丝镶金红霞，自此云与青山暗不分。

桥上江风瑟瑟，凉意阵阵，得加紧点儿脚步走路。下班时间，出城车多，进城车少，大概和一些中国城市交通规律相像，比如北京。方才村子路上就

韩江彼岸 暮色苍茫看岘港

韩江彩桥

有些城里开回的车。拉索桥上高架灯光蓝黄红几种颜色交替变化，黑暗里远看蔚为壮观，和桥体连绵不断的照明灯组成一幅动人的夜色美图，是岘港城市景观大亮点。观看之后才感觉对岘港知之甚少，临行粗粗翻阅过的资料赶不上眼见之美，该去的地方因为无所知而没有安排。补补课，我会有下次，比如亚洲的沙滩大赛，隔年的9月下旬。

引桥之后的一段路前天走过，到了大排档路口不再钻胡同，沿大道行走没有经过的街区。先是一段有老而雅的二三层小楼路段，显示了殷实人家的实力，店铺饭馆经营者多，夜间搬到了路旁揽客。我进入一家旅行社，详细

江滨摩天楼

询问了如果明年观看亚运会住房、价格、交通如何，是否需要预定情况。街口小花园右转走到一片旅馆区，门口停有大巴的宾馆和对面大停车场出出进进的巴士表明，这是一个以团队为主的旅游者聚集区。旁边是个室内体育场，打篮球、羽毛球的身影晃动，清晰可见。岘港人的业余体育活动蛮活跃，和西贡街头见过的各种运动俱乐部有得一比。又走过两条小街，摆摊小贩忙着收摊，门店大多关门歇业，唯独街角咖啡馆门前有人闲坐不散。不期而遇，来到两座摩天大厦路口，昨晚风雨兼程，是从楼后走来，当时顶风冒雨，鞋里灌水颇有些狼狈，再与之相遇有所感，打油诗随口吟出：

昨夜暴雨昨夜风，
苍茫暮色逞狂凶。
而今迈步从头越，
遍览风光任我行。

两座大厦临韩江而立，是地标式建筑，一座大约和沃尔沃有关系，另一座墙上的牌子昨晚隐约看到属于人民委员会之类的办公大楼，没再过去近处看，和我没关系。拍个照片走人。右转便是“省军区大院儿”街，直通宾馆，过马路即到。两道韩江大桥兜圈，揽尽岘港夜色，知足。夸张点说不会少于十公里路。下午走到天黑黑，我容易吗我。好好吃我的自助餐早休息。

仅剩明天一天，祈愿“老天爷”不要再哭，收回你的眼泪，给我去会安一天时间，求你了！

【网络资料汇编】

岘港（DaNang），越南直辖市。位于越南中部，北邻顺化、南接芽庄，是前往北部河内和南部胡志明市必经之地，越南最重要的海港之一。曾经被取名为土伦，在越南有着重要的军事战略地位。1945年第一次印度支那战争法国军队从这里入侵越南，1965年美军也是由此登陆开始特种战争。岘港位于韩江左岸，北临观港湾，背靠五行山.五行山东临南海海滩，金、木、水、火、土6座山峰（火山为双峰）巍然矗立，气势雄壮。东北有山茶半岛作屏障，海湾呈马蹄形，港阔水深，形势险要，为天然良港，自古即是贸易口岸。现为海军基地，可停靠万吨级军舰。有制碱、纺织、橡胶、水泥、造纸等工业。郊区产稻、玉米、橡胶。岘港拥有众多历史文化古迹，南面30公里的会安，西南69多公里美山的古代占婆塔群遗址，均在联合国遗产保护目录占有一席之地，另有如占族雕刻博物馆等。美国《国家地理》杂志全球评选50个一生中必游之地，将其列在其中，理由是“文明和大自然的和谐结合”。

10月12日 星期一 中雨 转多云 岘港

一上午下雨，午睡后方停。过桥观景，有日本工业园。桥头倒计时显示亚洲海滩大赛明年9月24日举行。沿途小家小户小商铺，路宽房新人不多，到达预置地点却并无佛塔，问路旁住户亦未所知，一女孩儿倒是指附近有但不详具体。往前走定位大桥继续绕，不走回头路。进入似以前农村现为新开发区，路宽房稀，村舍学校绿化带种菜，偶遇一小庙参观，不远处又有另一小庙没再看。再次定位桥边2.3公里直走转弯，到新工业区居民区公寓区，看似尚未展开，想像为浦东新区开发初期。附近有旧工厂宿舍区，熟悉的老楼集中聚居，旁边又有村舍集中区，似征地后的村民，生活闲散富裕无消费一天。

第四段　岘港第四日：古城会安一日游，中日法三国争艳

天蒙蒙亮，起床望窗外，过路摩托车手皆裹雨披，零星行人打伞，地面水迹轻浅。夜来未闻风雨声，朦胧中一直在默默祈祷，不想黎明却又飘起细雨。西北天空云层不厚，也不透亮，天有不测风云，谁知后面“老天爷”什么脸色。洗漱停当，吃好早点，再望天大亮的窗外，雨停了！天助我也！背起早准备好的背包立即出发。才走到汽车站便有一路公交车到，上车即走，没有一分钟耽搁。车上乘客不多，有一对情侣背包客，我想路上有伴，说不定下车一路游不是更好？GPS指示的线路两条，一条穿市镇，我希望走近海的另一条，司机师傅开得飞快，走的市镇路，未得如愿。背包客情侣在一个镇子中途下车，我想也许是去我在LP看到的距岘港市区十几公里的那个海滨区，下火车后嫌那里远而放弃，住到了市区里面。这次是不行了，下次我愿意住几天海滨区，就像在芽庄，海滨比市内风景独好。

穿村过寨有集市，不到8点半，抵达会安汽车站。一群摩托仔围过来七嘴八舌，纷纷说汽车到此为止啦，进城很远的，坐摩托吧。我坐到候车棚下静一静，打开GPS寻找日本廊桥，一条不太曲折的北向南的路线。拿给几个尾随的摩托仔说，你们看看，1.2公里，步行十几分钟走到了，谢谢各位吧。拽开大步进城。路边有个工业开发区，人进人出，古商业贸易中心的会安若崛起，招商引进必不可少。再走是个广场，一座人物雕像矗立正中，回头再看。转弯菜市场门口买菜的中老年老外多多，她们是长时间过日子的节奏。沿途旅店宾馆背包客栈比比皆是。路口一个自行车摩托车摊3万越南盾一天租了

辆自行车，骑车快轻松多了。转个大弯到一座庙前，大树下一池碧水残荷，水塘周围人家临水而居，特别像角直“人家尽枕河”的境界，只是没有“户户门前小船拴”来得更让人亲切熟知。过马路进入法宝寺，院子不大，主殿却雄风犹存，一路一进院，仅一侧楼配殿，僧人出入，香客敬拜，释道合一，颇有法度。坐在配殿二楼休息片刻，依次礼拜主殿佛祖“觉世雄师”，普贤观音诸佛，“为国高悬”的捉鬼钟馗，“第一义帝”关公关老爷和各位天神，步出寺门。

广肇会馆 游人如织

不知何时钻出个看车的妇女，在我自行车座椅画个粉笔叉叉伸手要钱，我说来的时候你在哪儿？凭什么收钱？她不答话，拿出一张万元越南盾票子晃晃，我说没有，不想跟她纠缠，拿出花不掉的零票一千越南盾两千越南盾递给她两张骑车走人。坐地收钱，无凭无据，现在我们国内城镇里遍地皆是，越南比中国落后很多，步后尘者不足为怪。

直行转弯两分钟，日本廊桥在街头，近处是如雷贯耳的“广肇会馆”，门前游人如云，纷纷拍照，大多是团队游客。把车停在牌坊门对过马路边，好几个三轮车夫闲坐在大树下候客，进入大牌坊，一位小姐忙不迭叫住我，告诉需购票才得参观，出门斜对过楼下有售票处。会安的参观套票 12 万越南盾一张，合人民币 36 元左右。五个附券，分别参观五类景点，每个种类选其一，4 个博物馆、3 处老房子、3 个会馆、日本廊桥和手工艺作坊与传统音乐表演选其一。售票处离廊桥更近，我先走到桥上。

窄河短桥，仅十余米长，五米多宽，石桥木廊，一侧面河，一侧中段一间祠堂，门口石香炉。一位持三角旗的导游正在做日语讲解，游客团团围住；祠内另一团西方游客挤满，导游在做法语讲解。小桥人满为患。我穿过桥面

会安一条街

到对面街上，又有团队进入桥头，一时间怎一个游客蜂拥而入了得。

一条绿荫长街，路旁住户全民经商。一户中式小楼开放参观，摆设格局并不传统，堂屋正中小商品铺开，主要是布料成衣展示，有缝纫妇人坐旁边手工针缝，即便是在制作出售服装，布艺表演成分也在其中，两厢房则窄而逼仄。二楼同样有制衣讲解推销，一群讲俄语中年妇女围住挑选，很有兴致。我在临街阳台听楼下一位导游为一队国内游客讲解：这所房子白天给游人参观，下午五点以后，主人全家还要正常生活……其后参观各家果真如此。

街两边的商家各展其能，连其间小巷在内，各种衣料、服饰、装饰品、化妆品、纪念品摆得满满当当向游人推销，叫人想起苏州几个园林周边丝绸刺绣品琳琅满目和拉萨八廓街藏式风格小商品，佛事用品让人眼花缭乱的街景。大流量游客给这里的商家带来的收益可想而知。中式小楼小院中兼有几个日式板房，法国小楼几栋有的开成咖啡屋，中式建筑为多。一家黄祠堂有“万世流芳”匾，另一家“乡贤祠”庭院开阔，都需要参观券进入。

返回到日本廊桥时，团队游客已大部离开，桥上和祠堂里可以转身自由观看了。桥廊、石基、木柱、木梁、木地板、瓦顶，总体面积百余平米，祠堂室内面积更小，门上红底黑字 “来远桥”大字匾，日本人至今使用汉字，不像越南已经完全拼音化。室内龛位供桌，四壁旧貌黑白照片展示，别无它物。我在门口伸自拍杆为自己留影时，一个外国 MM 伸过头做鬼脸搞笑跑开，我招呼她一起拍，她快步跑到我身边靠我肩膀留了一个合影，哈哈。廊桥外面成了众多游客的摄影背景，留影者络绎不绝，还好沿河边地势开阔，并不拥挤。我想起有个著名影片《廊桥遗梦》，说的可不是这个日式廊桥，没准

日本廊桥

儿什么时候会有人就此写一个浪漫故事拍个电影给人们看呢。百年廊桥，中国日本侨民几百年生活史，生性浪漫的法国人加入百年，不会没有故事吧。

廊桥下窄河里的水汇入会安母亲河——秋盆河。汇流处一道和岸路平齐的木板桥连接两岸，游人往来不息，不断有游人站平桥上拍下岸边风光远摄廊桥。也许刚下过雨的缘故，秋盆河水浑黄，岸边有小块长满野草的淤泥河滩，捕捞网悬在泥滩近处，几条木船停在河中，岸边人行道小贩叫卖碳火烤制的小饼，三轮车夫不断吆喝游客“请坐车游览”。稍远处一道宽桥接连秋盆河对岸，岸那边商铺鳞次栉比，游人穿梭往来，也是热闹去处。

从河边绕回“广肇会馆”，门前验票小姐见我笑着说，“一去买票不回，

小小丫头许心愿

还以为你不会来参观了呢。”我说去桥另一边街上看过，现在人少了才好看啊。广肇会馆牌坊街门，入内，一门庭两进院。门院两边墙上写有孙文体“博爱平等”和“精诚团结”标语，上台阶过门厅，抬头“慈云镜海”横匾，

两侧墙上各有“桃园结义”和“千里送嫂”大幅彩画，突显一个“义”字精神。院中方池，蛟龙出水，彩色龙身，九曲盘旋，展现出中华图腾的勃勃雄姿。正殿大堂正中牌位甚多，总牌位书写“历代乡亲列位先友之神位”，其下梁黎张王黄欧阳邓罗吴程翁诸姓人家先祖牌位。两侧有关公神位和义祠堂，各有台案供奉。两侧壁挂有招财进宝、福寿康宁、八仙过海、麻姑献寿、道家吉祥的画作和三顾茅庐的三国故事画。一个学龄前外国小妮儿合掌跪在诸神牌位前，不知小小心灵里在祈愿什么，为家人？为自己？童心所至，令人怜爱有加。

和我玩儿自拍的 MM 母女俩走过斑斑古墙

后院又有方池，二龙戏水，呼之欲出。其身后是小桥流水，越秀山五羊叼穗白石雕像，地域特征溢于言表，展示广肇的中国岭南区位于世人。往外走，门匾对墙的“悠久”和牌坊后面的“继往开来”，更给人回味绵长，老外们如看天书，我们则心领神会。

大树下取车，骑行观街景。廊桥这一边街法式楼和中式几乎各半，间或有日式低矮街房商户，其中不乏中法合璧小楼。时近中午，各家餐厅特别是临街咖啡馆，一上午走累逛乏的西方游客悠闲地坐在走廊上饮啤酒，喝咖啡，大快朵颐吃西餐。有的屋门口挂着“Sightseeing place • ancient house”的牌子引导游客进屋参观。

我走进挂有“黎家祠”门匾的临街百年老屋，主人一家人就生活在屋里，上下两层楼，二楼木梯可上，但谢绝参观。一楼客厅书房和主人卧室，夹道板壁分两边。天井院内有树有井，厨房在天井一侧，连同屋檐下石阶摆放各种炊具餐具，给人沧桑古朴、传世家久之感。墙上贴有中文说明，标点少，文体读之拗口，可能是越南文的华文翻译，大体可知祠堂二百年历史和建筑材料与风格形成，集中国、日本、越南之建筑雕刻艺术于一身。天井外墙有门，出去是秋盆河边一条街。一屋跨两街，中有穿堂风，又近河边，炎热夏季是个好住处。一群美国学生坐听讲解，参观完从天井走出到河边休息集合。

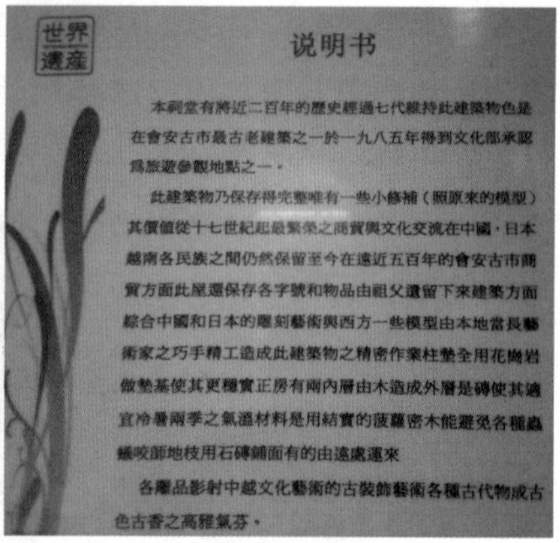

黎家祠介绍

这条街中国老字号商铺不少，元合、泉昌利、叶同源等号，一一经过。其中路口的叶同源瓷器家族老商户，店内货架顶天，进门便被花样繁多的各种中国传统瓷具器皿吸引，墙上挂的历代掌门掌柜的照片和匾额、题辞显示出悠久历史和雄厚实力，尤以高悬的“货真价实　童叟无欺”的祖训令人肃然起敬。

街边的一块有大胡子外国人头像的石碑，过往行人都会注意到。读碑文，大体知道是纪念一位为会安做出了杰出贡献的欧洲文化人士：Kazimierz Kwiatkowsky，1944年7月2日生于于波兰。20世纪80年代中期来到会安，以他的热情和天才积极推动会安古文化遗产的维护宣传，最终使会安1999年被列为联合国遗产保护名录，成为世界遗产保护地。1997年3月17日Kazimierz Kwiatkowsky病逝于顺化，年仅53岁。虽然他去世时会安还未被联合国教科文组织评选为世界遗产，但他对会安付出的辛勤工作得到了当地人民的认可，为他树碑立传，永志纪念。这让人想起毛主席在《纪念白求恩》中所说的：一个外国人，不远万里来到中国……这是一种什么精神？这是国际主义的精神。

在一家饭馆吃过午餐，我走进老字号“德安号”中医诊所。房间屋宇形式和“黎家祠”几乎一模一样，前后街两道门的跨街老房，植树的天井院和院中老井，上下两层的木楼。一群十几个西方游客正在聆听导游英语讲解。进屋主人家一个胖女孩儿递给我一张A4的，带有纸透明胶封的日文卡，问我是不是日本人，听到中国人回答后她拿回日文卡跑到屋里取一张中文卡递给我，是关于老屋历史和人物介绍，特别说明看过以后还给她不能带走。临街一间大屋是中药柜和柜台，与《大宅门》里白家老号和“喜来乐”沧州老家药铺的摆设大同小异，传统中国味儿。里间是老医生坐堂诊病的方桌椅子，上方高挂的“表里山河”匾显足了老大夫的高远境界。诊室对面一条案上放着两本厚厚相册，几个听过讲解的西方年轻人翻看以后我去看，相片有老旧的黑白照片，有彩色照片，记录了老先生一生的影像。看到他和越南高级领导人的多张合影和参加的各种社会活动照片，我想这位老先生或许由于医术高超担任过医药卫生方面的官员，至少是凭借医术为高官们提供医疗服务，方能享有此殊遇。这在我看到的河仙墓志和其它地方看到的中医在越南的深远影响完全一致。再次为中国文化、中国医学的博大精深历史地位及其悠远影响感到深深自豪骄傲。

翻看着相册，一位中年男子走到我身边说不好意思，家里要开饭了。我扭头问他，现在已经两点多了怎么才吃饭？他苦笑着说一上午游客很多，没时间哪，经常的事。我赶紧放下相册道着欠走出“德安号”，屋里早已没有其他参观者了。

骑车转过街角我沿河边兜回绕一圈没再停车直骑下去，在一个石台阶大门前停下锁好车走进去，这里是“中华会馆”。大匾高挂，门前石碑记重修事例和重修简志。门内有墙挂“越南中圻华侨抗战烈士遗像”，13 位当年牺牲于日本人屠刀下的热血青年，大部分是为国内抗战搞情报工作的抗日志士。人们不会忘记他们。正门写有孙中山先生的“天下为公”匾额。前院是天后宫，孙中山遗嘱大字写满天后宫后墙。后院是一所中文学校，房门前写着中文校务处大字，墙上刻有美国华侨和台湾有识之士慷慨捐资助学的纪念石刻碑：华侨典范，造福侨教。后面是教室和教师办公室，一个有灯光篮球场宽阔的操场。华侨重视华文教育的传统在会安发扬光大。

出中华会馆几十米远摄福建会馆。我的套票五附券已使用完，看门的女士看我拿出的光板票笑了笑，挥手放我进去参观。院内同样是天后宫，开阔广场，大鼎，高门楼。主殿供奉天后神像，母仪天下，众星捧月。其中一块碑特别引人注目：“接修拜亭　一心诚敬　千载犹存　许长胜　苏沧州　蔡合荣

全敬 光绪廿六年庚子季春”，记载了中国人注重诚信，保证质量，为后人造福的基本道德信念。庚子年，1900 年，国势衰微，丧权辱国之时，但中国人的高尚道德情操和数千年传统文化教养，是支撑中国人走出危败的精神支柱。今人读之，某些偷工减料建造垃圾建筑，赚昧心黑钱的建筑黑商们，心中可有愧乎？！福建会馆建得大气，金碧辉煌，值得一看。出门时向守门女士致谢。

街角法式楼前

日式商号

会安一天游到这里结束。骑回原点归还自行车，步行出城去汽车站，路过城边广场看到矗立在中央的立像走近前看，纪念碑底座书写的字样“1847—1887 Ghuyen Duy Hieu”，这位阮老先生在会安是什么事迹和历史地位，无从知晓，只有找机会学习了解了。广场边有个大体育场。对会安总体印象，以十为数，中国五，法国三，日本二。商业味儿太浓的古色古香小城市，如丽江，如平遥。

一小时回到岘港。我没有在河边近宾馆站下车，随车一直到终点长途汽车客运站，距离河边 7 公里。岘港毕竟是个直辖市，很有张力，不是几十分钟就能认识全貌的小城。我走过的岘港，不过一角而已。要了解它，需要再住些日子，去海边看看，去城市其它街道街区和各个角落。客运站面积巨大，通往越南各地的长途客车都在这里发车，中短途车车况一般，长途大巴都是豪华车型。售票大厅装修华丽，却显得空空荡荡，不似国内大城市各汽车站不论什么时候都热热闹闹、人头攒动。岘港火车、汽车、飞机都在运客，不知海运客船状况如何。从国内长江航运和近海航运全面萎缩停运的一般情况估计，现代交通快速发达，除了观光需要，谁还愿意选择慢吞吞的客运轮船呢？

长途客运站售票厅

回到宾馆和老板结算四天房钱，明天一早离开岘港飞香港回家了。

【网络资料汇编】

会安古城，位于越南中部，属广南省。

史料记载，会安开埠，远早于河内海防岘港。公元5世纪占婆王国时期，就已是对外贸易港口，称为“大占海口”。占婆国是中国附属国，进贡使臣的出发港即在大占海口。

16世纪至19世纪，是会安历史全盛时期，大批中国、日本、东南亚、印度和欧洲商人云集于此，称为东南亚最重要的贸易中心。越南皇帝允许中国日本侨民建造单独街道居住经商，长此以往，两国侨民按照自己的民族风俗习惯生活，形成会安独特的地域文化。由于越南国内皇族内部政治斗争激化，会安发展严重受阻，港口逐渐淤塞，加之河内岘港等城市迅速扩大，会安几乎被废弃。

1999年联合国教科文组织将会安古城作为文化遗产，列入《世界遗产名录》。整座会安城分为五个区，按照中国不同地区划分，有福建帮、广东帮、潮州帮、海南帮和客家帮。建有福建会馆、广肇会馆、潮州会馆、琼府会馆和作为五帮会馆的中华会馆。会馆建筑雄伟壮丽，金碧辉煌，分别供奉妈祖、关公、伏波将军等，终年香烟缭绕。城内除大部分为中国式建筑外，还有为数不少的法式古典建筑和庭院式建筑群，大多外形美观、线条优美，外墙则装饰欧洲文艺复兴时期人物塑像，颇具艺术价值。城内还有不少有越南民族特色的优美建筑。日本廊桥是城内著名建筑，修建于1593～1595年，1593为猴年，1595年为狗年，故西桥头有狗石雕像，东桥头是猴石雕像。

会安文化色彩浓郁，是一处保存较为完好的亚洲传统国际贸易港。

10 月 13 日星期二小雨转多云岘港会安

早晨小雨一阵，担心出不了门。还好即止。路上不到一小时，8 点半即到会安汽车站。位置于城外几百米。步行入城。途中租自行车，快捷很多。过一法宝寺。

流水账：巴士 50K×2+10K=110K 门票 120K 自行车 30K 停车费 5K 午餐 40K 茶叶 10K 烟 45K

total: 360K ≈ 120 ¥

第五段　岘港机场遭敲诈

宾馆总台打电话叫的士几分钟到位，20 分钟抵达机场。整个儿机场大楼显得冷冷清清，人气不旺。候机楼门口饭馆吃过早餐到柜台办理登机，小姐非要给行李称重，我说不必托运，20 吋箱子符合登机条件，她拿出越航行李条例 7 公斤限量死乞白赖非要称，我就是不给，坚持带上飞机，拿出机票告诉她是香港快运。她拿着护照忽然新大陆发现一般说，你逾期四天出境，要经过边检，我说我知道，补办就好了。小姐走出柜台叫我推行李车跟她走，到边检柜台交给一个女检查员，告诉我补好去办登机牌。

这次的出行在昆明办好签证，推迟了两个礼拜才出境进入越南，预定的回程机票比一个月的停留日期超过四天，原想入境越方检查员会多给出一个礼拜，像三年前在河仙入境时那样，盖章以后没有仔细看，没把它当回事儿，现在事发，只好认罚补办，没什么大不了的。

岘港国际机场门庭冷落

女检查员带我进办公室，出去打电话叫我坐等。几分钟以后，一个官阶高一级的男军官进屋坐到办公桌后，核实情况以后对我说，逾期四天要罚款。我说你说多少吧。心想我多换了100多万越南盾没花完正好花完了事。他蹲到办公桌下面，面墙根儿背对我打了一通儿电话，站起身重新坐到椅子上，说要400万越南盾。我拿出一张50万越南盾票子给他看，眼光询问他一张够了吧？中尉军官眼儿瞪大了，拿出一张A4纸，写了一串儿数字给我数零，看看我，意思明白了吧，还少一零儿呢，然后抱着双臂，脚蹬桌子翘起俩椅子前腿儿，迷缝眼儿半悬看着我。看着他那流氓样儿我明白今天碰上敲竹杠的了。办一个签证人民币420元期限一个月，合美金70元左右，约120万盾越南币，补一个四天签证却要收400万越南盾（合1300左右人民币，200多美金），这不明摆着讹人吗？我不露声色对他说没有那么多现金，你们刷卡吗？他说没有刷卡机。放平身体站起背对我又打了一个电话，然后转身说跟他走。出办公室中尉先去值机柜台跟那个胖女值机员嘀咕了几句，示意我跟他出大楼门口，指着ATM机说，这个。意思叫我取现金。

回到办公室把400万越南盾数齐递给他，这家伙往自己上衣口袋里一装，打开电脑开始敲键盘，随后打开HP激光打印机，打印好第一页，第二页卡纸，前后转两圈儿在后面打开HP后盖拽出纸重新打，继续卡，再拽纸重复，还卡。扭头冲我苦笑摇头念念有词谁知道说什么。关机重启，还卡，再关机重启，折腾了快半小时，可能就要叫人来修打印机时候，终于打好两份四张纸，废了十多张。递给我签字。看着他手忙脚乱我心里那叫一个急，我只有一小时候机时间，别耽误了我飞回国，多呆一天损失更大还得算我的。打印好他随即叫进一个人，那人递给他一份签证卡，中尉告诉我办好了。待那个人出去他拿出三张空白A4纸，比对好打印的我签过字的纸，叫我在空白纸中间位置签字，连续签了三份共九张纸，带我出去边检柜台，护照盖章，放行。

推着行李去办登机牌，小姐还是不依不饶，拿越航规矩说事儿。好吧，你们是一伙儿的，你们嘀咕些什么我没听见，但我心知肚明讹一次不够再讹二次，我拿给她50美元，她拿去换开找给我3美元，办好登机牌。

这种拙劣小把戏又骗得了谁？

中尉回去在空白纸打印三分，一份充公，一份日常报表，一份留底，最多百八十万越南盾（三五十美元）算公事公办，他会私自贪二三百万越南盾（一百多美元）与他一两个同事上司瓜分。一国之格，一军之威就败坏在了这样贪图蝇头小利的人手里。还有那个机场小姐，拿着鸡毛当令箭，死乞白赖拿她们越南航空规矩套取行李费。如果不是边检这边签证问题纠缠，我绝对会和她矫情到底拉着行李堂而皇之上飞机。香港航线有自己规定她们机场管不着。过去几年我几次在不同机场和检查员保安不放行李据理力争矫情过，取得过胜利，矫情得她们无可奈何地看我背着大包拉着行李箱上飞机。这次我没过多说话，担心的是他们一伙儿，节外生枝。我打定的主意是今天必须赶上这趟飞机离开岘港，否则夜长梦多，说不定会闹出什么事儿。

进了候机厅到登机口，踏实了。静下来梳理，我对自己的果断忍耐和顺利过关庆幸叫好，毕竟最终没有滞留误机，我只有一个小时时间，万一因为讨价还价争吵起来，吃亏的是我自己，他们随便找个借口这趟飞机就别打算坐了，把我人拦住慢慢收拾，余下时间和事情还得看他们脸色，地头蛇少招惹，脱身为要。就算中国人在他们那里都算得上亿万身家，也划不来和他们较劲斗狠。一走了之，天高皇帝远，他们也就奈何不得我什么了，何必一时斗气，给自己找不必要且能避免的麻烦呢，无非多花几个钱。说到底，是自己签证逾期失了道理，小辫子攥在人家手中，自己大意惹的麻烦事，花钱买个教训。以后旅行，决不能图侥幸想当然。自己把事情按规定安排妥帖，万事皆无。

上飞机，二至三成港客都是拉着20吋箱子在过道寻找座位，我心里那个气，机场那个胖丑小姐明摆着不是讹人吗？这种讹人必遭报应，天谴。落地，过关，回家，我的气儿早没了。旅途的一点小周折，抵消不掉我旅行的快乐和收获。越南我还会去，去享受大叻的天然空调，看岘港的海，美山的古迹，其它我还没有走到的许许多多地方，但是他（她）们再也不可能占到小便宜。

10月14日 星期三 晴 岘港—香港

流水账

6：的士 100K 早餐、烟 178K 行李费 47USD=280 ¥ 过期签证 4000K=1200 ¥

八达卡 150HKD=130 ¥ 深圳卡 100 ¥ 番茄 7.5 ¥ 鸡蛋 6.5 ¥ 牛奶、大米、饺子、烟刷卡 45 ¥

total: 4278D+47USD+150HKD+159 ¥ ≈ 1995 ¥

第六段 岘港至河内火车时刻表

岘港→河内火车时刻表

车次	SE2	SE4	SE6	SE8	SE20	TN2	NA2
停站 / 车程	33 小时	30 小时	37 小时	33 小时	18 小时 21 分	41 小时	8 小时 10 分
岘港市 Da Nang	11 : 51 12 : 06	14 : 30 14 : 42	10 : 18 10 : 34	23 : 12 23 : 27	16 : 50	06 : 38 06 : 58	
陵姑湾 Lang Co			11 : 58 12 : 04		18 : 15 18 : 18	08 : 44 09 : 18	
顺化 Hue	14 : 43 14 : 48	17 : 06 17 : 11	13 : 21 13 : 26	02 : 07 02 : 12	19 : 42 19 : 49	10 : 38 10 : 48	
东河 Dong Ha	15 : 59 16 : 02		14 : 40 14 : 43		21 : 06 21 : 09	12 : 06 12 : 09	
洞海市 Dong Hoi	17 : 44 17 : 56	19 : 56 20 : 08	17 : 02 17 : 14	05 : 21 05 : 23	23 : 16 23 : 31	14 : 06 14 : 21	
Dong Le			18 : 43 18 : 46			16 : 15 16 : 18	
Huong Pho			20 : 48 20 : 50			17 : 27 17 : 30	
Yen Trung			21 : 42 21 : 44			18 : 43 18 : 46	
荣市 Vinh	21 : 37 21 : 42	23 : 41 23 : 46	22 : 08 22 : 13	09 : 26 09 : 31	03 : 58 04 : 15	19 : 12 19 : 24	20 : 40
Cho Sy			22 : 55 22 : 58			20 : 10 20 : 13	21 : 35 21 : 38
清化 Thanh Hoa	00 : 16 00 : 19		00 : 58 01 : 01	11 : 56 11 : 59	06 : 42 06 : 47	22 : 49 22 : 52	23 : 47 23 : 50
碧山市 Bim son					07 : 25 07 : 28	23 : 30 23 : 33	
宁平 Ninh Binh			02 : 25 02 : 28	13 : 07 13 : 10	08 : 05 08 : 08	00 : 11 00 : 14	
南定 Nam Dinh	02 : 15 02 : 18		03 : 00 03 : 03	13 : 41 13 : 44	08 : 52 08 : 57	01 : 03 01 : 06	01 : 49 01 : 52
府里 Phu Ly			03 : 37 03 : 40	14 : 18 14 : 21		01 : 44 01 : 47	
河内 Hanoi	04 : 02	05 : 00	04 : 45	15 : 28	11 : 10	03 : 05	04 : 22
注：岘港到河内 SE20 是始发车，其余均为过路车							

附：越南部分地名中英文对照表

河内 Hanoi	西贡 Saigon	芽庄 Nha Trang	芹苴 Cao Tho	岘港 Da Nang	荣市 Vinh
胡志明市 Thanh Pho Ho Chi Minh / Ho Chi Minh City	美狄 My Tho	和平 Hoa Binh			
老街 Lao Cai	谅山 Lang Son	河仙 Ha Tien（越南语：Hà Tiên）	槟知 Ben Tre		
顺化 Hue	河西 Ha Tay	安江 An Giang	越池 Viet Tri	广南 Quang Nam	
海防 Hai Phong	富国岛 phu quoc	龙川 Long Xuyen	高平 Cao Bang	鸿基 Hon Gai	
林同 Lam Dong	隆安 Long An	永隆 Vinh Long	山萝 Son La	金瓯 Ca Mau	
永富 Vinh Phu	义安 Nghe An	清化 Thanh Hoa	海兴 Hai Hung	昆嵩 Kon Tum	
高岭 Cao Lamh	庆和 Khanh Hoa	莱州 Lai Chau	南定 Nam Dinh	南河 Nam Ha	
海阳 Hai Duang	建江 Kien Giang	宁平 Ninh Binh	土龙木 Thu Dau Mot	新安 Tan An	
嘉莱 Gia Lai	明海 Minh Hai	同塔 Dong Thap	西宁 Tay Ninh	小河 Song Be	
头顿 Vung Tau	宣光 Tuyen Quang	同奈 Dong Nai	太原 Thai Nguyen	绥和 Tuy Hoa	
朔庄 Soc Trang	太平 Thai Binh	平顺 Binh Thuan	邦美蜀 BuonMe Thuot	河静 Ha Tinh	
宁顺 Ninh Thuan	平定 Binh Dinh	前江 Tien Giang	巴地－头顿 Ba Ria-Vung Tau		
安沛 Yen Bai	北江 Bac Giang	北太 Bac Thai	边和 Bien Hoa	波来古 Play Ku	
茶荣 Tra Vinh	承天 Thua Thien	大叻 Da Lat	迪石 Rach Gia	东河 Dong Ha	
洞海 Dong Hoi	多乐 Dac lac	藩切 Phan Thiet	藩朗－塔占 Phan Rang-Thap Cham		
富安 Phu Yen	广平 Quang Binh	广义 Quang Ngai	广治 Quang Tri	归仁 Quy Nhon	
广宁 Quang Ninh	河北 Ha Bac	河东 Ha Dong	河江 Ha Giang	河江 Hai Duang	